莫言研究年编
（2016）

张清华 ·· 主编

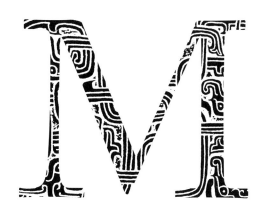

北京师范大学出版集团
BEIJING NORMAL UNIVERSITY PUBLISHING GROUP
北京师范大学出版社

例　言

本年编始自 2012 年莫言获诺贝尔文学奖，原因有二：一是莫言研究更凸显出其重要性；二是研究成果更多，水平更高。及时将这些资料予以搜集和整理，可以为莫言研究，乃至中国当代文学研究提供更多便利。

关于本书的体例，有以下几点需要说明：

一、以 2012 年这一特殊年份为起点，以编年的形式对莫言研究资料进行整理汇总。

二、力求体现资料性质和来源的不同侧面和形式。2016 年卷的内容包括"莫言声音""莫言研究""莫言访谈"三部分。其中，"莫言声音"是莫言先生获奖后发表的演讲或文章；"莫言研究"集中展现专业性的研究和批评；"莫言访谈"则在对谈的形式中彰显莫言的文学思想。

三、三部分研究资料均按时间顺序编排，同月发表则期刊先于报纸。

四、编选原则是提倡百家争鸣，不避讳不同的观点和思想倾向。

五、编选强调资料的准确性。所有资料均以公开发表为准，并以原初发表的刊物为底本，编选人尽量不对原文进行任何增删（原文为节选除外）。

之前，本年编已由生活·读书·新知三联书店在 2017 年集中出版了 2012 卷、2013 卷、2014 卷，此次将由北京师范大学出版社集中推出 2015 卷、2016 卷、2017 卷。限于水平、时间和精力，疏漏之处在所难免，欢迎方家和读者批评指正。

北京师范大学国际写作中心的宗旨和职能之一，就是开展莫言研究，借此机会，我们谨向所有莫言作品的研究者、批评者和诠释者致以敬意，向为本书提供资料的朋友们表示衷心感谢。

目　录

一、莫言声音

我们的亚洲——在博鳌亚洲论坛的演讲　莫　言 >>> 3

用文学的方式讲好中国故事任重而道远　莫　言 >>> 5

讲述中国与对话世界——在"金城讲堂"上的演讲　莫　言 >>> 7

在首届丝绸之路(敦煌)国际文化博览会上的演讲　莫　言 >>> 21

纪录片与文学——在第五届中国(嘉峪关)国际短片电影展上的演讲

　　莫　言 >>> 25

文学与乡土——在香港浸会大学的演讲　莫　言 >>> 29

在《百年巨匠》研讨会上的发言　莫　言 >>> 48

二、莫言研究

莫言的文学存在及其汉语小说文化意义　朱寿桐 >>> 53

第三只眼看莫言　张清华 >>> 63

大数据时代"微批评"的文化表征——以"微评莫言"的"网络事实"

　　为中心　陈定家 >>> 69

一个"炮孩子"的"世说新语"——论莫言《四十一炮》的荒诞叙事

　　与欲望阐释　张瑞英 >>> 80

莫言研究的新可能性　张志忠 >>> 94

魔性叙事及其自由精神——再论莫言与鲁迅的家族性相似　王学谦 >>> 107

故乡朋友圈——莫言家世考证之八　程光炜 >>> 120

莫言小说"类书场"的建构与异变　张相宽 >>> 132

大地诗学中心灵磁场的核心故事——莫言小说的生殖叙事　季红真 >>> 145

评莫言　陈众议 >>> 162

乡村书写的政治学与小生产者逻辑——论莫言乡村题材小说　闫作雷 >>> 173

莫言之狂及其文化意味　樊　星 >>> 186

三、莫言访谈

莫言对话勒·克莱齐奥：文学是最好的教育

　莫　言　勒·克莱齐奥　徐　岱 >>> 197

与军艺学员对话录　莫言等 >>> 204

从我的高密东北乡出发——莫言先生报告会

　莫　言　张清华　张晓琴等 >>> 214

在会稽山论坛上的答问　莫　言 >>> 230

附　录

文学的踪迹——2016年莫言出席活动集锦 >>> 253

2016年莫言研究资料索引 >>> 255

一、 莫言声音

我们的亚洲

——在博鳌亚洲论坛的演讲①

莫 言

　　我从小接受的教育实际上不是多样性的教育，而是统一的、整齐划一的教育。包括我后来当了二十多年兵，在部队里，受到的也是高度的整齐划一的教育。不但要同一时间起床、同一时间吃饭，而且我们的被子都要叠得一模一样、方方正正。后来我意识到多样性的宝贵，开始了文学创作，或者说开始了文学阅读。我们谁也不愿意阅读两个风格完全一样的作家的作品，我们也不愿意倾听两个唱得一模一样的歌手的歌唱，而是希望在接受艺术的过程当中，接受不同风格的作品。这样我们才能感觉到自己心灵的丰富。所以我想，多样性实际上是我们亚洲文明一个非常鲜明的特色，也是我们亚洲人民共同创造的非常值得珍惜的财富。将来亚洲发展的新的活力、动力，实际上隐藏在亚洲文明的多样性之中。

　　讲这种理论的、抽象的东西不是我的特长，我讲一个小故事，真的是我的亲身经历。20世纪60年代的时候，我有个叔叔在县供销社工作。当时在供销社工作是很了不起的，他可以买到很多一般老百姓买不到的东西。我叔叔就买了一包伊拉克的椰枣来孝敬我的奶奶，我奶奶当然要分一个给我吃，所以我认为我60年代吃过的那个椰枣是地球上能够吃到的最美好的食物。椰枣的味道在我的记忆当中留存了几十年。后来第一次海湾战争的时候，我在一个度假班学习，班里的同学分成两派：一派支持美国打伊拉克，一派反对美国打伊拉克。我非常坚决地站在了反对美国打伊拉克的行列里面。为什

---

　　①　2016年3月23日，莫言受邀参加海南博鳌举行的博鳌亚洲论坛2016年年会，本文为莫言在该年会上的演讲。

么呢？因为我怕美国的飞机大炮把伊拉克的椰枣树全给毁了。我记得我当时吃完了椰枣，充满幻想地把椰枣的种子埋到了我们家的菜园子里，可过了好久也不见它发芽。后来我叔叔说，蜜枣在制作的过程当中已经被高温蒸煮过了。煮过的枣怎么会发芽呢？

后来，这个关于椰枣的故事就被我放下了。前几天说来这里做一个八分钟的演讲，我准备写一篇稿子，从一个椰枣谈起，也对女儿讲起了我对椰枣的美好记忆。我女儿说这太简单了，拿起手机要了个快递。上午九点发出信息，下午三点就有一个小伙子送了一包椰枣过来。这个当然不是伊拉克产的，是阿拉伯联合酋长国产的。一个塑料袋，上面印着阿拉伯文、英文、中文三种文字。我盼望了几十年的东西，在几小时内重新来到了我的嘴边。虽然味道远不如我当年记忆的好，但是仍让我感慨万千。原来，我要吃一个想念了很多年的阿拉伯的椰枣竟如此简单，一个短信就解决了。那么我就想，在这一包椰枣的后面，有多少人付出了劳动。阿拉伯联合酋长国的人把这个椰枣树栽出来，把枣摘下来，把它制成美食，然后再通过外贸，到达中国，被分拣到我的手里。

一包小小的椰枣，见证了中国在互联网时代与世界如此密集和快捷的联系，也让我想到，实际上任何一种商品的交流都是文化的交流，椰枣的背后实际上存在一种文化。因为我儿童时代不知道这个地球上还有一个亚洲，所以并不认为亚洲跟我有什么关系。我们的老师告诉我们中国在亚洲，但是亚洲又在哪里？我不知道。通过伊拉克的椰枣，我知道了伊拉克原来也是亚洲的。现在我通过互联网得到了椰枣，然后在网上搜索有关椰枣的消息，才知道椰枣在阿拉伯文化当中占有十分重要的地位。《古兰经》里多次提到椰枣树，阿拉伯的谚语里说椰枣树是妈妈、姨妈、姑母，阿拉伯诗歌讲"要学习椰枣树，高大不记仇；投之以卵石，报之以佳果"。我想这不仅是阿拉伯人的一种精神，也是我们中国人的一种民族精神。我们高大但是不记仇，我们以德报怨；你用卵石来投我，我给你掉下来满地的佳果。我想以后我们亚洲的交流就应该学习椰枣树的精神：高大不记仇，投之以卵石，报之以佳果。这样亚洲能不和平吗？这样世界能不和平吗？

（本文根据 2016 年 3 月 23 日乐视网的录音整理）

用文学的方式讲好中国故事任重而道远①

莫　言

最近几年，无论是党和国家领导人还是普通百姓，都在用自己的方式讲述中国的故事。这些故事，有的是用语言讲述的，有的是用行为讲述的。我们的工人帮助国外盖大楼、修铁路，我们的医务工作者在非洲救死扶伤，我们的海军在亚丁湾护航等，都是用行为讲述中国故事。用行为讲述故事的人实际上也是创造故事的人。中国人民在实现中国梦伟大实践中的创造性思维、创造性劳动，已经构成了一个伟大的中国故事，为作家提供了丰富的灵感和创作源泉。

我看到刚刚获得国际安徒生奖的曹文轩老师在接受采访时说："我们说一个人有力量、有能力，除了他自己有点强之外，还在于背后他人的力量。这个他人，可能是一个具体的人，可能是一个家族，可能是一个团体，而我的背景是中国。这个经受了无数苦难与灾难的国家，一直源源不断地向我提供独特的写作资源。我的作品是独特的，只能发生在中国，但它涉及的主题寓意全人类。这应该是我获奖的最重要的原因。"今天参会的还有去年获得世界科幻文学最高奖雨果奖的刘慈欣。他获奖后，在接受媒体采访时说过类似的话。他说，他研究科幻文学发展史，发现一个国家国力上升、安定团结、文化繁荣发展的时候，也必定是科幻文学发展的黄金时代。所以他写的虽然是科幻小说，但背后同样有一个深厚的中国背景。我非常赞同曹文轩、刘慈欣的话，他们说出了中国作家的心里话。

刚才，我们的专家还讲到了坦赞铁路。这个故事非常有说服力，包含着非常丰富的

---

① 本文为 2016 年 4 月 8 日莫言在"讲好中国故事"专家学者骨干强化班、文化交流使者研讨班上的演讲。该研讨班由中宣部主办，聘请莫言、高福、尚长荣、郎朗、姚明等人为首批"讲好中国故事文化交流使者"。

情感。中国人在当年那么贫困的时候，尚能够勒紧腰带，省吃俭用地支持欠发达国家的弟兄们。现在我们比较富强了，更会一如既往地支持发展中国家。这一点让我感到我们这个国家是有性格、有品德的。我们穷的时候有骨气，富的时候讲义气。这样一种国家形象，是靠千百万中国人用行动讲述的故事塑造出来的。

我们担任"讲好中国故事文化交流使者"，需要在很多国际场合用口头叙述来讲故事。这是一项重要工作，作家也有这方面的优势。但我想，作家最根本的职责还是写作，最终要靠笔来写故事、讲故事。我个人的体会是，用文学的方式讲故事，应该先从自己的故事讲起，在自己的故事和自己熟悉的家人、亲戚朋友的故事的基础上，在通过阅读、观察、采访等一切方式所获得的故事的基础上，加以综合想象，诉之于语言、形象，最后创作出文学作品。无论是口头讲述的故事还是用笔写出来的故事，它们都是人的故事，是人的命运的故事、人的情感的故事。作家要写出来的是人的丰富性，以及人的丰富性所呈现出的人类灵性与终极的向善和向美的力量。从某种意义上说，我们所有故事的核心都是情感。一个故事只有情感饱满，才能够打动读者或者打动观众。

中国作家写出来的故事，当然首先是给中国读者看的，但也希望能够翻译出去让更多的外国读者看到。我认为，严肃的中国作家从来不会去揣摩外国读者的趣味，他只是把感动自己的东西写了出来。只要是好的文学作品，必然具有一种普遍性。这种普遍性建立在作家对人的深刻理解的基础上，也是文学能够走向世界的根本原因。这就要求作家首先保持跟人民情感的一致性，跟人民同呼吸、共命运。我们亲历了这个伟大时代的变革，应该身体力行，把这个伟大时代的伟大故事讲出来、写出来，用自己的作品反映出这个时代中国人丰富的精神世界，哪怕只是一个小小的侧面。用文学的方式讲好中国故事，任重而道远。

（原载《人民日报》2016 年 4 月 21 日）

讲述中国与对话世界
——在"金城讲堂"上的演讲①

莫 言

各位朋友晚上好，非常高兴又一次来到兰州。三十年前，实际上是二十八年前，我第一次来兰州是1986年。1988年又来过一次。今天我们下了飞机，在从机场到市里这一段路上，看到了兰州郊外的变化。在市里乘车的这一段路上，我们又看到了兰州市的变化。确实是三十年河东，三十年河西。当年有一点点破败的兰州，如今变得非常美丽，非常高贵。我想，一座城市中心有一条河流过，这座城市必然就是有灵气的，美丽的。兰州中心流过的是中华民族的母亲河，是我们伟大的黄河。所以，你们应该比我们黄河下游的人，能够更好地更多地接受这条大河带来的灵气。

刚才吃饭的时候也说了，我们现在跟在座的各位喝的是一河水。我的故乡山东潍坊高密，最近三年连续大旱，所有的水库都已经干得底朝天了。在这种情况下，我们的市政府只好跑到省里，然后通过不知道多么复杂的协调，让我们家乡的人民喝到了黄河水。所以我们现在喝的是黄河水。当然，黄河下游的水可能比不上黄河上游的水的水质，所以也希望黄河上游的乡亲们节约用水，让更多的水流到下游去，让黄河不断流，也让我们这些生活在黄河下游的人没有缺水之忧。

今天讲堂的题目我事先也不知道，下午来了之后问了才知道——《讲述中国与对话世界》。这是一个无比宽阔的题目。宽阔的题目是可以泛泛谈来的，应该比较好讲。但同样，太宽泛的题目也确实有一点点让人不知道该从哪里下手，因为该讲的话太多，而

且也讲不深、讲不透。"讲述中国"是这两年非常时髦的一个词，和"讲好中国故事"几乎是同义的。过去几十年来，中国的很多作家跟我一起都在努力写作，我们当时也没有意识到我们的写作是在讲中国的故事。现在，中国故事、讲中国故事作为口号被响亮地提出了。回头一想，我们几十年来做的工作就是在讲述中国故事。

中国故事是一个巨大无比的概念。中华民族有五千年的文明历史，其中究竟产生了多少可歌可泣的、值得讲述的故事？真是不知道从哪里讲起。这五千年来，我们的祖先用文字、用口头语言讲述了无数优美的故事。它们至今已经变成了我们的文化遗产。这又是一个汗牛充栋的概念。所以我觉得，作为作家，生在这样一个时代，生在大家都把讲述故事当成重要的工作的时代，我们需要认真地思考一下，怎么样来讲中国故事，怎么样讲好中国故事。

我个人的经验，就是写作的时候并没有想到我讲述这个故事、写这本书，是要让它走向世界。我之前最可能想到的是中国的读者，我最先讲述的也是我个人的故事，我个人亲身经历的一些事情，我所熟悉的家庭成员的故事，我所了解的我周围的村子里左邻右舍的故事，以及后来我通过阅读，通过聆听，通过读前辈作家的书，通过读历史上的书，通过听爷爷奶奶以及村里的大爷大娘们的讲述所了解到的各种各样的故事。那么，这样一些故事，就变成了我讲述的素材。我的一些亲身的经历，也变成了我讲述的素材。我想，讲述中国故事对每一个作家来讲，最初实际上是从自我讲起的。我没有想到自己讲的故事会代表中国的现象，也想不到它们有朝一日被翻译出去，并让外国的读者读了以后，把它和中国人联系起来。这样的千百个作家从自我出发的讲述，合起来就是代表中国的故事，符合中国故事这样一个概念。

认真地想一下，我们既然提出了中国故事这样一个概念，那么中国故事到底是由哪些内容构成的呢？我想，第一个可能就是历史故事。我们几千年的历史产生了那么多的壮丽史诗，发生了那么多惊天动地的大事件，有过无数次改朝换代。尤其是近代以来，我们中华民族饱受外国列强的欺凌瓜分，中国人民、中国的知识分子、中国的老百姓奋起反抗。近百年的反抗，反帝国主义反侵略反压迫，构成了一段民族独立的历史。在滔滔历史长河当中，发生了多少精彩的故事啊。所以历史上的故事，应该是中国故事非常重要的内容。我想我们任何一个作家，任何一个生活在当代的作家，都应该向我们的历史寻找素材，寻找故事。

另外一个，我们生活在当下，肯定要讲述当下中国人的故事。我们应该重点讲一下最近三十多年的中国的故事。在中华民族数千年的历史中，最近三十多年的变化应该是最值得我们来讲述的。中国历史上不乏老百姓饥寒交迫的年代，也不缺乏被欺负、被侵略、被屠宰、被任意宰割的年代。我们怎么样从一个贫穷的国家、落后的国家、处处挨打的国家，变成了一个富强的国家，变成了一个强大的、在世界上具有巨大的影响、拥有越来越高威望的国家？这样一种巨大的变化，基本就是在最近三十多年改革开放以来完成的。我们都是亲历者、参加者，目睹了我们周围所发生的变化。我们自己首先亲历了我们个人的变化，我们家庭的变化，看到了一座村庄的变化，看到了一个县的变化，看到了一座城市的变化。最后，我想我们也看到了我们国家的变化，看到了在变化的时代里，中国怎么样一步一步在世界上树立起了自己的形象。在很长一段时间里，中国人是被人瞧不起的。记得 20 世纪 80 年代初出去访问的时候，我们经常会遇到一些冷冰冰的目光，也经常被当作日本人，甚至会受到一些戴有色眼镜的西方人的歧视。但这种现象越来越少。现在，中国人走到哪里，都会吸引很多尊敬的目光，尤其是中国游客强大的购买力，让世界各地商店的老板见到我们都喜笑颜开。中国游客走到哪里，消费就走到哪里。中国游客走到哪里，就给哪里带来财富。由于这样一种变化是我们亲眼目睹的，是我们亲身经历的，所以讲述最近三十多年发生的巨大的变化，讲述这一过程中的故事，也应该是我们这些作家重要思考的。

我们的文学最重要的功能是不是讲故事呢？我觉得也需要讨论。2012 年 12 月，我在瑞典领取诺贝尔文学奖的时候，在瑞典学院做过一个演讲，题目就是《讲故事的人》。我是作为讲故事的人出现在大家面前的。另外一个，我是因为讲故事而获得诺贝尔文学奖的。我在演讲里讲了好几个故事，也讲了我把生活中的故事变成小说的过程。我之所以起这样的题目，就是为了让那场演讲更加形象化，把文学变得更加容易理解，也是对文学、小说源头的一种探索。毫无疑问，我想小说最初就是作为一种口头文学存在的。我们每个人从小都会听到长辈给我们讲述天上的牛郎织女，地上的妖魔鬼怪。其实这些都是故事，我们每个人都是听着故事长大的。我们每个人后来也都变成了故事的讲述者。即便我们用笔来写小说，用笔来写故事，我们对我们的儿女，对我们的孙子孙女外孙，也是要像我们的爷爷奶奶一样，用口头语言把故事讲出来。

在小说成为一种艺术形式之后，人们不再满足于把小说看作一种简单的仅仅是讲述故事的意识。也就是说，小说除了故事的内核之外，还有更重要的意义。它的意义在于艺术价值。实际上，现在讲述中国故事的人也不仅仅只有作家这一个群体。讲述中国故事的人是由很多群体共同构成的。音乐家用音符和旋律，用手里的乐器讲述他们认识到的中国故事；画家用色彩、用线条，用他们的方式讲述中国的故事；舞蹈家用他们的形体，用音乐，用他们的表演来讲述；歌唱家则用他们的歌唱进行讲述。我们从事艺术工作的人，其实都在用自己擅长的艺术方式，共同完成讲述中国故事这样一个国家任务。难道除了艺术家的讲述外，别人就不讲了吗？我觉得这个概念可以无限扩大，因为我们的工人也在用自己的劳动讲述故事，讲述中国故事。

同时，讲故事的人也是故事中的人。我们的农民用自己的劳动，用自己的智慧，使粮食、农产的产量有了大幅度的提高，使过去在寒冷的冬天中无法生长的蔬菜，现在在大棚里苗壮成长。那么这样一种发明、创造，本身也是在向世界展示中国农民的形象。农民在用他们的劳动讲故事。无数用自己的勤奋劳动创造财富、创造奇迹的农民、工人、知识分子，本身也是我们故事中的人，应该成为我们故事的主人公。从这个意义上来讲，讲故事的人也都是故事中的人，讲中国故事的人也都是中国故事里的人。既然故事已经变得这样普遍，既然每个人都在讲故事，每个人都同为故事中的人，作为小说家，作为创作艺术门类核心的作家（小说的核心是故事），作为讲故事的人，我们现在应该讲究讲故事的方法。

我想，文学、小说，它首先是语言的艺术。就是说，我用什么样的语言讲故事，这实际上非常重要。作家在写作的时候对此应该非常非常重视。说穿了，我们写了这么多小说，演了这么多戏曲，认真考虑一下，分析一下，实际上都是固定几个类型的故事。过去我们的戏曲舞台上是帝王将相、才子佳人，现在我们戏剧舞台上的人物，我们电视剧里的人物、我们电影屏幕里的人物，也无非那么几种。无非是爱恨情仇，无非是家庭纠纷，无非是人的私欲跟人的良心之间的斗争，好人跟坏人的矛盾。想来想去，也不过是这么些事情。

为什么大家对这些类似的故事、类似的情节能够产生强烈的阅读兴趣、观看兴趣？我想这在于每一个创作者讲述故事的方法是不一样的。同样是作家，同样是小说家，写同样一个故事，我写的可能就跟别的作家不一样。我们现在讲中国历史上的伟大小说家们，认为他们除了讲故事有特点之外，更重要的是在语言上都有自己鲜明的风格。我们现在会讲鲁迅的语言，鲁迅小说的语言，巴金小说的语言。沈从文小说的语言，即便我们把这些作家的名字盖住，只阅读其中的一段，我们也能知道那是谁的作品。如果当年让鲁迅跟沈从文讲同一个故事，写同一个故事，他们会写出完全不一样的作品。即便他们没有对这个故事进行任何的改造，个人化的改造，他们个人的语言风格也是不同的，并且有独立存在的价值。对于一个作家来讲，在讲故事的过程当中，锤炼出一种独特的、具有鲜明的个性风格的语言，确实是必要的。很多的作家都非常清楚地认识到了这个问题。在构思阶段，故事的确很重要。但是进入写作故事的阶段，故事的重要性退居其次，语言反而变成最重要的了。

仅仅只有语言也构不成小说，尤其是对长篇小说这样一种艺术形式来说。那么怎么样把一个故事，把一篇小说写得像独特的丰富的建筑物一样，像江南的园林一样，曲折有致，变化多端，神秘离奇？作家在写作的时候，头脑中应该有一种建筑家的想象力，使自己的小说像非常奇特的、外观美丽并且进去以后曲折变化的文学语言的建筑物。总而言之，讲述中国故事无非就是两个方面。一个是我们讲什么。讲历史，讲现实，从个人出发。如果我们不了解一个国家的整体面貌，可以讲一个市的状况。如果我们对一座城市也缺乏整体性的把握，可以写一个小村庄，实在不行就写一个家庭，再不行就写个人。我们应该从个人出发，写自己熟悉的事物，从熟悉事物出发进行讲述，然后扩展到对我们的历史，对我们的现实的讲述。每个作家都是听着故事长大的，每个作家的亲身经历实际上都可以被提炼出精彩的故事。作家的写作刚开始都是从个人出发的，但是作为职业的写作者，作家如果想使自己的创作长期坚持下去，就要在作品中不断挑战自我。也就是说，你新写出来的作品得和过去的作品不一样。作家确实应该跟当下生活保持一种非常密切的联系。

过去有个口号叫"深入生活"，我年轻的时候对这个口号提出过质疑。我当时很自信，也很狂妄，说我的想象力足以使我的写作永不枯竭。我当时写过一篇文章，里面有一句狂言，说我没有见过大海，但我写出的大海也许比看见大海的人所看到的大海更像大海。尽管我没有谈过什么恋爱，但是我写的爱情也许比情场老手写的更加动人。这都是年轻时候的狂话。现在到我这个年纪，回头一想，这些话说得不对。那个时候之所以敢那样说，是因为那是在写作之初，几十年的生活经验、个人经历已经为我提供了比较丰富的创作资源。

写了几十年，随着年龄的增长，我出门越来越少，在房间里、在城市里、在家里待的时间越来越多。这个时候，创作素材慢慢地开始减少，尤其是作为上了年纪的人，我们如果想要描写当下的年轻人，困难越来越大。我觉得我写 20 世纪五六十年代出生的人没有困难；写 70 年代出生的人，跟他们沟通起来也没有什么深刻的障碍，没有不可逾越的障碍。但是让我写"80 后"，就已经非常吃力了。"80 后"的想法跟我们"50 后"的想法已经区别很大。如果现在让我写"90 后""00 后"，这个困难就太多了。他们现在使用的语言跟我使用的语言不一样，他们的梦想跟我的梦想不一样，他们的想象力跟我的想象力的方向也不一样。我曾经说过，我做梦梦到的还是田野、庄稼、高粱、玉米，还是几十年前的那些东西。现在的年轻人做梦会梦到什么？我曾经问过"90 后"，说你们现在做梦会梦到什么。他说会梦到跟日本漫画里的小孩一起玩，会梦到穿越。我记得我们小的时候也爱好画画，拿起笔来涂涂抹抹，画的就是牛啊、猪啊这样一些农村孩子经常看到的事物。现在的小孩，你让他拿起笔一画，就是一些日本动画片里的美少女，要么就是稀奇古怪的东西。所以我想，时代的发展和科学的进步，使现在的年轻人做梦的材料和我们的不一样了。他们想象的材料也和我们的不一样。我们对这样一群年轻人的了解越少，就跟当下的社会离得越远。因为最活跃的一部分，社会当中最活跃的人，最有创造力的人，还是年轻人。

像我这样的老作家，如果不想被淘汰掉，或者要挣扎着不被淘汰掉，还是要放下身架，向年轻人学习。向年轻人学习，不仅可以读年轻人的书，还可以跟他们交流、交朋友。再一个，我想需要深入去了解。但是，你不可能了解如此广阔的社会的每一个角度。这个社会分这么多行当，有这么多新兴的行业。我了解农民，我也了解某些比较落后的工厂的生产方法、生产方式，但是对在办公室里用电脑搞开发的人的想法和生活，我是不了解的。我也知道 20 世纪七八十年代学校里的学生们，知道他们的课堂生活、业余生活是什么样的，但是不知道现在学生们的生活是什么样的。

面对变化如此快的生活，如此丰富的社会，你如果想要做无所不知的作家，实际上是不可能的。这就对我们作家提出了要求。体验生活要精准体验，就像扶贫要精准扶贫，打击恐怖势力要精准打击。作家体验生活，应该精准体验，不能走马观花，东看一眼，西看一眼。还是应该选择一个点，选择一个自己过去比较熟悉的地方这么一个点，扎根深入进去。这样才能收到事半功倍的效果。

最后一点，说一千道一万，无论是讲故事也好，还是讲故事的方法也好，小说或者文学最终的任务和目的是没变的。尽管现在有这么多文学样式，有传统的小说、有历史小说、有科幻小说、有穿越小说、有职场小说、有情感小说等，类型很多很多，但无论什么类型的小说，无论什么样的文学艺术形式，话剧也好，电视剧也好，电影也好，最重要的，也是最传统的一点，就是塑造人物。写人性这一点是没变的。无论写多么现代的行当，哪怕写一个我们大多数人都不熟悉的行当，我们在读的时候也并不会对这个行当的技术细节有多深的感慨，我们最终看的是作品描述和塑造的人物。也就是说，一部作品之所以能引发我们的感情共鸣，让我们感动，就在于它描写了人类非常普遍的情感。我们讲述中国故事对话世界，叙述中国对话世界，怎么样才能让中国的故事感动外国的听众、观众呢？这就要回到我刚才讲的一点。我们的作品应该塑造具有个性的人，描写人类普遍的情感。只有塑造出这样的典型人物，表现出人类的普遍情感，我们的作品才能够引发共鸣。

可以简单回忆一下我们自己的阅读历史。我们当年读托尔斯泰的《战争与和平》《安娜·卡列尼娜》的时候，读福楼拜的《包法利夫人》的时候，读巴尔扎克的《高老头》等作品的时候，读译成中文的外国小说的时候，我们也许在农村，也许在工厂，也许在学校。那个时候，我们根本没有到过这些国家，资讯也不发达，甚至没看过这些国家的图片或电影。但是，我们依然会被这样一些作品打动。这是因为这些作品描写了人类最普遍最基本的情感，塑造了让我们难以忘怀的形象。我们甚至忘掉了他们生活的背景，感觉他们就是我们生活当中的熟人，是我们的邻居或者亲人，是我们的朋友，甚至是我们自己。

所以，要讲好中国故事，对每一个行当讲故事的人来讲，最终的一点还是牢牢盯着人讲。搞音乐的可以说我很抽象，我就喜欢音符，但是这里面必须有情感。搞美术的说我不画人物，我画山水，画静物。但无论是山水还是静物，实际上都把人性，把画家本人的人格和品格，通过这样一种艺术形式表现出来了。作家更加直接，在小说里讲人的命运，讲人的情感。人的命运和情感是不是永远不变的常数？这是需要我们认真考虑的。我们当然可以说，我们现在读《红楼梦》，依然会被贾宝玉、林黛玉，被小说所描写的情感打动，为他们惋惜，为他们痛苦。我们跟着他们哭，跟着他们乐。

但是现在社会发展变化得如此快，人们的道德价值观念也发生了重大的变化。过去很多很庄严很神圣的事情，现在变得轻飘飘的，被人忽略了。我们 20 世纪五六十年代学习的标兵典型，现在在年轻人心目当中也许是一些傻瓜，不值得被模仿。我们过去会为这样的一句话或那样的一句话，付出自己最宝贵的一生。现在一个长篇演讲，一篇十万字的文章，都说服不了一个人去献出自己宝贵的生命。也就是说，社会的发展变化不仅仅包含物质科学的变化，道德价值的变，人的情感方式也在变。我们既要坚持对人的基本感情的深入挖掘，也应该关注在剧烈变化的时代当中，人的情感方式所发生的变化，要能够预测到十年、二十年，甚至一百年后人类的情感模式。

人的情感方式、价值观念的变化，导致了新的人物形象的出现。现在回过头来看，任何一部堪称伟大的作品，之所以能够被一代又一代人阅读，让几百年后的读者为之感动，与之产生共鸣，我想原因就在于这些作品里的人物已经具备了超越他们的时代的情感模式或者观念模式。

如果举例，我们可以说《红楼梦》里的贾宝玉、林黛玉实际上不属于他们那个时代，而是属于当今这个时代。在那个时代，他们被当作离经叛道的人，被当作另类。他们跟大多数的人不一样。大多数的人被当时的社会认为是好孩子，肯定是循规蹈矩的。他们按照忠孝的准则，按照功名利禄既定的模式，一步一步通过科举走上升官发财的锦绣前程。贾宝玉不愿意学四书五经，不愿意走科举的道路，所以在当时被当作异类。在当今社会，我们也都希望自己的孩子认真学习，去各种各样的补习班，在学校学完了回家继续学，考上好大学，按照我们想象的最理想的模式发展——大学毕业读研究生，读完研究生读博士、出国留学，走上一条我们认为最光辉的道路。

是不是有的孩子不愿意这样做？如果不愿意这样做，我们作为家长是否能够接受呢？我们是不是可以在批评整个教育的时候，变成冷静的观察者。我们认为反对应试教育模式、敢于反叛的孩子是超越这个时代的新的形象，但是为什么落实到自己孩子身上，观点就会发生变化？这就是说，在阅读的过程中，作为非常理智的读者，作为非常清楚地从情感方面出发并具有未来视角的读者，我们会对作品中的人物进行评判。我们会认为薛宝钗不好，林黛玉很好。但到了生活当中，在为自己的儿子找媳妇的时候，我们也许就变成了另外一个人，变得和贾宝玉的奶奶和爸爸一样。我们也认为林黛玉这样的儿媳妇不能要，要娶还是娶薛宝钗。

总而言之，我们在读书的时候，实际上有一种作为读者的读法。如果把小说里面的人物放到生活中，或者我们在生活中也面临着书里的情节，我们的亲人扮演着书里的反叛形象，我们作为家长又会怎样处理呢？通过这样一种辩证的思考，我想我们应该能对当前快速变化的观念，多样的价值，多重的社会，有一种超前的思维吧。或者说，我们大概能够想象到几十年后，社会会变成什么样。现在的年轻人，现在的孩子，再过二十年、三十年，会跟我们有哪些区别？只有具备这样大概的想象，我们的写作才会有一些希望。否则按照我们几十年来不变的观念，按照这种价值来塑造理想的人物，来批评、反对跟我们的想法不一样的人物，包括生活中的人，我们的作品注定是很陈旧的。

在没有任何准备的情况下，谈这么大的题目是很困难的。下面请我的同事，北京师范大学文学院副院长，也是我们国际写作中心的张清华教授，上来跟我一起对谈，也补救一下我的思维贫乏。

作家很难正确地认识自己。张清华教授几十年来一直在认真地研究我，所以对我的作品的很多长处和短处都非常清楚。

张清华：今天晚上，所有的朋友都是来看莫言老师的，所以多进来一个人特别让人讨厌，我很想藏在下面不上来。他得奖以后，我听过他的很多言谈，今天是讲得时间最长的。大家可以感受到莫言老师非常健谈，只不过非常低调而已。在得奖以前，他的风格不是这样的。那个时候，他嬉笑怒骂皆成文章。他每一句话都会带来笑声，然后是掌声。得奖以后，他变得特别低调。但是低调归低调，我想，他刚才其实是非常客观和全面地讲述了他所理解的中国故事，也回顾了自己的写作道路。当然，他也阐述了他对当代中国作家、中国文学如何面对不断变化的社会、不断变化的世界的想法。这样宽广的命题，我没有能力讲那么好，讲那么大。我就简单地谈一谈我对莫言老师创作的理解，和大家分享一下，也当面求教于莫言老师。我读他读了二十多年，中学时候就读，20世纪90年代初开始写研究他的文章，有一些心得。

我接下来就简单地把我的想法跟大家交流一下。我想有这样几个关键词。一个是"挽歌"。诺贝尔文学奖授奖词里说，莫言先生创造了一种世界性的挽歌。这个词我觉得非常准确。世界上所有伟大的作家，几乎都是以挽歌的方式来对待历史、对待现实的。那么，这里面所说的"世界性的挽歌"是什么意思呢？这是一个很深远、很广大的形容词。我们中国，在两千多年、三千多年，甚至更长的历史中，始终处在农业文明的历史中。这方面马克思和恩格斯有很多阐释。最经典的亚细亚生产方式带来的农业文明，最典型地体现在中国。从世界范围看，农业文明在迅速消失。一种文明的消失会呼唤一种伟大的书写，这种书写就是挽歌。从莫言老师的小说里，从《红高粱家族》到《丰乳肥臀》，再到《檀香刑》《生死疲劳》，我们这个年纪的人看到的其实就是完整的对农业文明的记忆。

现在我们的乡土社会在解体，农业文明变得支离破碎。刚才莫言老师提到了青年作家，说他们已经不写这些了。但是在莫言老师的小说里面，我们可以看到完整的乡村社会、原始的乡村生活经验、原始的民俗与生活方式，还有大量的民间故事。它们和没有受到污染、没有受到破坏、没有受到伤害的大自然完整地生长在一起。莫言先生的小说提供的经验世界，是完整的、原始经典的农业构造。现在，这种构造正在消失。我觉得，诺贝尔文学奖的评委、专家真是有水平的人，他们看到了这种价值。中国的农业文明最后消失的时候，就是全世界范围内的农业文明最后消失的时候。我们基本上可以这样说。

像欧洲、美洲，包括世界上大部分地区，都没有完整的传统农业文明。非洲还有一点，但是饱受干旱、饥饿、战乱的侵扰。中国在农业文明时期产生了一大批哲人，产生了老子、孔子、庄子、孟子等先秦诸子以及两千多年的文化。这些东西如今正在化为历史的烟云，但并未消失。莫言老师是最后一代全景书写乡村经验农业文明的作家，和他同一代的作家还有贾平凹、张炜、韩少功等。他们都在做这样一件事情。但是莫言先生的作品做了最经典，可以说最广大、最丰富、最全面的呈现。这一点，我想大家在读他的小说时一定要关注到。这是一个远景。

第二个关键词，就是"历史"。刚才莫言老师也提到了他对历史的思考。他的思考可能是当代作家里最完整、最全面的深入系统的思考。从《红高粱家族》到《丰乳肥臀》，到《檀香刑》，一直到《生死疲劳》，它们都是在讲述中国现当代的历史，中国近百年的历史。这是我们最迫切需要处理的历史。但是，我们过去的处理可能是有那么一些问题的。莫言老师的处理应该说体现了当代的高度。这种高度又是对鲁迅这一代作家的传承。就是说，他的作品里关于历史的处理，我觉得能跟鲁迅相对应，相媲美。

像《红高粱家族》讲抗日的历史，但是前后延伸很长，不只是抗日，还讲述了大量的民间历史。这是民间社会的生存史。当然，他也讲述抗日，但是他所讲述的抗日历史是对我们常见的历史的一种补充。我们过去讲八路军和新四军，讲解放历史。2015年是世界反法西斯战争胜利七十周年，我们全社会所回忆的伟大历史是全民族的历史，包括革命党的抗战历史。但是，这些描述不完整、不完全。这些不完全、不完整在《红高粱家族》中得到了解答。老百姓们在民间社会里如何抗日？他们没有那么严密的组织，像乌合之众，但他们的反抗是植根于老百姓之间的，是植根于我们这个民族最朴素的爱国情感之间的。爱土地、爱家乡、爱亲人、爱我们自己的尊严，这样的民间原生态历史成为对大历史非常重要的补充。

他的《丰乳肥臀》讲述了将近百年的历史，用一位母亲作为贯穿始终的人物，作为一条线索。她生养了九个孩子，她一生的不幸就是巨大的隐喻，或者说巨大的比喻。这个母亲就好比我们中华民族，她的经历喻示着我们这个受苦受难的民族饱受的各种摧残。但是即便受到了这样的摧残，她还是生机勃勃，生养了众多的孩子，与20世纪的历史发生了千丝万缕的联系。结论是什么？原生态的民间社会被伤害、被颠覆，甚至被毁灭。这是我们时代的进步。我们的历史发生了巨变，我们人类也付出了巨大的代价。这种原生态的民间历史充满了道德感，同时充满了可以被交替的种种因素。但是作为我们道德的根部，作为我们所有的文化文明的根部，这个民间社会最后解体了。我为什么说《丰乳肥臀》是一部伟大的小说？因为它促进了历史的高度。它的高度达到了 20 世纪新闻学诞生以来的最高值。还有，我在课堂上讲这部作品，需要讲八小时，这样才能基本上把我要讲的、想的东西讲出来。这一方面说明我很啰唆，另一方面说明这部作品的容量极其巨大。

还有《檀香刑》。我是第一次当着莫言老师的面讲他的作品，不算唱赞歌。我是面对大家，面对所有莫言老师的读者讲的。这部作品有争议，但是我认为《檀香刑》对于中国近代历史的描写直追鲁迅。鲁迅先生在他的很多作品里专门剖析了中国人的劣根性，剖析了民族心灵深处的种种问题，而且写了"围观"的主题。《药》就写了老百姓的麻木和愚昧。他在《阿Q正传》以及其他很多文章里都描写了围观的心理。这样一些主题在《檀香刑》里可以说有过之而无不及，得到了再次展现。它写了一个女人和三个爹的故事。莫言老师是一位戏剧构造能力极强的作家，他的小说充满了戏剧性。《檀香刑》里的主要人物之间的关系可以被概括为"一个女人和她三个爹之间的悲欢离合、爱恨情仇"。这个女人是民间女子，她的父亲是地方上唱猫腔戏的名角。洋人来了，我们古老的民族，我们只有长矛的民族怎么办？只有装神弄鬼。这就是义和团运动很重要的背景。这个时候，面对强大的外来人民，她父亲变丑了，变成了装神弄鬼的角色，带领老百姓起来造反。于是，公爹刽子手出现了，带来了一场屠杀。

她还有一个干爹，就是本地的县令，也是她的情人。一个女人的三个爹要完成这场屠杀的游戏，老百姓都要来围观，共同出演。演给谁看呢？观众是外国人。他看了，有很多的心得。在几十年后，将近一百年后的现在，我们能看出这部小说对历史的认识在某些方面超越了历史学家。《檀香刑》的后记里有两种声音。一种是火车的声音。火车的声音就是现代化，是强大的代表。它是钢铁的庞然大物，发出的声音是惊天动地的吼叫。另一种是民间老百姓传唱的声音。这个声音如何能抵挡火车的声音？我想，这就揭示了一个民族自身的文化困境和面对外来者时的文化困境。在强大的外来文明入侵前，我们生活在田园当中，感觉没有什么不好。过着田园的生活本来是很好的，但现在它突然被毁灭了。这就是中国文明面对强大的外来文明时产生的分裂。这样深入历史的描写，很多历史学家未必能够达到。

关于莫言老师对整个中国文学的贡献，我不想占太多时间来讲。他的贡献确实非常大，相信在座的读者都有这种感受。他具有戏剧性的创造，他每部作品都有完全不一样的节奏，我不能一一列举。作为一个读者，作为一个创新的研究者，我深深地感受到了他对于中国现代以来的历史深入的书写和分析。从新文学诞生到今天，刚好是一百年。我们讲从 1916 年胡适先生最初尝试的几首白话诗算起，到今天一百周年，中国新文学应该经历了初步的成长。成熟的标志固然有很多，但是我认为非常重要的一个标志，就是出现了《红高粱家族》《丰乳肥臀》《檀香刑》这样杰出的创作。

最近有一些舆论，就是在微信中传播的，站在某个角度挑剔莫言先生作品的文章。我认为，讨论和不同的意见都没有任何问题。我跟莫言老师也说过，你现在就是一棵大树，需要不同的声音，这样才能更加繁茂。要出现动听的声音，呈现活泼的生机，这是必要的。但是有一些挑剔我认为是没有道理的，比如说认为他的作品里有很多尖锐的批判性的东西。我认为这个不是问题。比如说我们特别推崇的巴尔扎克和托尔斯泰，他们都是对自己的时代、国家、民族有深入批判的作家，而且都是唱挽歌的。

一个伟大的作家，一个优秀的作家，他的书写一定是负责任的书写，一定是严肃的书写，一定是富于批判性的书写。巴尔扎克批判了他的法国社会，我们就对法国的人民，对法国的民族，对这个国家有了负面的看法，这样对吗？托尔斯泰对 19 世纪俄国的社会有很多的批判，我们就因此对托尔斯泰有负面的看法？当然不会，我们反而对他们有敬意。我们之所以对这些国家的文化有敬意，其中很重要的原因就是他们有托尔斯泰这样的作家。现在我们有了莫言，我想这对于我们的民族文化来讲，对于我们走向世界而言，都是值得庆幸的事情。我在这里赞美了莫言老师对中国历史现实的书写，不再占用太多的时间，请莫言老师接着讲。

莫言：张教授对我作品的了解程度都超过了我自己的了解。我写了这么多作品，基本都没有冲突。在创作新的作品时，必须对以往的作品有了解，否则很多情节其实已经在别的作品里出现过了，但你忘记了，在新的作品里又出现了。比如说很多人物的对话，在别的作品里已经存在了，但新的作品又把它说了一遍，这是很可怕的事情。有一些作家记忆力好，能够一字不漏地背诵自己的小说。老百姓对这样的作家也是很赞扬的，认为他有一项很了不起的本事。如此熟悉自己的创作，在写新作品的时候必然不会重复。我想，作品比较多的作家，写作的过程一定很快。写完以后自己再去读，可能发现重复率很高。我这些年没有新作品，是因为在回过头来读自己的旧作品。有这么多作品，确实是一件让我感慨万千的事情。

刚才张教授提到我的作品有《丰乳肥臀》《红高粱家族》《檀香刑》。从我写《红高粱家族》到今年，已经整整三十年了。去年年底，我重新读了一下，产生些感慨。一方面，是觉得有很多的遗憾。有些句子不通顺，有些描写可能应该更精彩。但是现在没办法修改了，觉得很遗憾。现在来写，也许比那个时候好。另一方面，就是读到某些句子，读到某些章节的时候，怀疑是不是自己写的，怎么写得那么好呢。因为人老了，就会保守，当年天不怕地不怕、初生牛犊不怕虎的精神就没有了。张教授说我讲话的效果越来越弱，一方面可能跟文学作品有关，另外一个重要的原因就是我老了。

第一，人老了以后讲究四平八稳。第二，人越老越谨慎。随着年龄的增长，我觉得自己的知识越来越少。二十岁的时候，我感觉自己的知识很多，很膨胀，但随着年龄增长，我感觉自己的知识有所塌陷，不敢随便说话了，以免落得笑柄。所以现在重读自己的作品，我会有这两方面的感受。年轻时候出于很多原因，比如年轻，比如修养不够，留下了技术方面的遗憾。另外也是因为年轻，因为胆大，因为什么都不怕，结果创造出了现在自己也为之感慨的作品。所以，对于我这样的作家来讲，未来的出路还是在于深入生活。

要读年轻人的书，学习年轻人的语言方式，起码了解他们的语言方式。更重要的是，了解他们的思维方式，了解他们的情感模式。很多我们认为大逆不道的事情，在他们看来习以为常。我一直被大家认为是一个写农村题材的作家，因为我的作品大部分描写农村生活，写农民，写农业，写农作物。现在我还是要写农村。当然，我会写 20 世纪 80 年代的农村，甚至写更古老的农村。即便是写历史的农村，也得对当下的农村非常了解。我每年都在农村待一个月甚至两个月，我也经常回故乡，回村里，跟小时候的同伴们交流，跟年轻人交流。我现在说的话是发自内心的，是真诚的毫无戒备的交流。我对农村物质性的变化应该是比较清楚的。我看到了大家盖的新房子，看到很多家庭装上了太阳能热水器，几乎每家都有可以取暖的暖气。

过去，在我童年时期，人们需要付出艰辛的劳动来烧火做饭。现在，老百姓家里有了天然气。这样一种物质性的变化触手可摸。我也感慨村里的路都美化了，晚上路灯非常亮。过去农民吃完晚饭以后回家睡觉，现在晚上八九点钟一起散步。对原来的农民来说，散步是多么奢侈的事情。现在，他们一边聊天一边散步，手里拿着收音机。这种生活跟城里的生活没有太大区别。我在农村的时候，一年 365 天，起码劳动 360 天。现在农业劳动都机械化了，哪怕只有一亩地，也要开着汽车去，开着摩托车去，最差也要开三轮车去。哪怕一亩地小麦，也要用收割机来割，没有人用人工。过去割麦子是很沉重的劳动，也是充满乐趣的劳动，很多人把劳动看作一种竞赛。农民凭借割麦子的技巧来炫耀自己的能力，一个农民可以通过高超的劳动技术赢得全村人的尊重。现在我们已经看不到了。过去掰玉米是沉重艰苦的劳动，现在全部都采用机械了。

一切都机械化了。几十年来，这样一种物质性的进步，确实使城乡之间的距离越来越小了。农民的劳动舒适程度，甚至超过了在城里打工的人的生活。农民是完全自由的，他们在田里时也可以打工。这些东西你说该不该写？我觉得都该写。但我总感觉写这些东西有些不对。仅仅写一群农民晚饭之后在街上散步，有必要使用小说这种体裁吗？我想，还是要表现物质生活变化和人心的变化。现在的农民在想什么呢？跟我差不多年纪的农民坚守着土地。我儿时的同伴他们在想什么？我努力地猜，但未必猜得很准确。

现在的年轻人确实是需要作家来刨根问底的。只有准确地知道他们在想什么，准确地知道他们在遇到一个小说里的情节时会有什么样的反应，我们才能写作。我在小说里写过一个人背着一坛酒，酒坛掉了，他遗憾得要命。这是我的小说曾经描写的情节。如果现在一群年轻人遇到一个人把酒坛打碎了，他们会趴在地上喝酒。也许喝醉之后，他们还会拿走那人的手表。为什么？我也不知道。我不了解年轻人到底怎么想。我也问过一些人，管我叫爷爷叫伯伯叫叔叔的都有。在他们问过我之后，我也询问他们的生活。他们说自己在哪个地方打工，对农村的世界有什么样的看法。我现在在北京，一看天气预报，看到我的故乡不下雨，我就很焦急。我知道对农民来讲，风调雨顺是多么重要。这样的变化是非常深刻的。

这样一种物质的变化，科技进步带来的变化，人们的生活方式的变化，人们的居住条件的改善，城乡之间障碍的拆除，以及现在互联网的爆炸信息、过剩信息对人们的生活的影响，使乡村已经变得不一样了。写出这个时代的人物，写出人的一种情感，我想正是一代一代作家存在的理由。我们这代作家知道我们成长在哪里，知道我们目前最缺失什么。我们也知道很多事情无可奈何，只有努力才能有一点帮助。这才是根本的问题。

反映现在这个时代需要更加年轻的作家。每一个时代的人都应该写自己所处时代的人。我觉得"50后"是我们"50后"的作家最应该写的，也是写得最好的。写"80后"是"80后"的作家写得最好，写"90后"一定要靠"90后"的作家。一定是同时代的这个群体里的作家最有发言权。我们绝对不要轻视当下年轻人的写作。他们有他们的视角，也许和我们的比较起来的确不一样。

好，这是我站在当下社会对写作的一些肤浅的认识。

张清华： 莫言老师刚才的这些话，让我一直想问的问题得到了部分的解答。很多的朋友也问过我，因为他们知道我跟莫言经常见面。他们很好奇莫言老师最近在写什么，有没有新作，是不是还在写作，还能不能写出好的作品。我其实也一直想问莫言老师这些问题。他刚才的这些话，反映的他最近几年的心态。他可能是在寻找新的灵感，更多地关注到了社会生活的变化对他的挑战。

今天也有很多朋友，估计和我一样有同样的疑问。我为我自己，也为大家问一个问题。莫言老师最近究竟有没有写新作？打算写什么样的作品？写到什么程度了？能不能给大家说一下，大家都很期待。

莫言： 这确实是最近几年来，出去碰到一些朋友时他们会问的问题。前几年，在中央文艺座谈会上，有人也问了我这个问题。我觉得很快能写完，但实际上一直没有写完。我的写作热情一直没有减退，对生活当中的文学素材的敏锐感没有减退。在生活当中，光是对眼睛看到的、耳朵听到的，我就能有一连串的联想。路边迎面开来辆黄色的挖掘机，上面坐着个六十多岁的妇女。开拖拉机、汽车的，在农村都是非常了不起的人。这是技术含量很高的工种。开巨大挖掘机的应该是年轻人，是穿着蓝色工装的工人。但是这个农村的老太太竟然在开挖掘机，只是为了栽两棵树。这类让我眼前一亮、心头一震的情节很多很多，不一定在哪本小说里就能对上，也有可能发展为独立的小说，创作的准备也一直在进行着。

《红高粱家族》也好，《丰乳肥臀》也好，都描写了抗日战争。我还是想写历史战争小说。另外，我在《检察日报》工作过十年，也一直想写这方面的故事。当然，也想过写一些话剧、戏剧，半成品有好几个。哪个先写完，我现在也说不好。我确实感受到了读者对我殷切的期待。我自己也尽量减少一些社会活动，尽量让自己静下心来好好写作。对于作家来讲，最重要的还是作品。一个作家如果变成演讲者，一个社会人物，他实际上是没有完成自己的工作的。

张清华 反正我知道莫言老师的新作往往要孕育好几年。他的写作速度非常快，但也需要契机。相信莫言老师下一部作品也会给我们带来惊喜，大家一起期待吧。

主持人：今天是个难忘的日子，在黄河之滨，在"金城讲堂"上，我们随莫言先生一起在文学的殿堂里徜徉，从他的高密东北乡出发，走向世界。

莫言先生为中国文学走向世界做出了重大贡献。在瑞典演讲时，莫言先生说自己是个讲故事的人。他以文学讲述中国，对话世界，给我们无穷的启迪，为我们在未来的工作中如何以文学的方式、以更多的方式讲述兰州、讲述甘肃，乃至讲述西部，如何以最佳的方式对话世界提供了全新的视角。莫言先生带给我们在座的是文学与思想的盛宴，他的报告让我们对建设兰州文化更加充满了信心。兰州，这座丝绸之路的节点城市不仅有"兰州蓝"，有"马拉松"，更有深厚的文化底蕴。我们会进一步加强与丝绸之路沿线国家、地区的文化交流合作，提升兰州的文化影响力。

最后，让我们再次以热烈的掌声感谢莫言先生！感谢这个讲故事的人！我们真诚期待莫言先生能够再次莅临金城，在"金城讲堂"上讲述中国故事！

感谢各位，今天的报告会到此结束，下期再见！

（本文由管笑笑博士提供）

在首届丝绸之路（敦煌）国际文化博览会上的演讲[①]

莫 言

下午好。实际上我用不了八分钟，八秒钟就够了。能够在敦煌参加这样一个盛会，我感到非常荣幸。敦煌我是第二次来，上一次来是二十八年前。二十八年弹指一挥间，变化非常大。敦煌这座城市变了，周围的环境也变了，但敦煌的艺术品没变。有很多特别容易变的东西，也有一些很难改变或者说永远不会变的东西。文化的东西应该是传承的、难以变化的，是人类社会所能持续留存的。

我原本没有想到过来的话还要演讲，所以没做准备。说什么呢？首先谈一点简单的观感。我来敦煌后看到这次丝路文博会的 LOGO（会徽），觉得设计得很好。第一眼看上去，它是两条交叉的彩虹，符合丝绸之路文博会的基本结构，再一看是个文字，再仔细一看是一个大步奔跑的人。这个人跑得很轻松很愉快，我看像是位女性，挥舞着彩绸。这个人应该是在面向西方大步奔跑。改革开放三十多年来，中国人在很多方面向西方学习，而且取得了大的成就。中国大踏步的前进是与向西方学习分不开的。但是换一个方向看，这个人又是向着东方奔跑的。所以，不仅东方人要向西方学习，而且西方人也要向东方学习。我想这也是丝绸之路之所以能够存在几千年，并且在沉寂了数百年后重新焕发光彩的原因。一切交流都是双向的，一切交流都是自发的、来自民间的。它先是一种很简单很简单的需要，然后慢慢扩展成为国家的行为。在中国人在向西方学习时，西方人也在向中国人学习，向东方学习。所以说，这条贯穿东西的丝绸之路是文明交合之路，是互相学习、互相借鉴之路。当然，我们的老祖宗没有想到文化方面、政治方面的意义，无非想我要把我最好的

---

① 2016 年 9 月 20 日，莫言受邀参加首届丝绸之路（敦煌）国际文化博览会，本文为现场演讲。

东西卖给别人。商人把中国的物资、东方的物资运到西方去，再把西方的东西运过来。这样一种最初出自经济目的的交往后来慢慢地拥有了丰富的文化的含义，因为任何东西都能用文化来概括。丝绸看起来是一种物质，一种物品，可以做衣服，做彩旗，但它本身也是一种文化。丝绸上面有图案，有颜色，被穿到唱歌跳舞的演员身上，就变成了艺术的一部分。中国的商人也在这个过程中从西方拿到很多东西，比如胡麻、胡桃、西瓜。这些作物是一步一步传入中国的。我们现在吃的玉米、地瓜、红薯、土豆可能来自更遥远的南美大陆，也都是从西方来的。这种交流确实是促使民族和谐、人类进步的巨大契机。丝绸之路从个人行为变成群体行为，从群体行为变成国家行为，无疑需要政府的协调，沿途的管理。只有维持好这条路上的秩序，这条路才能畅通无阻。

我对刚才德国汤若望先生后人的发言非常感兴趣。他用非常简洁的发言向我们概述了陆上丝绸之路和海上丝绸之路的历史。这让我想到去年去泉州参加纪念海上丝绸之路的一个活动。那场活动自然会谈到一个人——郑和，也会谈到鉴真。在几百年前，科技还比较落后、物质还很不发达、信息还不畅通的时候，我们的祖先就已经冒着生命危险，乘风破浪，驶向遥远的国度，把中华文明传播到西方去，也把西方文明带了回来。刚才汤若望先生的后人说，当年海上航行最严重的挑战是船员们会得一种不治之症——坏血病。后来，郑和解决了这个问题，发明了在船上生豆芽这种简单的技术。他们带上了足够的黄豆，在船上生豆芽。豆芽能够提供维持健康的维生素，所以中国船员不得坏血病。郑和曾经从非洲带回一头长颈鹿献给皇上。中国民间传说中的瑞兽麒麟，据专家考证，就是以长颈鹿为范本创造出来的。郑和也是很有意思的，他带回来一头长颈鹿。长颈鹿在海上漂泊那么长的时间，要活着来到中国，这中间的很多细节都是需要作家进行想象的。汤若望先生的后人的演讲让我产生了许多文学方面的联想，想象我们的祖先为了让长颈鹿平安地来到中国，在船上想了很多办法。长颈鹿还要吃树叶，你不能让长颈鹿吃豆芽。（全场大笑）他们肯定想了很好的办法，但我们现在还不知道。

总之，一方面，今天这个时代让我们看到了科学的进步，让我们感觉到我们超过了我们的祖先；另一方面，我们，在很多方面还没有超过我们的祖先。当年，他们不知道用什么样的方法创作的一些作品，完成的一些事业，是我们今天还无法模仿的。我们还不知道郑和是如何把长颈鹿带到中国的，我们也无法获悉当年在敦煌石壁上开凿洞窟的那些工匠，是以什么样的方式创造出这样灿烂的艺术品的。我们也不知道他们的头脑中怎么会产生这样美妙的图像，他们的想象力怎么会这样发达。我们不知道他们的想象力建立在什么样的文化基础之上。毫无疑问，佛教文化、伊斯兰教文化、基督教文化、中国本土文化等多种文化成为他们想象的基础，然后他们培育出、融合出了灿烂的敦煌文化。我们通过敦煌壁画也能看出，只有交流才能进步。经济是这样，文化是这样，艺术更是这样。只有交流才能产生新的东西、新的灵感，只有交流才能创新。文化交流最根本的日的应该是创新。如果我们仅仅是把我们已有的东西拿给别人看，把别人已有的东西拿过来复制，这是没有意义的。

我们现在感叹祖先给我们留下了如此璀璨的文化宝库，一千年以后，我们的后代在思索 20 世纪、21 世纪的祖先留下了什么时，可能会说："他们很好地保存了敦煌石窟的文化。"但是我们创造了什么？只有保存好现有的文化，我们才能无愧于先人。但假如我们仅仅是保存者而不是创造者，我们就会有愧于后代。因此，在交流的时候，我们一定要强调创新意识。创新是吸别人的长，补自己的短。

我跟法国的建筑大师保罗·安德鲁先生是很好的朋友。他和我谈过当年在北京建设国家大剧院时的一些想法。当时全世界几十个建筑大师都拿来了设计方案，最后是他的方案被选中了。我问他："你为什么要把它建成这样一个大鸭蛋的形状？"我们对这个建筑充满疑议，觉得它不伦不类，跟中国的建筑风格不协调。当时，国家大剧院还没有开始使用。保罗·安德鲁先生对我说："用不了多久，等国家大剧院启用了，您可以进去看一场演出，然后再来谈您的感受。"后来我真的去看了，很震撼。尤其是夜晚的时候，灯火亮起来，大剧院前面的水池里的倒影就像中国传统的阴阳鱼的符号一样。它的确让我感受到一种和谐之美。进入剧院，我感觉不到压抑，反而觉得它非常敞亮。安德森也是在限制中进行创造的——有关部门要求建筑高度不能超过人民大会堂，后来又一再压低它的高度，压到地下五十米。它只能往地下发展。因此我认为，并不是完全一样就是和谐，类似就是和谐。有时候，尖锐的对抗中也会产生一种对抗的和谐。这种和谐可能是一种更高层次的和谐。现在，我们的视野应该更宽阔一些，我们的包容应该更多一些。我们应该在一个更高的层次上考量我们遇到的一些对抗的、对立的事物。当时不和谐的事物，几十年之后可能就是和谐的了。比如法国的卢浮宫，当时人们曾经觉得它是不和谐的，但是现在进去后会发现，它已经成为和谐的一部分了。

建筑有时能体现中西文化对抗式的融合。走在中国，你会发现很多庙的建筑很像京都、奈良的建筑。我跟随行的人这样讲，他们都说不是，说是京都、奈良的建筑很像我们中国唐朝时的建筑。有人说当年鉴真他们东渡，把中国的建筑艺术带到了日本；日本一批又一批的遣唐使、留学生远渡重洋来到中国，把中国的文学、艺术带回了日本。日本没有照搬，而是有发展，有创造。我们现在看日本的文化，真是感慨万千。许多在中国早就失传的东西可以在日本找到源头。在日本文化中，我们可以发现汉唐文化、明清文化，但是他们又在学习的基础上结合了本民族的地理的、气候的、历史传承的种种因素，融合出了一种新的属于日本的文化，反过来让我们学习。所以，我们的丝绸之路最终远大的目的，就是在充分交流碰撞的基础上创新出一种新的文化形态，新的艺术作品，使我们在百年千年之后无愧于我们的后代。

谢谢大家！

（本文由管笑笑博士提供）

纪录片与文学
——在第五届中国(嘉峪关)国际短片电影展上的演讲①

莫　言

各位，上午好。

上星期，我看了中央电视台科教频道的一个健康节目。节目中的医生说："不论什么样的钙片都比不上晒太阳。"今天上午我们在嘉峪关晒了两小时的太阳，嘉峪关应该收费，收阳光费。北京没有这样的太阳，没有这样的空气。全国许多地方都没有这样的太阳。建议将来我们的旅游局开设一个晒太阳的项目。

今天我演讲的题目是《纪录片与文学》。纪录片与文学真是有很密切的关系。20 世纪，我们中国伟大的文学家鲁迅先生在日本仙台医科专门学校留学期间，看过一部幻灯片。幻灯片肯定是最早的纪录片了，那个时候的技术肯定比现在落后。那个时候，人们还没有发明电影胶片。这个幻灯片的内容是一个中国人给一个俄国人做间谍，被日本人发现了，日本人要枪毙中国人。幻灯片不仅表现了行刑的过程，而且拍摄了行刑时的场面。围观者中有很多看着自己的同胞被杀的中国人。看完纪录片，鲁迅的灵魂受到巨大震动。他感到医学虽然可以治病救命，但不能救治麻木的心灵。所以，鲁迅先生最后决定弃医从文，医治中华民族灵魂深处的病态，认为这可能比治好一两个病人更加有意义。当然，这是不是鲁迅弃医从文的全部原因还有待考证，但这件事情是他记在著名的散文《藤野先生》中的。

我们每一个人都是纪录片的观看者，打开电视换换频道就会发现纪录片。纪录片的

---

①　2016 年 9 月 22 日，莫言受邀参加第五届中国(嘉峪关)国际短片电影展，本文为现场演讲。

范围又是如此之广。纪录片最早与电影没有区别。在默片时代，所有的纪录片都是电影。后来纪录片作为独立的艺术品种与电影有所区别了，但它的最基本的功能、它的实现方法依然还是用机器来记录。电影中的人可以由演员来演。演员可以根据预先写好的脚本不断地表演，不满意就再来一遍。纪录片从它的特性上来说，可能不允许反复地排练。从这个意义上来讲，纪录片的最大的特征就是它的真实性。为什么我们会被纪录片震撼到？因为我们认为纪录片是真实的，是没有经过导演加工的。当然，纪录片的真实性在纪录片行当里是很有争议的话题：究竟怎么样才算真实？难道原封不动地偷偷地进行拍摄就算真实吗？把偷偷拍下来的未经剪辑的材料放出来就是纪录片吗？它有艺术价值吗？有思想意义吗？这些问题值得讨论。

我前几年去英国，和我们社科院的一个同事在一起。他指着一个"CCTV"的标识，说你知道这是什么意思吗。我说是不是中央电视台在这里拍摄的一个外景地，他说不是。他说这是闭路电路（closed circuit television）的意思。也就是说，在英国伦敦，每个角落每寸土地都有闭路监控。现在，我们中国的监控录像也非常发达。我今年夏天回故乡，住在一个距离县城五十公里的小山上。山上有农民种了一片谷子，谷子地的地头上竟然也安装着摄像头。我问他为什么在这里装摄像头，他说万一有人来偷我的谷子呢。我问还有别的意义吗，他说我要看看麻雀怎样来偷吃我的谷子。我觉得他前一个目的是农民都有的，防止庄稼被偷，后一个目的就很有艺术味道——看看麻雀怎样偷他的谷子。这样的摄像头每一个路口都有，每一个村口都有，每天二十四小时不停地在拍。但是，这些东西不应该算纪录片。我们所谓的纪录片，还是应该有导演有艺术构想的。从这个意义上讲，纪录片也是选择的艺术。面对如此丰富的大千世界，这么多的物种，这么多的自然风光，这么多的动物，这么多的人，我们究竟应该拍什么？这当然要选择。选择的艺术事实上是对选择者的一种考验。有的人选择了精华，拍出了精华；有的人选择了糟粕，拍出了垃圾。所以，艺术创造有着共同的原则。无论是纪录片的创作，还是文学的创作、美术的创作，从根本上来讲都是选择的艺术，都需要创作主体提高自己的艺术感受力，提高自己的艺术鉴赏力。只有这样，才能创作出艺术精品。我以前也与一些艺术家谈论过小说改编电影的问题。小说被改编成电影也是一种选择的艺术，是导演从小说里选择他最需要的东西，然后经过编剧、拍摄，创作出源于小说但不同于小说，甚至在不同意义上高于小说的艺术作品。我们的纪录片导演每天都面临着选择。他们拍了许多素材，最后要从这些素材中选择出最能够表现创作意图的画面进行剪辑，创作出完整的艺术作品。纪录片之所以是艺术，就在于它必须经过主观性的选择。

随着科技的进步和社会的发展，纪录片的形式也越来越多样化。我们刚才看了大卫先生拍摄的纪录片——毫无疑问是精品。它要求创作者有献身精神。为了拍好动物，创作者可能要蹲守几个月，可能要白天在家，晚上出去拍摄，甚至要冒着生命危险。拍摄老虎，老虎可能一时兽性发作扑上来；拍摄大象，大象发怒了也是很可怕的。除了高度的献身精神和艺术选择能力之外，优秀的纪录片也依赖于科学的进步。鲁迅在那个年代只能看幻灯片，无论多么高明的导演和摄影师也拍不出现在这样的片子来。只有在现在这样的时代，我们才可以看到这样精美的纪录片。

随着手机的普及，随着手机的摄像功能越来越强大，越来越技术化，每一个人实际上都能成为纪录片的制作者。这样一个人人都可以抬起手来记录现实的时代，使纪录片的概念得以无限扩大。这样一种大众性的纪录，有时候会给我们留下无比珍贵的镜头，会记录下无比珍贵的不能被再现的景象。前几天我在网上看到一个视频，拍摄的是龙卷风把海里的水吸到天上的景象，就是高速旋转的、顶天立水的巨大水柱。过去我曾听我爷爷讲过，他说有一年去割草的时候，回来突然碰到一场大风。他使劲抱住一棵树，才没有被卷到天上去。他看到从天上弯弯曲曲地伸下来"一条龙的尾巴"，把池塘里的水全都吸到天上去了。很深的池塘顷刻之间被抽得底朝天。他给我用语言描述了这样一种奇特的自然景观，现在，我们可以举起手机，把这个景象记录下来。另外，现实生活中很多的自然灾害、突发事件，因为有了手机摄影，就变成了珍贵的人文资料。从这个意义上来讲，纪录片也是技术的艺术，纪录片不断的进步建立在技术的进步的基础之上。随着社会的发展、科技的发展，未来的纪录片肯定会有更加令人叹为观止的面貌。

艺术都是触类旁通的。作家需要向画家、音乐家学习，也需要向纪录片的制作者学习。我们学习的方法就是观看他们制作出来的东西。二十年前，我看过一部描写鱼类迁徙的纪录片。这个拍摄的难度相当大，从小鱼苗慢慢地游向大海开始拍，然后再拍成年的鱼洄游母亲河繁衍后代的过程。这是一个漫长的、充满戏剧性和危险性的洄游过程，需要好几年的时间，需要漫长的旅途。大马哈鱼从海洋游回陆地淡水河的时候要经历无数的磨难，其艰辛不亚于唐僧取经。它会被人不断地捕捞，会被动物不断地捕食，也会受到水坝的影响。最后能够回到产卵地的鱼，可谓万里挑一。身体最强健的、运气最好的个体回到了它的产卵地。这样一个过程让人看了以后感慨万千。一条鱼为什么要到大海里去成长？长成以后什么要回到它的母亲河产卵？它是怎样辨别方向的？它依靠什么从茫茫大海里回到万里之外的出生地？科学家给了很多解释。有的科学家认为它凭借的是对气味的记忆。鱼类记住了母亲河的气味，追随着气味回到了出生地。我受到这样一个片段的启发，写了一篇散文，也是一篇发言稿，叫《小说的气味》。一个作家要写小说，他的小说应该是有气味的。小说家应该向鱼类学习，储备深刻的、丰富的对童年故乡的记忆。这种记忆可以是物像、图像，可以是人，也可以是气味。好的小说应该是充满感觉的。感觉中有人的触感、视觉、嗅觉。在描写市场的时候，这个市场应该有水果的气味，有烙饼的气味，有烤羊肉的气味，也应该有人身上散发出的汗味。在描写一个人的卧室的时候，卧室也应该是有气味的。在描写花、描写植物的时候，我们要调动起对气味的想象。

现在的科学非常发达，我们的录像技术、摄影技术在日新月异地变化着。令人遗憾的是，我们还没有能记录气味的机器。等到科学发展到能够把气味记录下来的程度，我们的纪录片会比现在更加吸引人。刚才吕品田院长说到了他看过的《舌尖上的中国》。这部纪录片在中国观众中影响巨大，很多电视台都在反复播放。我也看了很多遍，看的时候食欲会被调动起来。它不仅表现了食物的原材料的生产制作方式，而且向我们展现了正在享受这些美食的人。中国的饮食讲究色香味俱全，我们现在能看到这些美食的形状、色彩，但很遗憾，还嗅不到气味。我希望等将来科学发达了，我们在录像的同时能把气味记录下来。那个时候，大卫先生拍出来的纪录片会更加吸引人。我们不但会看到大象白天的形象、夜晚的形象，还能嗅到大象身上的气味。

谢谢大家！

（本文由管笑笑博士提供）

文学与乡土
——在香港浸会大学的演讲[①]

莫　言

陈致：尊敬的莫言教授、杜女士、钱校长、陈副主席、孙先生，在座的各位嘉宾、各位同事、各位同学，还有各位文化界、教育界的朋友，大家好。我们今天特别荣幸地请到了莫言先生来到我们学校参加六十周年校庆庆典。

我想大家没有人不知道莫言教授。我们或者是他的书迷，读过他的很多著作，被他的文学创造力和想象力所感染；或者久仰他的大名。我们知道，他是华人文学界获得诺贝尔文学奖的唯一的中国本土作家。如果我要在这里讲莫言先生的文学成就，恐怕今天下午的时间就都被我占了，没有莫言先生什么事情了。我想这也不是大家所期待的。不过，我可以数一些莫言先生在国内外获得的奖项，简单举几个例子。1988 年，莫言先生以《白狗秋千架》这部小说获得台湾联合文学奖。2000 年以《酒国》这部小说获得法国儒尔·巴泰庸外国文学奖(Prix Laure-Bataillon)。2004 年获得华语文学传媒大奖(年度杰出成就奖)。2005 年获得意大利诺尼诺国际文学奖(Nonino International Literature Prize)。2006 年获得日本福冈亚洲文化奖。2008 年获得香港浸会大学(以下简称浸会大学)文学院所授的红楼梦奖，同年又获得美国纽曼华语文学奖(Newman Prize for Chinese Literature)。2011 年获得韩国万海文学奖(Manhae Prize for Literature)。2012 年获得诺贝尔文学奖。

这里面最重要的文学奖，你们说是什么？(台下答"红楼梦奖")我认为是浸会大学颁

---

① 2016 年 10 月 5 日，莫言受邀在香港浸会大学做演讲，对谈人为陈颖教授，主持人为蔡元丰博士，陈致教授致欢迎辞。

发的红楼梦奖。我是有证据的，不是乱说的。莫言先生得红楼梦奖的小说是《生死疲劳》。刚刚接莫言先生来的时候，我在车上问他："您最满意、最得意的作品是什么？"他比较谦虚地说："毛病最少的，相对来说还可以的，我觉得是《生死疲劳》。"所以，你们看，我们浸会大学是第一个发现《生死疲劳》的。我们七月份颁授了红楼梦奖，十月份美国纽曼华语文学奖也颁授给了莫言先生，还是因为《生死疲劳》。诺贝尔文学奖不是针对某一部作品，而是针对莫言先生整体的文学成就的。刚才我又跟莫言先生验证了一下，他说《生死疲劳》即便不是最重要的，也是相当重要的。所以说，我们是伯乐。"世有伯乐，然后有千里马。"当然，这是开个玩笑。实际上，莫言先生是千里马，是独一无二的，伯乐却还真是不少。除了我们以外，还有别的机构和学者。其中有一位翻译莫言作品最多的西方学者，就是葛浩文（Howard Goldblatt）教授。他是非常著名的翻译家。葛教授从 20 世纪 80 年代末就开始翻译莫言先生的作品，从《红高粱》——《红高粱》大家都知道，被拍成了电影——开始，然后是《酒国》《四十一炮》等。他翻译了大部分莫言先生的作品。可见，葛浩文教授是非常有名的洋伯乐。

我们今天也非常荣幸，请到葛教授的两位高足。他们两位是贤伉俪。一位是蔡元丰教授，我们有幸把他请到我们中文系任教。另一位是陈颖教授，她为了这一次跟莫言先生对话，专程从美国文博大学（Wittenberg University）飞过来。让我们以热烈的掌声欢迎她，非常感谢。下面我就不占用大家时间了，还是把时间留给莫言先生和他们两位。谢谢。

蔡元丰：我们现在先请校长上来为我们致送纪念品。请浸会大学的钱校长把这幅字画送给莫言教授。

请钱校长留步。现在，我们合照留念。有请文学院署理院长陈致教授、美国文博大学的陈颖教授，我们也很荣幸地请到了莫言的夫人杜勤兰女士、浸会大学副校长周伟立博士、浸会大学协理副校长傅浩坚教授、浸会大学校董会暨咨议会副主席陈黄穗女士。

（合照完毕，各位嘉宾回到台下就座。）

时间回到四年前。10 月 11 号，按照莫言的说法，是农历八月二十六，瑞典学院宣布，莫言获得 2012 年诺贝尔文学奖，理由只有一句话："莫言以幻觉现实主义（Hallucinatory realism）融合了民间故事、历史和当代社会。"除了诺贝尔文学奖和刚才陈致院长提到的各种奖项外，莫言还获得了 2011 年的茅盾文学奖。很明显，莫言老师是多产的作家。到目前为止，他著有 11 部长篇小说，27 篇中篇小说，还有多部短篇小说集、散文集，以及影视剧本。莫言可谓把中国文学带进了世界文学，其作品据统计已有四十多种外语译本。

今天的题目大家都看见了：文学与乡土。这让我们联想到鲁迅的"故乡"、沈从文的"湘西"，乃至当代作家韩少功的寻根文学和贾平凹的"陕西"等。2015 年 10 月，也是在浸会大学，贾平凹老师表达了这样一个忧虑：随着中国的经济改革和城市化的发展，乡土文学作为现代中国文学的特色，恐怕会消失。一年后的今天，我们很荣幸请到了莫言老师。我们来听莫言老师讲一讲文学与乡土。

在莫言老师开讲之前，我先做两个提示。第一，大家手上有提问纸，可以填写后交给我们的工作人员。这个不是审查，只是为了节省时间，因为今天人太多了。第二，莫言老师已经很累了。他之前有点感冒，虽然基本上好了，但还是很累，所以今天就不安排签名了，也不接受媒体的访问。有问题的话，麻烦写在纸上，由工作人员带过来。好，现在我们以热烈的掌声欢迎莫言老师。

莫言： 尊敬的校长、各位校董、各位老师、各位同学，下午好。

浸会大学对我来说一点都不陌生。正如刚才我们文学院陈致院长所说，对我来说，浸会大学有点伯乐的意思。确实是。2008 年，我获得了浸会大学颁发的第二届世界华文长篇小说红楼梦奖。现在回忆起来，对于听到自己获得红楼梦奖的消息时的心情，我记忆犹新，是非常高兴的。那一届的评委中有好几位德高望重的老作家。有从美国专程赶来的聂华苓先生，她现在已经九十岁了。一个八十多岁的人，不远万里从美国飞到香港。她后来跟我说："我之所以去，就是为了把莫言的《生死疲劳》推到红楼梦奖上去。"另外一位是司马中原先生。我后来在台湾见过这位老先生好几次，他也跟我交流过很多文学创作方面的体会，我们有很多共同的语言。当年司马中原先生是国民党军队里的作家。我是共产党军队里的作家。当然，他一见面没有说我是"共匪"，我也没有说他是"蒋匪"。我说："司马中原先生，您的创作是我早期学习的样板。"我看过他早期军旅时期写的一些小说。当时台湾地区的军旅作家有朱西宁、司马中原、段彩华等人。20 世纪 50 年代，这批军旅作家用自己的笔描写了他们经历和记忆中的祖国大陆波澜壮阔的历史，也展现了博大的人文情怀和他们亲身经历的历史巨变。他们的文风是非常强悍的，他们的视野是非常辽阔的，他们对人以及对人类社会的认识是非常深刻的。这三位军旅作家的作品对我的创作产生了非常积极的影响。例如，朱天心、朱天文的爸爸朱西宁先生写的《铁浆》，以及后来写的《狼》。段彩华先生也写过一篇《狼》。司马中原先生写的叫《狂风沙》。这些我至今都记忆犹新，它们都在我 20 世纪 80 年代的阅读书单上。司马中原先生专程来香港评红楼梦奖，力推《生死疲劳》，让我感受到了来自前辈的深切期望。还有王德威先生，他是谦谦君子，大才子。还有其他两位先生，还有钟玲女士。

总而言之，《生死疲劳》这部作品正像刚才陈致教授所讲，在我众多的创作当中是非常重要的。我本人对它非常看重。所以我说，如果让我选一部最好的作品，我可能选不出来；但是让我选一部我认为遗憾比较少的作品，那就首推《生死疲劳》。这部小说基本契合 2012 年瑞典学院给我的授奖词，也像蔡教授刚才讲的一样，用幻觉现实主义把民间故事、历史和社会现实融合在了一起。《生死疲劳》具备了这四个因素。书中有很多的梦境、幻觉，有很多的民间故事，当然，也有历史和现实。《生死疲劳》用一种很独特的视角，借助佛家的六道轮回作为小说的结构，然后用各种动物的视角——驴的、狗的、猪的、猴子，用它们的眼睛，用它们的感觉，用它们的思维来折射中国五十多年来剧烈的社会变迁，折射人的各种各样的、形形色色的表现和变化。当然了，大家也可以质疑：你一个作家怎么知道狗是这样想的？你又不是狗。你怎么知道驴是这样想的？你又不是驴。在小说里，动物的视角归根结底还是作家的视角，还是人的感觉，无非是作家想借助动物的眼睛，或者假托动物的眼睛，用一种更低的视角、更加奇特的感受来反映社会。所以这里面驴也好、猪也好、狗也好，归根结底都是莫言的视角。莫言作为小说里的一个人物也出现在了《生死疲劳》中，并且与作品里的很多动物、很多人产生了非常密切的联系，引发了很多的矛盾。因此，我们可以用《生死疲劳》这部作品来诠释瑞典学院的授奖词。

如果在座的有学过动物学的人，我就不敢跟你们讲这部小说了。后来，也有人给我提出批评意见，说你在小说里写到狗的视角的时候，描述了那么多的色彩，如红的花、红色的旗帜、蓝蓝的天空、金黄的夕阳，但是事实上狗是色盲，它们没有色感。在狗眼里，一切都是黑白的。你这是犯了一个严重的技术性错误。好在读者里研究动物学的人不太多。有时就是会这样，这无所谓。因为作家在写作的过程中总是千方百计地变化，要变化就要用动物的视角来看世界，就会出现一些不符合科学原理但是符合文学真实的内容。科学的真实和文学的真实应该不是一回事儿。我们应该允许作家在小说里违背某些科学常识，来表达他想要表达的那种感情。这就涉及我们刚才要说的一个概念，就是幻觉。我记得在我早期的一部小说，也是我的成名作《透明的红萝卜》里，主人公叫黑孩。他能够用耳朵听到色彩，用眼睛看到声音。这是违背了生理常识的。无论有什么样的特异功能，人也不可能用眼睛来看声音，用耳朵来辨别色彩。但是，我在小说里就是这样写了。后来很多批评家都认可了我这种写法，说我借助了诗歌里的"通感"。诗人经常运用"通感"。在诗人的笔下，人的视觉、嗅觉、触觉都是可以变通的。我们完全可以用眼睛看到声音在空中飞舞，也完全可以用鼻子嗅到声音是怎样传播的。这些实际上都出于幻觉。

在《透明的红萝卜》里，主人公黑孩生活在一个非常不健全的家庭里：父亲是个酒鬼，继母经常虐待他。对于他自己的母亲去哪里了，小说也没有交代。这个孩子在小说里从头到尾没说过一句话。在 20 世纪 60 年代的社会环境中，这个孩子的心灵是畸形发展的。他想的事情可能跟当今在健康的家庭、健全的社会里幸福地成长起来的孩子想的事情不一样。所以，他很有可能出现各种各样奇特的生理现象，完全可以沉浸在一种幻觉状态中。他白天看起来是在默默地坐着，但是脑子可能正在进行各种各样的想象。他可能是在睁着眼睛做梦。

所谓幻觉，实际上是作家的一种状态，与作家童年的生活经验密不可分。我当然不是《透明的红萝卜》里的黑孩，但是我有过类似的经历。当然，我的家庭是健全的，但是我当时生活的时代不太健全。我很早就辍学，十几岁就到水利桥梁工地上当小工。我也像黑孩一样给铁匠做过小工，每天帮铁匠把炉火生起来，把铁烧热、烧软、烧红；每天看着他们用大锤把钢铁叮叮当当地锻造成各种各样的器具。从小，我就是铁匠炉边的一个小帮工。当夜深人静，铁匠们坐在一边吸烟、休息的时候，炉火还没有熄灭，炉膛的火上会有一缕蓝色的火苗在颤动。这缕火苗会产生一种奇特的现象：离开炉膛，悬在空中。我们在农村点油灯、点蜡烛的时候也许会发现这种现象：火苗突然距离灯芯很远，在空中飘动。有时候我们要重新点燃一支蜡烛，火柴离蜡烛的芯还很远，火苗"啪"地一下被吸过去，蜡烛就着了。我一直记得那个时候。晚上，在铁匠们抽烟、讲故事、昏睡的时候，我就痴迷地观察着，看蓝色的火苗飘荡在离火炉很高的地方。桥洞外一片沉静，可以远远地听到河水在流淌，可以很清晰地听到在桥洞外面的庄稼地里、野土里，秋天的虫子在唧唧地鸣叫，也可以听到夜空中不知名的鸟在发出尖锐的叫声。这一切都被放大了。在神秘的夜晚，声音被放大了，气味被放大了，人的感觉也被放大了。人的触觉和感觉变得非常灵敏和纤细。这就是我童年的经验。你说它是幻觉也好，说它是真实的感受也好，总而言之，它是一种非常美妙奇特的体验。几十年后，当我拿起笔来写这样一篇小说的时候，当我的小说里出现了这样一个人物典型的时候，我在铁匠炉边帮忙打铁的童年记忆全部复活了，而且被加到了小说人物身上。我的很多小说里都出现过梦境和幻觉，这些梦境和幻觉的根源是我童年的乡村记忆。

另外，瑞典学院把幻觉现实主义上升为一种主义，一种文学手法、技法。2013年，瑞典学院院长埃斯普马克到北京演讲的时候就特别强调："中国很多的报刊把我们的授奖词翻译成了'魔幻现实主义'，这是不对的。我们是特意把莫言跟马尔克斯进行了区别。你们去查一查，当年我们给马尔克斯的授奖词中的'魔幻现实主义'跟我们给莫言的'幻觉现实主义'的单词是不一样的。"

我想，瑞典学院确实发现了我的小说的特质。我从来不避讳马尔克斯对我的深刻影响。20世纪80年代出道的这一批中国内地的作家，在拿起笔来写作的时候，都受到过来自拉丁美洲的马尔克斯、略萨等人的作品的影响。这个时候，我们在一种刚刚解放的状态中突然接触到了门外的风景。我们由习以为常地阅读现实主义的红色经典，到突然阅读西方现代派的作品，确实感觉到——用现在的话讲——"脑洞大开"。我当时有一种深深的遗憾：哎呀，为什么我没早些知道小说可以这样写呢？如果早知道小说可以用这样的方法来写，也许我很早以前就写出成名作了。它一下子激活了我的记忆。所以，一个作家受到另外一个作家的影响，一个民族的作家受到另外一个民族的作家的影响，就在于通过阅读激活创作主体的记忆，唤起他情感上强烈的共鸣。读了他的书，我脑子里立刻想起无数自己经历的故事。他可以这样写，我也可以这样写。

当然，我们也很快意识到，如果仅仅满足于模仿，那肯定是没出息的。一个作家要想在文坛上站得住脚，就得千方百计地写出跟别人不一样的作品。众多的中国作家追求变化，追求跟别人不一样的努力，最后就会形成一个民族、一个国家的文学品格。我们这一批几十上百个作家共同追新求异的努力，最后就会形成中国当代文学的整体面貌，就会形成一种独特的中国文学的风格，从而在世界文学中占据一席之地。

所谓梦幻、幻觉、梦境，最终还是跟作家的童年记忆密切相关。当然，每个人的梦境都不一样。现在很多"80后""90后"的作家也在写梦和幻觉。由于生活的时代不一样，生活的环境不一样，接触的外界事物不一样，我们这些"50后"做的梦也跟"80后""90后"做的梦不一样。我在内地很多大学里反复地说：我现在做梦，梦到的还是高粱地啊、玉米啊、大豆啊、红薯啊、牛啊、羊啊这些农村的生活场景和物品。"90后"的年轻人做的梦就不一样了。我问过他们："你们一般做梦梦到什么？"他们说："我们经常梦到跟动画片里的人物生活在一起，梦到穿越到唐朝去了。"我说："你们这个唐朝是真正的唐朝吗？"他们说："不一定，不知道，是我们想象的唐朝。"时代的发展和变化，作家的生活环境的变化，使梦境也变得不一样了。都是写幻觉，"50后"作家写的幻觉，跟"90后""00后"的不一样。因此，每一个时代都需要自己这个时代的作家。

刚才蔡教授也谈到了贾平凹先生的忧虑。随着中国乡村与城镇之间的距离逐渐缩小，城镇化取代和覆盖了很多原始的乡村，乡土文学的前途堪忧。这个问题实际上也是一个老问题。20世纪80年代末90年代初，大家就开始提这个问题：我们过去原始自然经济状态下的乡村日渐凋敝，乡土文学作为中国现当代文学最主要的品种，肯定也要发生变化。这是没有办法的。无可奈何花落去。

但是，紧接着就是"似曾相识燕归来"。乡土变化了，但人还是文学的主体。文学存在的根本问题就是：有人才有文学。不管是在农村，还是在城市，只要人存在，文学就存在。"乡土"这个概念也不是一成不变的。20世纪三四十年代，鲁迅的乡土、沈从文的乡土，跟我们笔下的乡土大不一样。现在不管怎么样发展变化，如街道被水泥覆盖了，农民都住上二层楼了，家里有电视机、网络，可以洗澡，有抽水马桶——城市具备的物质条件农村也都具备了，乡村依然是存在的，无非是变化了而已。这就需要新一代熟悉当下乡村环境的年轻作家，沿着乡土文学的道路继续前进。所以我想，乡土文学会永远发展下去。

当然，我们在写农村时，会遇到困难。难处不是物质性的，而是心理性的。让我现在来描写我的村庄的变化，我当然可以写，因为我们自家——我的父亲、哥哥——还在农村。我也看到，最近三十年他们的生活变了，住在比较好的房子里了。一出门就是水泥马路，家家都有电话，人人都用上了手机。农民开着摩托车，有的甚至开着汽车去地里干活，去掰棒子。我父亲叹息道：这哪儿是干活？简直是胡闹。掰一车棒子还不够汽油钱呢。现在他们没有锄头可扛了，没有喷雾器可用了，因为都用机器锄土机。我甚至看到一些跟我差不多大的童年玩伴也都开着挖土机、拖拉机。我当年感觉，能够开着汽车、拖拉机在路上跑的人，是非常了不起的人。这是一种多么复杂的技术劳动！现在，农村六七十岁的老太太竟然都可以开着高大的、杏黄色的挖土机挖土。这是什么样的一种奇迹啊。这样的乡村自然也需要人描写。这样一种物质性的变化我可以写，但是要写现在的乡村生活的主体，现在依然生活在农村的二十岁、三十岁、十几岁的人，写他们的心理活动，他们的理想，他们的痛苦，我就感觉到有一点困难。当然，我可以跟他们交流，我问他们，他们也会回答。但是，他们回答的是真话吗？他们能对我说真话吗？这都值得怀疑。这就是说，我们这一代作家描写的乡村已经成为过去，成为历史。要想让乡土文学有新的发展，就有赖于在新的乡村环境下成长起来的年轻作家拿起笔来。

谈到历史，我的《红高粱》也好，《丰乳肥臀》也好，都描写了历史，描写了抗日战争，甚至描写了更加久远的 1900 年的故事。我也写了很多现实生活，写了我亲身经历的 20 世纪 50 年代、60 年代、70 年代、80 年代，一直到 90 年代。我们这一代作家都是在写民间，都是在写自己经历过的现实生活，也都是在写从我们的祖先那里口头传承下来的对历史的回忆，包括神话传说、政治传说。把有关战争、饥饿、病痛的各种各样的记忆，浑然一体地用魔幻的、梦幻的、现实主义的或者浪漫主义的方法融合在一起，就形成了一个作家的风格。众多的作家又形成了一个国家的文学风格。我就先谈这么多，剩下的时间，我会跟陈颖教授对话。谢谢大家。

蔡元丰：我刚才在下面听莫言老师讲话，只能总结一句话——借用他的一篇中篇小说的题目，叫"师傅越来越幽默"。

也是回到四年前，农历八月二十五，公历 10 月 10 号，英国广播公司（BBC）的电话打到了美国俄亥俄州一个小城的书斋里，原因是一本书——*A Subversive Voice in China：The Fictional World of Mo Yan*。这本书 2011 年在纽约出版，是第一本研究莫言的英文专著，作者是陈颖教授。陈教授 1987 年本科毕业于浸会大学中文系；那一年，莫言出版《红高粱家族》。1992 年，陈教授取得威斯康星大学东亚语言文学硕士学位；同年，莫言完成了我非常喜欢的《酒国》。2003 年，陈教授获得科罗拉多大学比较文学博士；同年，莫大哥出版了《四十一炮》来庆祝它——这个是我瞎掰的。2012 年，陈颖在美国文博大学教授中国语言文化，BBC 的记者在访问最后问了她这样的问题：明天获诺贝尔文学奖的会是莫言，还是日本作家村上春树？我想知道，陈老师那天晚上是怎么回答的。

陈颖：在回答蔡元丰教授的问题之前，我想先说一说感谢的话。因为我是咱们浸会大学的毕业生，对母校很有感情，所以今天能够回到母校参加这么一场有意义的活动，我非常高兴。这在我的人生历程里是非常有意义的一件事情。谢谢母校，谢谢钱大康校长，谢谢陈致院长。特别是陈致院长给我提供了各种方便，让我能够成行。也谢谢蔡教授的介绍。当然，最要感谢的就是莫言老师。

现在，我来回答蔡元丰教授的问题。2012年10月10号的晚上，BBC访问我时的确问了这么一个问题，我的回答是："不到明天，谁都不知道。我也非常喜欢村上，但是我非常希望是莫言得奖。"那天晚上，我紧张得一个晚上都睡不着。昨天去接莫老师的时候，我问莫老师："获奖前的那个晚上，您睡了吗？"他说他呼呼大睡。这真是应了一句俗话：皇帝不急，急死太监。第二天早上，一听到获奖者的名字是莫言，我真是兴奋得……很难形容。

说起我跟莫言老师的缘分，刚才蔡老师也说了一些。好像冥冥中，我们有一些神秘的联系。1987年我从浸会大学毕业。当时我读了《红高粱》，开始爱上莫言老师的作品，一发不可收拾。昨天我跟莫言老师说："莫大哥，我中您的毒中得太深了。"从那个时候起，我开始追踪这位我非常喜欢的作家和他的作品。出一篇我看一篇，出一部我看一部。等我到美国读博士，要选博士论文题目的时候，我毫不犹豫地选择了莫言。

要是问我写博士论文时经历了什么，我很想套用最近傅园慧说的一句话："鬼知道我经历了什么。"写一篇博士论文真的很不容易，俗话说，是要脱几层皮的。另外很大的一个原因是，莫老师写得太快了。他太多产了，我永远跟不上。有一次，我没有办法了，给莫老师发了一封电邮说："哥们儿，您歇会儿，可不可以先停一停？我得赶上您的速度。我一章还没写完，您又出了一部新的长篇小说。我要是一辈子都写不完博士论文，那可咋办呀？"这说起来是一种难题，但也是一种乐趣：我研究的作家可以这么精力旺盛。

我跟莫言老师见过几面了。2000年的时候，我们第一次在加州见面，是在圣地亚哥开学术会议的时候。当时，莫言老师在美国巡回演讲，我跟蔡老师都在斯坦福大学任教。斯坦福大学那一站，由我们负责招待。我们到机场去接机。我想，莫老师在美国吃冷菜冷饭吃了十几天，大概也有点吃腻了，所以就在家里熬好了绿豆粥，在超市买好了小馒头，还准备了一些小菜。我跟莫老师说："就不请你下馆子了，我在家里熬了粥。"莫言老师当时就说："好啊，咱们回家喝粥去。"看起来，莫言老师对我的清粥小菜还是比较欣赏的，但是对馒头就有意见了。我记得非常清楚，当时买的是那种奶油小馒头，跟山东那种粗犷、丰满、强壮的大馒头根本没得比。莫老师一脸嫌弃，瞅着馒头——他知道不是我蒸的——说："这也叫馒头？"奶油小馒头看起来太"娘炮"了。吃完饭，我说："莫大哥，为了写关于您的博士论文，我真是非常痛苦。这回也劳动劳动您。"我把书架上所有的莫老师的著作全搬了下来，说："请您给我签名。"那可是一大摞呀。莫老师一开始规规矩矩地签"陈颖小姐存念"之类的，签了几本，就显露出爱玩的天性。我记得有什么"陈颖小妹加油""陈颖是一代才女，研究莫言是一大浪费""写博士论文的时候，多说好话，少说坏话"。

莫言老师是讲故事的人，我也东施效颦，讲这么一个跟莫言老师有关的故事。当然，我的故事讲得不好。现在咱们言归正传。

刚才蔡老师也说了，诺贝尔文学奖的授奖词说的是"以幻觉现实主义，把民间故事、历史与现实融合起来"。幻觉现实主义在我看来是一对矛盾的统一体。它既是现实的也是虚幻的，或者说给现实蒙上了一层梦幻的色彩。早在1985年，在莫言老师发表的四篇以高密东北乡为背景的小说《白狗秋千架》《透明的红萝卜》《枯河》《秋水》中，高密就已经正式登上了莫言老师的叙事舞台。之后，他的作品基本植根于这一片故土，逐渐构成了高密东北乡这么一个文学王国。反复地描写故乡，等于一次又一次在精神上重返故乡。这种精神返乡融合了莫言老师极为丰富的想象力和不拘一格的语言运用，成就了他特色非常鲜明、被贴上了莫言卷标的幻觉乡土作品。这样的作品既有丰富的本土性，又充满现代性。

我想问莫老师的第一个问题是：文学寻根运动兴起于20世纪80年代中期，作为寻根运动的一位重要作家，您怎么看待乡土、寻根与幻觉的关系？幻觉乡土是一种感觉、一种技巧、一种精神境界，还是一种心理需要？

莫言：韩少功是文学寻根运动的发起人之一。1984年，他写了一篇文章，叫《文学的"根"》。后来，阿城写了《文化制约着人类》。再后来，还有郑万隆等一批作家，他们共同呼应了韩少功提出来的"文学的'根'"这个问题。韩少功的文章我读得非常认真，有很深刻的印象。他的文章最后归结到我们文学的"根"还是要到民间去寻找，到传统中去寻找。他在这篇文章里提到了湘西，湖南的西部，沈从文的老家；提到了屈原的楚辞、《离骚》。《离骚》里有很多的幻觉，很多瑰丽神奇的想象，上天入地，是中国古典文学里最浪漫、最富有想象力的篇章。湘西文学、沈从文的作品里有很多继承屈原文脉的文学表现。韩少功后来写过《爸爸爸》这样一篇小说，是中国当代文学中非常重要的作品。阿城写了《棋王》《树王》《孩子王》，郑万隆也写了一系列寻根文学的作品。

"寻根"不是一种非常自觉的文学思潮，它的背景是20世纪80年代初，中国对外开放的大门敞开了，很多西方的文学作品非常集中地被翻译成中文，包括拉美的魔幻现实主义，法国的新小说，英国的劳伦斯，美国的福克纳、海明威。我们用非常短的时间集中阅读了西方三十年来的文学成就。也就是说，我们在20世纪80年代初期的两三年里，集中恶补阅读了六七十年代台湾作家阅读的作品。这种集中阅读产生了强烈的副作用：大家不约而同地进行模仿。我们如梦初醒般意识到，我们过去走了多少弯路，浪费了多少时间。本来我们早就可以写出震惊世界的作品，但是由于胆子太小，太保守，我们错过了早就应该在世界文坛上大放光彩的时机。结果，模仿变成了当时大家不约而同的集体性行为。韩少功、阿城他们非常明确地提出，要到我们的民间、传统、历史中寻找我们自己的创作资源和素材。后来，寻根运动走得有些过分了。大家片面地认为，要去写荒山野岭、穷乡僻壤、刁民泼妇，好像越落后，越原始，越愚昧，就越是找到了文学的根源。这肯定不是寻根运动的本意，所以这个思潮很快就过去了。我写了高密东北乡，李杭育写了葛川江，阿城写了他的插队生活。每一个作家都意识到，应该写自己的家乡故土、童年记忆。我的"红高粱"系列及其他作品都是这样来的。但我也说过，即便没有寻根文学这样一种思潮，我和许多中国作家也都会按照原来的思路写下去。这样写并不是源于别人的号召、外力的促动，而是因为我们通过阅读外部的文学激活了自身内部的想象。我们这样写是出于我们强烈的内在需要，而不是说别人要我们这样写我们才这样写的。文学的寻根运动确实是研究中国当代文学必须重视的命题。但是对作家来讲，它产生的影响并不是特别大。

陈颖：大家都说您传承了鲁迅先生的乡土传统。您觉得自己是否也传承了鲁迅先生在作品中表现出的对国人"哀其不幸，怒其不争"的情绪呢？

鲁迅先生有两篇著名的小说，《祝福》和《故乡》，讲的都是读书人返乡的故事。《祝福》中有对知识分子的批判。譬如说，第一人称的叙述者"我"，对祥林嫂问的终极问题"一个人死了之后，究竟有没有魂灵"，用"也许有吧""其实我也说不清"逃遁过去了。最后一段写"我"离开了，还是比较怀念城里，要回去喝鱼翅汤。

您的《白狗秋千架》也讲了一个知识分子返乡的故事，也有第一人称叙述者"我"。最后，您用了一个开放式的结尾。故事中的暖，在青少年的时候因为"我"的关系瞎了一只眼睛。她后来嫁给了一个哑巴，生了三个孩子，孩子也都是哑巴。她的生活比较悲哀，在村里被人看不起。她跟"我"是青梅竹马。在"我"去了城市十年回来以后，暖提出一个要求：希望能够跟他生一个可以说话的孩子。因为根本没有人跟她说话，她只能跟一条白狗说话。她已经结婚了，"我"在城里也有未婚妻。在这种情况下，小说中的知识分子处于两难的境地。他答不答应暖的要求呢？不管他答应还是不答应，都会被逼到一种绝地，在道德上都是一种负担。

我想问莫言老师，您在这一篇中对知识分子是同情，还是有更深的批判呢？这个读书人已经回不去了，跟鲁迅说的"哀其不幸，怒其不争"有没有传承关系呢？

莫言：中国的当代文学是在现代文学的基础上发展起来的。我们把白话文运动以后、1949 年以前的这一段文学叫作现代文学，把从 1949 年之后至今的文学叫作当代文学。当代文学很多的主题，是沿着现代文学时期的文学先驱开拓出来的道路往前走的。鲁迅的还乡小说非常深刻地揭示了当时的知识分子到城市生活之后，重返故乡时跟原来的乡土之间深刻的对抗和隔膜。因为他在城市里接受了现代文明的熏陶，开眼看到了世界，了解到世界上的很多人并不像他过去熟悉的农村人那样生活。很多新的观念是跟农村的传统道德相对抗的。城里的很多道德观、价值观代表了文明和进步，农村的则代表了蒙昧和落后。外面的世界更人道，农村可能更蒙昧、更野蛮。他回到乡村之后，感觉自己是一个外来者。过去的朋友，包括亲人，也不把他当作自己人来看待。像鲁迅跟他童年的朋友闰土，彼此之间已经隔着一堵看不见的墙了。这堵墙是无形的，突破不了。

鲁迅的小说所描写的知识分子的这种窘迫状态，等我们隔了几十年重新来写类似的题材的时候，依然能够被读者强烈地感受到。这说明了中国社会的进步，尤其是乡村的进步，是如此缓慢，甚至几十年都没有变化。尽管经历了那么剧烈的社会运动，但是人们所恪守的道德观、价值观依然是鲁迅那个时代就已经有的。所以，我的《白狗秋千架》毫无疑问是向鲁迅致敬的作品。

我们这一代所经历的当然跟鲁迅和闰土他们那一代不一样，但我们遇到的矛盾却是非常类似的。鲁迅最后也只能说："世上本来是没有路的，走的人多了，也就变成了路。"他给出了这么一个富有哲理性的回答。《白狗秋千架》里没有这么深刻的哲学智慧，所以只能设置主人公的两难选择。不管是答应还是拒绝小说女主人公的要求，对男主人公来讲都是痛苦。如果接受了她的要求，就是违背了传统的道德，尤其是跟乡村道德产生了尖锐对抗。如果不接受，从新的人道主义的角度来考虑，她的要求又是一种很卑微的、低贱得像尘土一样的生理性要求。不答应也是很难的。

我们的人生经常面临各种各样的痛苦和无法抉择的选择。如果一个人生活中的一切都是非常容易选择的，这个人的一生就是一帆风顺的。我们的痛苦、犹豫、动摇、困惑，就在于我们每时每刻都面临着很多两难甚至多难的选择。当然，人生的丰富意义也体现在我们面临的各种各样的不同的选择过程中。

鲁迅对当代中国作家的影响无疑是非常深刻的。作为一个话题，他是我们永远绕不过去的。前两天，我为了重新出版一系列长篇小说，在每一部小说前都附上了一首打油诗。写到《檀香刑》的时候，有两句就是"因为学鲁哀看客，无奈忍痛写酷刑"。鲁迅的作品揭示了中国人的看客心理和看客文化，《檀香刑》也是在写看客。很多读者批评《檀香刑》里有一些残酷的对刑罚的描写。我是学习鲁迅小说里对看客文化、看客心理的揭示和批判，"哀其不幸，怒其不争"嘛，所以"无奈忍痛写酷刑"。

陈颖：刚才陈致院长，还有蔡元丰老师都提到了《生死疲劳》。诺贝尔文学奖委员会给莫言老师的颁奖词里也提到了《生死疲劳》。我记得在诺贝尔文学奖开奖前的几天，莫言老师是大热，《中国日报》海外版让我写一下，要是选两部我最喜欢的莫言老师的长篇小说，我会选哪两部。我选了《生死疲劳》和《酒国》。过了两天，《中国日报》把稿子寄了过来，里面也有我的老师葛浩文的选择。他也选择了《生死疲劳》和《酒国》。我说真是有其师必有其徒。我们没有商量过的。《生死疲劳》真的是一部非常好的作品。

记得 2008 年我们跟莫言老师在旧金山见面，我请莫言老师猜一下："您知不知道我最喜欢您哪部小说里的哪一段描写？"他说猜不出来。我说是西门牛死的那一段。那一段的描写，我每次想起来都觉得精彩得无与伦比。地主西门闹被枪决了，入六道轮回，轮回成驴、牛、猪、狗、猴，最后是人。那头牛其实是人，轮回成了牛。所以它既有人性，也有牛性。它拒绝参加合作社的集体化运动。中国唯一的单干户蓝脸，一直不肯参加合作社，最后这头牛宁愿死在单干户的地上。

在这段描写里，西门牛的儿子西门金龙带着一帮人强迫这头牛去人民公社的地里劳动，那头牛怎么都不动。这部分描写中有嗅觉、有视觉、有听觉：怎么打那头牛，打的声音；用火烧那头牛，烧出来的味道；那些人像小丑一样围着那头牛，但是它岿然不动。最后，牛站了起来，走到单干户的地里，轰然倒下。这种描写十分细致，就像是在看电影，而且是 3D 电影。

莫言老师在这一段的描写里加了一段话，是其中一个叫蓝解放的人说的。下面我读一下这段话："这还是头牛吗？这也许是一个神，也许是一个佛，它这样忍受痛苦，是不是要点化深陷迷途的人，让他们觉悟？人们，不要对他人施暴，对牛也不要；不要强迫别人干他不愿意干的事情，对牛也不要。"特别是最后一句，我觉得不符合您一贯的写作风格。因为您一般是把作者隐藏得很深的。您就是说故事，把故事呈现在读者面前。但是这一段话，特别是最后一句话，像是作者实在按捺不住满腔的情绪、满腔的激愤，或者说那种心里的情感强度大得没办法控制了，所以就跳出来说话了。我不知道您会怎么响应我对这一段的解读。

莫言：实际上，作家笔下的很多人物都是有原型的。比如说你刚才讲的《生死疲劳》里的蓝脸，也是有人物原型的。

我们邻村确实有一个这样的单干户。当然，他没像小说写得那样坚持了那么多年。到了 1966 年，这个人上吊自杀了。在我的童年记忆里，我上小学三四年级的时候，对他还是有印象的。那个时候，每天上午第二节课，全校的学生都在操场上做广播体操。恰好单干户就推着一辆木轮车，一头瘸腿的驴拉着木轮车，他的小脚太太牵着毛驴，吱吱扭扭地从我们操场前慢慢地走过去，到自家那块地里去。我们作为儿童，也感觉到这一家的劳动组合太具有讽刺性了。当时所有农民都加入了人民公社、生产大队，集体劳动，走上了社会主义道路。只有他顽固不化，抗拒集体，以一己之力跟整个社会对抗。我们当时已经用上了胶皮轮的马车，胶皮轱辘的小推车，只有他用的还是木轮车。这个木轮车一推起来会发出刺耳的尖叫，吱扭吱扭地响。毛驴也是瘸腿的毛驴，蹄子上绑了只破胶皮鞋。他太太赶毛驴车，是一个小脚女人。这个单干户脑后还留着一根小辫子，完全是遗老遗少那种顽固不化、开历史倒车的形象。即使在我们这些孩子眼里，他也显得太顽固了。我拿起笔来开始写作的时候，就想，总有一天，我会把这个单干户放进一部小说，让他成为小说里的重要人物。

小说里除了人有原型以外，动物也都有原型。刚才我们谈到了西门牛。这个牛的原型就是我们生产队买的一头牛。我记得大概是在20世纪70年代初，我的一个堂叔是生产队长，他带着几个人去我们高密县城赶大集，买了一头膘肥体壮的黑色犍牛，黑色的公牛。那个时候，在孩子的心目当中，生产队里的牛和马都是值得骄傲和夸耀的资本。我是第二生产队的。我们队里的马不好，但是买了一头这样漂亮的牛，我们就跟别的队的孩子夸耀：你看，我们队有这么好的牛，你们队没有。谁知道这头牛中看不中用。它看起来很雄伟很美观，很像个男子汉——它是男子牛，但是有一个特点，就是到了地里，把套索往它脖子上一放，它立刻就"咕咚"趴下，浑身颤抖，怎么打都不起来。队里的人轮番用鞭子打，用棍子抽，但它就是不起来，就趴在地上。后来我们开玩笑说，共产党员也不过如此了。忍受着这样的酷刑，它死活就是不起来。

没有办法，我们就用玉米干草点火烧它的屁股，烧得牛屁股滋噜滋噜地冒油，可它还是不起来。实在没有办法，把牛套一摘——它要干活就必须套牛套嘛，结果它嗖就站起来了。就这么一头牛，后来队里没办法了，赶快给它屁股后面烧坏的地方抹点药水，养好伤，拉出去卖了。后来我就想象，这头牛变成了一个赶集专业户。大家都认为它是一头很能干活的牛，买回家一试，发现不行。以至于后来在集市上专门帮人做牲畜交易、牵线搭桥的经纪人都认识那头牛了，一见就说"它又来了"。确实有这么一头牛。

我在《生死疲劳》中写到西门牛的时候，就把这头牛写进去了。在小说里，这头牛有了高度的意识。它之所以不干，是因为不愿给人民公社干活，不愿给集体干活。它给蓝脸干活的时候是很卖力的。它拉着犁子呼呼地干，而且白天不干，夜里出来干。趁着一轮明月，它在月光下替主人拉犁耕地。后来让它给生产队、给集体干活，它死活不干，宁愿被打死也不干。它跟它的主人不是冤家不聚头，形成了绝妙的搭档。主人死活不入社，不加入集体；牛也这样，死活不给集体干活。所以，很多作家小说里的神来之笔，看起来是想象出来的，但往往都是有生活原型的，是生活中存在着的。作家记住了那些无法复制的细节。

陈颖：刚才说到不在太阳底下干，在月亮底下干。20世纪60年代，红太阳是非常重要的象征。这种描写跟蓝脸死活不肯入社，西门牛死活不给人民公社干活在整体上是非常一致的，非常有意思。

另外我想问一下，诺贝尔文学奖的颁奖词说的是您把现实跟历史，还有民间传说，糅合了起来。在我看来，您写的历史不像传统历史书写那样是线性的、史实的记录。您写的历史在过去的时空里是随机的、跳跃的，甚至是荒诞的、想象的重构，是幻觉的重构。尤其是《红高粱家族》有一个很明显的主题：种的退化。我们总是觉得历史是向前发展的。您这种写历史的方法跟"种的退化"有什么关系呢？

莫言：历史学家笔下的历史进程是事件性的，依靠一个一个事件来完成对历史的描述。作家笔下的历史实际上是情感的历史。作家关注的是在无数的历史事件中，在一些特殊的历史境域里，人的情感的发展变化。

比如说，写一场战争，历史学家关注的是战争的指挥官是谁、有多少兵力参加了战斗、敌方死了多少人、我方死了多少人、谁胜谁负、哪一座城池被攻占、哪一个将领被俘虏，等等。他们关注的是这样一些事件。作家描写和关注的是在这场战争中人物情感的变化。我写的可能是这场战争中的一个士兵。这个士兵可能来自一个非常幸福的家庭，被娇生惯养，在当兵之前连鸡都没有杀过，见了血都头晕。因为这样那样的原因，他上了战场，成为一名士兵。刚开始，他也贪生怕死。他看到战友一个个死掉了，在战火的淬炼之下，他克服了胆怯的心理，由不敢见血，见血头晕，变成了战场上的英雄。我可能会写他亲手杀了多少人，他的情感在杀人的过程中怎么样由那样的软弱变成那样的坚强，由见血就晕变成了杀多少人都无动于衷。总而言之，作家关注和描写的始终是人的情感，是历史的情感，或者由情感构成的历史。也就是说，如果我们读小说时，把小说当作历史来读，这种读法是不对的。

我的小说写到历史事件，无非是要通过这样一种特殊的境遇，特殊的事件，来完成我对人物的塑造，完成我对人的情感变化的奥秘的揭示。我所有小说里的历史都是情感的历史。我们读到的所有的小说所描写的让我们震撼的历史，首先都写到了一些人类灵魂深处的，在日常生活中难以被体验到的东西。我们读过《战争与和平》，读过苏联的肖洛霍夫的《静静的顿河》。它们也写到了当时俄国或苏联内部的一些政治斗争和战争，而且有些战争是很具体的。它们并没有详细地揭示战争的过程，我们也无法根据这样的小说准确再现法国的拿破仑和俄国战争的历史图谱。但是，我们会在脑子里保留一些战争环境下的人物表现，最终会记住栩栩如生的人物形象。一个好的小说家没有必要去完成历史学家的任务，也完成不了。你无非就是把历史当作刻画、再现、塑造你的人物的特殊境遇而已。

陈颖： 这种情感的历史，或者说幻觉的历史，在您看来是人种的进步还是退步？

莫言： 关于"种的退化"，刚才你提到的那个问题，我都忘了。"种的退化"是我在小说《红高粱》里提到的。"我"作为一个后代儿孙，在写作的过程中，在写"我"的祖先轰轰烈烈的一生时，感觉他们那个时候活得很张扬，很有志气，敢说敢做。男的像男的，女的像女的。他们能够强烈地释放自己的情感，按照自己的想象去做。我们这些后代却活得很苍白，心里是这样想的，嘴上却是那样说的，做的可能又是另外一回事儿。我们不敢爱，不敢恨，活得非常无力。跟我们的祖先比起来，这就像是人种的退化。这是 20 世纪 80 年代比较流行的对历史的一种看法。这种看法是不是准确呢？我觉得也不准确。实际上，它只是一种情感上的强烈表达。我们的爷爷奶奶那个时候未必能像我们想象的那样敢说敢做。能像《红高粱》里的"爷爷奶奶"那样表现的是极少数。他们是当时社会的叛逆者，也受到了当时的社会道德的强烈批评和压制。他们是他们那个时代的另类，被视为大逆不道之人。要是被捉住，他们恐怕也是要被烧死的。我想，《红高粱》里的这样一个关于"种的退化"的表述，实际上是我对在这个时代感受到的压制的释放。未必是我们的人种真的退化了，只能说在我们的想象中，历史上的祖先们比我们活得更加舒展，更加张扬，情感更加奔放。这实际上是一种内心情感的需要，并不是一种对历史的真实描述。

陈颖：就是说，我们的祖先活得比我们有血性。

莫言：也许是，但也未必是。

陈颖：不过，莫言老师还是给我们留了希望。在《红高粱》的最后，我们还有一棵纯种的红高粱作为我们这个民族的图腾，还是有一种希望在里面的。蔡教授，我们还有多少时间？

蔡元丰：我正在整理，因为收到的问题实在是太多太多，我试图做些整合。原来我们计划延长到六点钟，用二十分钟回答问题，所以你还有五分钟的时间。如果你没有问题，我也可以提早开始，可是我手上还有这么多要处理。

陈颖：那我最后再问一个问题。您主张"作为老百姓写作"，而不是"为老百姓写作"。"为老百姓写作"就是我高高在上，为你们写作。"作为老百姓写作"就是我作为你们中的一员来写作，我也是老百姓。我发现，至少在您的《红蝗》《酒国》《生死疲劳》里，您都用了自己的笔名"莫言"——那个时候还是笔名吧，现在已经是真名了——入文，而且基本上都是在讽刺、戏谑，甚至是用贬低、嘲弄的口吻去写的。我想知道，这是不是也是"作为老百姓写作"的例子？这种游戏的成分可能是为写作而写作，不再主张"文以载道"，"文学要有教育社会点化社会的功能"。是不是这样呢？

莫言："作为老百姓写作"实际上是对过去过分强调作家、文学的社会功能的反动。我们在很长的一段时间内把文学捧得太高了，也有一些作家把自己抬举得太高了，以为作家真的有什么改天换地、唤起民众的能力。我觉得，我们这一代作家起来以后，已经感觉到文学没有那么强大的功能，作家也没有那么神圣。当然，这个职业确实是，怎么说呢，你不能不把作家当回事儿，但是也不能太把自己当回事儿。你不能老觉得自己跟一般老百姓不一样，老觉得我是作家，我应该怎么怎么样。我当时是在苏州的一个小说家论坛上提出这个观点的，实际上是告诫自己，一定要放低身价。你要跟老百姓同呼吸。你不要觉得自己比老百姓高明，因为真的未必比老百姓高明，你就是老百姓中的一分子。假如你从自我出发写自己的痛苦、自己的感受，能够跟广大的老百姓的感受一致，那么你的写作就获得了广泛性和普遍性。我基本上坚持这样一种想法，这样一个出发点。

在我的小说里，像《红蝗》《酒国》《生死疲劳》，"莫言"也作为一个人物出现了，而且是重要人物。尤其是在《酒国》里，作家莫言变成了小说的三根支柱之一。莫言在不断写小说，然后跟小说描写的业余作家李一斗通信。李一斗不断把自己的小说寄给莫言，莫言则回信响应他的小说，批评他的小说。作家莫言写的小说跟李一斗的小说混为一体，最后这两个人的小说变成了同一部小说。这是我在1990年前后写作的作品，也是当时在北京的鲁迅文学院跟余华住一个房间时写的。余华当时在写《在细雨中呼喊》，我就在写《酒国》。我们两个经常回忆当年写作自己重要作品时的情况。

为什么要用这样一种方式？这里面毫无疑问是有自嘲的。自己嘲笑自己是中国底层人民的智慧，也是一种生存方式。我们不敢骂别人，难道还不敢骂自己吗？我们有时候通过骂自己来实现骂别人的目的。因此，我先把自己放得比尘埃还低。我就是一堆泥土，你不要把我当人。同时，我也在反过来告诫你，你跟我差不多，大家都不要把自己抬举得那么高。我们在农村生活的时候就是这样。面对权贵，我们不敢公开地骂，不敢公开地反抗，就先把自己贬得最低。现在不是流行抢占道德高地吗？就是抢占道德高地，然后指手画脚，把别人贬得一无是处。农民不这样，农民不懂得这一点。农民先把自己贬得跟畜生一样，说我就是社会最底层的渣子，是铺路的东西。也许我这种社会最底层的人身上反而闪烁出道德的光芒，应该让你们这些上等人、高贵的人来看看我们下等人的表现。这实际上是一种农民的、中国下层社会的人的智慧。

《红蝗》《酒国》，乃至后来的《生死疲劳》，都出现了"莫言"。我通过将自我贬低到极低的状态，获得了一种叙事上的巨大的自由。这样一种精神状态和生存状态，在"80后""90后""00后"身上找不到了，他们也没有这个必要。我们也是没有办法。这样一种由历史的原因形成的自我贬低，实际上也是一种时代的产物。很难说它好，也很难说它不好。写到作品里以后，它就形成了一种独特的现象。你们这些批评家将来可以专门研究一下中国作家的自嘲现象。自嘲具有普遍性。为什么这么多作家在小说里，在生活中自我贬低呢？为什么都要自嘲呢？它产生的原因是什么呢？这是一个很有意思的现象，希望你们将来研究一下。

陈颖：一定一定。

蔡元丰：刚才，陈颖教授说了她研究《生死疲劳》的过程。我知道她今天准备了八百个问题去报答、报复莫言，可是听众也有很多问题。很抱歉，因为问题太多了，我尽量把它们归纳为七大类的问题来请教莫言老师。首先道个歉，我不可能把每个问题都仔细地读出来，只能综合一下。如果我曲解或模糊了你的问题，请你原谅。第一个就是最多读者，也是陈教授和我关心的：下一部小说是什么？写作计划是什么？

莫言：正在写，努力写。写什么，不能说。

蔡元丰：我相信，莫言老师以这个速度回答的话，我们肯定能问完所有的问题。

下面的问题是与鲁迅的启蒙者、知识分子角色的对比，刚才好像提过了。《生死疲劳》有什么寓意？《生死疲劳》对佛家有什么看法？《生死疲劳》与夏目漱石的《我是猫》的比较。《红高粱》里"种的退化"的概念，刚才也讲过。对矛盾修辞法（oxymoron）的运用。《檀香刑》想表达什么？《透明的红萝卜》有没有写到黑孩内心的隐秘？《丰乳肥臀》是不是受到《百年孤独》的影响？最近的小说《蛙》的定名跟"娃"以及陈老师提过的女娲之间有没有关系？莫言老师敢说敢写，是为了表达自己的问题，还是给自己寻找答案？社会运动对文化有负面作用吗？最后一个问题比较辣：作家是不是应该保持政治上的中立？以上问题，抱歉，我来回答：请你们用心去看莫言老师的作品。我觉得作家对刚才这些问题的响应，全部都体现在作品里。下面，是一些跟今天的题目相关的问题。

在今天经济全球化、城镇化的环境下，乡土文学——有一位读者还引用了费孝通先生的"乡土情怀"——慢慢被淡忘。一方面年轻人逃离故乡，另一方面他们又有一种乡愁。这样的话，乡土文学何去何从？其实，莫言老师也提了一下这个问题，但因为跟今天的题目很有关系，所以请莫言老师再简单地回答一下。

莫言：这实际上是一个古老的问题。记得 20 世纪 80 年代初，我读过福克纳的中篇小说《熊》。《熊》里已经提及原始的乡土受到工业文明的冲击。它描写了由于砍伐森林，森林不断缩小；黑人和白人之间的矛盾；城市不断扩展，原始乡村逐步缩小。这是美国 20 世纪 30 年代的现实。中国从 20 世纪 80 年代开始，在现代化、城镇化的道路上快速前进。内地的城市都像摊大饼一样快速地发展、膨胀。20 世纪 80 年代到 90 年代，我住在高密县城，住了七八年。最近几年我经常回去，发现县城已经比我 80 年代住的时候扩大了最少十倍。当时都是庄稼地的地方，现在都矗立着高楼大厦，有宽阔的马路。我们高密是这样，我想全国的农村都面临着同样的处境。不仅是作家和文学在关注这个问题，所有的知识分子，包括所有的农民，也都深深地感到了这个问题的迫切性和重要性：城市不能无限地扩张下去，工业不能这样快地蚕食传统农业。农村文明作为中国文化的重要部分，应该得到保留。

生活在城里的人在怀念过去的乡村，不断地美化着乡村记忆，即便我们当时为了离开农村费尽了千辛万苦，做梦都想离开它，摆脱它。我当年在《红高粱》中表现出十分强烈的仇恨。我怨乡，恨这个地方，希望离开这里以后就永远不回来了。这个地方有什么好的？面朝黄土背朝天，一年劳动三百多天依然吃不饱穿不暖。我觉得我对这个地方没有什么好的记忆。但是离开以后，回忆就马上不一样了。回忆在不断地美化它。二十年后，当年的苦已经被忘掉了，那些乡村记忆，什么一望无边的高粱地，清澈的河流，在河里洗澡游泳、捞鱼摸虾，甚至苦日子里的痛苦记忆，比如夏天赤着脚在滚烫的街道上奔跑，都变成了美好的记忆。但是当时，生活的确苦得不得了。

现在，生活在农村的年轻人跟我们那时候一样，也是千方百计地要摆脱农村。现在回去一看，村里没有年轻人，百分之八十甚至百分之九十的年轻人都出去了，进城了，去城里买房子了。现在的农村姑娘要嫁给一个男的，不要求在青岛、济南，更不敢要求在上海、北京，但起码要在县城里买一套房子。以此作为条件，她才可能嫁给你。人都有追求幸福的权利，农村青年也都有进城的愿望，这种愿望是正当的。不能说你生活在北京、上海、香港，就让我们在农村继续待下去，保持原始的生活状态，满足你们关于乡愁的需要。这也不公道啊。所以，这就是一个矛盾。一方面城里人在怀念，另一方面乡下人在离开。农民也想过好日子，也想发财。你城里人可以天天洗热水澡，用空调，我也要用。你们住楼房，我也要住。于是，农村的房子现在都变楼房了，家家也都装上空调了，马路也都水泥硬化了，村庄也都整齐划一了。所以，我回家经常找不到家门。这不像一个笑话吗？有一次我一敲门，人家说："你找谁？"我说："这不是我们家吗？"房子都是一样的，院落都是一模一样的。这样一种乡村文明的流逝，这样一种我们记忆中的美丽的乡村的不复存在，属于无可奈何花落去的事情。

我们也经常讨论，在这样的情况下，怎样努力地保留一种特殊性，怎样对抗一种统一的趋势。这是没有办法的事情。所以一开始的时候，我讲贾平凹先生关于乡土文学的担忧也是一个老话题，也是没有办法。我们只能适应这个社会。有一些东西是拦不住的。就像《生死疲劳》里的蓝脸想以个人的力量抗拒整个社会的变化，这在当时属于逆历史潮流而动，是顽固不化，是螳臂当车。一只螳螂想把车给挡住，怎么挡得住呢？顺之者昌，逆之者亡。但是，经过了多少年后，到了20世纪80年代，改革开放了，人民公社解散了，土地又重新被分给农民了，人们又单干了。我们回过头来一想：哎哟，这个人是对的。如果当年人们都像他那样坚持住，不就没有这样一个轮回了吗？当然，这样一种循环，实际上是符合马克思主义里的"螺旋式上升"的。历史看起来像是回到了原点，但实际上不是原点。它是一种循环，它在进步。现在这个意义上的单干，分田到户，已经跟1949年的不是一个概念了。所以说，社会的发展始终处在一种矛盾对抗中。我希望人们意识到这个东西之后，可以努力地多保留一点乡土文化。

但是，有些乡土文化是留不住的。比如说民间的小戏，我们的高密茂腔。这个很美啊。但是这种戏曲的存在要靠什么来证明呢？靠演出。有角儿，有演出，大家都来买票看，看的时候热泪盈眶，有很多戏迷，这才是一种戏曲形式存在的表现。如果只是靠政府的拨款存活，只是政府为了扶持这个剧种不让它灭亡，花钱把演员养起来，免费为大家演出，这是不能长久的。老百姓看戏应该基于一种内心深处的需要。只有我迷这个戏，愿意看，愿意花钱买票来看，这个剧种才能存在。如果需要送票请人来看，而且大家都不来，这个剧种其实就不可能存在了。当然，一个剧种是我们的祖先喜欢过的、创造出的艺术，我们要努力地把它留下来。我们可以用现代化的录像、录音技术，为它留下足够多的音像数据、文化数据，像保存文化样板一样把它保存下来。过了很多年，我们可以回过头来说：噢，我们的祖先创造过一个剧种，这个剧种叫什么什么腔。我们可以把它播出来，感受到它是这个样的。也只能如此了。你想再造什么辉煌，让我们的孩子像我们小的时候那样去迷恋这样一种乡村的文化，是不可能了。孩子们会迷恋新的东西。一切都变了，人的文化口味也要变。

蔡元丰：谢谢莫言老师。时间不多了，还剩不到两分钟。所以，你要相信，我已经用了洪荒之力。下面我依次提问所有问题，让莫言老师自己选择回答哪一类问题。

第一类问题：精神分析对莫言老师的性描写是不是有启蒙作用？莫言老师作品里的血腥描写是不是跟童年的经历有关系？有位同学问莫言老师是否建议参军，献身国防，我觉得那是你个人的问题。这是一类的问题。

第二类问题是莫言老师对网络小说和科幻小说的看法。

第三类问题来自传媒类专业中做电影研究的同学：莫言老师对文学作品改编成电影有什么看法？我们知道有《红高粱》的例子。

最后一类问题来自年轻的作者。他们没有灵感了，不知道往下该怎么写了。莫言老师对年轻的作家有什么指教？这是把莫言老师当成了文学之神，一个缪斯。所有这几大类问题，请莫言老师选择回答。

莫言：我想这个文学问题，最终归结到一个根本，就是人的问题。小说无论如何变化，无论是长篇小说、短篇小说、微型小说，无论是网络小说、传统文学、古典文学、现代文学，无论是军事、穿越、职场、情感，文学的千变万化——形式的变化、写作方式的变化和印刷方式的变化——最终归结到一点，还是要写人，写人的情感变化。文学之所以能够流传下来，就是因为它最终在作品里用独特优美的语言塑造了令人难以忘却的人物形象。我是比较保守的，觉得一部作品如果语言不好，那就没必要看。如果一个作家的作品没有写出让我难以忘却的，给我留下深刻记忆的特殊的性格，没有塑造出这样一种典型人物，我也会认为他没有完成作家最根本的使命。所以，我想跟我们在座的有文学创作爱好的年轻同行们共勉：关注人，描写人，然后推己度人，用自己的生活经验照亮他人的生活经验，努力使自己创作的疆域变得更加宽阔，使自己和别人打成一片，让别人的生活变成自己的生活，把个人的经验推广为大众的经验，塑造出在文学画廊里有一席之地的人物形象，写出属于自己的作品。好吗？谢谢大家。

蔡元丰：今天的另外一个遗憾就是，因为报名的人实在太多，很多问题其实是在吐槽有些人只能看现场的转播。我代表文学院向所有不能坐在这里的朋友道歉，请你们原谅。我们实在是忙不过来。我知道负责的同事已经两天没有睡觉了。希望大家谅解。我们再一次感谢莫言老师今天带给我们的讲座。

莫言：感谢各位老师，各位同学，谢谢你们。

（本文由管笑笑博士提供）

在《百年巨匠》研讨会上的发言^①

莫 言

文学作者心目中有很多座高山，我们一直沿着他们开辟的文学主题探索着前进。杨京岛先生让我为纪录片《百年巨匠》写歌词，我感觉不是什么难事，就答应了。但是后来发现，太难写了，因为涉及艺术的各个门类，音乐、戏剧、文学、书法等。让我写六句歌词，对这么多的艺术门类、这么多大师一生的奋斗和创作的足迹做一个简单的概括，太不容易了。我勉为其难，写了八句。我说，不能再压缩了。"见证了山河巨变岁月沧桑，历经了奋斗探索惆怅彷徨。看历史潮流浩浩荡荡，看人生道路曲折漫长。用热血描绘壮丽画卷，以心灵吟唱辉煌篇章。大爱无疆，时代造就大师巨匠。"纪录片主题歌的时间是受限制的，所以他们把"用热血描绘壮丽画卷，以心灵吟唱辉煌篇章"拿掉了，把最后那句也给拿掉了，剩下了五句。我觉得也挺好的。这三句放到里边，显得累赘了。

这些大师巨匠的个人命运始终跟国家、民族的命运紧密地捆绑在一起。在国家危难、民族存亡的历史关头，无论是蓄须明志的梅兰芳、杜门谢客的齐白石，还是引吭高歌的冼星海、以笔为枪的郭沫若，每一位大师都把个人的安危置之度外，把个人的小我置之度外，把个人的创作融入国家独立、民族解放的历史大业中。他们在书写个人痛苦的时候，实际上已经把民族的痛苦、人民的痛苦融入进去了。

另外，这些大师巨匠几乎都学贯中西。他们对我们的历史文化都很了解，对外来的文化也持开放包容的态度。他们都在继承了历史文化遗产的基础之上，敞开胸怀，广泛地涉猎和借鉴外来的艺术，也包括对其他艺术门类的涉猎。很多艺术家都有着丰富多样

---

① 2016年10月13日，《百年巨匠》研讨会在中国艺术研究院举行，莫言担任文学篇顾问。本文为莫言在《百年巨匠》研讨会上的发言。

的艺术经验。有的虽然是文学家，但是也对戏曲有钻研；有的美术家本身也是很好的诗人。前两天我还在看齐白石先生的传记，发现齐白石先生不仅是美术大家，诗作也独具一格。他的许多题画诗既幽默风趣，又包含人生哲理。

毫无疑问，这部纪录片所展示的四十多位大师为我们提供了宝贵的文化遗产，是我们从事艺术创作的人的榜样、标杆、标志。他们每个人都有丰富的个性。在讨论纪录片总的构思的时候，我跟杨京岛先生说，我们不要把《百年巨匠》搞成一个造神运动。我们拍摄的不是神仙，我们也不是在写《封神榜》，我们应该再现一个个活生生的人。我们要突出地彰显他们的艺术成就，同时表现他们丰富的个性，包括他们生活方面的一些有趣的、很难用优点和缺点来评价的细节。他们是有趣的人，丰富的人，有个性的人，有才华的人，同时也是有正义感的人，大义凛然的人。总而言之，《百年巨匠》应该让我们感受到一个个活生生的人，而不是一尊尊苍白的神像。

（原载腾讯网 2016 年 11 月 2 日）

二、莫言研究

莫言的文学存在及其汉语小说文化意义

朱寿桐

一个国家、一个时代的典范作家，对于评论者和一般读者而言，其意义不仅体现在他的文学创作方面，更是立体地体现在他的所有写作方面，体现在他的所有行为方面，体现在他作为社会人的存在的方方面面。当历史选定了莫言作为这个时代的典范作家，他的几乎所有作为以及与这种作为相关的一切，就都被注入了文学存在的命意，或者说都具有了文学存在的意义。

在汉语文化特别是汉语小说世界中，莫言的文学存在具有十分重要的文化意义。

这是从文学社会学范畴论述莫言这样的典范作家的一种思路，也是一定范围内判断典范作家的一种学术范式。在社会领域中，一定的存在总是代表一定的意义，而且对于社会认知和社会评价系统而言，一定的存在所代表的意义往往趋于单一性。鲁迅做过许多学术研究工作，还参与过包括中国左翼作家联盟在内的社团活动，然而他被历史认知和文化评价的社会存在往往体现为趋于单一性的文学意义，即文学存在。类似的典范作家还有王蒙。他做过教师，当过政府高级干部，然而作为历史认知的对象，作为更大范围内的和更为普遍的社会评价对象，王蒙毫无疑问被理解为一种文学存在。作为这个时代的典范作家，莫言的文化命运同样如此：在历史认知和社会评价方面，他注定属于能够代表这个国家和时代的文学存在。

一、 社会拥有——文学存在

作家的主要事功当然是创作，作品永远是评定作家文坛地位乃至社会地位的依据。莫言的巨大声誉和影响力无疑主要来自他出类拔萃的文学创作，特别是小说创作。他用一部部充盈着思想深度和历史内涵，更充盈着丰富情节和奇异构思的长篇小说，构筑起当代文学醒目而独特的灿烂风景，这使他的文学影响大大超越了文学世界而进入广泛的社会生活领域。

一个伟大的作家不仅仅是一个文艺创作者，他还必须承担多方面的社会责任和文化责任。一个艺术家充满艺匠和天才的创作可能与他的欣赏者关系更为直接，而一个典范作家的作品往往被赋予时代精神和民族品格的象征意义，因此有时候负载着难以承受之重。然而，这同时也说明了为什么作家的地位较之一般的艺术家更为崇高。在文化史上，作家的地位之所以崇高，至少高过其他艺术创作者，就是因为在这特殊的精神创造领域中，在这集约着尽可能深刻的思想和丰沛的情感的艺术创造中，作家的社会承担和文化责任往往更为凸显。"人类灵魂的工程师"最初是斯大林送给作家的称号，后来被加里宁演化为对教师的赞誉，但它却很少被引向对艺术家的称颂和期许。同样是进行艺术创作，作家的地位和社会期许一般高于美术家、音乐家。作家的文学写作更容易被赋予更多更深的超越艺术和技术的思想意义，这应该是产生上述习惯性社会评价的一个重要原因。

这是一种与"社会拥有"相关的文学社会学现象。如果说作家和小说作品是一种特殊的社会存在，那么，对于整个社会而言，有巨大影响的典范作家以及他们出类拔萃的小说作品一经形成，便会成为社会的共同精神财富，为社会所关注，成为社会所拥有的文学存在，同时成为一定时代小说文化的基本内容。当然，并不是所有的文学艺术家及其作品都能够上升到社会拥有的文化层次。只有那些能够被社会文化优选为代表一个时代的典范作家及其具有历史性和审美标志性的作品，才能成为这种意义上的社会拥有的对象。这样的判断并不适用于一般的文学创作者，但非常适用于莫言这样的时代文学的代表人物。莫言作为这个时代的典范作家，其获诺贝尔文学奖所引起的公众狂欢效应持续良久，所得到的社会关注度远远超出普通创作者。在社会的一般认知中，文学与其他艺术类型相比，更具有心灵和精神领域的良师益友的文化效应，以至于杰出的文学作品并不意味着仅为其真正的读者所具有，而是几乎与每一个社会成员都相关。莫言及其作品理所当然地成了社会拥有的对象，而不仅仅是具有一般的文学阅读效应。

莫言的小说作为文学存在所具有的社会意义和文化意义，为人们思考杰出的文学作品和同样杰出的艺术品之间的社会地位的差异性提供了理论参照。前者拥有的社会关注度以及社会意义总会明显超出后者。哪怕是价值连城的艺术品，一般也都有明确的拥有者或藏家，只有在海关条例或文物法的意义上才象征性地为国家所有。因此，正常情况下，一般社会人不会对这些艺术品产生自然的关联感。但以杰出的文学作品为代表的高层次精神产品及其创作者，在社会观感和文化属性意义上具有普遍的社会相关性。在习惯上，这些杰出作品不仅凝聚着杰出作家个人化的思维和审美创造，而且体现着一定时代具有代表性的精神收获，甚至成为一定时代精神文化的卓越代表。因此，即便不是在文学教化的意义上，作为杰出的精神创造体和相应创作品的作家与作品也很容易成为社会拥有的对象。

杰出的小说作品之所以比其他艺术品更容易成为社会拥有对象，是因为以语言文字承载的这种文学作品精神内涵或思想容量往往最深密、最复杂。文学的表现包括小说的呈现，其借以承载的是作为一般工具的语言文字，而不是作为特殊工具的色彩或音符。色彩或音符的使用需要技术性的培训和历练，而语言文字的使用不需要技术性因素的参与。这样一来，其表现思想情感或精神内涵的自由度就相对较高，不像其他艺术那样需要通过特殊工具，运用色彩和音符等技术含量较高的载体进行艺术表现。相对而言，这样的表现与文学表现相比失去了很多自由度。

一个作家的写作自由度是其作品寓含较大思想深度和精神能量的必要条件。这种自由度不仅体现为承载方式和使用工具的简单灵便，而且体现为体裁选择和写作方式的复杂多样。杰出的作家很少局限于一两种体裁。他最擅长的或许是诗歌或者小说，但一旦意识到自己已经成为社会拥有的当然对象，就必须在自己的作品中倾注更多的思想和精神内涵。他会对社会、人生乃至政治、文化等升腾起一种批评的责任。这样的批评属于社会批评和文明批评，有时未必是通过他所熟悉的文体加以展开的，甚至不是以文学的笔法进行操作的，但这仍然是文学家的写作。莫言的社会批评、历史批评、文明批评和文化批评主要通过他的小说创作深刻而强烈地体现出来，由此构成的巨大批判性使得他的作品显示出震撼人心的力量，显示出与众不同的气度，显示出不仅仅属于文学的写作风采。同中国当代所有杰出的作家（如王蒙）一样，莫言没有充分地、直接地展露出鲁迅式的社会批评和文明批评的笔锋，因而在文学领域批评本体的写作方面并不突出。但其作品的巨大批判性使得他在批评本体意义上并未缺席。他的小说对国民劣根性深度的挖掘及广度的揭示，可以被视为一个世纪以来最痛楚的源于民族痼疾的呻吟。在他的文学世界中，读者随处都能领略感天动地、悲泣鬼神的伟岸人格，随处都能体验宵小之众、卑鄙之群的社会底蕴。他的高密东北乡就是华夏万里图的缩影，他的红高粱之伟岸和卑劣并存的意象，他对红高粱敬仰与批判齐施的笔意，在《天堂蒜薹之歌》《丰乳肥臀》《檀香刑》《生死疲劳》《蛙》等作品中普遍存在着，而且被展演得更生动，被表现得更浓烈，被使用得更自然、更潇洒、更出神入化。

莫言的文学存在最实际的意义自然在于他的文学创作。他的文学批评本体和相应的文学行为也主要通过他的创作得以体现。如果说王蒙的文学存在包含较多的批评本体和学术本体的文学行为，莫言则是汉语新文学世界文学存在主体中最倚重创作的特定对象。事实上，他并不是施勒格尔所说的"一个真正自由的"人，因为他还难以做到像鲁迅那样"能够自己使自己随心所欲地具有哲学或语文学的、批评或诗的、历史或修辞学的旨趣"①。某种意义上，王蒙在朝着这样的境界努力，而莫言还无暇进行类似的努力。不过，文学存在是指这样一种对对象的历史性和现实性的肯定：它属于文学行为的独特主体，也经常是文学创作的突出主体，不过这一文学主体的早已超越文学作品甚至文学写作，成为一种无法绕过的社会现象。也就是说，它作为一个综合性的社会存在，为文学内外的世界所关注，所讨论，甚至延展为一种有价值的文化现象。莫言的文学存在意义正在这里。他所有的文学写作固然是文学行为的结果，不过即便做出其他艺术行为甚至社会行为，如写书法，进入外事的角色出国访问，从事各种社会活动等，这一切都会被汉语文化界以及华人社会理解为文学行为，一种与莫言这个文学存在个体相关的文学行为。莫言作为文学存在个体具有足够强大的能量，这使他的一切行为都理所当然地被人们理解为或联想成文学行为。

拥有文学存在是民族文学成熟的标志，文学存在的特定个体可以将文学的因素、文学的作为、文学的现象转化为全社会拥有的资源。这既肯定了一定时代一定语种文学的成熟度和优势，也围绕着特定的文学存在个体让这个时代这个语种的文学进入了社会拥有和民族生活的视野。

于是，作为汉语新文学世界的有特别价值的个体存在，作为真正可以称得上文学存在的对象，莫言的社会文化意义早已超越了作家、写作者的范畴。他凭借自己的作品，凭借作品的世界性影响及其对本民族文学和文化的杰出贡献，成为汉语新文学向世界文学发言的杰出代表，成为汉语文化和文学记忆中的必要成分和必然现象。他的文学存在已经沉淀为汉语文学史、汉语文化史甚至是汉语社会的一般性知识。文学存在就是这样，它已经或者势必沉淀为一般性的知识，而且是社会要求其组成人员了解的那种知识。作为知识对象的文学存在意味着，即便你并不从事与文学相关的工作，你这方面的认知缺席也会被认为是一种知识结构上的欠缺。

作为文学存在主体，莫言正在成长为中国当代文化的一个精神资源式的人物。资源的意义正在于他的"存在"。无论是他的信仰者和追随者，还是他的反对者和责疑者，都不得不围绕着他这个巨大的存在而发言。他的影响几乎深入中国社会的各个层面，各种话题，各色领域，然而人们在讨论他、谈论他、引用他、评价他的时候，首先将他定位为一个文学行为主体。因此，这个重要而巨大的存在是文学存在。文学存在主体向其所在的世界展示着文学创作的核心内涵、文学行为的全部内容，以及辐射到文学以外的各方面影响的综合效应。这些综合效应已渗入其他学术领域。例如，莫言的文学存在会在中国现代政治学、社会学、心理学、文化学、历史文献学等许多方面引起并继续引起种

---

① ［法］菲利普·拉库-拉巴尔特、让-吕克·南希：《文学的绝对：德国浪漫派文学理论》，50 页，南京，译林出版社，2012。

种话题。程光炜在《文艺争鸣》2015 年第 5 期上发表的关于莫言家世的详细考证，表明莫言文学存在的意义已经得到了学术确立与承认。

二、 莫言、 诺贝尔文学奖及其文化情结

中国文学界，确切地说，应该是包含中国内地（大陆）文学、台港澳文学及世界华文文学在内的汉语文学界，长期以来都存有某种诺贝尔文学奖心结。如果说荣登诺贝尔文学奖授奖殿堂意味着多少年来汉语文学界的"中国梦"，那真正实现这个美梦的文化英雄就是莫言。正是他，实现了属于几辈中国人的光荣与梦想。莫言也因此非常自然地成为中国文学、文化、历史与时代关注的焦点。

早在 1927 年，鲁迅就卷入了中国作家与诺贝尔文学奖的风波。那年，一位喜好文学的瑞典探测学家拟推荐鲁迅和梁启超进入诺贝尔文学奖的评选名单，并请刘半农通过台静农与鲁迅沟通。鲁迅感谢了各方面的好意，在给台静农的明确表示："诺贝尔赏金，梁启超自然不配，我也不配，要拿这钱，还欠努力。"鲁迅认为，当时的中国"还没有可得诺贝尔奖赏金的人"[①]。鲁迅在讲这样的话时非常真诚，举例说自己翻译的《小约翰》的作者——荷兰作家望·霭覃（Frederik van Eeden）——应该获奖。他还坦诚地表示，中国文学做得还不够，西方世界不能因为我们使用汉语就格外降格以授（奖）。这显示出一个伟大的文学家所具有的捍卫汉语文学的尊严，了解汉语文学弱势的清醒，胸怀世界文学的坦荡与毅力。很显然，鲁迅与诺贝尔文学奖的关系并未密切到进入正式提名程序的地步，这一事件的意义在于表明汉语文学界已经关注到诺贝尔文学奖并表示出足够的尊重，表明包括鲁迅在内的中国现代文学家对这个奖项确实非常看重，评价甚高，更表明鲁迅的真诚与谦逊。

1938 年，诺贝尔文学奖被授予美国畅销书作家赛珍珠（Pearl S. Buck）。她的获奖作品《大地》虽以英文写成，并在美国畅销，但它所描写的是中国农村的故事。赛珍珠在中国长大成人，并以汉语为第一母语，因此人们习惯于将这位美国作家的获奖与诸多中国因素联系在一起。这也成了汉语文学与诺贝尔文学奖之间绕不开的渊源。此后，战祸频仍，内乱不断，汉语文学主流立意于社会事功，甚至一度割断与世界文学界的联系，汉语文学获诺贝尔文学奖的事情也就逐渐被人们忘却了。有消息说，这期间瑞典文学院运作过老舍、沈从文获奖事宜，但在相关运作的最终结果出来之前得到了他们去世的消息。汉语文学在有限的两次机会中再度与诺贝尔文学奖擦肩而过。

---

① 《鲁迅书信集》，162 页，北京，人民文学出版社，1976。

也许是沈从文憾未获奖的消息在发酵，20 世纪八九十年代，汉语文学与诺贝尔文学奖的关系问题再次成为汉语文学世界的讨论热点。评论家们纷纷探讨和分析诺贝尔奖的评审机制；翻译家们暗暗选择可能获奖的对象；一些作家则在谋篇布局，摩拳擦掌，跃跃欲试地进行努力；一些国外媒体和评论者也煞有介事地做出各种预言或者发表各种言论；当然，也有不少网友参与了进来。然而，一年又一年的期盼迎来了一年又一年的失望。在相当一段时间内，诺贝尔文学奖成为汉语文学世界中不说难受、欲说还休的话题，成为一种包含焦虑、沮丧乃至愤愤不平的情绪，甚至成为一个排解不开的心结。

2000 年，法籍华人、著名剧作家高行健出人意料地以在异国他乡写出的长篇小说获得诺贝尔文学奖。但高行健当年获此殊荣并没有令中国文学界彻底解开这个心结，这既因为获奖者本人特殊的国际身份，也因为他的获奖作品并未得到汉语文学界的广泛承认。高行健的获奖并未引起汉语文学界足够的兴奋，其导致的尴尬具有多重性态。[①]

也许是因为有了之前的铺垫，莫言获奖没有给汉语文化世界带来巨大的冲击性震动，没有在汉语文学以外的世界中形成持久的轰动效应。但莫言作品的社会影响力和国际影响力得到了巨大的释放，莫言以他巨大的成功带给汉语文学界的种种正能量具有长期效能。2013 年 4 月，莫言在中澳文学论坛上表示："再过六个月，新的诺贝尔文学奖得主就会出炉，到那个时候，估计就没人理我了。我期待着。"几个"六个月"过去了，莫言仍然是汉语文学界和汉语文化圈中的热门话题，莫言的"期待"持续落空。其中的原因在于：既然诺贝尔文学奖事实上参与了中国现当代文学文化特别是小说文化的建设，莫言势必在相当长一段时间内成为当代文学文化的焦点，即使他事实上可能从阅读和研究的热点中逊位，但也注定成为文学文化及小说文化的轴心。

三、 莫言文学与汉语小说的文化地位

厚重的家乡生活体验，厚实的文化阅读经验，加之丰富的想象力和操弄语言的天才能力，使莫言成为一个风格独特、底气雄厚的作家。他是一个多产的作家，又是一个具有鲜明风格特征，并在坚持自己风格的基础上努力建构独特文学世界的雄心勃勃的作家。汉语新文学世界的普遍接受与欢迎，诺贝尔文学奖等世界性大奖的获取，说明了莫言以鲜明的特色建构属于自己的文学世界的企图心并不是狂妄的野心。莫言文学的风格特征是如此鲜明强烈，以致任何读过其作品的读者，无论是否喜欢，都无法不留下深刻的印象，而且是一种在阅读别人的作品时难以获致的印象。莫言的作品精神粗犷，语言

---

① 参见朱寿桐：《汉语新文学通史》（下），717～720 页，广州，广东人民出版社，2010。

奔放，情节波诡云谲，人物纷繁复杂，既反映出一个文学巨擘自由快意的写作狂欢，也体现出一个善于"讲故事"的人摄人心魄的超人技艺。莫言善于写历史，写饱经磨难和灾难的中国近现代和当代历史。他以自己的家乡山东高密，甚至是相对狭小的东北乡为创作基点，透过这片偏僻贫穷而又丰富神奇的土地，折射乡土中国一百多年的内乱外患、悲壮狂恣与血雨腥风。其中有英勇的流血，壮烈的牺牲，也有苟且的存活，贪婪的掠夺；有正义的呐喊，血性的抗争，也有宵小的背叛，屈辱的呻吟；有残暴的虐杀，兽性的荼毒，也有如水的柔情，如歌的温馨。近代中国的动荡混乱、现代中国的烽火连天等，在莫言的创作中得到了生动、翔实又充满荒诞谐谑性的表现。如果说托尔斯泰是俄国历史的一面镜子，莫言的文学则浑似中国近现代历史的一面哈哈镜。

哈哈镜的镜面凹凸不平，利用物距、象距之间各个点的差异形成焦距的变换，使得镜中同一平面的成像呈现出奇异怪诞的效果。将这样的成像原理用诸近代以来中国历史、文明、社会及种种事件的取视，并加以文学的表现，可以成为我们解读莫言文学的一种路径或一个视角。莫言瞩目于一百多年来中国社会的政治风貌，不断变换自己的视角，调整自己的聚焦，或推远焦点以模糊地处理棘手的事件和人物，或拉近焦点甚至采用显微透视方式细腻地表现历史动作和人物行为与特定时代的社会心理，或直接采用变形乃至穿越的技巧，将铁一般真实而沉重的历史在某种荒诞或怪异的意象中付诸文学表现。然而这样的荒诞有着浓厚的现实演绎的成分，这样的怪异传达出的是批判与重铸现实的激情。这其实就是莫言的小说既被人们视为荒诞，同时又令即便是很苛刻的批评家也无法否认其现实主义特质的原因。

这面结构复杂、成像丰富的哈哈镜，面对历史的宏大和开阔，特别是面对重大的历史事件和重要的历史人物，所采取的往往是推远焦点的方法。这既使得这些历史的必然对象成了其文学的必然对象，又使莫言可以避开正面表现，甚至进行模糊和淡化处理，从而将大量的笔墨留给底层的凡俗人生。正因如此，《檀香刑》在面对戊戌变法等重大历史事件，涉及袁世凯等重要历史人物时，都采取焦距推远的策略，成功地淡化并最终避免了宏观叙事。在宏观历史与微观人生之间，莫言更习惯于关注后者。他的写作激情往往与社会最底层痛苦的呻吟或放恣的狂欢紧密联系在一起。对于上层社会和高端人生，他宁愿采取隔空观望的办法，推远焦距予以淡化。

在《丰乳肥臀》中，作家有意写到土改，但亦是蜻蜓点水，一笔带过。对于重大历史事件和历史人物视若无睹或完全回避，会在一定程度上削弱作品的历史感和时代感，使作品因丧失时代的纵深感而浮掠在历史的表层。相反，过多地停滞于宏大叙事，较多地黏附于重要人物的言行，会使作品拘泥于历史的真实，局限于事实的方寸，失去灵动的活力与自由的魅力。莫言的小说立意于历史批判，纵横于时代透视，在并不回避重大事件和重要人物的前提下，推远观察和表现的焦距，淡化乃至模糊宏大叙事的应有内容，体现出了历史批判的灵活度和时代透视的自由度。

相比于推远焦距以缩小宏观历史的痕迹，莫言更加擅长拉进焦距以扩大日常人生的成像。他善于将生活现象和人们的心理，甚至包括写作者自己的心理状态，以放大甚至夸张的笔法进行显微式的摹写与刻绘，有时甚至是令人心灵震颤、毛骨悚然的解剖与展露。惊悚的如《红高粱》中活剥人皮的残酷与惨烈。神异的如《丰乳肥臀》中游击司令肩上的一块肉被日本人砍下之后，兀自在地上跳荡。司令捡起它按在原部位以图恢复，但那块肉又赫然跳下，直待被伤者摔死才得服帖，任凭包扎。这种夸张的笔法以一种几乎令人无法忍受的变形处理，为倔强而刚阳的生命及其固有的价值哀哀哭号，呼天抢地，让读者震动、震撼、震惊，继而在这震动、震撼和震惊中体悟生命的意义、生命的疼痛、生命的尊严和价值。

不管是推远焦距还是拉近焦距，其文学处理效果往往都是变形。莫言最擅长变形手法，也熟稔变形构思。他广泛汲取民间文学的营养，经常以民间文学中的鬼灵精怪为载体呈现他所要讲述的现实故事，因而许多批评家会联想到他那个非常著名的同乡蒲松龄。其实莫言与蒲松龄除了都对民间故事特别是狐鬼故事感兴趣之外，很少有共同之处。如果说在蒲松龄那里，民间的狐鬼故事就是他的叙述对象和言说本体，对于莫言来说，传说中的鬼灵精怪的故事只是他构想或者组织现实人生故事的一种寄居的外壳，一种方法，甚至是一个叙事角度。他所要借此、凭此讲出的故事都是现实的活剧，都是历史批判和时代透视的沉痛结晶。《生死疲劳》于此显现得最为清晰。主人公西门闹几番"投胎"为驴、为牛、为猪、为狗、为猴，最终为病态娃娃。作者通过经历六道轮回的主体的"眼光"，审视中国农村土地改革以来的种种变革，批判了在多重政治背景下山乡巨变而人性依旧的惨痛现实。民间神话中的六道轮回说只是作者结构故事的一种方式，是作者获得全面地、历史地、现场感十分强烈地进行叙事的全知视角的一种借口，是他的一种叙事载体。作为说故事的人，作家非常自如地抽身离开了西门闹这个人物的行为限制。他通过不同阶段不同形态的"轮回"，不断获得不同时期面对不同人群的现场参与权和现场陈述权，非常自由地完成了数十年的历史传述。这部小说是典型的东方《变形记》，同卡夫卡的作品一样，变形的目的是寻找一个突破人物行为限制的"全然而知"的全知视角，挣得写作者叙事和掘现心理的自由。当一个变形的"人"成为一个类似于甲壳虫的具有不明所以的神秘来历的动物时，或者当一个"人"获得了几次投胎转世的经验并且对前世之事历历在目、记忆犹新时，他所具有的不仅是处处在场的目击和窥视的能力，由这样的能力演化而来的"全然而知"的全知视角，而且可以深入凭借人力无法抵达的人和"动物"的心理世界，进行类似于超声波的心理透视和灵魂透视。这样的视角不是一般的全知视角，而是"超然而知"的超知视角。莫言的许多小说都通过人物的变形、世态结构的变形、时间空间的变形转换等，成功地完成了这样的超知叙事。

莫言是一个对历史充满好奇，对现实充满责任感的作家，几乎每一部作品都立意于对历史的清算和对现实的反思，并在清算和反思中悄然蜕脱了政治判断，甚至往往游离于是非判断，而以人性的真切、生命的赞美、善的讴歌、恶的抨击为社会学、伦理学和美学的基准。这样的清算和反思在试图蜕脱政治判断，其实就是拒绝政治借力的情况下，往往十分艰难、沉重。于是作家只好采用哈哈镜的成像原理，以不断变焦的灵活与狡智让历史的面貌变得时或清晰时或模糊，让时代的尘影变得时或失真时或祛魅，让严酷的现实在叙事中变形，让如铁一般真实的人生在变形中卸去一些沉重，抹去一些惨痛，沾上一点幽趣，染上一点诙谐。这样一来，他完成了用哈哈镜表现历史与现实的程序，也获取了用哈哈镜处理真实成像的效果。

莫言三十多年的文学创作成就了他自己的辉煌，成就了当代中国文学的世界性辉煌，也成就了汉语新文学的历史性辉煌。他的业绩不仅使当代中国文学在世界文学范畴内建立起卓越的功勋，获得了崇高的声誉，而且使得世界范围内的汉语文学界，特别是汉语新文学创作界，在面对世界各语种文学（如英语文学、法语文学、德语文学等）时建立了历史的自信心，恢复了时代的自信力。如果说鲁迅当年诚恳地推却诺贝尔文学奖的非正式提名，乃是基于对中国现代文学自信力的不足，莫言的获奖则一定意义上将这样的自信力提升到了时代的顶点。

在电子文明全面袭来的传媒时代，汉语的重要性甚至汉语的传播作用都被直观地搁置一旁。在几辈作家或与诺贝尔文学奖擦身而过，或为此奖上下求索而屡遭败北的情形下，汉语文学的前途似乎显得颇为幽暗，甚至传统意义上的文学写作的正当性都愈益模糊或暧昧。从审美意义或艺术追求方面来看，汉语文学似乎一度失去了本该有的自信。莫言的巨大成功恰如兴奋剂，使得包括当代中国文学在内的汉语文学重新拾起对于传统写作的趣味与信心，使得包括当代中国文学在内的汉语文学在一定意义上重新获得了社会的关注与承认。虽然文学界一般认为，仅凭莫言的成功并不能使已经边缘化的文学重新回到社会文化的中心，但在社会文化生活已经将文学边缘化的传媒时代，如果文学能够像这样时时被关注，时时成为舆论和大众兴趣的热点，就足以说明自身的社会地位和文化意义。

莫言文学的巨大成功带来了各种嘈杂的议论。这种议论包括对莫言文学作品的不认同，如指出莫言作品的"残忍的刺激"，莫言语言的"病态"等。无论这样的批评和指责是否符合事实，符合学术理性，是否仅出于个人好恶，它至少可以让中国人和汉语世界在一定程度上消除对诺贝尔文学奖的某种隔膜和疏离，以及由此而生的神秘感。这是我们理性地、客观地对待诺贝尔文学奖的心理基础。曾几何时，汉语文学经常遭到来自内外批评界的毁灭性否定，关于当代中国文学"危机说""垃圾说"的讨论连续不断，此起彼伏。这些批评一方面可以振聋发聩，另一方面也多少影响到当代汉语文学家的自信心，乃至于影响到整个汉语文化世界对于汉语的信心。莫言的获奖以一种并不高调的姿态清除了这些妄评、酷评、恶评画下的符咒，让包括汉语使用者在内的人们重新审视汉语文学及其可能的前景，让汉语文学界对汉语文学恢复了本来应有的自信。诺贝尔文学奖历史性地肯定了莫言，当然也在世界文坛的宏观视野中成就了莫言，但更重要的是成就了汉语文学，成就了汉语文学的自信力及伟大前景。

（原载《小说评论》2016 年第 1 期）

第三只眼看莫言

张清华

  莫言获诺贝尔文学奖的理由是："用魔幻般的现实主义将民间故事、历史和现代融为一体"。其中的四个关键词分别是"魔幻现实主义""民间故事""历史""现代"。虽然该评语在中国语境中有颇多歧义和争议，但在我看来还是准确的。"魔幻""魔幻现实""魔幻现实主义"虽然属于外来的理论术语，也确实有着来自拉美的影响踪迹，但不要忘了，它也有中国的传统，有来自我们本土的语义。中国自古就有魔幻的小说传统。先秦时期即有《庄子》中所提到的"志怪"。庄子说："齐谐者，志怪者也。""齐谐"或许是一部书的名字，虽然已经失传，但却可以证明"志怪"早在庄子的时代就已经成形了。到六朝，志怪小说业已蔚为大观，有干宝的《搜神记》等为证。至于唐代的"传奇"和明清时期大量的"野史""笔记"，以及"四大奇书"等，都无不具有魔幻的意味。

  所以，莫言小说的"魔幻"不是单纯的舶来品，而是有着更多本土的传统、民间的因素。了解莫言故乡一带风俗文化的人，对这一点丝毫不会感到奇怪。作为古代齐国的属地，"高密东北乡"与中国古代文言小说的集大成者蒲松龄的故乡淄川①相去不远。这一带自古就多浪漫神秘的民间文化习俗，流传着各种各样的鬼怪故事，所以才会有《聊斋志异》这样的作品问世。蒲松龄是真正的"魔幻现实主义"的鼻祖，就连阿根廷的伟大作家博尔赫斯也研习过蒲松龄的小说，为阿根廷版的《聊斋志异》写过序言。我们即便不能说拉美的魔幻现实主义受到了中国文学的影响，但至少也该承认，这两种文学思想与潮流是有过"交会"的。郭沫若对《聊斋志异》的赞语"写鬼写妖高人一等，刺贪刺虐入木三分"，也佐证着它既"魔幻"又"现实"的特质。莫言正是将魔幻的想象与民间文化的丰富

---

  ① 今山东省淄博市淄川区。

资源、中国传统文化的批判性思索、中国当代经验的丰富归纳与传达结合了起来，生成了自身独有的感性而丰盈、吊诡与狂狷的写作风格，确立了自身综合古今、兼及中外、充满个体创造的独特气质。

因此，从某种意义上可以说，莫言充实甚至修改了"魔幻现实主义"这个词语的含义。他的吊诡与狂狷将会成为中国文学乃至世界文学中一个至为独特的属性，这是他不可被忽视的创造与贡献。

一

蒲松龄在《聊斋志异》中给自己取了个别称，叫"异史氏"。异史氏就是那个专事记录"披萝带荔"之"牛鬼蛇神"的人，用今天的话说，就是专门搜罗那些民间诡异故事的人。蒲老先生自谓："自鸣天籁，不择好音，有油然矣。"他记录乡野民间的各种说法，不事加工与选择，反而留下了最自然和最风韵别致的文字。所以，在开篇的自志中，蒲松龄颇为悲情和自傲地慨叹道："嗟乎，惊霜寒雀，抱树无温；吊月秋虫，偎阑自热。知我者，其在青林黑塞间乎！"大意是，哎呀，我就像这山野林间的秋虫寒雀一样，自己给自己找乐子。难道我的知音就是这些山间的野物吗？

齐地自古多吊诡狂狷之人，这里所孕育的智谋鬼才之士可能是中国历史上最多的。姜太公吕尚不说，管仲、晏婴、孙武、孙膑均是智谋之士；更兼鬼谷子、东方朔这类异秉之人。这里出蒲松龄这样的野史怪才、大小说家是必然的，不出才怪呢。

从这样一个背景去看莫言，也许是一个必须的角度，因为他也是一个从齐国故地走出来的诡异的"异史氏"，一个来自"高密东北乡"的喜欢谈神论鬼、不拘幻异的讲述者。他的小说总是带着民间的原始野性，附故事于自然与神异之物。他的小说中总是有太多"牛鬼蛇神"与"花妖狐魅"，太多游荡于"青林黑塞"的"秋虫寒雀"，太多难登大雅之堂的乡野故事与民间传奇，而这也是他能够"自鸣天籁，有油然矣"的原因。

二

莫言迄今发表的作品，少说也有六七百万字。早期他发表了大量的中短篇小说，自20世纪80年代中期以后，陆续出版了十余部长篇小说，还有文论、随笔等。他的写作量这么大，我们要想说清楚他自是不易。因此，这里也只是粗线条地说个大概。如果按照他作为一个作家成长的时间顺序来说，或许更有助于说明问题。

早年莫言的小说似乎并无殊异之处，主要以讲述故乡乡土生活为内容，然而却有一种不同凡响的灵动之气。这灵动来自他对土地的感动和理解，对自然的热爱与通灵。他喜欢用童年的视角、孩子的眼光来写神奇幻异的人或动物，喜欢写乡间民俗与传说故事，笔下的人与物都有一种古灵精怪的味道。《大风》《枯河》《秋水》《民间音乐》《球状闪电》等，都不例外。美丽的村妇、机灵的孩童、丰饶的乡野、怪异的自然都给人留下了难忘的印象。

这些特点最为集中和典范地体现在了他最早的长篇小说《红高粱家族》中。这部长篇严格说来是意外的产物。最初，莫言的构想只是一个系列中篇，但当他写到一定规模之后，发现它们居然可以连缀起来变成一部长篇。"爷爷奶奶"的抗日故事和他们在红高粱野地里自由自在的爱情生活构成了小说的主干，"父亲母亲"的故事则是一条辅助的线索。在时间链条上，这部小说意外地构成了一个不断来回跳跃的"穿梭结构"。三代人之间构成了一个时空交叉的对话关系，"爷爷奶奶"的故事成为"父亲"和"我"不断予以见证、重述和议论的对象。这样，小说便形成了一个全新的叙事时空，彻底打破了持续几十年的现实主义的线性叙事，空前地解放了长篇小说的文体。

《红高粱家族》是一部重新解释现代历史的小说。它叙述了民间社会被遗忘和被压抑的历史，复活了那些原始而生动的人物与故事情境，展示了"人民才是历史的真正主体"的世界观。在这部作品中，被修改和装饰的宏大叙事被颠覆和改写了。例如，成为抗日主角的是一帮被称作"土匪"的民间英雄。他们不但活出了生命的自由与壮丽，也活出了真正属于民族和天地正气的精神与性格。它试图向我们展示我们民族的另一种精神，就如同尼采所阐释的"酒神精神"。这种精神是未受到儒家正统思想与宗法伦理道德桎梏的原始与野性的民间精神。正是这种精神而不是其他，支持着我们民族顽强不屈的生命意志，支持着我们走过漫漫黑夜，穿越历史的荆棘与苦难。

这明显是解构正统历史观的叙事，附着其上的是一个野性十足、生气勃勃的民间世界。这里有"既杀人放火，又精忠报国"的英雄匪气，更有通灵和泛神主义的神奇的自然生命。"八月深秋，无边无际的红高粱红成汪洋的血海。高粱高密辉煌，高粱凄婉可人，高粱爱情激荡。"这里有通灵的牛马、黑骡，有诡异的狐狸和野物，有充满大地的广博与诗意的一切。在这样的环境与氛围中，人可以死而复生（如二奶奶的诈尸），可以虽死犹生（如奶奶葬后遗体永不腐烂）；动物可以比人还要社会化，如饥荒时家狗因食死尸而"异化"，变成了野狗，并且由"红狗""绿狗"和"蓝狗"组成了不同的队伍，与人类展开殊死搏斗。在这里，狐狸可以医治人的创伤。猎人老耿被日本兵刺了几十刀，居然因一只狐狸的舔舐而痊愈……这些通灵而诡异的描写，似乎都有着《聊斋志异》的影子。

《红高粱家族》为莫言赢得了巨大的声誉。由于据此改编的电影《红高粱》1988年获得了柏林国际电影节的金熊奖，"莫言"这个名字也迅速传到了国外。莫言成了有国际影响的中国作家。

三

发表于 1995 年的长篇小说《丰乳肥臀》，可以说是 20 世纪 90 年代莫言最重要的作品，也是迄今为止莫言最具代表性的作品。和历史上的许多杰出作品一样，这部小说问世之初曾经到包括大多数专业读者在内的舆论的批评，被认为有"伤风败俗""刻意媚俗"的嫌疑。但在笔者看来，它恰恰是中国新文学诞生以来极具思想与艺术含量、极具超凡脱俗品质和极令人惊心动魄的作品之一。它书写了一位母亲苦难的一生——从 1900 年德国殖民主义者进占胶州开始，到 1995 年辞世，即这部小说出版的时间。显然，饱经沧桑的母亲上官鲁氏所经历的，是 20 世纪中国的完整历史。这是一段饱含血与火、血与泪、歌与哭、悲与欣的历史，是波澜壮阔和风雨如晦的历史。它用了更为长远的眼光来看取近百年的人世变迁，把主流历史所描绘的革命和进步的画卷，还原为民间社会在百年剧变中不断遭受外力侵犯乃至最终崩毁的过程。从这个意义上说，《丰乳肥臀》所表现的历史是最具有人文思想精髓同时感人至深的悲剧历史。

小说中的母亲上官鲁氏生了八胎共九个孩子。前七个是女儿，分别是来弟、招弟、领弟、想弟、盼弟、念弟、求弟，是她通奸、乱伦、被强暴的产物。最后一胎是她与瑞典藉牧师马洛亚私通所产下的混血双胞胎——上官金童和上官玉女。她之所以不断地逾越妇道，是因为她的丈夫铁匠上官寿禧是一个男权主义的暴君。上官寿禧自身有病，却总是把不能生育的怨气撒向妻子，动辄拳脚相加。上官鲁氏忍无可忍之下，听从了姑姑的主意与姑父乱伦，随后又与流浪的江湖术士来往。她还被杀狗卖肉的屠户高大膘子糟践，与天齐庙里的和尚私通，被路过的败兵轮奸……这个过程看似混乱甚至轻佻，其实充满了血泪、苦难与隐忍。是夫权压迫和世道昏暗造就了她不断遭受凌辱和侵犯的命运。这些苦难的结晶——众多的女儿——也都遭受了不幸。除了领弟"鸟仙"出于"现代文明"的诱惑(模仿司马库和美国飞行员滑翔跳伞)，跃下悬崖摔死，其余的女儿从某种意义上说都是被各种政治势力杀害的。这恰好表明母亲和她的众多女儿所构成的中国传统的民间社会的破坏和瓦解不是源于别的，而是源于现代中国政治的动荡与变迁。

《丰乳肥臀》刻画了一个人类学意义上的母亲形象。她的被刻意放大的生殖与博爱的禀赋和能力表明，她是一个民间和大地意义上的母亲，一个作为"生殖之母"的化身的母亲。她和自己的众多儿女所构成的，是中国原始的乡村民间社会的象喻。正是由于这一点，她变成了一个圣洁的"东方圣母"，超越了世俗意义上的道德，具有了更为博大的历史内涵与道德诗意。她的饱经磨难和含垢忍辱，她的逆来顺受与不屈不挠，都增加了自身的光彩与魅力。可以说，这一人物是中国新文学诞生以来最伟大的文学形象之一。

《丰乳肥臀》这部小说的意义还源于另一个重要的形象，即上官金童。这一人物可以说是 20 世纪某些知识分子的化身。他有一个西方血缘的"非法"意义上的父亲，这注定了他多舛的命运。他是一个有原罪的、"生错了时代的"或"走错了房间"的人，永远无法自决，找不到自己的位置。这使他成为一个孱弱的恋母者，终生无法长大的偏执症与精神分裂症患者。这个人物与母亲构成了知识分子和民间这两个主体的化身。他们的悲剧也隐喻出了这两个主体共同的命运。

这无论如何也不是一个小的命题，而是一个长歌当哭和高瞻远瞩的命题。莫言对于现代中国历史的认知，可以说已经达到了五四运动以来中国作家认知的至高点。从艺术角度来看，这部小说所具备的磅礴开阔的气象，在叙述上所具备的强烈的戏剧性，在手法上大开大合的故事处理，在人物性格和心理上所达到的深度，都是十分罕见的。它的结构是"星座式的结构"。母亲是核心，拱卫着她的是众多的儿女，而这些儿女又与 20 世纪中国的政治势力、现代中国的政治遭遇之间建立了千丝万缕的联系。所有这一切构成了一个巨大的网状构造，形成了一个星座式的格局。它持续了整整一个世纪的长度，又被赋予深远的历史感。

按照中国传统的小说观念，《丰乳肥臀》是一部"奇书"。首先，它奇在其所描写的历史是一个悲剧的循环，如同《水浒传》所传达的"由聚到散"、《三国演义》所书写的"由合到分"、《金瓶梅》所传达的"由色到空"、《红楼梦》所书写的"由盛到衰"。它所描写的是 20 世纪中国历史的悲剧性宿命。其次，它奇在其中人物的怪异。母亲的形象是反世俗伦理的，上官金童的形象也是非常态的。上官金童是一个中国式的堂吉诃德或者哈姆莱特，一个中国式的奥勃洛莫夫，一个当代的贾宝玉，一个延续了鲁迅式主题的"狂人"。因此，《丰乳肥臀》的怪诞可以说兼容了中西方文学中的两种传统。

四

20 世纪 90 年代，莫言还有许多其他作品，如《酒国》《食草家族》《红树林》等。总体上看，这是莫言的一个艺术成熟期。不过，要论作品的稠密，还要数进入 21 世纪后的几年。2001 年，莫言推出了长篇小说《檀香刑》，2003 年发表了《四十一炮》，2006 年推出了《生死疲劳》，2009 年推出了《蛙》。莫言在十年间发表了四部长篇小说，这还不包括他的大量演讲与札记作品。其中，论叙事的华丽与诡异，可能要首推《生死疲劳》。这部带有过分炫技意味的小说，以佛教和民俗文化中的"六道轮回"为壳，叙述了一个叫"西门闹"的农民在当代中国的历史变迁中被折腾得死去活来的过程。他在被无端枪决后，依次化身为驴、牛、猪、狗、"新千年的世纪婴儿"，不断死去又复生。西门闹的经历将命运的悲剧幻化为生死癫狂的喜剧和闹剧，以充满揶揄和反讽意味的故事隐喻了当代中国历史的巨大翻覆。

但也有迹象表明，莫言在这部小说中极尽能事的华丽笔法以及喜剧性的处理方式，反过来稀释或颠覆了小说的悲剧意蕴，可谓"过犹不及"。相比之下，《檀香刑》显得更为适度。它同样采用了喜剧性的笔法，甚至把地方"猫腔戏"的元素融入了小说之中，采用了大量人物独白式的戏剧语言来完成叙事，艺术含量和戏剧性程度极高，只是在"猪肚"部分插入了第三人称的叙事语言。小说以极诙谐的笔法与极紧张的剧情，十分富有张力地描写了一个悲剧故事——"一个女人和她的三个爹的故事"。主人公孙眉娘的父亲孙丙是猫腔戏名角，一个在民间受人尊重的赫赫有名的美男子。当面临列强的外侮时，他不得不变成一个谎称"岳大将军再世"的妖魔化的人物，靠装神弄鬼来号召民众反抗列强的屠杀。民众抵抗惨遭失败，孙丙被腐败的清政府出卖。清政府甚至用他的死来取悦洋人。负责行刑的人恰好是孙眉娘的公爹赵甲，一个从刑部大堂退役后又被重新启用的刽子手。负责监刑的则是本地的县令，孙眉娘的"干爹"兼情人钱丁。这种充满戏剧性的关系使小说的主题跃然纸上，即被杀者与刽子手、监刑者之间千丝万缕的亲缘关系。也就是说，这个有着复杂的血缘亲情的集合体相互合作、集体合谋，上演了一出屠杀自己亲人的檀香刑大戏。

值得一提的还有莫言的长篇小说《蛙》。这部小说以"计划生育"为素材，描写了助产医生"我姑姑"的一生。它显示了莫言处理"重大题材"时一贯的出色能力。莫言把一个典型的社会问题处理成了个体生命伦理与民族国家伦理以及人类生存的大伦理之间错综复杂的冲突，使一个显而易见的社会命题变成了一个意义广远的文化命题和伦理命题。尽管小说在笔法上一反此前莫言的习惯，显得异常松弛和散淡，但仍然不失为一部有道德震撼力的小说。《蛙》荣获第八届茅盾文学奖，也是理所当然。虽然它并非莫言最重要的作品，却也是近年来一部不容忽视的作品。

莫言是一个永远不会让人感到枯竭的作家，他的想象力和创造力总是有令人意外的胀破和溢出。他总能在邪中出正，在嬉戏中得庄严，在寻常中显吊诡，在低调中露狂狷。这使我们总会对他抱着新的期待。2013年1月，应北京师范大学的聘请，莫言正式成为北京师范大学的教授。相信成为老师之后的莫言能够教学相长，带给我们更多的惊喜。

（原载《教育传媒研究》2016年第1期）

大数据时代"微批评"的文化表征
——以"微评莫言"的"网络事实"为中心

陈定家

　　大数据时代，人们的日常生活和文化环境都在经受着大河改道式的巨变。这些巨大变化，大多拜互联网技术所赐。随着以网络技术为支撑的大数据与云计算的快速升级更新，昨天尚是"数字化"的地球村，今天已是"数据化"的云天下。"数字"与"数据"之间，虽然只有一字之差，但二者境界之不同，却不可以道里计。昨天，麦克卢汉的"媒介即讯息"被奉为圭臬；今天，波兹曼的"媒介即隐喻"俨然占尽风头。尤为令人大开眼界的是，雄霸哲学王座数千年的"因果关系"，在大数据时代居然被迫禅位给了"相关关系"！在举头"云端"抬手"终端"的数据化生存语境下，"事实早已不再是事实"，以事实为基础的知识大厦在虚拟世界的非线性"相关"条件下轰然倒下。知识爆炸、信息冗余、资讯超载随处可见。在大数据时代，我们每个人都变成了深不可测的知识海洋中的一条不知何去何从的小鱼。当代人在日常生活的道路上，时时刻刻都有可能被数据化的斯芬克斯之谜困住前进的脚步。

　　在这个大而无外的知识海洋里，数据就是一切，或者说一切都只是数据。"事实已不再是事实"，即所谓"网络事实"已不再是印刷时代那种"被视为社会基石的事实"。"我们看到事实被人捡起来，摔到墙上。它们自相矛盾，分崩离析，被夸大被模仿。我们正在见证牛顿第二定律的事实版本：在网络上，每个事实都有一个大小相等、方向相反的反作用力。这些反作用的事实可能错得彻头彻尾。的确如此，当事实自相矛盾时，至少有一个事实是错误的。但是，这种持续的、支持多方的、每个事实相互链接的目的性，改变了事实的性质以及事实对于我们文化的作用。"①那么事实是如何实现"数据化生存"的呢？温伯格的解释是"网络化"。我们新的信息技术设施恰好是一个超链接的出版系统，将我们"眼见的事实"链接到一个不受控制的网络之中。我们要了解一个事实，最简单的办法就是把事实与事实的来源链接起来。但是，网络数据不只是统一了的信息和出版系统，实际上可以说是一个全世界无产者/有产者的大联盟，一个以"网络事实"为基石的"伊托邦"（E-topia）。

在这个数据化生存的"伊托邦"里，任何事实都不再"确切地"拥有人们"各是其是"的"真相"。人们所遭遇的大量信息都是已经被数据化处理过的碎微化的"网络事实"。至于我们所关注的作家、作品以及与此相关的文论与批评，也都毫无例外地启动了脱胎换骨的"数据化"程序。在这个"相关关系"替代了"因果关系"的大数据语境中，那些以文学史实或事实为根基的传统文学观念也都相应地发生了不同程度的变化。文学批评之变可谓赫然醒目。在这里，笔者作为数据海洋中的一条盲目无知的小鱼，姑且以微博、微信中的"莫言批评"为例，谈谈对大数据时代"微批评"的一点粗浅认识，以就教于关注"微文化"与"微批评"的同行与同好。

一、 "网络事实"： "微批评"准的无依的症结所在

如前所述，"网络事实"源于此在现实却不等于此在现实。在传统批评语境中，"事实"一向"胜于雄辩"。观点可以不同，但事实只有一个！所谓"真理"，无非是与事实相符的认识。尽管人们常常误以为假象就是事实，但"事实"作为判别真伪的准绳，一直是不可置疑的公则。大数据语境中的"网络事实"则不然，它往往为"沉默的螺旋"所左右，像"意见气候"一样变化莫测。毫无疑问，当评判标准变得飘忽不定时，我们对事物评价的可靠性必然要大打折扣。尤其是在对文学艺术这样复杂的精神现象做出评判时，评判标准是否可靠更是至关重要。如果评判者"随其嗜欲""准的无依"，结果必然是美丑不分、褒贬失据。就这一点而言，大数据语境下的"微批评""准的无依""褒贬失据"的情况尤为突出。

当然，"微批评"的具体情况纷繁复杂。即便我们把网络批评只限定在所谓"微批评"方面，也很难"化万千头绪为二三要事"以说清子丑寅卯。司马迁引用过孔子的名言："我欲载之空言，不如见之于行事之深切著明也。"②我们也无妨学学司马迁"见之于行事"。窃以为，有关莫言获得诺贝尔文学奖的网络"微批评"是一个意味深长的经典个案。

---

① ［美］戴维·温伯格：《知识的边界》，62 页，太原，山西人民出版社，2014。

② （汉）司马迁：《史记》，3297 页，北京，中华书局，1959。

不言而喻，莫言获诺贝尔文学奖是中国当代文学界的一件大事，甚至可以说是中国文化界的一件大事。由诺贝尔文学奖引发的"莫言热"必将对当代文学理论与批评产生深远影响。百度"莫言吧"、新浪读书频道、天涯社区以及各种移动终端上形形色色的相关评论，形成了一道"微评莫言"的大数据文化风景线。

博客、微博尤其是微信，使五光十色的"微评莫言"构成了一系列"自相矛盾"且"分崩离析"的"网络事实"。至于莫言本人，由于深受媒介轰炸之累，几经"生死疲劳"，所以迫切希望"莫言热"尽快降温，但莫言的这一愿望或许和期望获奖的愿望一样难以由个人意志成全。毕竟，国人对诺贝尔文学奖的心病自鲁迅时代起就已萌发。更为重要的是，诺贝尔文学奖向来就是内涵丰富、情节曲折的"媒战"大戏。当它与莫言这样一位充满矛盾与戏剧性的作家相遇时，一座潜力无限的时闻金矿更是瞬间生成。在这种情况下，要责备媒体人为何蜂拥而至且纠缠不休，就有些不近情理了。当然，任何热点都是有时限的，天下没有不散的筵席。既有蜂拥而至的景观，就必有一哄而散的景象。

这种蜂拥而至然后一哄而散的现象，无疑是媒体文化的常态。微博、微信等平台上的自媒体更是如此。必须指出的是，当时的微信尚未取得优先于微博的话语权。"微评莫言"在社会化的微博上铺天盖地而来，而在圈子化的微信中则沉寂得多。从井喷式的"微评莫言"来看，莫言本人就是一个如同"诺奖神话"般颇具传奇色彩的作家。

"曹公子"的微博称："他（莫言）长年在国家意志与民间视野的夹缝中自由起舞，且游刃有余。这种应变能力与处世智慧，绝非等闲之辈所能做到。他的身上兼具农民的淳朴和学者的谦恭、军人的雷厉风行和职员的因循隐忍。"①微友"山东小志"说："听说'莫言能将儒家的进取意识，佛家的悲悯情怀，道家的超然淡定，恰到好处结合在一起'，我看这种溢美之词未必可信。但'茅奖'喜宴尚未散场，'诺奖'的桂冠便'砸到他的头上'。一个人能创造出这样的神话，有如此强大的综合平衡能力，可谓超乎常人的想象。更为令人惊叹的是，他的获奖之作，是在'讲话'精神的光辉照耀下反思'计生'的《蛙》。其选材眼光之独到，叙事技法之精妙，如果古希腊之《蛙》的作者阿里斯托芬在天有灵，也不知他是否会请辞'喜剧之王'的称号。"这一类不无夸张的评论，虽多少有些反讽嫌疑，但其含糖量之高、含金量之低，与当下微信圈子内微友之间盛行的点赞，以及文坛盛行的红包批评/表扬已相去无几。

微博评论中含糖量甚高的还有"文坛奥运首金"说、"文学大国崛起"论等。总之，莫

---

① 由于微博、微信多为浮萍飘絮式的无根话语，且无法找到确切出处者，恕不加注。下同。

言获奖的意义远远超越了作品与文学本身，也绝不局限于中西文化的相互认同。他那一系列"震古烁今"之作，经由韦斯特伯格的点金手这么一推，不仅使备受冷落的中国作家骤然走到了世界文坛的前沿，也使折磨中国文学近百年的对诺贝尔文学奖的心病霍然而愈！这就怨不得媒体惊呼"空前绝后"了。这或许真是中国文学空前绝后的大事件，但是，对于这一重大事件所隐含的文学意义和文化意义，已无人问津。在蜂拥而来、一哄而散的热闹过后，这一事件毕竟还留下了庞杂空洞的数据。相信不久的将来，总会有研究者赋予它们应有的意义。

古人说"有不虞之誉，有求全之毁"。这说明毁誉失实的事情古已有之。但在以自相矛盾、分崩离析的"网络事实"为背景的大数据语境下，"网络微评"的毁誉失实是其准的无依的必然结果。"挺莫派"微友说，莫言获奖是"名至实归"，"早该如此"。"倒莫派"微友则不以为然。至于"莫言获奖是诺贝尔奖的耻辱""莫言是中国文学的耻辱"这类极端言论，也是瑞典颁奖那几天一再刷屏的"雷人热帖"。当然，不少"微批评"实际上是对平面媒体或网络文章的摘抄或节录。譬如，李建军《说诺奖，可藐之》中的不少观点就成了"倒莫派"津津乐道的话题，而王蒙有关诺贝尔文学奖本身就是"皇帝的新装"的说法更是"微评莫言"者的一大杀器。言及莫言的作品，有微友因其"汪洋恣肆"拍案叫绝，也有人为其"泥沙俱下"吐槽拍砖。在作家李洱看来，莫言写得比曹雪芹还要好；但王安忆认为，莫言往往写得非常糟糕。这一类评论通常出自"标题党"和"口号派"的炒作，看上去熠熠生辉，实则严重缺乏含金量。令人疑惑的是，在"微评莫言"的喧嚣声中，出现了这样一种违背批评常识的情形：偏离实情越远，收获点赞越多。这大约就是电视赛事去掉最高分与最低分的理由吧。

在诺贝尔文学奖揭晓后的那几天，有关莫言"执茅承诺"是当之无愧还是浪得虚名，各色网评大有鼎沸之势，微博、微信自然也不甘寂寞。实际上，早在诺贝尔文学奖揭晓之前数月，互联网上就出现了由博彩竞猜引发的隔空大战。微友们甚至会围绕一些细枝末节展开一轮又一轮的虚拟群殴。当莫言获奖成为既定事实后，意料之中的喧哗与骚动如期而至，各大网站的互动平台突然出现春运式的拥堵，喝彩的、骂街的、装疯的、撒泼的、玩深沉的、说风凉话的……世相百态，应有尽有。相关搜索指数显示，一夜之间，"莫言"已高居搜索风云榜"七日关注"的榜首。百度百科"莫言"词条的浏览量井喷式地增长到 220 万次，全然一派突发的文化狂欢景象。互联网上翻滚着一波又一波文学狂欢的浪潮。要理性理解这股非理性的"微批评"浪潮，对其有效施加价值导向方面的引导，传统理论思维显然难以奏效。我们认为，应当以大数据思维探索"网络事实"的内在规律，因势利导，倡导新理性批评，与时俱进地重建批评新标准。若能如此，或许有望使"微批评"逐渐从准的无依的混乱状态中摆脱出来。

二、"合法冒犯"：比"致敬"境界更高的"微批评"

当然，我们也应该看到，网络虚拟的"微批评"浪潮往往如梦幻泡影，悄然聚散。仍以网评莫言为例，在屏屏相叠的标语口号式的粉丝赞誉之外，很少有真正深入探究作品本身的言论。以作家作品为核心的言论所占比例极低，即便以"万不及一"形容，也一点都不算夸张。放眼看去，触目皆是"标题党"和"口号派"的那一套："莫言比一般诺贝尔文学奖获得者优秀得多""莫言在中国作家排行榜上问鼎第一"，等等。诺贝尔文学奖评委会主席佩尔·韦斯特伯格说："莫言不仅是中国最伟大的作家，也是世界上最伟大的作家。"这句话几乎变成了"挺莫派"的"尚方宝剑"。由于村上春树曾被认为是莫言的竞争者，所以本次诺贝尔文学奖也被顺理成章地捆绑到"保钓爱国号战舰"之上。在某些几乎从未读过莫言作品的"福尔莫丝"面前，谁敢对莫言稍有微词，必将当即惨死于剑下。网络"微批评"在热点问题上的非理性特征和"软暴力"倾向，由此可见一斑。

相比之下，韦斯特伯格说莫言"最伟大"，尽管多少有点标榜诺贝尔文学奖公正性和权威性的嫌疑，但他至少从文学的视角为自己的断言提供了理由："莫言的创作视野宽阔，几乎涵盖了所有领域。尽管他的作品描写的是自己故乡的小村庄，但让读者感受到的却是人类共有的情感体验。莫言作品的水平都很高，难分高下，但《丰乳肥臀》更让我着迷，跟我以前读的所有小说都不同。在我作为文学院院士的十六年里，没有人能像他的作品那样打动我。他充满想象力的描写令我印象深刻。"[①]我们可以相信，资深院士说的完全是真心话，但这也只能证明莫言的《丰乳肥臀》成功地征服了评委会主席。我们不能因此就相信莫言不仅是中国最好的作家，也是世界上最好的作家。这一点连莫言本人也未必同意。事实上，莫言曾明确表示自己是"浪得虚名"。这类自谦之辞就如同他人的溢美之语一样，究竟是出自真心还是纯属客套，往往虚虚头头，我们不可不信，亦不可全信。

虽然对学院派动辄以西人之狂欢理论责备网络文学颇不以为然，但面对有抱负无节操的狂欢化"微批评"，笔者似乎相信狂欢论的必然性与合理性。众所周知，"文化狂欢"说虽然广遭诟病，但也不乏有趣的理论为之辩护。例如，帕特里奇说："狂欢是一股勃发直泻的洪流，是因为节欲与克制而造成的疯狂冲动，它具有一种歇斯底里和无法抑制的特点……狂欢的功能很有价值，对那些由必要和不必要的克制而引起的紧张而言，它

---

① 姜妍：《"众声喧哗"见莫言》，载《祖国》，2012(20)。

是一种释放；不仅如此，它还能激发起人们对淡然的自我克制的重新追求。这种克制在人们的日常生活中是必不可少的。"①对文学批评而言，这种精神狂欢之必要性与合理性更是不言而喻。巴赫金认为，狂欢节的特征是冒犯，也是堕落。② 这种"冒犯"和"堕落"在文学批评中屡见不鲜。有趣的是，"冒犯"和"堕落"在当代文学批判语境中似乎恰好对应着"棒杀"与"捧杀"这两种极端情形。冒犯至死，棒杀之谓也；无耻吹捧，非堕落而为何？在传统批评语境中，批评无妨冒犯，重在合情合理，故有"合理冒犯"之说。但网络"微批评"往往以"不近情理"为特色，"雷人雷语"大行其道。"微批评"也未必没有底线，只是这个底线已从"情理"下移至"法律"。于是，传统批评的"合理冒犯"被"微批评"改写成"合法冒犯"。值得注意的是，对于批评而言，"冒犯"往往比"致敬"更接近其本义。这些年，批评家最爱说的一句话就是"致敬"。作品有品位，为品位致敬；作品无品位，为参与精神致敬。对批评对象而言，致敬往往是捧场的别称。既然是捧场，说些大而无当的话自然最为妥当，正如微信点赞一样。只要微友发的不是讣告，点赞是不需要理由的。

与泡沫横溢的标语体形成鲜明对照，某些真正具有思想深度和学术意义的批评，往往是一些探讨细节问题的文章。譬如"hallucinatory"一词的翻译问题。按照诺贝尔文学奖评委的说法，莫言获奖，是因为他"将魔幻现实主义与民间故事、历史与当代社会融合在一起"③。"魔幻现实主义"是新华社电讯稿对"hallucinatory realism"一词的中译。这一译法引起了诸多质疑和不满。譬如，《巴山旧事》的作者曹宗国指出，2010 年莫言获茅奖时，众人大谈现实主义的胜利，连"魔幻"的影子都没有提及，更不用说往世界文学艺术风格创新的高度考虑了。在新闻人员急将急地翻译出"魔幻现实主义"后，一些理论家与批评家当即"攀龙附凤"，甚至搬出了莫言的同乡蒲松龄以证莫言"魔幻"之不虚。"现在又听说莫言不是魔幻，他是更独特的'幻法'，我们的理论家们就傻眼了。"④

诺贝尔文学奖五人评选委员会成员埃斯普马克似乎对"魔幻现实主义"的译法也颇有微词。他说："我们用的词是'hallucinatory realism'，而避免使用'magic realism'这个词，因为这个词已经过时了。莫言获奖最重要的一点就是他对现实的描写。他是现实主义描写的魔法师。他观察整个中国社会的传统和现代，这是他的特色和创新。用'魔幻现实主义'来概括莫言，很容易让人联想到马尔克斯或者福克纳，好像莫言只是在模仿别人。

---

① ［英］伯高·帕特里奇：《狂欢史：从古希腊到二十世纪》，前言，上海，上海人民出版社，2014。

② 参见［美］约翰·费斯克：《理解大众文化》，99 页，北京，中央编译出版社，2001。

③ 对应英文如下：The Nobel Prize in Literature 2012 was awarded to Mo Yan who with hallucinatory realism merges folk tales, history and the contemporary.

④ 曹宗国：《中国新闻为何错译莫言的 hallucinatory realism?》，http：//blog. sina. com. cn/s/blog_5788bb980101dqcl. html，2019-04-25。

这会贬低他的价值。我们的颁奖词更有幻觉、幻想的意味。他的想象力丰富,扎根于中国传统的说书艺术,这是他超过马尔克斯和福克纳的地方。"①诺贝尔文学奖评委这样概括莫言小说的艺术风格,至少说明莫言小说所代表的中国风格或中国流派足以在世界文学之林占有一席之地。有人据此推断,中国的莫言独创了一种创作方法——"幻觉现实主义"。这无疑是一种提振中国作家自信心的说法,但奇怪的是,这一说法既没有得到作家们的回应,也没有得到网民们的回应。

或许,汉语的"幻觉"一词太过平淡,既不如拉美的"魔幻"那样具有深广的冥想空间,也不如网络中的"玄幻"那样具有强烈的感官冲击力。西文中的"hallucinatory"颇有"邪性"意味,传神地描述了莫言的作品亦庄亦谐、亦正亦邪的品性,但汉语"幻觉"一词却把原文中五味杂陈的"邪性"奥义过滤净尽。有鉴于此,笔者更偏向于跳出咬文嚼字的圈子,将错就错地接受新华社的译法。与语义学正确的"幻觉现实主义"相比,新华电讯的"误译"反倒更好地体现了中国读者对莫言作品的理解。虽然我们不能断言埃斯普马克的说法纯属文字游戏,但西方人出于修辞的必要,避免重复使用"magic realism"这个至今光芒四射的"大词",实属情有可原。

对大多数中国读者而言,"幻觉现实主义"与"魔幻现实主义"似无本质区别。"幻觉"这个标签,不论是对莫言还是读者来说,都不比"魔幻现实主义"更切合实际。众多媒体文章至今固执地坚持"魔幻现实主义"的说法或许就出于这个原因。这就如同埃斯普马克说莫言超过了马尔克斯和福克纳一样。我们不可跟字面意义死磕。他说莫言在"扎根于中国传统的说书艺术"等方面超过了马尔克斯和福克纳,如果无视上下文和时代背景,就此断言"莫言超过了马尔克斯和福克纳",就未免有断章取义的嫌疑了。事实上,莫言曾多次坦言马尔克斯和福克纳对自己的影响。在这些大师面前,莫言似乎一向是甘执弟子礼的。或许也正因为如此,莫言才有青出于蓝的可能。此外,说"魔幻现实主义"过时了,也未必尽然。在"魔戒"和"魔法学校"迷倒众生的今天,到底是"魔幻"过时了,还是"现实主义"过时了?既然明确宣称莫言是"现实主义描写的魔法师",又何必刻意回避"魔幻现实主义"的说法?即便"魔幻"让人联想到拉美文学大师,于莫言的声誉又何损之有?诸如此类的问题,细论起来,也和《生死疲劳》中的轮回转世一样,容易让人产生"幻觉"(hallucinatory)。

2015年,屠呦呦获诺贝尔生理学或医学奖引发了又一轮"微评莫言"。有微友感叹:"一年一度诺奖篇,岁岁莫言,今又莫言!"这一次,莫言在微信上无端变成了"心灵肮脏、形象猥琐"的陪衬人。例如,"去伪存真"的《屠呦呦和莫言获奖感言显示了人品的高

① 曹宗国:《中国新闻为何错译莫言的 hallucinatory realism?》,http://blog.sina.com.cn/s/blog_5788bb980101dqcl.html,2019-04-25。

尚和卑劣》是 2015 年度诺奖"微批评"中的当红热帖："从两位诺贝尔奖获得者的两篇演讲的结束语不难发现，屠呦呦用毛主席的教导作为自己的行动指南，以自己的专业服务人类作为自己的理想追求，鼓励大家对工作精益求精、更上一层楼，让中华中医药宝藏为人类再立新功，充满了昂扬向上的正气……莫言所讲的最后一个故事，则暗喻了人类大多数不是好人，该遭恶报，给人以众人皆醉我独醒的误导，充满了血腥恐怖的邪气。（屠呦呦）整篇演讲既体现了中国科学工作者不避艰辛、百折不挠、精益求精、不辱使命的敬业精神和风貌，又体现了社会主义科技队伍团结合作、信息共享、优势互补、协调攻关的举国科研体制的无比优越性，书写了一段中华科技创新的传奇。而他（莫言）笔下的家人、乡亲都是异化的，不是荒诞无稽就是淫乱杀戮或鬼魅横行，反映出的是对社会的报复心态。因此，莫言的整篇演讲只见禾苗不见土壤，只有乌云不见阳光，除了个人奋斗就是对社会人生的反叛，把个人好恶强加给整个社会，完全颠覆了真善美和假恶丑，表现出另类人生观。"

"微批评"的尖酸刻薄是有目共睹的，但更多的是一些抖机灵的"小品帖"。例如，"向你一笑"在微博中比较了屠呦呦与莫言的八大不同："1. 一个是科学家，一个是文学家。2. 名字相反，一个不说话（莫言），一个说真话（呦呦）。想到他们的职业，感觉是幽了一默。3. 莫言描写病态社会、病态人、病态故事，屠老师却在寻找治常规病的药方。4. 莫言是中国作家最高机构中国作协的会员，屠呦呦不是中国科学家最高机构中国科学院的院士。5. 莫言曾获得中国文学最高奖茅盾文学奖，屠老师没有。6. 从诺贝尔奖史看，获文学奖者大多年纪较大，偏偏莫言年纪不大；获科学奖的人大多年轻，可偏偏屠老师年事已高（令人唏嘘啊）。7. 屠老师的成果，源于中医药；莫言小说的叙事方式，却是西方的。多数中国人认为，我们的科学应该全盘西化，而我们的文学应该有中国气派。现在的事实却恰恰相反。诺贝尔奖咋这么喜欢与中国人的思维开玩笑呢！8. 最后一个不同，是我的预测（个人观点）：在国内，今后，屠呦呦同志，不仅将在业内、科学界获得殊荣，在政治上也将获得殊荣；相反，莫言，就莫言了。那些曾经指望靠出版莫言著作赚钱的书商们，将来看到靠屠呦呦药品发财的药商们，一定会眼红得滴血噢！"①

更有戏剧性的是，莫言结缘网络前后对网文网事心态的巨大反差。十多年前，莫言曾经一语惊人："人一上网就变得厚颜无耻，马上就变得胆大包天，我之所以答应在网上开专栏，就是要借助网络厚颜无耻地吹捧自己，胆大包天地批评别人……一个爱好嫖娼的男人，偏偏喜欢写一些赞美妻子的文章。一个在海外混得很惨的人，可以大写自己在美国的辉煌经历，可以写自家的游泳池和后花园，可以写自己被克林顿请到白宫里去

---

① 向你一笑：《屠呦呦与莫言的十大异同》，http://blog.sina.com.cn/s/blog_559c8a6b0102w24g.html，2019-04-25。

喝葡萄酒，希拉里还送给他一件花边内衣。一个连邓小平骑的那匹骡子都没见过的人，在邓小平去世之后，就可以堂而皇之地写回忆文章，回忆在大别山的一条河沟里，自己与敬爱的邓政委在一起洗澡的情景。一个自己的爹明明只是一个团副的人，在散文、随笔里，就可以把自己的爹不断地提升，一直提升到兵团副司令的高位。吹吧，反正不会有人去查你爹的档案。"①"上网就无耻"这句话就像吴伯凡的"孤独的狂欢"一样精辟，抓住了网络文化某些根本的特征。"无耻"显然是激愤之辞，但描绘出人们在网络这一面具舞会上无拘无束的狂欢心态。在网络空间里，作家的权力被敲击键盘的网虫以一种游戏的心态所分享。在个体个性获得极大解放的网络空间中，现实中坚不可摧的话语霸权烟消云散了。于是，真实世界中的权威、经典、秩序、制度等处于强势地位的东西，在这里几乎被无限度地降格再降格，剩下的只有一切形式的狂欢。就这样，网络给微评者提供了一个"合法冒犯"的平台，在此"冒犯者"获得了两大法器，即莫言所说的"无耻"和"胆大"。

三、"回归常识"："微批评"的价值颠覆与重建

在评论莫言的微博中，笔者写下了这样几句话："如果我们把莫言当作一位通晓世事且学究天人的哲学家，并试图探讨他的价值观，那么我们一定会大失所望。关于这一点，我们只要看看莫言的几篇演讲，就不难发现，莫言的所思所想和所论所言，几乎都是些一望而知的老生常谈，有时甚至不免怨其情趣低俗，恨其殊无新意。"很快有位名为"莫丝"的微友对这番言论做出了回应。他的跟帖对我"不无微词"的"微批评""颇有微词"："与其说莫言是哲学家，还不如说他是试金石与照妖镜。情趣之雅俗，新意之有无，全看读者自己。要是自家脸丑，就莫怪镜子无情！如果换一个角度，把莫言当作一个敢于直面现实、阅尽世态炎凉的小说家看，情形或许大为不同，莫言近乎偏执的深刻常常令人肃然起敬。深刻的真实才是莫言获得诺贝尔文学奖的真正原因。"不难看出，这个"莫丝"算得上莫言的铁杆粉丝。

必须承认"莫丝"的批评不无道理。不过，在这一方面，众多"莫丝"对莫言之于中国文学和世界文化价值的过度阐释，往往不足为据。有些人甚至借诺贝尔文学奖之名，把莫言说成世界文学"诸神"中的"主神"。当然，如果这类言论只出现在祝贺莫言荣膺诺贝尔文学奖的狂欢化庆典场合，其必要性与合理性就另当别论了。

读了微信上盛传的《悠着点，慢着点——"贫富与欲望"漫谈》②之后，笔者改变了对

---

① 莫言：《人一上网就变得厚颜无耻》，载《晚报文萃》，2015(3)。

② 莫言：《悠着点，慢着点》，http://book.ifeng.com/fukan/detail_2014_07/31/174714_0.shtml，2019-04-25。

莫言演讲的看法，反倒觉得自己批评莫言时所说的"老生常谈""殊无新意"等，是更为肤浅世故的陈词滥调。《悠着点，慢着点》是2010年12月4日莫言在日本举办的"东亚文学论坛"上发表的演讲。莫言开门见山地提出了这样一个观点："人类社会闹闹哄哄，乱七八糟，灯红酒绿，声色犬马，看上去无比的复杂。但认真一想，也不过是贫困者追求富贵，富贵者追求享乐和刺激——基本上就是这么一点事儿。"这句再俗套不过的俗套话，或许是我们理解莫言小说的一把钥匙。

莫言认为，无论凡人圣人，不管愚夫智者，对待贫富关系都有清醒认识。"为什么人们厌恶贫困？因为贫困者不能尽情地满足自己的欲望。"此论之后，有跟帖援引毛泽东评《明人百家小说·记仕》的批语"有理"，并附录原文："魏公子牟东行，穰侯送之曰：'先生将去冉之山东矣，独无一言以教冉乎？'魏公子牟曰：'微君言之，牟几忘语君。君知夫官不与势期而势自至乎？势不与富期而富自至乎？富不与贵期而贵自至乎？贵不与骄期而骄自至乎？骄不与罪期而罪自至乎？罪不与死期而死自至乎？'穰侯曰：'善，敬受明教。'"[1]这种言论看似陈词滥调，实则并未过时。

列举了颜回、管宁、庄子等人或清心寡欲或安贫乐道的训诫故事后，莫言开始感叹人心之不古、世风之日下。人们生活在赤裸裸的利害关系之中，古人的道德示范作用在今人面前完全失去了效力。"人们追名逐利，如蚊嗜血，如蝇逐臭，从古至今，酿成了无量悲剧，当然也演出了无数喜剧。"莫言"把这个问题作为自己研究和描写的最重要的素材"，在作品中不厌其烦地反复把玩。此外，像许多作家一样，莫言还常常把富贵当成"试金石"，对人物进行考验。经得起富贵诱惑的通常被认为是真君子，反之则堕落成小人、奴才、叛徒或帮凶。莫言这番人尽皆知的"常识"，赢得了无数的"顶"与"赞"。

我们注意到，这篇不足五千字的演讲稿，在莫言博客中拥有三十多万阅读量和两千多条"微批评"。这些评论与前文所讨论的"微评莫言"同样具有价值取向方面的矛盾，于兹不赘。莫言在演讲中不仅为日本听众讲述了许多中国人耳熟能详的道德训诫故事，而且讲述了不少中国以外的道德预言，如"印度人捕捉猴子"的故事。据说，阿尔及尔有一种猴子，非常喜欢偷食农民的粮食。当地农民发明了一种捕捉猴子的巧妙方法：把葫芦形的细颈瓶子固定好，系在大树上，再在瓶子中放入猴子最爱吃的花生。到了晚上，猴子来到树下，见到花生，心花怒放，毫不犹豫地把爪子伸进瓶子里。猴子会尽可能地抓一大把花生，结果，它的爪子被牢牢地卡在了瓶子里。可怜的猴子无法战胜自己的贪心，宁可被人捉住也不肯放下到手的食物。这则故事未必真实，但意义相当深刻。莫言总结其训诫意义时说："猴子没有放下的智慧。人有放下的智慧吗？"

---

① 中共中央文献研究室：《毛泽东读文史古籍批语集》，49页，北京，中央文献出版社，1993。

尽管中国哲人在抵御诱惑方面富有理性和智慧，但遗憾的是，人们总是"身后有余忘缩手，眼前无路想回头"。莫言相信贪婪是人的本性，文学的道德价值在于其道德劝诫（或曰"教育功能"）能使人清醒一些。当然，莫言也清醒地认识到文学说教不能从根本上解决（贪欲）问题。况且，真正的文学艺术往往未必以承担道德训诫为己任，因此，将扭转人欲横流、世风日下的重任强加于文学，显然是不切实际的幻想。至于那些蔑视道德劝诫或以反叛姿态站立在道德对立面的作品，在刺激人类欲望的恶性增长方面充当了什么样的角色就不言而喻了。这个看似老生常谈的问题实则隐含着极为复杂的未解之谜。在网络时代，相关情况更为复杂。

莫言在演讲中像布道牧师一样，说我们应该用文学作品向人们传达最基本的道理。这些看似令人生厌的心灵鸡汤，实际上正是这个时代迫切需要理解并据以行动的"自救宣言"。莫言说，在资本、贪欲、权势刺激下的科学的病态发展，已经使人类生活丧失了许多情趣且充满了危机。因此，他要通过文学作品告诉人们："悠着点，慢着点，十分聪明用五分，留下五分给子孙。"莫言的本意或许是劝诫急功近利、唯利是图的人放弃过剩欲望，减缓盲目发展。但莫言的话能够引起人们的警觉吗？莫言的文学作品真能使人类的贪欲有所收敛吗？莫言坦言，结论是悲观的。但莫言强调说，尽管结论是悲观的，我们也不能放弃努力，因为这不仅仅是救他人，同时也是救自己。

2015年元旦，朋友传给笔者一条"微评莫言"的微信材料，是李乃清为《南方人物周刊》写的专访《莫言："他人有罪，我也有罪"》。虽是旧文，它却激发了我不少新的想法。譬如说，莫言对自己创作阶段的划分："创作第一阶段，把坏人当好人写；第二阶段，把好人当坏人写；这两个阶段可以合并在一起，像我写的《丰乳肥臀》……堂上的拷问者，就是要拷问出罪恶背后的善良，也要拷问出善良背后隐藏的罪恶。"有人认为这是莫言小说叙事之"人性美学"的精彩表述，是文学大师的"写作秘诀"。但也有人认为，这是"历史虚无主义"的自我暴露，是"调扭颠丑"的"反面教材"。所谓"调扭颠丑"，即"调侃崇高，扭曲经典，颠覆历史，丑化人民群众和英雄人物"的缩略语。"微批评"针锋相对，究竟谁是谁非，不能一言以蔽之。

莫言只有一个，"微批评"千差万别，我们究竟应该相信谁呢？观点可以不同，事实只有一个。尽管针对莫言的网络言论在"微批评"语境中具有极大的争议空间，但从整体上看，即便是他那些调侃与反讽之语，也没有打破常识底线。与"语不惊人死不休"的"雷人雷语"相比，莫言的散文随笔，尤其是他获奖后的一些言论，明显具有一种回归常识的趋向。或许，我们应该向莫言学习，回到常识——从重建大数据时代"微批评"的价值观开始。

（原载《社会科学辑刊》2016 年第 2 期）

一个"炮孩子"的"世说新语"

——论莫言《四十一炮》的荒诞叙事与欲望阐释

张瑞英

一、 从"黑孩"到"炮孩子"

　　莫言的成名作是发表于 1985 年的《透明的红萝卜》。主人公黑孩沉默、倔强、孤僻，举止怪异，自始至终都没说一句话，但他的感觉异常敏锐，心思极为细密，善于幻想，并且具有超常的忍受痛苦的能力。也许是有过类似的童年经历，也许是对类似的经历有过切身的深入思考、仔细体会，莫言对自己塑造的黑孩这一形象极为认可。1999 年 10 月在日本京都大学的演讲中，莫言曾明确表示，若硬要从其作品中抽出一个类似于他本人的人物，那就是黑孩。黑孩"虽然具有说话的能力，但他很少说话，感到说话对他是一种沉重的负担"。然而"他具有幻想的能力，能够看到别人看不到的奇异而美丽的事物；他能够听到别人听不到的声音，譬如他能听到头发落到地上发出的声音；他能嗅到别人嗅不到的气味……正因为他具有了这些非同寻常之处，所以他感受到的世界就是在常人看来显得既奇特又新鲜的世界。所以他就用自己的眼睛开拓了人类的视野，所以他用自己的体验丰富了人类的体验，所以他既是我又超出了我，他既是人又超越了人"[①]。

　　事过境迁，到了 2003 年，莫言在长篇小说《四十一炮》中塑造了一个与沉默寡言的黑孩相去径庭的少年形象——"炮孩子"罗小通。他像"是一个说书人"，"具有极强的语

[①]　莫言：《恐惧与希望：演讲创作集》，15 页，深圳，海天出版社，2007。

言能力和难以抑制的诉说欲望，他的诉说充满了随机创造和夸张"①。莫言曾在故乡的集市上和农家的热炕头上听过职业说书人和业余讲古者的讲述，自己也"幻想着成为一个说书人"。他把说书人当成"祖师爷"，认为自己的小说创作"继承着的是说书人的传统"②。莫言在农村生活时确实是一个有着强烈表达欲望的人，"一到了人前，肚子里的话就像一窝老鼠似的奔突而出"，并为此受到母亲的呵责，也因此取"莫言"为笔名以自戒。③ 从这点来看，莫言的性情似乎更接近口若悬河的"炮孩子"罗小通而不是默不作声的"黑孩"。他在《四十一炮》后记中也坦承："在写作这本书的过程中，罗小通就是我。"④

从"黑孩"到"炮孩子"，莫言都明确表示了自我的身份认同。可一个寡言少语，一个述说滔滔，两个矛盾的个体如何能够"合体"于莫言之一身呢？我们当然不能将莫言的夫子自道简单地对号入座，小说中的人物形象毕竟不是现实中人。莫言的身份认同或许只是兴到之言、应景之谈，不必当真，也或许在某一特定时期、某个特定环境中，黑孩或"炮孩子"的特质会在莫言身上比较明显地体现出来。但从研究者的视角来看，黑孩和"炮孩子"所具有的特质恰好是莫言认识世界和表述世界的两种方式：黑孩漠然无所用心的表象下时有鹰眼般犀利的目光，使光怪陆离的大千世界纤毫毕现；"炮孩子"则"用语言的浊流冲决了儿童和成人之间的堤坝"⑤，道尽人情世态，在汩汩滔滔的诉说中时露鹰隼之利爪，攫得浮华世相之本质。

童年经验在很大程度上是作家进行文学创作时赖以寄托情感和选取素材的源头活水。《透明的红萝卜》就是借助黑孩这一形象写出了作者"童年记忆中的对自然界的感知方式"，表达了作者"对社会、人生的看法"⑥。小说将现实的与非现实的、经验的与非经验的因素杂糅合在一起，通过黑孩的视觉与幻觉呈现出来，充满了想象成分和魔幻色彩，显示出一种朦胧迷幻的艺术形态。一般而言，作家的童年经验包括客观和主观两个层面。"完整的童年经验并不仅仅是指原本的童年生活的记录，还包括活动主体对自身童年生活经历的心理感受和印象，带有很强的主观色彩。"⑦作家的童年经验大致又可以分为两种类型："一种是丰富性经验，一种是缺失性经验。所谓丰富性经验，即他的童年生活很幸福，物质、精神两方面都得到了最大限度的满足，生活充实而绚丽多彩。所

---

① 莫言：《恐惧与希望：演讲创作集》，177页，深圳，海天出版社，2007。
② 莫言：《恐惧与希望：演讲创作集》，173页，深圳，海天出版社，2007。
③ 参见莫言：《恐惧与希望：演讲创作集》，45页，深圳，海天出版社，2007。
④ 莫言：《四十一炮》，402页，上海，上海文艺出版社，2008。下引该小说，均出自该版，只在引文后的括号中标注页码，不再一一出注。
⑤ 莫言：《四十一炮》，402页，上海，上海文艺出版社，2008。
⑥ 莫言：《恐惧与希望：演讲创作集》，358页，深圳，海天出版社，2007。
⑦ 童庆炳：《作家的童年经验及其对创作的影响》，载《文学评论》，1993(4)。

谓缺失性经验，即他的童年生活很不幸，或是物质匮乏，或是精神遭受摧残、压抑，生活极端抑郁、沉重。"①莫言之所以塑造并钟情于黑孩这一小说形象，就是源于自身物质和精神两方面都有缺失的童年经验。"文化大革命"开始后，莫言的家庭出身有问题，后因"造反"得罪了管事的老师被迫辍学。"当别的孩子在学校琅琅读书的时候"，他却成了高密东北乡一望无际的原野上一个孤独的放牛娃，"跟牛羊一块窃窃私语"。最终，"喜欢说话，又具有极强模仿力、记忆力很好的一个孩子"，养成了"孤僻、内向、怕见人、在人的面前不善于表现自己、遇事萎缩往后退的一种性格"。②这种因社会原因造成的痛苦、压抑的童年经验，一直梦魇般挥之不去。它既是莫言的精神痼疾，也成了滋润其文学创作的不竭源泉。莫言1984年考入解放军艺术学院后，一直苦于找不到写作素材，但"到了写《透明的红萝卜》的阶段"，"一想到过去，想到了童年，就想到了故乡的生活，感觉好像一条河流的闸门被打开，活水源源不断而来"。③可以说，《透明的红萝卜》是莫言第一部以儿童视角进行观察与叙事的小说。此后，他的《枯河》《铁孩》也沿用了这一叙事视角。但仔细分析，我们又发现，这类小说与莫言的《牛》《飞鸟》《三十年前的一次长跑比赛》等视角浮现在文本表面的作品相比，其儿童视角的叙事特征并不那么纯粹。因为"一般意义上的儿童视角指的是小说借助于儿童的眼光或口吻来讲述故事，故事的呈现过程具有鲜明的儿童思维的特征，小说的叙述调子、姿态、结构及心理意识因素都受制于作者所选定的儿童的叙事角度"④。在《透明的红萝卜》这类小说文本中，作家虽然设定了儿童视角，但并未冷眼旁观，而是以自身的童年经验对人物的心理、感觉、行动进行干预，力图使其符合自身的童年记忆与想象。这或许就是莫言以儿童视角所创作的叙事类小说的一大特点。

莫言借助儿童视角写过不少短篇、中篇小说，但一直没用儿童视角写过长篇小说。《四十一炮》是"想挥霍性地用一下儿童视角，算是一种总结"⑤。之所以重拾儿童视角这一创作模式，在莫言看来，"是为了继续保持儿童视角下的世界的童话色彩和寓言本质，是为了不被现实生活束缚，是为了让现代社会的荒诞本质，得到更为集中的揭示。当然，也是为了更为深刻地对这荒诞进行批判"⑥。与《透明的红萝卜》等线索单一的儿童视角叙事类小说相比，《四十一炮》的内容、结构、情节、人物等要复杂得多。在这部小说中，"炮孩子"罗小通儿童视角的回忆叙事本身就极其复杂，又包含着或隐藏着作者与成

① 童庆炳：《作家的童年经验及其对创作的影响》，载《文学评论》，1993(4)。
② 莫言：《作为老百姓写作：访谈对话集》，264～265页，深圳，海天出版社，2007。
③ 莫言：《作为老百姓写作：访谈对话集》，269页，深圳，海天出版社，2007。
④ 吴晓东、倪文尖、罗岗：《现代小说研究的诗学视域》，载《中国现代文学研究丛刊》，1999(1)。
⑤ 莫言、舒明：《"新小说像狗一样追着我"——关于〈四十一炮〉的对话》，载《文汇报》，2003-07-25。
⑥ 莫言：《恐惧与希望：演讲创作集》，177页，深圳，海天出版社，2007。

人视角的渗透和干预。这使小说的复调意味非常浓郁，并由此营造出审美上的陌生化、狂欢化和荒诞化效果。这也使小说文本充满张力，拓展了叙事空间，有助于思想的言说和意义的生成。这样的叙事视角和文本结构可以假"无忌"之"童言"，赋予荒诞叙述合理性与真实性，从而揭示被无意忽略或有意遮盖的事实本相。

荒诞是一个现代美学范畴。它原本是形容音调、节奏不和谐的音乐词汇，在使用过程中，概念的内涵日渐丰富，使用范围也不断扩大。举凡一切超出常规的极端现象和倾向，皆可目之为荒诞。进入 20 世纪，荒诞上升为一个哲学命题，扩大为一种意识形态，用以形容西方社会异化背景下人的一种迷惘、孤独、焦虑、空虚的生存状态。这种带有极强的存在主义哲学背景的荒诞意识渗入文学领域，对西方现代派文学产生了深远而巨大的影响。"几乎可以说，现代派文学是广义上的荒诞文学。或者说，荒诞是西方现代派文学最显著的特征。一切现代派作品都包含着荒诞成分，不同程度地带有荒诞色彩。"[1]在中国，对荒诞最基本的解释是"虚妄不可信"[2]，主要是指其事或其言不近情理、不合常规、不足凭信。与西方相比，荒诞没有被上升到意识形态的高度，也没有形成一种文化思潮，甚至不是一个带有哲学意义的概念。它在中国文学领域中主要是指作品中的某些现象、感觉或言行等内容所表现出来的一种诡异奇特、怪诞不经的倾向，如志异志怪类小说所记载的故事。

就新时期以来文学的荒诞性表现而言，其形成既有西方哲学观念及文学思潮的影响，也有对中国志异志怪传统的承续，还有在特殊年代或某些特殊境况下，人对自我及世界的非理性认识。它具体表现为荒诞的感觉内容、荒诞的叙事方式及虚无的主题等。总体而言，这类作品气局不大，格调不高。然而莫言是个例外，他通过对平凡世界、日常生活别有会心的独特感觉、体验、咀摸甚至想象，赋予了荒诞这一概念独有的认识意义和价值内涵。在莫言的小说世界中，荒诞不仅仅是一种表现技巧，也不仅仅是离奇怪诞的内容，更体现为一种对生命、对生活深入体会与认识后所产生的"魔幻"感。这种感觉不是个别奇异现象，而是生活常态。世界是多面的，正如张爱玲在《烬余录》中所说："现实这样东西是没有系统的，像七八个话匣子同时开唱，各唱各的，打成一片混沌。"人又是复杂的，把似乎没来由的各种感觉和思绪不加选择地一并呈现出来，就会具有荒诞感。某种欲望和情绪在不合适的时间和地点出现也会有荒诞感。但所有的没来由、无厘头都是有内在的心理逻辑的。对于某一现象或事件，若抛开政治的或道德的眼光立场，从人性的深处剖析，我们就可能产生荒诞的感觉。从这个意义上理解，莫言通过"炮孩子"所展现的种种荒诞，就是其对不同方面的生命体验和生活感受的艺术呈现。这

---

① 王小明：《荒诞溯源与定位》，载《西北师大学报(社会科学版)》，1999(6)。

② 《辞海(第六版)》，954 页，上海，上海辞书出版社，2009。

些荒诞的人与事被放置于"屠宰村"这个虚幻的场域中，经过"炮孩子"的口说出来就具有了寓言性。对于莫言的创作，研究者总是试图在艺术技巧及思想主题上寻出一种理路。其实，莫言在《四十一炮》中通过"炮"的诉说和诉说的"炮"，就是要揭示荒诞表现之下人性之真与人心之深。若说技巧，"炮"就是他玩的一个大技巧。《四十一炮》写的就是一个"炮孩子"的"世说新语"。"你如果不愿用现实的眼光读，完全可以把它当作一个小孩的胡说八道，或者是一个寓言。"但在这个情节复杂、内容丰富的寓言背后，"你还是可以读到这个时期……农村人的价值观念的混乱"①等。

二、 作为叙事结构的"炮"

关于《四十一炮》中的"炮"，莫言自己的解释有四。第一，"炮孩子"之"炮"②。第二，一种叙事的腔调和视角：既是小说主人公罗小通在放"炮"，也是作家莫言在放"炮"。第三，在当代中国的社会生活中，"炮"还具有性的含义，性交就是"打炮"。小说结尾兰老大与四十一个女人性交，就是连续的四十一"炮"。第四，真正的炮。真正的炮同样具有象征意味。罗小通在制高点上，对着他既爱又恨的权贵老兰连续发射了四十一发炮弹。这是对着欲望开炮，也是欲望自身在开炮。③《四十一炮》是"炮孩子"罗小通在五通神庙里对着兰大和尚滔滔不绝地讲述的"世说新语"，也是莫言构建的"民间的、具有批判色彩的以'炮'为形象符号的隐喻体系，曲折而象征地表现了社会众生相，揭示了现代化进程中民间宝贵精神资源的丧失和人性的畸变"④。

作为小说的叙事结构，"四十一炮"是罗小通的四十一段诉说，内容驳杂，什么都有，信口而来，上下段之间并没有严密的逻辑性衔接。各"炮"之间，故事有较大的跳跃性。每一"炮"的故事又有两条线索。一是罗小通回忆的内容。他主要回忆了童年、少年的人生经历，家乡成为屠宰村的前后变迁，以及老兰投机作假的发迹史，这是小说的主要线索（按：这部分内容在上海文艺出版社 2008 年版本中为宋体字）。二是罗小通在诉说过程中看到的现实世界及想象的情境。罗小通诉说时的现实世界包括五通神庙内外的环境、围绕肉食节上演的种种节目、丑陋的社会世态等；想象的情境展现了老兰的三叔"兰老大"——生活中的五通神、眼前的大和尚——传奇性的历史，主要是其情史、性史（按：这部分内容在上海文艺出版社 2008 年版本中为楷体字）。各条线索中，现实与想

---

① 莫言、舒明：《"新小说像狗一样追着我"——关于〈四十一炮〉的对话》，载《文汇报》，2003-07-25。

② 《四十一炮》卷首语以罗小通的语气云："大和尚，我们那里把喜欢吹牛撒谎的孩子叫做'炮孩子'，但我对您说的，句句都是实话。"

③ 参见莫言：《恐惧与希望：演讲创作集》，177～178 页，深圳，海天出版社，2007。

④ 莫言：《恐惧与希望：演讲创作集》，176 页，深圳，海天出版社，2007。

象、眼前与回忆之间的界限并不总是明晰可辨的，经常出现现实与想象、眼前与回忆交错剪辑的情形，其叙事结构呈现出错综交叉的荒诞色彩。正是因为"炮孩子"罗小通的荒诞诉说，才会有多条叙事脉络的交叉出现，才会有每条叙事脉络旁逸斜出、枝蔓纷呈，不同场面、不同镜头可以没有缘由又没有障碍地随意切换。丰富庞杂的人物、事件及生活场景，诸如农民、官员、大款、明星、个体企业老板、戏剧演员、地方乡土艺术家等各色人等，民间的投机作假、大款种马式的人生等各种生存方式和生活习气，亲情、爱情、友情及人的种性、血性等各类情感和禀性等，就在这虚虚实实的多条线索、多维视角、多种感知中通过罗小通的炮腔炮调得到了全方位的呈现。四十一炮中的每一炮都变换着不同的场景，枝蔓出不同的内容。"四十一炮"是罗小通射向老兰的真实炮弹，而"炮孩子"的四十一段诉说则是对林林总总、纷繁复杂的世道人情的广泛描述和深刻揭示，其复杂的叙事结构和丰厚的内容含量正与莫言"密集的事件、密集的人物、密集的思想"①的长篇小说创作标准相吻合。"炮孩子"罗小通的炮言炮语乍看起来荒诞不经，以"炮"为核心的故事线索也略显凌乱，但如果仔细研读，潜心玩味，读者不得不叹服这篇小说在结构经营方面的高超艺术：时空错综而有条理，枝蔓繁多而不紊乱，布局大气却不乏生动的细节描述。

"炮孩子"罗小通的诉说汩汩滔滔，无遮无拦，基本上是各种感觉、直觉的呈现与情绪、想象的渲染。这恰恰是莫言最得意的写作状态："轻松、自由、信口开河的写作状态我认为是一种值得作家怀念和向往的状态，一旦进入这种状态，脉络分明的理性无法不让位给毛茸茸的感性；上意识中意识无法不败在下意识的力量下，下意识的机器不轰隆作响，写作可就真正变成了一种挤牙膏皮的痛苦过程了。"②在这种任由"毛茸茸的感性"驱使的状态下讲故事，就能摆脱一般小说艺术讲究情节曲折、人物鲜明、主题明确之类的约束。讲述者随心所欲的观察、旁逸斜出的思维及信马由缰的诉说所呈现出来的是鲜活灵动、缤纷芜杂的生活原生态。在这种状态下，一匹马（《三匹马》），一只羊（《我和羊》），一阵风（《大风》），都因观察的细致与思维的延展而拥有了无限的内蕴；甚至一个萝卜（《透明的红萝卜》），一个饽饽（《五个饽饽》），一块肉（《四十一炮》），都因感觉的无限放大和幻想的天马行空而拥有了远远超越实物局限的象征意义，从而使故事具有了深刻的寓言性质。正如论者所言："莫言在创作中使用的不是提炼，而是还原。莫言创作模式的轨迹既不是从理性到感性，也不是从感性到理性，而是从感性到感性，从非理性到非理性。"③《四十一炮》的叙事神理，是各种感觉、直觉、情绪和想象交互而自由的

① 莫言：《四十一炮》，5页，上海，上海文艺出版社，2008。
② 莫言：《〈奇死〉后的信笔涂鸦》，载《昆仑》，1986(6)。
③ 贺立华、杨守森等：《怪才莫言》，150页，石家庄，花山文艺出版社，1992。

流动，是一种繁密、细致又空灵、飘逸的艺术境界。罗小通坎坷荒诞的成长经历，屠宰村的畸形变迁，肉食节上离奇荒唐的表演，官场的种种状况，兰老大的情史性史传奇……如此等等，看似是漫不经心的枝枝蔓蔓，却又草蛇灰线，依稀有致。

三、"屠宰村"与"肉食节"——两个关于欲望的寓言故事

莫言曾谈到自己心目中"好小说"的标准："其中的人物既有典型性又有象征性，其中的故事和情节既是来自生活的但又以其丰富的寓言性质超越了生活。""好的小说家关注的是社会生活中的人和人的难以摆脱的欲望，以及人类试图摆脱欲望控制的艰难挣扎。"①寓言最基本的功能是使用比喻、夸张、象征等艺术手法，把不正确、不合理的东西推向极端，极力显示其荒谬怪诞的本质，以此反证出正确的、合理的东西，借以表达作者的态度，寄寓作者的思想。《四十一炮》的故事发生地屠宰村便极具讽喻、象征意义，发生在那里的种种欲望故事虽然荒诞离奇，却有极强的现实针对性和社会批判性。

"高密东北乡"是莫言标志性的小说环境，而《四十一炮》的故事发生地已随着时代的发展，由过去的"高密东北乡"变成了罗小通回忆中的"屠宰村"。在这里，贫穷和饥饿强化了人们的欲望，欲望更加剧了人们为自我满足而不惜以邻为壑的自私自利。

屠宰村有着一套荒谬而又实际的活命哲学。老兰曾说过"在村子里广为流传"的一段话："猛兽必须吃生肉，才能保持凶猛的天性，即便是一头凶猛的老虎，天天用红薯喂它，长期下去，也就变成了猪。"（第146页）可见，生存条件可以改变人的种性。但老兰又说："狗走遍天下吃屎，狼走遍天下吃肉。"（第146页）可见，种性又是顽固不化难以改变的。屠宰村村民不能总吃红薯，要争取吃肉，保持凶猛的种性。正是基于这种生存逻辑，老兰带领屠宰村不择手段地牟取暴利，发家致富。走进屠宰村，"触目皆是活着行走的肉和躺着不会行走的肉，鲜血淋漓的肉和冲洗的干干净净的肉，用硫磺熏过的肉和没用硫磺熏过的肉，掺了水的肉和没有掺水的肉，用福尔马林液浸泡过的肉和没用福尔马林液浸泡过的肉，猪肉牛肉羊肉狗肉还有驴肉马肉骆驼肉……"（第7页）屠宰村造假的广泛性令人吃惊：从屠宰村出去的东西，"不管是死的还是活的，都注满了污水。牛注水，羊注水，猪注水，有时候，连鸡蛋也注水"。在屠宰村，"只有水里不能注水"（第79页）。屠宰村造假的技术也相当高超，病死的猪的肉照样可以被处理得光鲜照人。"无论你是猪瘟、牛丹毒还是什么口蹄疫，都有办法把它们加工处理成看上去很美的食

---

① 莫言：《恐惧与希望：演讲创作集》，175页，深圳，海天出版社，2007。

品。"（第 92 页）其实，屠宰村人这样做并不心安理得，但社会风气如此，他们也无可奈何。"睁开眼睛去四乡里看看，不光是我们村往肉里注水，全县、全省甚至全国，哪里去找不注水的肉？大家都注水，如果我们不注水，我们不但赚不到钱，甚至还要赔本。如果大家都不注水，我们自然也不注水。现在就是这么个时代，用他们有学问的人的话说就是'原始积累'，什么叫'原始积累'？'原始积累'就是大家都不择手段地赚钱，每个人的钱上都沾着别人的血。等这个阶段过去，大家都规矩了，我们自然也就规矩了。但如果在大家都不规矩的时候，我们自己规矩，那我们只好饿死。"（第 198 页）老兰的话典型地体现了屠宰村人的活命哲学。村民们真的是穷怕了，他们宁愿吃这些对健康有害的东西，也不愿意吃无害的萝卜白菜。萝卜白菜吃多了，吃怕了，人们也就顾不得肉食是否有毒、是否对健康有害了。更显蒙昧的是，通过这种"设身处地"的体验，村民们真诚地认为，在肉中"注入微量的福尔马林，对人并没有什么危害，没准还能防癌抗病，延缓衰老，益寿延年呢"（第 252 页）。于是，老兰发明的高压注水法、硫磺烟熏法、双氧水漂白法、福尔马林浸泡法，罗小通发明的"洗肉"法等纷纷派上用场，让屠宰村的肉类"加工"迅速打开了市场。村民们得到了实实在在的好处，走上了发家致富的道路。穷怕了的村民只求过上有吃有穿、不被人看不起的生活，至于道德、法律，他们是无心考虑也无暇顾及的。他们只明白一个道理，种田养不了家，干屠宰生意不注水就会赔本，不用硫磺烟熏等手段就没有市场。无意识状态下集体犯罪的根源在于生存理念的荒诞与生存环境的恶劣。如果不安于饥饿孤独、被人瞧不起的生存现状，就只能不择手段去攫取、去争夺，这就是屠宰村荒诞的活命哲学与生存逻辑。罗小通就曾对大和尚说："这个社会，勤劳的人，只能发点小财，有的连小财都发不了，只能勉强解决温饱，只有那些胆大心黑的无耻之徒才能发大财成大款。像老兰这种坏蛋，要钱有钱，要名誉有名誉，要地位有地位。"（第 140 页）

《四十一炮》对屠宰村造假的描述与披露，反映了社会转型期农村的真实状况，但小说并没有高调地站在社会批判的立场上，以一种居高临下的姿态指责村民们道德的沦丧、精神的缺失。"作为老百姓写作"的莫言，对饥饿有着刻骨铭心的经历和体验："饥饿使我成为一个对生命的体验特别深刻的作家。长期的饥饿使我知道，食物对于人是多么的重要。什么光荣、事业、理想、爱情，都是吃饱肚子之后才有的事情。因为吃我曾经丧失过自尊，因为吃我曾经被人像狗一样地凌辱，因为吃我才发奋走上了创作之路。"[①]但是，随着肚子能渐渐吃饱，他"渐渐地知道，人即便每天吃三次饺子，也还是有痛苦，而这种精神上的痛苦其程度并不亚于饥饿。表现这种精神上的痛苦同样是一个作家的神圣的职

---

① 莫言：《恐惧与希望：演讲创作集》，46 页，深圳，海天出版社，2007。

责"。然而，饥饿的经历使莫言"在描写人的精神痛苦时，也总是忘不了饥饿带给人的肉体痛苦"①。正是基于这样的生活经验和生命认知，莫言总是以带有"同情之理解"的悲悯心态来观照当下农村的生命形态和生存状况。他既同情、理解乡民们为了不再忍饥挨饿所做的一些荒唐的事情，又担忧这样的生存方式带来的精神世界的迷失。

屠宰村已不再是莫言为之骄傲的以"红高粱"为图腾的"高密东北乡"。在屠宰村，我们看到的是莫言"对农村人性和品格痛心疾首的反思与嘲讽，又带有那么一丝丝恨铁不成钢的冷酷"②。发生在屠宰村里的故事虽然经由一个"炮孩子"的眼中看去、口中道来，带有童话意味和荒诞色彩，但其强烈的现实指向还是不言而喻的。作者虽然在小说中没有明确而直接地表达自己的爱憎情感，并且"尽量地把这个故事变成童话或寓言"，但当罗小通讲到 20 世纪 90 年代的农村时，作者"对农村的看法也是掩盖不了的"，"对老兰这样的人物肯定是持一种批判的态度的"③。借罗小通这个"炮孩子"之滔滔"童言"隐性地表达作者自己的批判观点，正是莫言这部寓言性小说在艺术处理上的极高明处："写作时，我在里面也表达了很多的讽喻。起码我觉得是对现在社会人的变态的夸大的欲望的一种批判，罗小通在吃肉上表现出的病态和夸大，以及肉神庙、肉神节，就是人的非正常欲望的表现。"④

屠宰村被市里划到新经济开发区后，吸引了大量外资，建了许多工厂和高楼大厦，还挖了一个巨大的人工湖，湖泊四周全是设计新颖、用材考究的别墅。为了进一步扩大搞活，屠宰村创办了肉食节。这个活动后来被镇上霸占了去，再后来又被市里抢夺了去。肉食节已经连续举办了十届，一届比一届动静大，一届比一届花钱多。在肉食节期间，各种围绕着"肉"的狂欢表演纷沓而来："肉食节要延续三天，在这三天里，各种肉食，琳琅满目；各种屠宰机器和肉类加工机械的生产厂家，在市中心的广场上摆开了装饰华丽的展台；各种关于牲畜饲养、肉类加工、肉类营养的讨论会，在城市的各大饭店召开；同时，各种把人类食肉的想象力发展到极限的肉食大宴，也在全城的大小饭店排开。这三天真的是肉山肉林，你放开肚皮吃吧，能吃多少就吃多少。还有在七月广场上举行的吃肉大赛，吸引了五湖四海的食肉高手……但最热闹的还是谢肉大游行。"（第 101页）东西两城的游行队伍相向而来，交错而过，有骆驼队、鸵鸟队，还有模特队，有牛彩车、猪彩车、羊彩车、驴彩车、兔彩车、鸡彩车，有鼓乐队、秧歌队，还有各种各样的表演。歌吹沸天，欢声雷动。夜幕降临，五彩炫目的礼花在空中连续绽放。最后一颗

---

① 莫言：《恐惧与希望：演讲创作集》，48 页，深圳，海天出版社，2007。

② 刘香：《叙述的狂欢：写作者的自我救赎之道——评莫言的长篇小说〈四十一炮〉》，载《名作欣赏》，2005(3)。

③ 莫言：《作为老百姓写作：访谈对话集》，88 页，深圳，海天出版社，2007。

④ 莫言：《作为老百姓写作：访谈对话集》，89 页，深圳，海天出版社，2007。

重型礼花在五百米高空中炸开，"变幻出一个红色的大'肉'字，淋漓着火星子，像一块刚从锅里提出来的大肉，淋漓着汁水。观者都仰着脸，眼睛瞪得比嘴巴大，嘴巴张得比拳头大，好像期待着天上的肉能掉到自己嘴里"（第168～169页）。焰火散尽，各种烧烤便开始大显神通。这里有韩国烧烤、日本烧烤、巴西烧烤、泰国烧烤、蒙古烤肉，有铁板鹌鹑、火石羊尾、木炭羊肉、卵石炮肝、松枝烤鸡、桃木烤鸭、梨木烤鹅……这个足有一平方公里、有数百家摊子的烧烤夜市，就如同一个人鬼混杂、阴阳莫辨的荒诞而阴森的世界："电灯上都戴着红色的灯罩，红光闪闪，营造出神秘的氛围。这很像传说中的鬼市，鬼影憧憧，鼻眼模糊，尖利的牙齿，绿色的指甲，透明的耳朵，藏不住的尾巴。卖肉的是鬼，吃肉的是人。或者卖肉的是人，吃肉的是鬼。或者卖肉的是人吃肉的也是人，或者卖肉的是鬼吃肉的也是鬼。"（第169页）罗小通接下来所讲的两个鬼市的故事，更形象地强化了烧烤夜市的鬼市化特征：一个误入鬼市的人看到一个肥大的男人正在把自己的腿放在炭火上烤着吃；一个卖熟肉的人误入一个热闹非凡的肉市，最后发现吃肉的全是嘴脸狰狞、眼放绿光的鬼。作者将烧烤夜市与鬼市、世间贪婪之徒与冥界饕餮之鬼予以比照，讽喻意味相当明显。"现在的人，最喜欢和鬼打交道。现在的人，鬼见了也怕啊。"（第170页）一些人不仅办肉食节，还要在烧烤夜市的地址上建肉神庙，认为这"不是迷信，这是人民群众对美好生活的向往。天天吃肉，是小康社会的一个重要标准"（第177页）。他们还要修复已经破败的五通神庙，认为："五通神崇拜，说明了人民群众对健康幸福的性生活的向往，有什么不好？"（第237页）在这人间鬼市，无论是饕餮之徒，还是浮浪男女，他们既是这场滑稽闹剧的荒唐表演者，也是麻木观赏者。物质丰足的背后，是为求得物质利益的最大化而无视土地的流失、环境的破坏、资源的浪费。这是否就是莫言所说的"现在社会人的变态的夸大的欲望"？

莫言1992年完成的《酒国》，用魔幻的艺术手法描述了发生在酒国这个虚幻场域中的故事，揭露了被欲望所控制、所扭曲的真实人性。在酒国市，烈酒不仅能满足居民的口腹之欲，还是他们的精神支撑和灵魂依托。伴随着对酒的极度欲望而来的是对菜肴的变态追求。酒国市有条著名的驴街，街上有二十四家杀驴铺。由于"这几年对内搞活对外开放，人民生活水平不断提高，需要吃肉提高人种质量，驴街又大大繁荣……站在驴街，放眼酒国，真正是美吃如云，目不暇接：驴街杀驴，鹿街杀鹿，牛街宰牛，羊巷宰羊，猪厂杀猪，马胡同杀马，狗集猫市杀狗宰猫……数不胜数，令人心烦意乱唇干舌燥，总之，举凡山珍海味飞禽走兽鱼鳞虫介地球上能吃的东西在咱酒国都能吃到"①。驴街尽头的"一尺酒店"专门经营全驴宴：先是拼成莲花状的十二个冷盘，包括驴肚、驴

---

① 莫言：《酒国》，144～145页，北京，作家出版社，2012。

肝、驴心、驴肠、驴肺、驴舌、驴唇等，接着是红烧驴耳、清蒸驴脑、珍珠驴目、酒煮驴肋、盐水驴舌、红烧驴筋、梨藕驴喉、金鞭驴尾、走油驴肠、参煨驴蹄、五味驴肝等数十道热菜，最后是以驴的性器官为食材烧制的大菜"龙凤呈祥"。酒国人在盘中之物、烹制之法上可谓挖空心思，花样百出。小说看起来写的是与吃喝有关的故事，有许多荒诞不经的情节和戏谑性的语言，其实是一个现实影射性极强的寓言，充满了象征。其中最具深刻意义的是，"象征了人类共同存在的阴暗心理和病态欲望，比如说对食物的需求已远远超出了身体需要的程度等"①。

《四十一炮》是内容更为丰富、思想更为复杂的寓言。从某种意义上说，它就是《酒国》的姊妹篇、扩展版。其所构建的故事发生地屠宰村也是一个虚幻的场域，围绕着罗小通和兰老大上演的荒诞的食色闹剧所影射的就是非正常欲望极度膨胀的社会现实。屠宰村所发生的故事、肉食节上的场景，很容易让人想到《酒国》中的驴街和全驴宴等。作为农民之子和视故乡为生命"血地"的乡土作家，莫言对经济大潮冲击下的社会变迁和人性变异充满了深深的忧虑："80年代后期，政治淡化，欲望横流，标新立异，异想天开，整个社会就像一个乱糟糟的大集市，天天都像狂欢节，各种各样滑稽、怪诞、丑恶的现象纷纷出笼，纸醉金迷，灯红酒绿，繁华后面充满了颓废，庄严后面都暗藏着色情。"②20世纪90年代之后的社会，亦是高度欲望化。改革开放以来，经济的迅速发展强烈地刺激着人的逐利本性，为了满足无限膨胀的物欲，人们绞尽脑汁而又不计后果地想出了各种花样、用尽了各种手段，由此带来了土地资源的浪费、生态环境的破坏、价值观念的错位、精神世界的迷失等严重的社会问题。《四十一炮》是在这样的社会背景下创作完成的，不可能无的放矢。在对种种荒唐离奇的物质欲望、生理欲望和政治欲望的夸张叙述背后，小说或显或晦地透露出作者对当时社会环境的洞察与批判，表达了作者对生活在这种环境下的人的生命形态和生存状况的关注和忧虑。小说的场景和故事所具有的深刻的现实批判意义，不是仅属于高密东北乡、双城市、屠宰村的，而是具有更为广泛的意义指向。当有人质疑莫言的小说缺乏清晰的历史轮廓时，莫言回答说："我就要达到这个目的，反映人类的某种生存状态，哪怕是地球上过去和现在从来没有人那样生存过。"③这是一种更为深层的人本主义关怀。这种关怀既关注过去已经发生、现在正在发生的事情，更关注将来可能发生的事情，是对人的生命价值和存在意义的形而上的哲学思考。

---

① 莫言：《作为老百姓写作：访谈对话集》，327页，深圳，海天出版社，2007。

② 莫言：《莫言对话新录》，101页，北京，文化艺术出版社，2010。

③ 莫言、陈薇、温金海：《与莫言一席谈（下）》，载《文艺报》，1987-01-17。

四、 欲望背后的人性弱点

有论者曾如此概括莫言小说的叙事特点："作为一个农民出身的现代主义者，莫言从一开始就没有对社会分析、道德批评、政治介入表现出明显的现实主义倾向。""人们看到的莫言更像是一个带着农民的智慧与诡计的游击队战士，始终对日常生活的快速都市化与商品化投以厌烦的目光，而他在社会政治领域的规避（evasiveness）与看似超然的态度，则与其在形式与寓言层面的'强度''激进'与'大胆'相匹配。在莫言的世界中，现象的世界（the phenomenological reality）很少得到再现，而是为'形式—叙述'空间所吞没，并由一种无情的虚构逻辑转化为寓言性形象。在这个意义上，颠倒的反而成为真实的。"[1]在小说中不做道德评判，不直接涉及政治，不设立明确的主题，甚至"向来以没有思想为荣"[2]，这是莫言一贯的作风，是其小说叙事的一种策略，或者说一种方式、一种技巧。他非常高明地将自己的态度和立场及小说的内涵和思想潜沉于刻意经营的"'形式—叙述'空间"之中。

《四十一炮》的叙事结构匠心独运。它不依赖于故事而依赖于诉说。"诉说就是目的，诉说就是主题，诉说就是思想。"[3]小说通篇就是"炮孩子"罗小通喋喋不休的诉说，有着算不上故事的简易框架。乍读小说，读者既难以明确作者的创作意图，也难以确定文本的中心与重心。作者似乎不是非要表达什么，只是呈现现实种种；却又似乎要表达很多，借助多种视角、多个场面的错杂切换，多种思想的冲突交织，赋予了这部小说结构上的复杂性和内容上的丰富性。

既然一切都有赖于诉说，那么叙事就有了随意性、非理性、非逻辑性等特征。这种叙事策略更多的是运用感性的甚至是想象的方式去表达某种或种种生活经验或生命体验，在看似非合理、非常理甚至怪诞、变形的叙述中影射现实生活中的客观存在。《四十一炮》就是借"炮孩子"罗小通之口对种种现实生活予以多维立体的展示。在罗小通口若悬河的诉说中，生活的帷幕徐徐拉开，纷繁芜杂的现实种种通过不同线索的交叉并行，几乎同时被推至前台：罗小通成长的烦恼，屠宰村扭曲的转型，老兰不寻常的发迹，官场生态，兰老大的性史，男人的执着，女人的痴情，卑微百姓局促的尊严，富人、名人的奢华与无奈……这是生活本身的丰富多彩，也是小说内蕴的厚重与大气。

---

① 张旭东：《"魔幻现实主义"的政治文化语境构造——莫言〈酒国〉中的语言游戏、自然史与社会寓言》，陈丹丹译，载《人民论坛·学术前沿》，2012(14)。

② 莫言：《四十一炮》，401页，上海，上海文艺出版社，2008。

③ 莫言：《四十一炮》，401页，上海，上海文艺出版社，2008。

　　食与性是人之天性，是人本能的欲望，就连圣人也认为"饮食男女，人之大欲存焉"（《礼记·礼运》），"食色，性也"（《孟子·告子上》）。问题的关键是，如果一任本能欲望泛滥，理性的大堤终将被冲决，社会秩序、伦理道德、价值观念等也将随之荡然无存。欲望是推动一切的动力，也是毁灭一切的根源。《四十一炮》中一条贯穿始终的叙事线索，就是紧紧围绕食色欲望这一带有普遍性的人生、人性问题展开的。

　　罗小通是食之欲望的代表。罗小通的成长史是那个年代很多乡下孩子成长史的缩影。不同的是，他是个"肉孩子"，对肉有着异乎寻常的欲望。在罗小通的成长回忆中，最深刻的记忆是饥饿和对肉的极度渴望。他具有与肉通灵的能力，可以听懂肉的语言、了解肉的欲望，能够与肉进行交流。罗小通充满荒谬和象征色彩的人生历程全都与肉有关。他赢得过吃肉比赛，发明过"洗肉"法，当过给肉注水的车间主任，最后又化身为肉神庙里的"肉神"。所以，他颇有成就感地自诩道："世界上吃肉的人如恒河沙数，但把吃肉这种低级的行为变成了艺术变成了美的人，惟有我罗小通一人。世界上被吃掉的肉和即将被吃掉的肉累积起来比喜马拉雅山还要高大啊，但成为了艺术表演过程中的重要角色的，也只有这些被我罗小通吃掉的肉啊。"（第298页）小说对罗小通这种对于肉的欲望和吃肉才能的夸张性、想象性叙述和描写看似荒诞，实际上是对物质极度贫乏的年代所带来的饥饿记忆的艺术呈现。乡下孩子的烦恼或许各有不同，但贫苦与压抑是他们的普遍性体验。在这种贫苦与压抑的生活中，人的生理欲望及精神意识在某些方面就有可能走向偏执、迷狂，从而导致某种程度的性格扭曲。

　　兰老大则是性之欲望的代表。莫言对兰老大性欲望与性能力及其带有传奇性的性史的描写也用了夸张、想象等手法。兰老大是一个集外表、魅力、财富、地位于一身的男人，几乎对所有女性都有着莫名而强大的吸引力。黄飞云就曾眼泪汪汪地对兰老大说："我知道你是一个大流氓，大魔鬼，黑白两道你通吃，我知道嫁给你这样的人会不得好死，但我还是想嫁给你，每分钟都在想，我着了你的魔道。"（第325页）这是一个有着无与伦比的性欲望和性能力的人，他也曾自诩说："我根本就不是人，我是一匹马，一匹种马，种马是属于全体母马的，不可能属于一匹母马。"（第325页）他真就如一匹种马那样连续与四十一个金发碧眼的女人交合而精神不疲。但最后，他倒在了洋人的枪口下。兰老大之于性，如同罗小通之于食一样，是另一种对过度欲望的寓言化、形象化呈现，对人性而言，也具有普遍的警示意义。

　　再如，屠宰村卖注水肉，发黑心财，也是为物质欲望所驱使，反映了当时农村经济发展转型期所出现的社会问题。老兰的迅速发迹，也只可能产生于那样一个相对无序的时代。

　　《四十一炮》通过儿童视角，以寓言故事的方式，运用讽喻和象征等表现手法，借"炮孩子"罗小通的悬河之口所"炮制"的"世说新语"，对种种超出了"正常域值"的人之欲望予以了嬉笑怒骂式的描述与批判，揭橥了种种非正常、非理性的欲望之所以产生的根源。除了特定历史时期的社会原因外，最主要的原因是人性有着根本的弱点。在莫言看来，"好人和坏人、穷人和富人，都没有明显的区别，他们都是欲望的奴隶，都值得同情，也都是必须批判的"。这是因为，无论好人坏人，他们所遭受的苦难，"并不完全是外部原因导致的，最深重的苦难来自内心、来自本能"[1]。

（原载《文学评论》2016 年第 2 期）

① 莫言：《恐惧与希望：演讲创作集》，175～176 页，深圳，海天出版社，2007。

莫言研究的新可能性

张志忠

通过查询中国知网的信息，笔者对历年关于莫言研究的论文数据做过一个统计。在2012年莫言获诺贝尔文学奖之前，莫言研究的论文，已经厕身于中国当代作家研究的第一梯队，和王安忆、贾平凹、余华等并列前茅；在2012年10月之后，莫言因为获得诺贝尔文学奖，关注度和研究热度骤升，呈现出爆炸状态，关于莫言研究的专著和论文集汇编有几十部之多。几乎可以说，在莫言这棵大树上，每一片叶子都爬满了热情的研究者，何况还有大量的硕士、博士以及本科生的学术论文以莫言研究为选题呢！

那么，莫言研究还有没有新的生长点，如何开拓莫言研究新的学术空间？

回答是毫无疑义的。通过下面的实证列举，我们便可见出，莫言研究仍大有可为。

文本解读之一： 拔萝卜与乡村少年成长记

首先，关于莫言的文本解读现在做得还很不到位。我们现在做学问有个通病，就是对于当代作家，尤其是有影响力的作家，往往都是顺着作家的自我表述去寻找文章的论点，架构自己的叙述。这当然是当代文学研究的一个重要的便利之处。我们和作家生活在同一个时代，能够看到他们的身影，听到他们的声音，甚至可以当面向他们提出问题。同时，在传媒业高度发达的时代，作家的访谈和创作自述许多时候传播得更为迅速，甚至比他们的作品还要普及，还要贴近大众。这当然是好事，是作家与社会，与媒体，与读者积极互动所致。作家们不但逐渐地适应了这样的时代，练就了一套应对大众传媒的功夫，而且在积极地进行自我塑造，自我阐释，自我定位。对于自己的作品，他们往往有从写作原型到写作动机以及艺术特色的生动说明。但是，这也使懒惰的不求上进的批评家有了严重的依赖性，渐渐失去了文本辨析能力，失去了主动思考和发现问题的思维习惯，只会听着作家说，顺着作家讲，而忽视了文本细读当中的许多重要环节。

比如说关于《透明的红萝卜》的阐述。我曾经注意到，有论者提出，作品里的黑孩，那个沉默的精灵，对菊子姑娘，一位对他施以关爱，给予他人间温情的年轻女性，有一种少年的眷恋。她是黑孩在懵懂的性意识中的恋慕对象。但是，我的思考习惯是孤证存疑。如果没有更多确凿的旁证，这一论点未必能够成立。

到哪里去求证呢？莫言的短篇小说《爱情故事》就是一个明显的证据。《爱情故事》和《透明的红萝卜》有着共同的核心，就是小男孩和大姑娘的故事，而且作品中都有一个作为在场者和参与者，乃至有意无意的教唆者的老头。《透明的红萝卜》中的黑孩，一出场是十岁左右。虽然年龄小，身体弱，不起眼，但是和他同一个村子的小石匠见证了黑孩的成长，认为这个孩子有灵性，懂事。黑孩在得知小石匠和菊子姑娘相好后，有一种怅然若失的心态。在《爱情故事》里，这个孩子长大了。《爱情故事》篇幅简短，时间跨度却较《透明的红萝卜》长得多。这是很容易被读者忽略的一篇作品，却让我们看到了黑孩的成长。作品中的农家少年小弟在八九岁的时候看到了城里来的女知青何丽萍"九点梅花枪"的精彩表演，看到了何丽萍被红色紧身服烘托出的丰满胸脯和勃勃英姿——这一情景和《透明的红萝卜》中黑孩初遇菊子姑娘重合。时光迅即流逝，十五岁的小弟和郭三老汉及何丽萍一起劳动。二十五岁的何丽萍非常孤寂。她因为家庭出身问题遭受歧视，被遗落在乡村而无法返城。小弟年龄大了，性意识也表现得更加明显。作品几次写到小弟被池塘里鹅和鸭的交配所吸引，被郭三老汉教唆性的话所触动，对何丽萍动起了心事。甚至，黑孩拔萝卜的细节也出现在了《爱情故事》里。只不过，在《透明的红萝卜》中，黑孩拔光了满地的萝卜，是痴迷于那个奇幻景象，力求重现那个被摇曳不已的炉火映照得晶莹剔透、熠熠生辉的红萝卜，并因此被生产队队长捉住，剥去全身的新衣服（是谁送给他的新衣服？），遭受严酷羞辱。在《爱情故事》里，小弟拔萝卜，目的很明确，就是为了送给何丽萍以表心意：

> 有一天中午，小弟去生产队的菜地里偷了一个红萝卜，放到水里洗净，藏在草里，等何丽萍来。
> 何丽萍来了，郭三老汉还没有来。小弟便把红萝卜送给何丽萍吃。
> 何丽萍接过萝卜，直着眼看了一下小弟。
> 小弟不知道自己的模样。他头发乱糟糟的，沾着草，衣服破烂。
> 何丽萍问："你为什么要给我萝卜吃？"
> 小弟说："我看着你好！"

何丽萍叹了一口气，用手摸着萝卜又红又光滑的皮，说："可你还是个孩子呀……"
何丽萍摸了摸小弟的头，提着红萝卜走了……①

《爱情故事》的结局也很奇特，何丽萍为小弟生了一对双胞胎。故事没有接着讲下去，至此戛然而止。从社会生活的常识来讲，女知青在乡村未婚生子的故事，当然不会有什么喜剧性的结局。不过，莫言的用意不在此处，他更注重的是探索从黑孩到小弟这样的乡村少年的成长记忆。

由此我们可以联想到现实之中，少年莫言因为拔过生产队的几个萝卜（不知道是因为饥饿还是淘气嘴馋），被村干部抓住，先是被罚站在村口示众，回家后又遭愤怒的父亲暴打痛殴的悲惨经历。此事让他刻骨铭心，因此才会一而再再而三地讲述拔萝卜的动因，为自己辩白：在《透明的红萝卜》中，黑孩拔萝卜是为了追求奇幻之美；在《爱情故事》里，小弟拔萝卜是为了表达对何丽萍的朦胧之爱。莫言在讲述《透明的红萝卜》的写作缘起时，描述过一个梦境：一片红萝卜地里，一个穿红衣服的姑娘拿着一把鱼叉，叉着一个红萝卜在阳光里走着，还有一个老头弯着腰在地里劳动。在相关的研究中，人们只注意到了穿红衣服的姑娘（菊子姑娘穿的是带方格的红上衣，小石匠在外衣下面穿一件红色运动衣，国家少年武术队出身的何丽萍在表演"九点梅花枪"时穿着一身红色的紧身运动服），却忽略了这个老头。少年、姑娘和老头的三角其实隐含着弗洛伊德所说的欲望和压抑、自我和社会、儿子与父亲的关系，表现出小男孩在成长中遭遇的欲望的困扰。《透明的红萝卜》中的老铁匠就是一个立法者，是卡里斯马式的人物。他在铁匠手艺的传承中，全力维护自己的权威，掌握着最为重要的技术环节——淬火水温的秘诀，可以掌控小铁匠。黑孩来桥洞打铁，受到了小铁匠的歧视和排斥。这时，老铁匠屡屡出面维护黑孩的权利，还带旧衣服给他御寒。小石匠与小铁匠第一次产生冲突，将要发生斗殴时，是老铁匠顶了一下小石匠，制止了即将爆发的流血事件。同时，他也是小石匠和菊子姑娘的恋情的见证人和支持者。他唱的那几句戏文（"恋着你刀马娴熟通晓诗书少年英武，跟着你闯荡江湖风餐露宿吃尽了世上千般苦"），暗合着小石匠和菊子的情感萌动，既鼓励了他们的爱情，也警示了他们爱情的前途未卜。因为有他这样的"父亲"在场，铁匠炉旁边的生活秩序虽然屡有波动，但大局平稳。在他遭遇小铁匠的背叛、被推翻王者地位黯然离场之后，这里的一切都乱了套，险象环生，菊子和黑孩都遭了厄运。

黑孩恋慕菊子的情感遭到双重的压抑——自我的稚嫩和小石匠的捷足先登，而老铁

① 莫言：《爱情故事》，见《白狗秋千架》，429页，上海，上海文艺出版社，2012。

匠对小石匠和菊子姑娘的恋情的支持和警示，是否也对黑孩形成了情感释放的阻力呢？对于十岁左右的黑孩来说，老铁匠是一个威严、自重的父亲。到了《爱情故事》中，郭三老汉却公然教唆小弟去染指寂寞的何丽萍。这不仅是因为他是个风流的"父亲"，年轻的时候在青岛的妓院里当过"大茶壶"，在故事进行中还和李发高的老婆偷情，还因为小弟已经十五岁了，依照当地人的看法，是个半大男人了，可以寻找异性来释放自己的欲望了。小弟已被乡村的成人社会正式接纳了。郭三老汉同样是立法者，对小弟的成长起了重要作用。

进一步扩展开来，莫言写的是乡村少年的成长史。他们对社会生活的认知，对人际关系的体察，内心的情感世界，身体的性欲萌动，和父亲母亲、兄弟姐妹、同学朋友之间的关联，表现在莫言诸多作品中，如《丰乳肥臀》和《四十一炮》。只讲莫言的童年记忆，而忽略莫言作品中乡村少年的成长，这会让我们在认知莫言的小说时受到遮蔽。相应地，这也给有心的研究者留下了探索和建构的空间。

文本解读之二： 乡村世界的"劳动美学"

莫言作品中的劳动描写也是值得我们关注的。我们应该注意到，莫言从十一岁失学之后，就开始参加乡村劳动，直到二十一岁离开乡村。对于各种各样的农活，他有着很切身的体会，也把乡村中各种各样的劳动写入了自己的作品。关于打铁的场景描述，在《透明的红萝卜》《姑妈的宝刀》《月光斩》等作品中反复出现过。它们既有内在的脉络传承，又注重各自内容的需要。他的《木匠和狗》《枣木凳子摩托车》等作品描写了木匠的劳作。莫言写劳动有多副笔墨，笔者这里要强调的是他对于劳动技能的娴熟刻画，对于劳动中技能高强的人的热情赞美。就像苏州大学的学者王尧所说，莫言的作品表现了一种"劳动美学"。

写乡村生活，不可避免地要写到劳动，但是，不同的作家对劳动的态度是各有不同的。我们可以以路遥描写的乡村劳动为例。路遥笔下的回乡知识青年在参加乡村沉重的体力劳动时，对于劳动本身是不抱有什么欣赏态度的。路遥所写的劳动，对于《人生》中的高加林、《平凡的世界》中的孙少平来说，只不过是磨砺意志、验证自我的一个无法回避的过程。

> 他突然产生了这样的思想：假若没有高明楼，命运如果让他当农民，他也许会死心塌地在土地上生活一辈子！可是现在，只要高家村有高明楼，他就非要比他更有出息不可！要比高明楼他们强，非得离开高家村不行！这里很难比过他们！他决

心要在精神上，要在社会的面前，和高明楼他们比个一高二低！①

高加林从民办教师的位置上被拿下来，和父辈们一起种田。虽然出身乡村，但高加林从小学读到高中，对于体力劳动是非常陌生的。他用镢头刨地，双手都是血泡。他毫不吝惜自己，劳作不已。血泡被磨破了，血顺着镢头柄流下来。孙少平外出打工，经受着超强度、超体力的搬运劳动。作家要我们注意的是，在超强度、超体力的劳动之余，在每天晚上民工们都在喝酒聊天或者休息的时候，孙少平仍然在顽强地求知学习。他在读田晓霞借给他的艾特玛托夫的著名小说《白轮船》，或者是将陕北小城与世界风云联系起来的《参考消息》。对完全要靠生命意志与之对抗的劳动本身，他并无好感。一心要告别面朝黄土背朝天的乡村劳动、走出黄土地进入城市生活的高加林和孙少平，向往的是外面的世界，是现代化带给城市的丰富的精神生活。他们对乡村毫无眷恋，对乡村的简单劳动也没有什么深切的情感体验，更不会赞美之，咏叹之。

> 今天又是这样，他的镢把很快又被血染红了。
>
> 犁地的德顺老汉一看他这阵势，赶忙喝住牛，跑过来把镢头从加林手里夺下，扔到一边，两撇白胡子气得直抖。他抓起两把干黄土抹到他糊血的两手上，硬把他拉到一个背阴处，不让他逞凶了。德顺老汉一辈子打光棍，有一颗极其善良的心……（中略——引者）现在他看见加林这般拼命，两只嫩手被镢把拧了个稀巴烂，心里实在受不了。
>
> 老汉把加林拉在一个土崖的背影下，硬按着让他坐下。他又抓了两把干黄土抹在他手上，说：“黄土是止血的……加林！你再不敢要二杆子了。刚开始劳动，一定要把劲使匀。往后的日子长着呢！唉，你这个犟脾气！”
>
> 加林此刻才感到他的手像刀割一般疼。他把两只手掌紧紧合在一起，弯下头在光胳膊上困难地揩了揩汗，说：“德顺爷爷，我一开始就想把最苦的都尝个遍，以后就什么苦活也不怕了。你不要管我，就让我这样干吧。再说，我现在思想上麻乱得很，劳动苦一点，皮肉疼一点，我就把这些不痛快事都忘了……手烂叫它烂吧！”②

莫言描写乡村的苦难，比路遥所呈现的更为惨烈血腥，但是，他还会表现乡村劳动积极的、令人自豪神往的一面。在与王尧的长篇对话中，莫言情不自禁地夸耀说：“我

---

① 路遥：《人生》，17～18页，北京，北京十月文艺出版社，2012。
② 路遥：《人生》，62～63页，北京，北京十月文艺出版社，2012。

爷爷割麦子的技术，在方圆几十里，在整个高密东北乡，都鼎鼎大名的，很潇洒⋯⋯我爷爷这种高手，就用手攒着，割这把麦子的时候同时把麦腰子打好，然后割的同时，就把麦子揽起来了。割到半个麦个子的时候，啪，往地下一拢，紧接着用镰刀把那个地方一缩，就是一个完整的麦个子。我们割麦子要换上最破的衣服，穿得破破烂烂的，还把袖口裤腿扎起来。我爷爷看了就笑。他割麦子的时候，穿着很白的白褂子，用手挽一下袖子，身上根本没有灰尘的。看他割麦子，真是一种享受。"[1]在这篇对话中，莫言还描述了劳动者的尊严和自豪。他说自己爷爷并不是穷人，家里有不少土地，但是非常享受割麦子的劳动。到了麦收季节，他们割完了自己家的麦子，就到打工市场上去，给别人打短工割麦子，甚至当地其他有钱人也会一起去。他们不是为挣钱，就是为了体会劳动的快乐，展现自己的劳动技艺，并且与他人展开劳动竞赛，一决高下。这样的场景也出现在莫言的短篇小说《麻风的儿子》中。作品中这样写道："麦子长得好，人心中高兴，全队的人聚在一起，干同样的活儿，自然产生出竞赛心理，略有些气力、技艺的人，都想在这长趟子的割麦中露露身手，一是满足一下人固有的争强好胜心，二是为年底评比工分创造条件。"[2]作品的中心情节就是绰号"老猴子"的农民和麻风病人的儿子张大力，因为相互结怨，发力发狠，在割麦比赛中对抗比拼。

十七年时期的文艺作品对工人和农民的劳动场景有许多精彩的描绘、热情的赞扬。这是因为新时代的到来、劳动光荣的价值观念的确立，以及共和国劳动者创造的豪情，确实是新的时代精神。比如说，李准的《李双双小传》这样的作品，表现妇女走出家门，参加集体劳动，在劳动中证实自己的存在价值，证明自己在社会生活中的主体地位。再比如说，那些流传至今的经典性的歌曲，如《我为祖国献石油》《边疆处处赛江南》，都是歌唱劳动创造世界的。

但是，在当下的作品中，像莫言这样非常投入地歌颂劳动，表现劳动者的高超技能和自豪感，可以说是非常独特的。由此入手，我们或许会有新的发现。新时期以来，文学思潮起起落落，其基本的发展脉络按照我们通常的描述，是伤痕文学、反思文学、改革文学、寻根文学、先锋文学、新写实小说等。从思想情感的追索，到日常生活的描绘、烦恼人生的展现，先前的劳动光荣、劳动创造世界的观念很难再被安放进来。现代化的大生产又有形无形地降低了劳动者个人在生产中的地位，让人联想到卓别林的《摩登时代》：在繁忙的流水线上拧螺丝拧疯了的工人，看到路上行人衣服上的纽扣，以为是螺丝帽而扑了上去。在新时期的乡土小说作家中，贾平凹、阎连科、路遥、毕飞宇等人对于乡村劳动的体验都相对有限，以对乡村的历史和现实的政治、经济、文化等方面

---

① 莫言、王尧：《莫言王尧对话录》，14～15 页，苏州，苏州大学出版社，2003。
② 莫言：《麻风的儿子》，见《与大师约会》，160 页，上海，上海文艺出版社，2012。

的表现见长，难以切入"劳动美学"的主题。与他们相比，莫言从出生到 1976 年冬季参军入伍之前，一直在家乡生活。莫言在乡村的劳动中沉浸了十年之久，对劳动本身有细微入骨的体察。如果说，别的作家在乡村都是匆匆的过客，莫言却是深入生活的血管和骨髓当中、生活的丰厚混融当中，感受到原生态乡村生活的悲喜哀乐。用莫言自己的话说，即使是在最艰难最沉重的年代，生活也有自身快乐欢欣的一面，有自身的亮色。

劳动技能高超，这在任何时代都是受到尊重的。劳动者自身也能从中得到享受，获得肯定。《麻风的儿子》就这样介绍"老猴子"："老猴子是庄稼地里的全才，镰刀锄头上都是好样的。由于他有出色的劳动技能，虽然有一顶'坏分子'的帽子，在头上压着，在队里，还是有一定的地位，毕竟庄稼人，要靠种庄稼吃饭，而不是靠'革命'吃饭。"①如前所述，莫言表现的乡村劳动，如割麦子、饲养牛羊、打铁、做木工活，都属于个体性的劳动，技能性很强，劳动的成果也很直观，能给劳动者，给这些能工巧匠带来自我肯定和自我享受。

马克思在《1844 年经济学哲学手稿》中批判异化劳动时，从正面阐述了人类从劳动中、从大自然和对象化中肯定自我，体现出劳动的自觉与自由，进而产生审美享受："一个种的整体特性、种的类特性就在于生命活动的性质，而自由的有意识的活动恰恰就是人的类特性。生活本身仅仅表现为生活的手段。"②

马克思接着写道：

> 通过实践创造对象世界，改造无机界，人证明自己是有意识的类存在物，就是说是这样一种存在物，它把类看做自己的本质，或者说把自身看做类存在物。诚然，动物也生产。动物为自己营造巢穴或住所，如蜜蜂、海狸、蚂蚁等。但是，动物只生产它自己或它的幼仔所直接需要的东西；动物的生产是片面的，而人的生产是全面的；动物只是在直接的肉体需要的支配下生产，而人甚至不受肉体需要的影响也进行生产，并且只有不受这种需要的影响才进行真正的生产；动物只生产自身，而人再生产整个自然界；动物的产品直接属于它的肉体，而人则自由地对待自己的产品。动物只是按照它所属的那个种的尺度和需要来构造，而人却懂得按照任何一个种的尺度来进行生产，并且懂得处处都把内在的尺度运用于对象；因此，人也按照美的规律来构造。
>
> 因此，正是在改造对象世界的过程中，人才真正地证明自己是类存在物。这种生产是人的能动的类生活。通过这种生产，自然界才表现为他的作品和他的现

---

① 莫言：《麻风的儿子》，见《与大师约会》，160 页，上海，上海文艺出版社，2012。

② 《马克思恩格斯文集》第 1 卷，162 页，北京，人民出版社，2009。

实。因此，劳动的对象是人的类生活的对象化：人不仅像在意识中那样在精神上使自己二重化，而且能动地、现实地使自己二重化，从而在他所创造的世界中直观自身。①

这种劳动的快乐、劳动的美学，按照美的规律造形，又从这种制品中直观到自身。这是和人在劳动中的自主状态分不开的。莫言写割麦子，写木匠和铁匠干活。这些劳动的特定性和技能性，使劳动者可以发挥自己的主体性和主动性，可以通过自己的精湛技巧，以较低的劳动强度换取较多的劳动成果，得到较高的报酬。就像俗话所说，家有良田千顷，不如薄技在身。莫言讲到的割麦子的爷爷，不是迫于生计去出卖劳动力的，而是有一种票友的性质，同时有一种庖丁解牛式的自我欣赏。铁匠和木匠都有薄技在身，生存环境相对优越。他们的劳动过程是由自己掌握的，劳动的成果和他们的付出可以说成正比。他们的劳动在乡村生活中不可或缺，因此受到农民们的尊重，享受到劳动的尊严。这种很有技艺的人，许多时候都是老一辈人或者中年人。由此，如果我们进一步进行比较，比较莫言和别的乡土文学作家塑造中老年农民形象之异同，也可做出有价值的研究。

关注和探索莫言的阅读史

还有一个方面的研究，即考察莫言的阅读史。② 作家孙犁在阅读方面，刻意追随鲁迅先生。他按照鲁迅日记中的购书记录确定自己的书单，一本一本读过来，以便贴近鲁迅的心灵世界。这是一种非常值得推崇的治学精神。作家的创作资源首先来自生活和体验，其次来自阅读和学习。

在当下的创作中，莫言作品的蕴含可以说最为丰富和驳杂，这和他的大批量阅读密不可分。作家的阅读可以是兴之所至，可以是浮光掠影，可以是只翻了一本书的前几页。甚至他人作品中的一句话就能让作家如获至宝，灵光迸发。莫言拿到福克纳的《喧哗与骚动》，还没开始读正文，只是读了翻译家李文俊写的序言，就已经深受启发，并将这种启发融化到自己当下的写作之中。就莫言的创作谈和演讲而言，其中所提及的作家作品之广，令人吃惊。不仅我们经常说的福克纳、马尔克斯、托尔斯泰、肖洛霍夫、三岛由纪夫、川端康成等赫然在目，而且包括日本作家兼学者柳田国男、瑞典作家斯特

---

① 《马克思恩格斯文集》第 1 卷，162～163 页，北京，人民出版社，2009。
② 程旸的论文《莫言的文学阅读》，刊载在《中国现代文学研究丛刊》2015 年第 8 期上，论述中心与本节文字不同。

林堡、意大利作家卡尔维诺、俄罗斯作家陀思妥耶夫斯基，以及人们较少关注的当代韩国小说家。① 笔者在网上看过一篇解放军艺术学院文学系的学生写的文章，说他到图书馆借书，在陀思妥耶夫斯基作品的借阅登记表上看到了大师兄莫言的名字，也看到了张志忠的名字。我们从中可以见出，早在 20 世纪 80 年代中期，文学新潮迭起的时候，莫言就在胃口奇好地尽力扩大自己的阅读视野。那段时间，学界在介绍西方现代派文学的时候，往往将尼采和陀思妥耶夫斯基推举为现代文学的先行者。不知道莫言读陀思妥耶夫斯基的念头由何而起，但是，他对陀氏的兴趣一直延续了下来。在二十年后和孙郁谈论鲁迅的对话中，他对此有分量很重的论述。②

读莫言的作品，尤其是他创作于 20 世纪 80 年代的一批作品，读者会看到他非常喜欢使用单纯而强烈的色彩。《透明的红萝卜》《白狗秋千架》《爆炸》《金发婴儿》《红高粱》《球状闪电》，从小说的篇名到作品的内容，都是一幅幅色彩浓烈的画面。莫言曾经讲到，在解放军艺术学院的图书馆，他看到了凡·高，看到了高更，看到了这些印象派画家的作品。凡·高令人炫目的燃烧起来的色彩，高更热带海岛神秘幽深的原始风情，都给莫言以深刻的启迪，影响了他的文学创作。他也曾讲到家乡高密的扑灰年画和剪纸艺术对自己写作的影响。探讨莫言创作与中外美术的关系，也是我们不应忽视的一环。

我们今天读莫言的《檀香刑》，很少会注意到下面的现象。莫言讲他曾经读到过一部纪实文学作品《合法杀人家族》③。这部书讲述了法兰西历史上一个世袭的刽子手家族的故事。夏尔·桑松家族拥有七代人传承二百多年，充任刽子手的历史，非常有传奇性。他们曾经为减少受刑人的痛苦发明了断头台，曾经把路易十六和路易十六的皇后斩首示众，也曾经在"红色恐怖"时期给参加法国大革命的著名领袖安东和罗伯斯庇尔等人执行死刑。这样的故事很容易吸引眼球，相当具有可读性。可贵的是，莫言从中得到了两条重要的启示，拓展了自己的创作思路。

第一条，关于示众和看客的关系。示众和看客，是鲁迅先生提出来的一个重要命题，而且往往被人们从国民性批判的角度进行阐释，被视为中华民族所独有的蒙昧丑陋的一面。尽管当年罗曼·罗兰说过，阅读《阿 Q 正传》的时候，他从阿 Q 身上看到了自己，但我们总是习惯地以为这是罗曼·罗兰的谦辞，不会循此去做更深刻的理解。《合法杀人家族》讲到，每当要在巴黎的广场上执行死刑的时候，广场周边建筑物的阳台会

① 参见莫言：《莫言讲演新篇》，43～50 页，北京，文化艺术出版社，2010。

② 参见莫言：《莫言对话新录》，191～225 页，北京，文化艺术出版社，2010。

③ 《合法杀人家族》，原作者是贝纳尔·勒歇尔博尼埃，法国文学博士，巴黎第八大学教授，编译者是郭二民。该书中译本由生活·读书·新知三联书店 1992 年出版。此外，还有名为《刽子手世家》的全译本，译者为张丹彤、张放，新星出版社 2010 年出版。

早早被预订光。那些贵族太太和小姐拥挤在阳台上，观看广场上的血腥表演。有人会因为刺激太强烈而晕过去。但是下一次执行死刑时，他们还是乐此不疲地前往观看。所以，看与被看不唯是中国人所有。它具有一种普泛性，是人性的特点和弱点。我想，莫言这样的理解不是贬低鲁迅，而是在更广大的范围内拓展了鲁迅提出的"看与被看"的命题，将鲁迅的作品提升到了人类的高度、人性的高度。

第二条，夏尔·桑松家族子承父业，世代传承。无论是使用刀剑，使用断头台，还是执行绞刑，要剥夺他人的生命并且以此为终身职业，其心灵的承受力一定要非常坚韧、冷峻、耐久。这个家族中也有一些脆弱者，在死刑现场精神崩溃，心灵遭受巨创，而那些能够将这一职业维持终身的人，一定会千方百计进行自我说服，寻找刽子手职业的合理性和合法性，将自己认定为帝国意志的执行者、"替天行道"者。基于这样的理解，莫言在《檀香刑》中既充分表现了死刑现场的看客心理，也对赵甲这样的大清帝国最后的刽子手的内心世界予以了醍畅淋漓的表现，赋予作品非凡的视野、非凡的气象。

再如，莫言与托尔斯泰的关系。日本著名学者藤井省三率先考察了《怀抱鲜花的女人》与《安娜·卡列尼娜》的内在关系，做出了精彩论述，也由此凸显出我们对作品阅读的疏忽和盲视。① 莫言对托尔斯泰也曾有过阐释。他非常崇拜托尔斯泰在《战争与和平》中对人流汹涌、动荡喧嚣的宏大场景所进行的从容不迫、纵横捭阖的精彩描写。莫言自称，《丰乳肥臀》中母亲上官鲁氏带着大大小小的一群儿女，从成千上万人在田野上大撤退的场景中抽出身来，逆着人流而动，返回故乡的这一场景，就含有证明自己也能驾驭宏大场景的企图。凡此种种，都应该被纳入我们的研究视野。

地域性的历史与文化视野

解读莫言，一定要贴地气，要结合地方文化历史、乡土背景、山东地面的关系。在《红高粱》和其他作品里，莫言都写到了山东地面的土匪。余占鳌就是一个不折不扣的土匪，是莫言笔下众多土匪中的一个。他与铁板会的关系、与八路军胶高支队和国军冷支队的关系错综复杂。《丰乳肥臀》也写到了抗日战争，各种势力之间的关系更为纷繁纠结，乱花迷眼。此外，在莫言与他人合作的电影剧本《太阳有耳》中，主体事件就是曾经震惊中外的惯匪孙美瑶策划制造的山东临城火车大劫案。莫言在《高粱殡》中写道：

> 复仇、反复仇、反反复仇，这条无穷循环的残酷规律，把一个个善良懦弱的百

---

① 参见［日］藤井省三：《莫言与鲁迅之间的归乡故事系谱——以托尔斯泰〈安娜·卡列尼娜〉为辅线来研究》，林敏洁译，载《小说评论》，2015(3)。

姓变成了心黑手毒、艺高胆大的土匪。爷爷用苦练出的"七点梅花枪"击毙"花脖子"及其部下。吓瘫了爱财如命的曾外祖父，便离开烧酒作坊，走进茂密青纱帐，过起了打家劫舍的浪漫生活。高密东北乡的土匪种子绵绵不绝，官府制造土匪，贫困制造土匪，通奸情杀制造土匪，土匪制造土匪。爷爷匹骡双枪，将技压群芳的"花脖子"及其部下全部打死在墨水河里的英雄事迹，风快地传遍千家万户，小土匪们齐来投奔。于是，一九二五年至一九二八年间，出现了高密东北乡土匪史上的黄金时代，爷爷声名远扬，官府震动。

对此，我们应该做何理解呢？笔者阅读过由山东人民出版社出版的《山东重要历史事件》（共八册）的近现代部分，其中就写到，近代以来山东的土匪之多在全国名列第二位，排在第一位的是河南。何以如此？从《山东重要历史事件》的记载中，我们可以寻找到相关的答案——天灾人祸。天灾是黄河泛滥。近代以来，黄河泛滥成灾，发生频率非常之高，平均三年就有两次。黄河泛滥，致使农民辛辛苦苦劳作一年却颗粒无收。要想活下去，农民要么外出流浪、乞讨，要么铤而走险，揭竿而起，向大户人家和官府夺取粮食，以求自救。人祸是横征暴敛，兵连祸结。近代以来，大大小小的农民战争、太平天国北伐、捻军群起相应、义和团战争的发端等，都曾经在地处南北交通要道的山东地面展开。每一次的叛乱和起义，都会招致从中央到地方官军的武力镇压。这里的农民面对混乱不堪、难以应对的生死威胁，为了保卫生命财产，许多时候都会建立村寨乡县的地方民团，武装动员，建立壁垒。这些地方民团还会随机做出选择，投靠强大的军事势力。他们可能投靠官方，可能投靠起义军，也可能变来变去，反复无常，在土匪、叛军和官军之间来回进行身份转化，使得局面更加混乱。在抗日战争期间，国民党军队、八路军、当地自发的农民武装、有民族正义感的土匪草莽，以及地方的豪强势力，彼此之间既有明争暗夺，也有奋起抵抗、共御外辱的壮烈慷慨。在胶东半岛的潍县（今潍坊），有从土匪头目转变为抗日英雄的乔明志。他是冯德英《苦菜花》中的"柳八爷"和曲波《桥隆飙》里的同名主人公的原型。乔明志出生于潍县贫寒的农民家庭，1925年以马弁的身份进入地方武装昌邑马队，后到平度落草为寇，"乔八爷"成了他的匪号。抗战初期，乔明志在中共平度地下党组织的积极争取下加入抗日游击队。他还担任过胶东抗日游击队第三支队侦察大队长和胶东抗日第五支队特务营营长等职务。莱州民间，至今流传着许多关于"乔八爷"的逸闻传说。例如，在刚刚投身革命时，他为收编土匪武装独身闯匪穴，与土匪夜比枪法，三枪打灭三支香头；在担任特务营营长押运黄金时，他仅凭一句"乔八爷借路"就吓得敌人闻风丧胆，不敢阻拦等。乔明志转战胶东，前后13次负伤，屡立战功。1940年，他赴延安受到中央首长的嘉奖。1943年，胶东军区司令员许世友亲自为他颁奖，奖给他战马一匹、手枪一支。①

与乔志明相对应的是鲁南另一巨匪刘黑七。从 1915 年开始，刘黑七横行半个中国达 20 余载，素常保有万名匪徒，盛时竟达三万之众。他们先后流窜危害鲁、豫、苏、皖、冀、津、晋、吉、辽等十几个省市，屠杀无辜百姓二十余万人。刘黑七杀人手段之残，聚集匪徒之多，活动范围之广，怙恶时间之长，可谓全国匪首之冠。他几经起落，反复无常，先后投靠山东等地的各大军事势力，如张宗昌、何应钦、阎锡山、韩复榘、汤玉麟、宋哲元、于学忠。"抗战爆发，刘匪返鲁，集旧部 3000 人投靠日寇，当上掖县（今莱州）皇协军司令；后还任国民党苏鲁战区新编 36 师师长。1939 年，因与日军发生矛盾，刘黑七仓促率 500 余人逃往蒙山抗日根据地投奔八路军。但转眼间，他又于 1940 年 3 月降日，并凭着熟悉地理环境，多次扫荡八路军根据地。"最终，刘黑七的势力被八路军剿灭。②

正因为多种武装力量相互厮杀，造成无辜生命的大量毁灭，血腥残暴至极，有人指责莫言的小说是残酷叙事。但是，这种血腥残酷都是有现实依据的。我们可以从别的文学作品中得到参照。张炜的《古船》、苗长水的《犁越芳冢》③，再到前辈作家峻青的《黎明的河边》、冯德英的《苦菜花》，它们都展现了山东抗日战争和解放战争时期的殊死较量、残酷绞杀。前述刘黑七残暴的杀人手段亦是惨不忍睹，令人不忍复述。近年来引起人们关注的一位七十多岁老人姜淑梅所写的《乱时候，穷时候》是一部纪实性的回忆录，其中对于山东地面的战争、土匪、酷刑的描写非常令人震惊，比如说点天灯、骑木驴、活吃人心。

《檀香刑》所描写的德国人强行修建胶济铁路，遭到当地农民的拼死抵抗，也是建立在翔实的历史记述之上的。农民的抵抗当中有着蒙昧的成分，他们以为修建铁路会破坏风水，强迫搬迁祖坟是对祖先最大的不敬，在铁路枕木下面埋中国男人的辫子会使其元气大丧。德国人修建胶济铁路也并不是一种单纯的经济开发行为，而是体现出殖民主义霸权。德国人利用巨野教案的教会纠纷，强行占领中国山东的胶州湾，然后以青岛为依托，向山东全境扩展自己的势力。修建铁路的目的是加快山东矿产资源和其他货物的运输。更重要的是，相关条约承认德国人对铁路沿线的矿山资源等拥有开采权。这当然是霸王条款，是一种经济掠夺的殖民主义行为。④

此外，关于莫言的海外传播研究也不深透，有待展开。目前所见的研究成果，较多地集中在葛浩文对于莫言的翻译和推广方面。这是因为葛浩文对中国当代文学的翻译和

---

① 参见申红、朱晓兵、韩慧君：《抗日英雄"桥隆飙"解密》，载《大众日报》，2011-04-27。

② 参见吴越：《沂蒙巨匪刘黑七》，载《齐鲁周刊》，2012(50)。

③ 该小说出版时名为《犁越芳塚》。

④ 条约原文是："所开照各铁路两旁，30 华里内，准许德商开挖矿产及所需工程各项，亦可由德商、华商合股开采，其矿务章程，另行妥议。"朱铭、王宗廉：《山东重要历史事件·晚清时期》，306 页，济南，山东人民出版社，2004。

推介不遗余力，厥功至伟，而我们的英语研究人才相对充裕。但是，法语、德语、日语、西班牙语这几个大的语种方面的研究乏善可陈。这几个语种对莫言的翻译投入很多，是出版莫言作品较多的语种，我们的研究却很不到位。

加强对这些语种的译介的研究，意义有二。

其一，这不仅关系到莫言海外传播研究的深度和广度，也影响到对莫言原创性的评价问题。德国汉学家顾彬就认为葛浩文改写了莫言，认为莫言获奖，不是莫言自己的成功，而是葛浩文翻译的成功。瑞典文学院的专家马悦然等人断然反击了顾彬的指责。下面的文字，摘自马悦然与《南都周刊》记者的问答：

> 《南都周刊》：应该没有……在中国有这样一种说法：莫言的英文翻译葛浩文为其获奖立功不小。由于莫言的长篇小说结构乏术、叙述枝蔓，葛浩文怕西方人会认为莫言是一个根本不会写作的人，因此在翻译时不但大力删节，甚至调整结构，而莫言也充分授权他这样干。
>
> 马悦然：关于这个谣言可以停止了。关于莫言，我们评委除中文外，还可以阅读几乎所有欧洲大语种的译本，比如法语。在他获奖之前，莫言的法译本有十八种，获奖之后，立即增加到了二十种。这里边肯定有忠实、全面、精当的译本。短篇小说《长安大道的骑驴美人》本来也在我的翻译计划中，但因为已经有精当的法译本了，所以我就没翻。①

据马悦然所言，他们很多人是通过法文和瑞典文的文本阅读和了解莫言的。在欧美各语种中，莫言作品的法译本是最多的。在莫言获奖之前，法译本就已接近二十种。那么，法译本和瑞典译本与葛浩文的英译本之间有何差异，该如何比较？其中，有什么值得重视的规律？我想，这样的研究会是非常有价值的，不必把它简单理解为就是为了回应顾彬的指责和批评。据我了解，即使是在德语学界，也有对顾彬的批评持强烈反批评态度的。德语学界存在挺莫言和批莫言两派。我们也应该对此发出自己的声音吧。

其二，这样的研究，不只对莫言海外传播研究有价值，在更广大的范围内，也会为中国文学如何借助于翻译更快更好地走向世界提供积极的借鉴，具有很强的建设性。兹不絮赘。

（原载《中国现代文学研究丛刊》2016 年第 4 期）

---

① 唯阿：《马悦然：莫言得奖实至名归，顾彬是个二三流的汉学家》，载《南都周刊》，2014(4)。

魔性叙事及其自由精神
——再论莫言与鲁迅的家族性相似

王学谦

    我在《莫言与鲁迅的家族性相似》①中，把文学叙事分成生命叙事和理性叙事两大类型，并把鲁迅与莫言看作刚性生命叙事的大家族成员，分析了他们之间的家族性相似。这种叙事类型的划分既考虑到五四新文学与当代文学的联系，又试图在更大的范围——古今中西文化——中确立这两者之间的联系，以便更深刻、更广泛地阐释他们的意义和价值。这种刚性生命叙事也可以被称为魔性叙事。由于其魔性特征，这种叙事也往往容易遭到误解甚至围剿。我们很容易发现，在谈论鲁迅的时候，不用说那些讨厌鲁迅的人，即使是肯定鲁迅的人，也常常说他多疑、刻薄、激烈、激进，把他和绍兴的师爷气联系起来。莫言也有类似的情况。当他在"红萝卜""红高粱"之后试图再进一步时，遭到了一些批评家的激烈抨击。我以为，这是人们对魔性叙事及其蕴含的自由精神缺乏理解所致。因此，本文继续讨论莫言与鲁迅的家族性相似，进一步分析两者在刚性生命叙事——魔性叙事——方面的相似性，并指出它所蕴含的自由精神及其意义。

一

    莫言与鲁迅的魔性叙事，首先，一个突出的特征是喜欢塑造具有魔鬼性的英雄。这些英雄有令人震撼、畏惧的凶猛外形，有一种傲视一切的狂野精神，激情饱满，力量充

---

① 王学谦：《莫言与鲁迅的家族性相似》，载《吉林大学社会科学学报》，2014(3)。

沛，意志坚定，无所畏惧，尤其是不避讳自身的黑暗与恶，并喜欢以"异端"自居。

鲁迅早期接受的文学是摩罗诗人的诗歌，是俄国的迦尔洵、安德烈耶夫的阴冷叙事，后来又对陀思妥耶夫斯基的人性拷问产生浓厚的兴趣，再有就是尼采、叔本华、克尔凯戈尔、施蒂纳等人的先锋文化。这种文学、文化精神对鲁迅产生了深刻的影响。鲁迅跻身新文学的开场锣鼓是《狂人日记》。它是以魔鬼的姿态咆哮着登场的，也可以说是拜伦式英雄、尼采式酒神精神的鲁迅化呈现。鲁迅掀翻了从来如此的吃人筵席，撕破了儒家文化"仁义道德"温情脉脉的面纱。这是鲁迅文学的原型和基本结构，是鲁迅之所以是鲁迅的决定性叙事。"狂人"之后，鲁迅还有"疯子""这样的战士""叛逆的猛士""过客""黑色人""女吊""无常"，有时他甚至自称"学匪"。与此相关的是，鲁迅喜欢猫头鹰，呼唤如猫头鹰叫声的文学，呼唤真的恶声，喜欢陶渊明笔下的刑天："刑天舞干戚，猛志故常在。"他还塑造了无聊的女娲、孤独的后羿等。

这种精神在鲁迅的文本中回旋游荡，有时也出现在他的杂文中。他的许多杂文都会浮现出具有魔性英雄气概的作者形象，或者说文字背后的那个叙事者、抒情者。鲁迅的《灯下漫笔》起初是娓娓而谈的语调，读着读着你就会感到情绪的变化。文章中的情绪逐渐变得激愤、高昂："任凭你爱排场的学者们怎样铺张，修史时候设些什么'汉族发祥时代''汉族发达时代''汉族中兴时代'的好题目，好意诚然是可感的，但措辞太绕湾子了。有更其直捷了当的说法在这里—— 一，想做奴隶而不得的时代；二，暂时做稳了奴隶的时代。"①"不知道我的性质特别坏，还是脱不出往昔的环境的影响之故，我总觉得复仇是不足为奇的，虽然也并不想诬无抵抗主义者为无人格。但有时也想：报复，谁来裁判，怎能公平呢？便又立刻自答：自己裁判，自己执行；既没有上帝来主持，人便不妨以目偿头，也不妨以头偿目。"②"世上如果还有真要活下去的人们，就先该敢说，敢笑，敢哭，敢怒，敢骂，敢打，在这可诅咒的地方击退了可诅咒的时代！"③"我们目下的当务之急，是：一要生存，二要温饱，三要发展。苟有阻碍这前途者，无论是古是今，是人是鬼，是《三坟》《五典》，百宋千元，天球河图，金人玉佛，祖传丸散，秘制膏丹，全都踏倒他。"④有一次，鲁迅对许广平说："我对于'来者'，先是抱着博施于众的心情，但现在我不，独于其一，抱了独自求得的心情了……这即使是对头，是敌手，是枭蛇鬼怪，我都不问；要推我下来，我即甘心跌下来，我何尝高兴站在台上？我对于名声，地位，什么都不要，只要枭蛇鬼怪够了，对于这样的，我就叫作'朋友'。"⑤在生命的最后阶段，

---

① 《鲁迅全集》第1卷，213页，北京，人民文学出版社，1981。

② 《鲁迅全集》第1卷，223页，北京，人民文学出版社，1981。

③ 《鲁迅全集》第3卷，43页，北京，人民文学出版社，1981。

④ 《鲁迅全集》第3卷，45页，北京，人民文学出版社，1981。

⑤ 《鲁迅全集》第11卷，274页，北京，人民文学出版社，1981。

鲁迅仍然怀着早年的摩罗诗人情结。在《文人相轻》中，鲁迅还是展现着那种摩罗式的激情、凶悍：

> 至于文人，则不但要以热烈的憎，向"异己"者进攻，还得以热烈的憎，向"死的说教者"抗战。在现在这"可怜"的时代，能杀才能生，能憎才能爱，能生与爱，才能文。彼兑飞说得好：
>
>> 我的爱并不是欢欣安静的人家，
>>
>> 花园似的，将平和一门关住，
>>
>> 其中有"幸福"慈爱地往来，
>>
>> 而抚养那"欢欣"，那娇小的仙女。
>>
>> 我的爱，如荒凉的沙漠一般——
>>
>> 一个大盗似的有嫉妒在那里霸着；
>>
>> 他的剑是绝望的疯狂，
>>
>> 而每一刺是各样的谋杀！①

在莫言这里，同样有对"枭蛇鬼怪"的迷恋和张扬。莫言《红高粱家族》中的爷爷、奶奶、二奶奶，一群一群的狗，由家狗而变成野狗的狗；《秋水》中的爷爷、奶奶、黑衣人、紫衣人；《老枪》中的父亲和奶奶；《人与兽》中的爷爷；《食草家族》中的九老妈（《红蝗》），二姑和他的儿子天、地（《二姑随后就到》）；《丰乳肥臀》中的母亲、司马库和鸟儿韩等，都属于魔性英雄。他们的性格具有惊人的相似性，都激情澎湃，意志坚定，敢做敢当，既英雄又王八蛋。在兵荒马乱之际，那些狗也恢复了生命的野性。"人血和人肉，使所有的狗都改变了面貌，它们毛发灿烂，条状的腱子肉把皮肤绷得紧紧的，它们肌肉里血红蛋白含量大大提高，性情都变得凶猛、嗜杀、好斗；回想起当初被人类奴役时，靠吃锅巴涮锅水度日的凄惨生活，它们都感到耻辱。向人类进攻，已经形成了狗群中的一个集体潜意识。"②在《人与兽》中，爷爷逃到北海道的大森林里，与野兽为伴也与野兽为敌，几乎变成了野人。"瘦而狭长的脸上，鼻子坚硬如铁，双眼犹如炭火，头上铁色的乱发，好像一把乱刺刺的野火。"③他的嗅觉、听觉格外发达，在山洞里能分辨出外边的许多声音，能闻到几十种不同的风的味道。

这些文本的背后隐含着如鲁迅的摩罗诗人一样的魔鬼情结。1984年秋天，莫言写了

① 《鲁迅全集》第6卷，405～406页，北京，人民文学出版社，1981。

② 莫言：《红高粱家族》，338页，北京，解放军文艺出版社，1987。

③ 莫言：《人与兽》，见《白狗秋千架》，409～410页，上海，上海文艺出版社，2012。

篇题为《天马行空》(《解放军文艺》1985年第2期)的文章。尽管这只是一篇千八百字的短文，却最真切地表达了他的文学观，可以被看作莫言的文学宣言。当然，当时没人在意这篇文章，可是如果我们从现在的莫言创作往回梳理的话，就会发现，莫言的创作灵性、奥秘或根基几乎都隐藏在这篇短短的文字之中。后来，莫言在回忆那时的心态时说："我确实觉得有股气在那里冲着，我觉得我能写出很好的东西来，写什么我也不知道，所以写这个《天马行空》时也非常狂妄。现在回过头来想想，我的创作谈也谈得好像有孙悟空大闹天宫的感觉，要彻底颠覆他们的小说。"①他无法遏制这种内心的冲动和激情。"我写了一篇课堂作业叫《天马行空》，里面包含了许多对同学的不满，对他们的猖狂不服气，因为他们当时在军队系统都很有名，瞧不起人。像我这种农村出来的，没有发表过几篇小说，被他蔑视。他们早就参加过各种笔会，有的在60年代就发表过作品，这个管谟业是谁，他们根本不清楚。一次我们系里组织讨论会，讨论李存葆的小说《山中，那十九座坟茔》。我的确感觉到不好，就把这个小说贬得一塌糊涂，话说得过分。我现在有点后悔，说人家根本不是一篇小说呀，有点像宣传材料一样，就这么直接讲的。而李存葆的《高山下的花环》获了上届中篇小说奖的头奖，被改编成电影、话剧。他名声大得不得了，是当时全国最红的作家。现在被我当头打了一棒，座谈时没人说话了。"②在这篇文章里，莫言倾泻着彻头彻尾的非写实的浪漫主义精神。他强调"想象力""灵气""天才"，认为："一个文学家的天才和灵气，集中体现在想象力上。"③更重要的是，他所说的"想象力"带着激烈的反叛、颠覆性，有一股桀骜不驯的"邪劲儿"，带着亵渎、讽刺和狂傲。你看他使用的修辞，也都是他后来在小说中经常使用的那种修辞，把风马牛不相及的事物、不是一类的事物甚至相反的事物混杂在一起，相互冲突、对照、参差不齐、鬼哭狼嚎一般：

> 没有想象就没有文学，没有想象的文学就像摘除了大脑半球的狗，虽然活着但没有灵气，虽然活着但也是废狗。④

> 浮想联翩，类似精神错乱，把风马牛不相及的若干事物联系在一起，熔为一炉，烩成一锅，揉成一团，剪不断，撕不烂，扯着尾巴头动弹，这就是想象力的简单公式和一般目的。⑤

---

① 莫言、王尧：《莫言王尧对话录》，109页，苏州，苏州大学出版社，2003。
② 莫言、王尧：《莫言王尧对话录》，107～108页，苏州，苏州大学出版社，2003。
③ 莫言：《天马行空》，载《解放军文艺》，1985(2)。
④ 莫言：《天马行空》，载《解放军文艺》，1985(2)。
⑤ 莫言：《天马行空》，载《解放军文艺》，1985(2)。

要想搞创作，就要敢于冲破旧框框的束缚，最大限度地进行新的探索，犹如猛虎下山蛟龙入海；犹如国庆节一下子放出十万只鸽子；犹如孙悟空在铁扇公主肚里拳打脚踢翻筋斗，折腾个天昏地暗日月无光一佛出世二佛涅槃口吐莲花头罩金光手挥五弦目送惊鸿穿云裂石倒海翻江蝎子窝里捅一棍，然后平心静气休息片刻，思绪开始如天马行空，汪洋恣肆，天上人间，古今中外，坟中枯骨，松下幽灵，公子王孙，才子佳人，穷山恶水，刁民泼妇，枯藤昏鸦，古道瘦马，高山流水，大浪淘沙，鸡鸣狗叫，鹅行鸭步——把各种意象叠加起来，翻来覆去，去粗取精，去伪存真，由此及彼，由表及里，一唱雄鸡天下白，虎兔相逢大梦归。①

创作者要有天马行空的狂气和雄风，无论在创作思想上，还是在风格上，都必须有点邪劲儿。敲锣卖糖，咱们各干一行。你是仙音缭绕，三月绕梁不绝，那是你的福气。我是鬼哭狼嚎，牛鬼蛇神一齐出笼，你敢说这不是我的福气吗？②

在"红高粱"之后，莫言遭到一些猛烈的批评。20世纪90年代，先锋文学退潮，莫言感到困惑，但并没有退却。他依然坚持自己的魔性叙事精神，其叛逆性更加大胆、凶悍。他说：

我相信还有路，因为有"上帝"的指引，因为我知道我半是野兽半是人，所以我还能往前走，一切满口仁义道德的好作家们，其实都是不可救药的王八蛋。他们的"文学"也只能是那种东西。

现在什么是我的文学观呢？……它在变化、发展、一圈一圈旋转着。

往上帝的金杯里撒尿吧！——这就是文学。

重读前几年对旧"创作谈"的批判，似乎有些新感触：在北京随地解溲被人逮住是要罚款的，但人真要坏就索性坏透了气才过瘾。在墙角上撒尿是野狗的行为，往上帝的金杯里撒尿却变成了英雄的壮举。上帝也怕野种，譬如孙猴子无赖泼皮极端，在天空里胡作非为，上帝只好好言抚慰招安他。小说家的上帝，大概是一些《小说创作法则》之类的东西，沘一些尿在这"法则"上，可能果然有利于放下包袱，开动机器呢！③

---

① 莫言：《天马行空》，载《解放军文艺》，1985(2)。

② 莫言：《天马行空》，载《解放军文艺》，1985(2)。

③ 莫言：《旧"创作谈"批判与"新创作"谈》，见《怀抱鲜花的女人》，344页，北京，中国社会科学出版社，1993。

如果没有这种顽强的坚守，莫言就不可能创作出来后来那些优秀作品。《丰乳肥臀》是"红高粱"精神的移植。母亲上官鲁氏和传统、现实中的母亲形象截然不同，是"超道德"的母亲。作品所涵盖的历史更加宽阔，小说气象更加宏大。在《丰乳肥臀》遭到激烈批判后，莫言执意把他的魔性叙事推向一个高峰——《檀香刑》。《檀香刑》直面动荡、苍凉的历史，直面残酷的人性。那种大段大段的酷刑叙事，没有魔鬼英雄的勇气是无法叙述出来的。莫言将对历史的反思和人性的拷问变成一个巨大的故事。后期的莫言总是顽强地将悲剧推向最大的高度。这种悲剧是无法化解的悲剧，因为它既关联着历史又牵涉着人心。它被拓展到最大的幅度，用力挖掘历史与人心的黑暗、芜杂、邪恶。《四十一炮》《生死疲劳》和《蛙》等作品，都来自这种强大的力量。

二

这种魔性叙事在本质上是一种更为激烈的怀疑主义。它往往要对理性叙事所形成的传统、现实的普遍规则、秩序进行质疑和挑战。这些规则或者是伦理的，或者是历史的，或者是某种稳固、惯常的价值取向。魔性英雄所要战胜的对象就是理性叙事。魔性叙事它要揭开理性叙事的面纱，呈现生命—自然的本真，直面更为广阔的世界和人生。因而，从理性叙事这个角度看，魔性叙事是虚无的。但是，从魔性叙事的角度来看，它是充实而真诚的，因为驱除了那些普遍的虚伪后，恰恰展现出个体生命的内在情感、思想。在魔性叙事里，真正的英雄或真正的自由是从普遍规则中超越出来的。

鲁迅的《狂人日记》体现出典型的怀疑主义。在新文化运动的大潮中，它无疑是启蒙的。它让人明白中国儒家文化及其"仁义道德"的"吃人"——对人的个性的扼杀和良知的泯灭，但又不同于西方18世纪主流启蒙主义的那种以理性、进步为轴心的启蒙。西方主流启蒙主义是有结构、有方向地看待人类和世界的蒙昧、落后和诸多的丑恶。在西方启蒙主义者看来，无论过去、现在怎样，也无论通向未来之路多么坎坷、曲折，历史必然是进步的。必然性压倒一切。万事万物都是可理解的。对于"人"这种生物，尽管不是所有启蒙思想家都抱有乐观的态度，但是总不会被认为是无可救药的。斯宾诺莎迷恋几何学，在《伦理学》中，他用几何学方法讨论伦理学。这种清晰透明的"人"总是可以理解和沟通的。但是，鲁迅的启蒙是浪漫主义、现代主义的反启蒙的启蒙，这也是拜伦式英雄和尼采式酒神精神的内核。这种启蒙所呈现出的世界是马克斯·韦伯所说的"祛魅的世界"。它不仅揭示了世界、人生的非结构性（混乱无序，苍凉无边），而且暴露出人性的有限性乃至无可救药的丑陋和恶性，对"人的解放"构成致命的颠覆。所有人都是吃人的人，连"狂人"自己也吃过人。这是非常重要的方面，即对人性自身的怀疑。"狂人"抨击他人之时，并没有将自己排除出去。总之，我们在《狂人日记》中能够看到鲁迅对以儒家文化为核心的中国传统文化、中国历史的整体性怀疑，对人性的怀疑。这样，我们就能够理解鲁迅小说的那种阴郁、冷峻的悲剧性，理解鲁迅为什么以批判、否定见长，理解鲁迅的自我解剖。鲁迅否定存在一个圆满的历史目的：没有黄金时代。他承认"希望""将来"对于人是必要的，但同时也意识到"希望"很容易破灭。一旦"将来"随着时间变成了现实，也还是和现在一样不可能圆满。鲁迅著名的杂文《论睁了眼看》激烈地批判中国传统中普遍存在的"大团圆"思想。这种"大团圆"实际上就是用符合传统、大众心理习惯的普遍价值，用"瞒和骗"的方法虚构出一个和谐完美的世界：尽管存在曲折、艰难，但最终人生、世界总是合乎人的意愿的。即使在和左翼联合的时候，鲁迅内心深处也不无怀疑。他对中国左翼作家联盟的某些人的做法非常不满。有一次，鲁迅对冯雪峰开玩笑说：你们胜利了，就会把我抓起来吧？他深知文艺与政治的歧途，明白独立的知识分子很难被社会权力者容纳。鲁迅的自我解剖也非常深切，不惜将自己灵魂里的"黑暗"与"虚无"裸露出来。

鲁迅的精神逻辑是：唯"黑暗"与"虚无"是实有，但必须进行绝望的反抗。这种反抗是带着自己内心的"黑暗"和"虚无"所进行的反抗。鲁迅曾不断表达这种情绪和思想："于浩然狂热之际中寒，于天上看见深渊，于一切眼中看见无所有，于无所希望中得救。"[1]他面对正史，但更相信野史杂记。面对康乾盛世，他看到的是文化专制和文字狱。面对读书人，他有时更倾向于乡野村夫。面对乡野村夫，他又有着精英知识分子的立场。鲁迅只有不断怀疑，才能确定真实而饱满的自我。"过客"的那种永远的"走"就是一个永远怀疑的精神过程。他要不停地从"众人"中出走，不求稳固、长久的家园。他的精神历程总是从异乡到异乡的奔波、求索。他必须藐视一切，无所希望。只有在真正的"虚无"中，他才能建构自己，因为"虚无"——把一切规矩、秩序踏在脚下——才有可能创造，不虚无就只能按照某种规矩去做。这个世界没有"正人君子"所说的"公理"，无须向外寻求一个永恒正义，却必须向内寻找个人的意志。"忠厚是无用的别名"，必须拿出力量来，以勇敢而凶猛的姿态，亮出尖锐牙齿，奋力搏击。鲁迅那篇并不引人注目的散文诗《自言自语》展示了和《狂人日记》相同的世界。这是一个分裂的世界，一个布满陷阱、敌意的世界，一个即将衰颓的世界，但是，一个英雄站立起来了。人们熟悉的那个肩住了黑暗的闸门的父亲的形象，也是这样一个英雄的形象。

伯林在论述浪漫主义的时候，将没有"结构"的世界和"不屈的灵魂"看作浪漫主义最重要、具有持久影响的元素。世界是尼采所说的"生成"的、变动不居的存在，处在酒神状态中。无论你把这个世界看作令人振奋的存在，还是充满敌意的深渊，它都不

---

① 《鲁迅全集》第 2 卷，202 页，北京，人民文学出版社，1981。

存在固定的模式或本质的规定性。因此，个人的意志、力量和选择至关重要。人生的价值就在于投入这个不断流动的世界之中，不断创造自己，创造世界。那些固定的模式、本质都是可疑的，必须予以颠覆、瓦解。如果不打破条条框框，世界和人生就会僵化，就会丧失意义。真正有价值的人生就是敢于直面这种无序的世界，敢于打破那些从来如此的模式或本质。世界没有可供依凭的现成的价值栏杆，只能诉诸个人的、自我内心的精神和力量。因袭的、大众的"道德"并不重要，它们往往是被打破的对象。拜伦等摩罗诗人以及后来的尼采显然是这种浪漫主义精神的典型体现，也是后来存在主义的精神实质。

再看看莫言，他同样具有那种激烈的怀疑主义精神。他睁开眼睛看世界，看人生，看文学，直面惨淡的人生，正视淋漓的鲜血。对历史的怀疑与伦理人性本身的怀疑，以及对人们习以为常的心理习惯和价值观念的怀疑，成为莫言魔性叙事最具魅力的地方。这同样是怀疑到虚无的程度，然后从虚无的深渊中挺立起英雄的姿态。有时候，他的怀疑与虚无甚至比鲁迅来得更为直接和猛烈。在莫言眼中，真正的英雄总是蔑视一切的。没有虚无，也就没有自由。

《透明的红萝卜》表面上看近似于伤痕文学，内里却充满了典型的先锋精神，弥漫着强烈的怀疑主义气氛。黑孩始终没有讲话，这意味着他无法与这个世界建立起联系，他与世界的关系是一种断裂性关系。他与周围的人格格不入。他们给予他的只是饥饿、冷酷。人们被各自的欲望支配着，相互伤害。黑孩的坚韧是超现实的，也是内向性的，是自身自生自发的生命力量。莫言以"自然"这个浪漫主义的精神堡垒来对抗世界的冷酷。在作品结尾，莫言写他钻进了黄麻地，仿佛如鱼得水，恢复了本性。《通明的红萝卜》的这种叙述，使其与伤痕文学、反思文学的历史理性划开了明确的界限。

《红高粱家族》呈现的是没有结构的混乱世界：历史理性即人们所熟知的或历史教科书中的历史秩序被彻底颠覆，历史不是进步而是退化和混乱，是"种的退化"。家庭伦理和乡土温情也荡然无存，被赋予灵性的是狗。这大概是中国文学第一次以这样近乎"齐物论"的眼光写狗。爷爷、奶奶和二奶奶等人的性格是典型的魔性英雄的性格。以常规尺度衡量他们，他们不是"善"，是"恶"，或尼采所说的"超善恶"。他们充满激情、欲望，蕴含着强劲的生命力，是酒神英雄。《食草家族》沿着"红高粱"的方向继续前行，甚至趋向于神秘主义。没有了抗战历史，历史因素逐渐淡化，几乎变成了寓言和神话。历史一片迷茫，人性与兽性联系在一起。它一方面有对生命力的诉求，另一方面又有对人是什么的近乎本体性的思考。"人都是不彻底的。人与兽之间藕断丝连。生与死之间藕断丝连。爱与恨之间藕断丝连。人在无数的对立两极之间犹豫徘徊。如果彻底了，便没有了人。因此，还有什么不可以理解？还有什么不可以宽恕？还有什么不可以一笑置之的呢？"①《丰乳肥臀》的模式和"红高粱"的几乎相同，但是更加宏大。它质疑近百年的历史，呈现的是混沌的荒凉的历史。母亲上官鲁氏的形象颠覆了人们心目中的母亲形象，却闪耀着母性之爱的伟大光辉。莫言叙事的基本特点是拆除捆绑在历史—现实身上的各种框架，同时击穿厚重的伦理外衣，进入人心深处，促使读者爆发出深刻的怀疑和批判。《檀香刑》《四十一炮》《生死疲劳》和《蛙》都属于这类作品。

《马蹄》(1985)是一篇文体怪异的创作谈，开头是"文论"，随后的文字却像是游记散文，最终读者可能发现它是在说理：谈论文学，谈论文化。这篇怪异的文章既有天马行空的狂野，又不乏深厚、犀利。在莫言看来，文学史的过程就是不断怀疑颠覆限制、不断前冲变化的过程。因此，任何规则都是可以被怀疑的。他把伟大的文学家或优秀的作家比喻成九头鸟。"我以为各种文体均如铁笼，笼着一群群称为'作家'或者'诗人'的呆鸟。大家都在笼子里飞，比着看谁飞得花哨，偶有不慎冲撞了笼子的，还要遭到笑骂呢。有一天，一只九头鸟用力撞了一下笼子，把笼内的空间扩大了，大家就在扩大了的笼子里飞。又有一天，一群九头鸟把笼子冲破了，但它们依然无法飞入蓝天，不过飞进了一个更大的笼子而已。四言诗、五言诗、七言诗、自由诗、唐传奇、宋话本、元杂剧、明小说。新的文体形成，非朝夕之功，一旦形成，总要稳定很长的时期，总有它的规范——笼子。九头鸟们不断地冲撞笼着它扩展着它，但在未冲破笼子之前，总要在笼子里飞。这里边也许有马克思的辩证法吧。"②莫言在汽车上观览湖南的山水，看到的是峥嵘狞砺的自然，"大自然犹如一匹沉睡的猛兽"。他渴望那种朴野的人生，怀想着强悍、绚烂的楚文化。从骑马人的马，他想起了"白马非马"说："哲学教科书上说公孙龙子是个诡辩者，'白马非马'说也不值钱。我却于这些教科书背后，见公孙龙子两眼望着苍天，傲岸而坐，天坠大石于面前，目不眨动。'白马非马'就是'白马非马'，管他犯了什么逻辑错误，仅仅这个很出格的命题，不就伟大的可以了吗？几十年来，我们习惯用一种简化了的辩证法来解释世界，得出的结论貌似公允，实则含有很多的诡辩因素，文学上的公式化、简单化，恐怕与此不无关系吧。我认为一个作家就应该有种'白马非马'的精神，敢于立论就好。"③其实，从英国哲学家休谟的怀疑主义观点出发，这种"白马非马"的观点未必是错的。在休谟看来，人们对于世界的感觉、认识都是互不关联的，没有什么必然的因果关系。我们只是用心理力量将这些互不关联的因素连接了起来，并加以系统化。站在后现代主义的立场上看，"白马非马"并无错处。它就是不把个别纳入整体，拒绝本质的概括。紧接着，莫言由"白马非马"意识到"骑马非马"。真正的马，是庄

---

① 莫言：《食草家族》，226 页，上海，上海文艺出版社，2009。
② 莫言：《马蹄》，见《会唱歌的墙》，133 页，北京，作家出版社，2005。
③ 莫言：《马蹄》，见《会唱歌的墙》，137 页，北京，作家出版社，2005。

子的自然之马。"《庄子·马蹄》篇曰：'马，蹄可以践霜雪，毛可以御风寒，吃草饮水，跷足而陆，此马之真性也。虽有义台、路寝，无所用之。及至伯乐曰："我善治马。"烧之，剔之，刻之，络之，连之以羁，编之以栈，马之死者十二三矣；饥之，渴之，驰之，骤之，整之，齐之，前有橛饰之患，而后有鞭策之威，而马之死者已过半矣。'马本来逍遥于天地之间，饥食芳草，渴饮甘泉，风餐露宿，自得其乐，在无拘无束中，方为真马，方不失马之本性，方有龙腾虎跃之气，徐悲鸿笔下的马少有缰绳嚼铁，想必也是因此吧。可是人在马嘴里塞进铁链，马背上压上鞍鞴，怒之加以鞭笞，爱之饲以香豆，恩威并重，软硬兼施，马虽然膘肥体壮，何如当初之骨销形立也。"[1]

三

在最宽泛的意义上，叙事可以分为两大类型：一种是理性叙事，另一种是生命叙事。前者以"正确"为原则，诸如政治正确、历史正确、文化正确、伦理正确，认为万事万物都可以构成秩序、因果的思维方式。它是一种近似于西方古典主义文学或文化的叙事风格，是尼采所说的日神阿波罗精神的呈现，或中国传统的"文以载道"的叙事风格，也是老子"天网恢恢，疏而不漏"的那个"道"。按照庄子的说法，则是"游方之内"。后者以"自由"为原则，是站在叙事者高度上的自我认同、自我肯定。它是怀疑主义的，能从前者所说的"正确"中看到破绽、漏洞，在阳光下发现阴影和深渊。正如老子所说："大道废有仁义。"它相信"自然"，相信模仿"自然"远远大于模仿"人文"，在文化、文明之外有更广大、更丰富的领域。这是老子所说的那个"天地不仁，以万物为刍狗"的"道"，庄子所说的那种"游方之外"。它是"言志"的叙事，是尼采所说的酒神叙事以及西方文学所说的非理性叙事。这种关于生命叙事与理性叙事的区分，和周作人关于文学的"载道"与"言志"的类型划分非常接近。由此，我们可以说中国传统的儒家文化和文学是理性叙事，而道家是生命叙事。

再进一步，我们可以在生命叙事中分出两种类型：一种是柔性的，另一种是刚性的或魔性的。柔性生命叙事是通常人们所说的道家的叙事：婴儿状态、隐逸、心斋、坐忘、超脱、闲适等，以及由此形成的田园山水文化倾向。它包括孔子所赞赏的"颜回乐趣""曾点之志"，包括大部分晚明文人的心态和他们的小品文。它怀疑、嘲讽乃至抨击"道学"，追求童心、性灵，不拘一格，率性而为，将自我自生自发的情感、趣味置于"道学"之上。它通过将普通的日常生活、零碎的感悟、田园山水诗意化，达到一种自由

---

[1]　莫言：《马蹄》，见《会唱歌的墙》，137～138 页，北京，作家出版社，2005。

自在、宁静淡泊的人生境界和审美境界。这种倾向在西方浪漫主义潮流中也有比较明显的迹象。英国湖畔诗派的田园精神、海德格尔的"诗意栖居"等，大体属于这种审美境界。这种柔性生命叙事并不是没有一点锋芒和棱角，也带有一定的"狂"气。但是，它们"狂"度有限，或适可而止，终究趋向静谧、和谐、平衡、淡定。这正如周作人在审视自我的时候说自己身上有"两个鬼"："流氓鬼"与"绅士鬼"。这"两个鬼"几乎能达到自然的平衡。当"流氓鬼"过于放肆的时候，"绅士鬼"会立即站出来制止他。应该说，这类作家、哲学家清楚地看到了世界和人生的无限荒凉、悲剧和自我生命的有限性。周作人说，人生的终点就是死。人就如同一个被押送刑场的罪犯，只能希望押送的车子慢一点，以便看看沿路的景色，听听别人的议论，尽量地享受一路上的苦和乐。这和鲁迅的"过客"几乎完全一样，但是，周作人采取的态度是淡定下来。于是，他坐在树荫下，以平和的心态面向世界、人生。这种柔性生命叙事的激动、凌厉大体上不会离树荫太远。魔性叙事则带有强烈的激情、坚定的意志和强劲的力量，是激情怀疑主义。面对世界的无限荒凉、混乱，它不是淡定、超脱，而是热血沸腾；不是坐在树荫下，而是冲进世界，与之近身对抗、搏斗。它带有猛烈的挑战性、进攻性，拜伦等摩罗诗人、尼采的酒神叙事可谓这种魔性叙事的一个高峰。很显然，虽然都追求自由，柔性生命叙事与魔性叙事蕴含的自由精神是有很大区别的。这就难怪鲁迅在 20 世纪 30 年代将林语堂的小品文称为"小摆设"。

应该特别注意的是，在中国文学传统中，柔性生命叙事非常发达。它在五四新文学革命之后也获得了比较充分的发展。周作人是这种柔性生命叙事的现代开创者和奠基者。废名在小说方面追求的正是周作人小品文的境界。梁遇春的小品文比周作人、废名的活泼灵动些，但基本上同属一路。林语堂"幽默闲适"的小品文可谓周作人小品文风格的一种变化。20 世纪 30 年代的"京派"是柔性生命叙事的高峰。沈从文的小说代表着它的广度和高度。沈从文当然并不单纯。在回味、认同"湘西"的时候，他也热衷于湘西狂野、彪悍的乡民，抨击现代人、城市人的孱弱无力和虚伪。但是，他这方面的能力并不突出，没有据此创作出足以和《边城》并肩的作品。《边城》的风格是典型的沈从文风格。《边城》以爱情冲突为骨架，但是这种冲突并没有被尖锐化，而是被控制在一定范围之内，没有出现一个男人出走，为了爱情而刀枪相见的局面。它是陶渊明田园情感的发展、提升和壮大。沈从文作品的最大价值在于以小说的方式将古代的山水田园审美境界置于新文学之中。整个"京派"的文学趣味，大体上都被这种柔性格调所浸染。后来的孙犁可以算作这种柔性生命叙事的变异。他的政治选择很明确，却并不制造激烈的矛盾冲突，只是点到为止。他笔下的乡土生活凸显出一种田园诗的意味。即使是在 20 世纪 80 年代，类似境界也总能首先获得文坛的普遍认可。例如，"文化大革命"刚刚结束不久，汪曾祺就以《受戒》《大淖记事》这种沈从文式的境界出现在文坛上，而且很快获得了普遍的认同。史铁生的《遥远的清平湾》、张承志的《绿夜》基本上属于沈从文传统的复活，后来张炜的《九月寓言》大体也算这种风格的延续和变形。新时期初期也确实产生了海明威的《老人与海》式的硬汉精神，如梁晓声的《这是一片神奇的土地》、邓刚的《迷人的海》等。"自然"变得阔大雄浑，人也变得强悍有力，却没有海明威式的虚无。奔放不羁的"自然"外在于人，没有进入人性、人心内部，人仍是简化的主体。

相比之下，莫言、鲁迅的这种魔性叙事并不多见。我们总是习惯于在树荫下、书斋里、普通的日常生活中品味一种无伤大雅的如潺潺流水的小自由，无力消受危险的悬崖峭壁和峥嵘的高山峻岭，无法承受长江大河般的大自由。看似超脱、宁静的背后是否存在巨大的自我压抑呢？我的回答是肯定的。这和中国传统社会专制主义的压制具有密切关系。老子、庄子等原始道家其实并没有那么超脱、宁静。庄子言辞犀利，情感充沛，嬉笑怒骂，但他的这一面在流传过程中被不断弱化，最终变成了一味求静，甚至变成了退休心态和休息文化。五四时期，鲁迅提出"个人的自大"，以对抗"合群的自大"。这种"个人的自大"实际上就是早期拜伦、尼采式的个性主义精神，是"精神界战士"的个人主观主义精神。从中国的传统来说，鲁迅在道家文化的河水中掀起惊涛骇浪，填入嶙峋的礁石，莫言则让这条河气势磅礴，宽阔浩渺。这是非常值得珍惜的。傲视一切，从传统秩序、现实规范和众人的习惯中摆脱出来，并对这些有形无形的规矩给以猛烈的挑战，这种自由精神无疑最大限度地拓展了自由的空间，提升了自由的质量，使自由更具现代性。现代性的自由不仅仅是普通自由主义的那种有节制的、有规矩的自由，不仅仅是洛克的那种自由，也包括拜伦、尼采的那种自由，那种傲视一切、无法无天的自由。它不仅有哈贝马斯的自由，也有福柯的自由。

英国哲学家罗素在《西方哲学史》的绪论中认为，从公元前600年到现在，哲学可以大致分成两大类型：一种类型是追求"社会团结"（希望加强社会约束），另一种类型是渴求"个人自由"（希望放松社会约束）。他认为，"社会团结"与"个人自由"就如同科学与宗教一样，在整个西方历史中始终处于冲突或不安的妥协状态。古代基本上是希望加强社会约束的倾向占据主导地位，而在宗教改革（摧毁了基督教大一统）和文艺复兴之后，希望放松社会约束的思想不断发展、壮大。虽然在艺术方面，文艺复兴还是崇尚整齐有序，但是在思想方面将混乱无序的非理性释放了出来。新教是个人的自我肯定，在个人与上帝之间取消了教会权威。自笛卡尔之后，一直到德国的康德、费希特等人，追求个人自由的主观主义思想迅速成长。18世纪末兴起的浪漫主义是这种个人主观主义的巨大潮流。它跨越了理性限制，敢于挑战理性，并释放出人的激情、意志和邪恶。作为英国人，罗素对近代以来的主观个人主义怀着警惕的态度。他虽然不喜欢拜伦，但还是把他写进了自己梳理的哲学史。因为他知道拜伦的巨大影响力，更知道这种个人主观主义具有巨大的创造力。他以折中妥协、平衡稳妥的自由主义思想对其进行了总结。这两种不同的叙事类型在后现代主义者利奥塔那里被置换成宏达叙事与个人叙事之间的区别，在结构主义那里则被置换为结构主义与解构主义之间的区别。本质主义与反本质主义之间的区别同理。从福柯的角度看，魔性叙事所呈现的自由是一种更有价值的自由。

（原载《文艺争鸣》2016 年第 4 期）

故乡朋友圈

——莫言家世考证之八

程光炜

    莫言在故乡山东高密长大，二十一岁离开故乡去当兵。他在黄县、保定和延庆待了八年，在北京待了三十一年。北京是他生活得时间最长的一座城市。莫言的"北京朋友圈"显然也是一篇文章题目，但我这里只写他不为人知的"故乡朋友圈"。这个圈子中有他熟悉的朋友，有文学崇拜者，也有探亲时结识的新交，可谓三教九流，鱼龙混杂，因此，且容我对庞杂的材料稍做裁剪。本文仅限于与莫言文学活动有关的人士和极少知心友人，资料源于《莫言研究》这本当地人办的非公开发行的杂志。

一、 友人张世家

    张世家，男，1954 年生于高密县河崖公社公婆庙村，长莫言一岁。高中毕业。公婆庙村与莫言所在的平安村相隔三公里。两人原先并不认识，1973 年，张世家到县第五棉油加工厂当抬大篓子的临时工，与莫言结为终生挚友。1976 年，他到河崖公社党委写材料，兼做通讯报道员。20 世纪 80 年代中期，张世家辞职，到高密县城关的民企南关采暖设备厂做政工科长，后来独闯商海，经多年打拼，成为高密著名企业、纳税大户天达药业有限公司的董事长。2010 年，张世家因病去世。莫言大哥管谟贤评价说："世家和莫言是好朋友，是知己。"莫言在高密的另一好友是王玉清。① 莫言写过《故乡的药》《天达

---

    ① 参见管谟贤的《预言成真慰英灵——亡友张世家三年祭》。据说，莫言在高密最要好的朋友除张世家外，还有曾经县第五棉油加工厂的同事王玉清。笔者查询有关史料，并未找到关于王玉清的太多记录，在此暂时搁置。还有一个现象值得注意，就是莫言在本村似乎没有什么好友，不知是何缘故。

怪人》和《高密奇人》三篇文章记述张世家。论性格，莫言内向，张世家外向。张世家认为，他们都是乡村的"叛逆者"，并能把"自己的全部缺点暴露出来"。这两个重要相似点，是他们成为无话不说的知心朋友的主要原因。① 他们两人关系之真率坦白，体现在评价对方的文章中。莫言笔下的张世家惟妙惟肖：

> 1983年春节期间，我回高密东北乡探亲时，曾经跟张世家喝过一次酒。那时我已经在省市级刊物上发表了大大小小的十几篇作品，虽然口头上不说，心里边还是沾沾自喜的。那时张世家还在乡政府当他的报道员，在高密东北乡的地盘上也算个名人。我去找他喝酒，有探望当年的棉花加工厂老工友的意思，也有到他面前卖弄一番、讨回些面子的意思……张世家在高密东北乡当报道员时有个外号叫张tao，我不知道这个字该怎样写，只好用拼音代替。这个字的意思在我们那儿就是胡吹瞎说的意思，但又不是指撒谎造谣。这个字所指的行为还多少有一点可爱，老人说小孩子信口开河就是tao。叫张世家张tao，主要是指他干的工作就是tao的工作……
>
> 我们在一起喝着高粱酒。我自吹自擂把发表过的作品一篇篇地说给他听。他嘴里对我连声称赞，但脸上分明是不屑一顾的神情。我知道他的心里根本不服我的气。果然，酒至半酣，醉意遮着脸，他大声说："算了，伙计，你那些作品我都看过。什么呀，根本就不行，咱们高密东北乡有那么多素材，你为什么不写，偏要去写那些不熟悉的事？什么海岛、什么湖泊，你到过吗？"
>
> 我不服气地说："我们这里有什么好写的？我不是不想写，是我想来想去也想不出有什么好写的。"
>
> 他说："为什么不写写公婆庙大屠杀？"②

---

① 参见张世家：《我与莫言》，载《莫言研究》，2006(1)。关于张世家的史料比王玉清的多。一方面，张世家热爱文学，当过通讯报道员和秘书，有书写能力；另一方面，这也缘于他的性格比较外向。

② 莫言：《红高粱与张世家》，载《莫言研究》，2006(1)。莫言此文可能写于张世家经商之后，有帮助朋友的企业做宣传的动机。经商如果不与相关部门发生联系，不在本地产生影响，有时候可能举步维艰。这在人情社会是众人皆知的道理。已成著名作家的莫言频频发表文章谈张氏企业，自然会事半功倍，起到一定的宣传作用。他的文章写得巧妙，既帮了忙，也流露出内心对张世家的真实看法，妙趣横生，可以被当作文学回忆录。莫言写道："写了《红高粱》之后，在张世家的引领下，我跟县里的头头脑脑开始接触，然后才有了《高密之光》《高密之星》《高密之梦》等文。从某种意义上看，这些文章也是tao文，但在当时，对宣传高密、提高高密的知名度，应该说是起了很大的作用。北京的一些朋友说我好像《人民日报》是你们《高密县报》似的！的确，《人民日报》在一年多点的时间内，用三个整版，连续发表关于高密县的报告文学，这是空前的。是不是绝后的，我就不好说了。当然随着形势的发展，我那三篇文章里提到的人物，有的已经被时代洪流淘汰，有的还在继续弄潮。按说，这也是正常的，我似乎也没有必要过多自责。"（高密现已撤县设市。——编者注）

张世家是公婆庙村人。1943 年 3 月，游击队在孙家口村大桥埋上连环铁耙，伏击了日军的汽车队，打死日兵四十多人，包括少将中冈弥高。几天后，日军大队人马赶来报复，因被指错方向，错误包围了公婆庙。日军屠杀群众一百零三人，整个公婆庙村被夷为平地。这就是小说《红高粱》的素材来源。莫言当时感觉这个故事并不精彩，但印象很深。"几年后，我考进了解放军艺术学院，正好赶上纪念抗日战争胜利四十周年，张世家村子里发生过、张世家亲口给我讲述过的兄弟爷们打鬼子的故事就猛然撞响了我的灵感之钟。只用了一个星期，我就写出了初稿。""《红高粱》的发表，实事求是地说在当时的文坛引起了很大的轰动，我的知名度也大大提高。"①

莫言对张世家的评价至为诚恳："这种处处替别人着想、永远以善意待人、信任别人、忠于朋友的处事态度，在张世家身上表现得很突出。这也是高密东北乡人的天性。我跟张世家几十年的友谊就建立在这个基础上。"接着，他为读者勾勒了张世家世故兼天真的形象：

> 张艺谋的《红高粱》剧组到高密拍摄时，我找到当时已在南关采暖设备厂担任政工科长的张世家，让他找了一辆车，陪着我回了一趟高密东北乡。我们找到了孙家口村的党支部书记，让他动员农民，把为剧组种的高粱好好管理一下，施施肥、浇浇水什么的。当时天气大旱，那些高粱长得很差，与我小说里所描写的相差甚远。张世家对那个书记说：你小子别一头钻到钱眼儿里，把眼光放长远点，这部电影，肯定会在国际上得大奖。电影得了大奖，我们高密东北乡得到的声誉是无论多少金钱也买不到的！从支部书记家出来，天就下起了雨，张世家仰脸看着天，比我还要高兴。他说：下吧，下吧，下大雨，长高粱，拍电影。②

张世家也是直言评价莫言的，认为天时、地利与人和的综合因素成就了这位杰出的作家。那时莫言在厂里是工作比抬大篓子轻松点的司磅员，相当沉默寡言。这可能是他觉得前途暗淡没有出路的缘故：

> 我深信，苦难的童年是莫言成为作家的第一所大学。冲出去，玩一把，出人头地，谁不想？1976 年，莫言如愿以偿，报名四年，体检四年，终于当了兵。时年，

---

① 莫言：《红高粱与张世家》，载《莫言研究》，2006(1)。莫言毕竟是作家，对自己的作品有清醒的认识。他说："是不是可以说没有张世家就没有《红高粱》呢？我想还是不能这样说。但我必须承认，1983 年春节期间，我们哥俩在乡政府大院 tao 办里喝那次酒，埋下了颗红高粱的种子。《红高粱》是我写的，但高粱种子是张世家帮我种下的。"

② 莫言：《红高粱与张世家》，载《莫言研究》，2006(1)。

莫言二十一岁，把1955年生人改成了1956年生人。要不，他这辈子就穿不上军装了。凭直感，我认为莫言如果当初当不了兵，离不开家乡，一直待在这里，他的童年再苦也成不了作家。

张世家承认自己胸无城府，莫言也直率地告诉他自己不想当官。真实是他们两个人共同的心理特征："我这嘴没遮没拦，喜欢胡说八道，语言尖酸，在故乡是有名的。"

莫言在报告文学《高密之光》里，曾几笔勾画出他这位故乡朋友的形象："瘦如猿猴，一双锐利的眼睛深深嵌在眼窝里，嘴里两排漆黑的被含氟水毒害了的牙齿，能说能写能喝酒能吸烟邋邋遢遢不洗衣服有济公风度挺可爱的。"莫言还有画龙点睛的伏笔："语言尖酸刻薄，靠老天爷给洗衣服。"

张世家感慨说："够了！莫言老弟把我赤裸裸地插到《人民日报》上，放在阳光下。文章发表后，不少朋友为此事找我：'你叫莫言丑化到家了。'我说：'知我者莫言，几笔见精神，我感谢莫言。'"①

管谟贤回忆说，他1987年3月调回高密，莫言与张世家去车站接站。之后又是张世家和高方明在招待所和南关设宴接风。张世家把管谟贤也当成大哥，把朋友莫言的事当自己的事来办，真正是那种有古道侠肠之风的好人。莫言经常回乡看望父母、大哥、二哥和姐姐，估计张世家宴请兄弟两人的次数不少。莫言自然也会回请。这样看来，两人交往的故事应该很多。一些逸闻趣事自然颇有文学史料价值，有待有心者细心搜集整理，适当在学术杂志上逐渐披露，供大家欣赏，供研究者引用和继续研究。张世家去世三年后，管谟贤《预言成真慰英灵》一文纪念他，历历往事不禁流于笔端：

> 到了九十年代初，世家白手起家，创建了天达药业。莫言为了支持世家，先后在《青年思想家》发表了《故乡的药》《天达怪人》《高密奇人》三篇文章……
>
> 世家是喜爱文学的，热衷于文学事业。我曾说他是"身在商海，心系文坛"。他爱莫言，爱莫言的小说。1987年，当山东大学的贺立华和山东师范大学的杨守森（高密老乡）来高密筹办召开全国第一次莫言作品研讨会时，是世家介绍他俩与时任

---

① 张世家：《我与莫言》，载《莫言研究》，2006(1)。在谈到与莫言的缘分时，张世家说："莫言小我一岁，属羊，1955年生于河崖镇平安村；我属马，1954年生于河崖镇公婆庙村。平安村—公婆庙，两村相隔六华里。我俩是喝同一条河的水长大的。那条河曲曲弯弯，从上游一直流到莫言家屋后。我家的屋前，每年夏秋时节，洪水滔滔，浪涛澎湃。这里，童年留给我俩深刻的印象是洪水和饥饿。莫言的短篇小说《枯河》和中篇成名作《透明的红萝卜》，写的故乡的河流就是这条河。这条河的名字叫'胶河'。他家屋前还有一条河叫'墨水河'，我家屋后也有一条河叫'郭杨河'。儿时的高密东北乡应该说是水族们的乐园。为了活命，我们的祖先只好在这里种红高粱。我们的童年苦不堪言。"

县委宣传部部长的孙惠斌同志认识的。后研讨会才得以成功举办。那时，世家就预言，总有一天莫言会得诺贝尔文学奖。世家是全县、全国、全世界第一个预言莫言能得诺贝尔奖的预言家。爱之深则思之切，思之切则结想成梦，梦即预言。

世家先前曾有几个梦。除了办好天达公司外，他还要打造"高密东北乡红高粱文化旅游系列景点"，要翻建我们老家的旧屋，要建一个"红高粱影视基地"专门拍摄由莫言作品改编的电影和电视剧。第一个就要把《红高粱》改编成电视连续剧……

世家说，什么大栏乡，河崖镇，咱那个地方，就改名叫"高密东北乡"！也不管它是乡级镇级，还是县级，我就叫"高密东北乡"，保管世界扬名，招商引资方便！

如今，我可以对世家说：世家，我的好兄弟，咱兄弟莫言的小说《蛙》已在2011年获得了国内最高文学奖茅盾文学奖。2012年，诺贝尔文学奖真的颁给了莫言！你二十多年前的预言已经实现了。百年诺奖，中国本土第一人！莫言圆了中国人的一个文学梦！①

管谟贤接着在文章中写道："三年来，我常梦见他。每次都是他擎着酒杯对我说：'大哥，等莫言得了诺贝尔，我们唱他三天大戏，大摆宴席，喝他个一醉方休！'每当此时，我总会想起世家临终前的样子：已经步履艰难，气喘连连，连楼梯都走不动了，还坚持到公司上班，还坚持为各方人士开会。已经住院了，还坚持用颤抖的双手在捐献南关天坛路26号'莫言旧居'的文书上签字。在医院里，身上插着管子，还坚持读完了莫言刚刚发表的小说《蛙》……"

二、 小友毛维杰

我2014年10月在高密开会时，见到了把整套《莫言研究》（9本）快递给我的毛维杰先生。他四十来岁。之所以说他是莫言的"小友"，是因为两人的年龄差异。作为高密莫

---

① 节选自管谟贤的《预言成真慰英灵——亡友张世家三年祭》。在该文中，作者还补充道："众所周知，世家和莫言是好朋友，是知己。世家的老家公婆庙（现名东风村）离我们家仅八里路。一条胶河从我们村后流到他家村前。二人都是喝一条河里的水长大的农村孩子。20世纪70年代初，二人同在河崖棉花加工厂当临时工。后来莫言当了兵，世家成了人民公社的通讯报导员。他还专门写过文章《万笔清的会计》，表扬我的老父亲。莫言写《红高粱》就是受了世家讲述的'公婆庙惨案'的启发。再后来，世家到了南关，开始在南关采暖设备厂当政工科长。是世家引领莫言认识了当时著名的农民企业家王建章和高方明，莫言这才写了《高密之光》《高密之星》《高密之梦》三篇报告文学，让高密第一次在《人民日报》上大扬其名。也就是在此时，我认识了张世家。那是1987年3月，我从湖南调回高密，是世家和莫言到火车站接的我们，是世家和高方明先生在招待所和南关为我们设宴接风。20世纪90年代初，世家白手起家，创建了天达药业。莫言为了支持世家，先后在《青年思想家》发表了《故乡的药》《天达怪人》《高密奇人》等三篇文章。"

言文学馆的创办人和《莫言研究》这份杂志的责任编辑，我私下猜想这种称呼应该是适宜的。毛维杰师范毕业后被分到莫言所在的村庄教书，与管家兄弟结缘。2006 年后，受筹委会委托，他陪管谟贤先生四上北京，征询莫言创办高密莫言研究会和莫言文学馆的意见，并撰《大音希声——北京之行访莫言》，记述了与莫言的交往。① 他回忆道：

> 2006 年 5 月 14 日，我和莫言的大哥管谟贤先生受筹委会之托，奔赴北京征求莫言的意见。下午三点多钟，我们出了北京站。谟贤先生个子高，步子迈得不太快，但挺出路。我在他身后，背着一个特别准备的硕大旅行包紧追不舍。北京的太阳挺烈的，气温比老家高密高多了，我们都汗润润的。跨过车站北边的一条塞满车流的大街，我们打的直奔莫言早已预订好的位于地安门西大街的齐鲁饭店。

他在文中还忆及 1984 年 7 月被分配到莫言所在的村子教书的往事。学校正对着北边的胡同，胡同北头东侧就是莫言家。笔者推算，他应该是 20 世纪 60 年代中期生人。他说，当时莫言只是个在外当兵的不引人注意的青年人。1985 年，他在《作品与争鸣》上读到莫言的小说《透明的红萝卜》，以及军艺学员与徐怀中老师的对话《有追求才有特色》。"我当时的第一感觉就是这个作者是我们家乡人"，"字里行间散发着家乡乡土的气息"。他小说中"抑郁的忧伤，凄美的氛围，越轨的笔致"和空灵的感觉"深深打动了我"。但他没料到二十多年后，会与莫言有近距离的接触。毛维杰在文章中说：

> 我们在齐鲁饭店安顿好，莫言问询的电话就打过来了，像是心有灵犀。随后我们步行沿地安门西大街向西而行，走出去大约四里地，就到了一条向北的"护仓胡同"。胡同很窄，仅仅能并行两辆轿车。沿胡同向北走不多远，便看到一个向东开

---

① 毛维杰：《大音希声——北京之行访莫言》，载《莫言研究》，2006（1）。据管谟贤说，自己曾"四上北京"。作为高密莫言研究会秘书长的毛维杰，因有更多事宜，如征求莫言手稿、书籍和书信等展览材料，"六上北京"，饱受舟船之苦。据管谟贤回忆，他与毛维杰的"四上北京"分别是在 2006 年 5 月中旬、2007 年秋天、2008 年 11 月和 2009 年 8 月 28 日。在我接触的当代作家的材料中，上述叙述可能是最为有趣的。这与两位叙述者与作家亲近的关系有关，但也不能否认他们文字表达的顺畅细密，记述的翔实周全，为读者留下了弥足珍贵的文献史料。我阅读同类史料，最喜欢的就是周作人的《知堂回想录》中记述鲁迅家世、为人性情的那些文字。它们不仅史料价值很大，而且不妨碍文字好看好读，可作为好文章欣赏。为便于读者查阅，我把毛维杰文中对自己的介绍抄录如下："我和莫言的交往，还是在二十多年前。1984 年 7 月，我师范毕业被分配到莫言的村子里教学。到了第二年，我在《作品与争鸣》中读到了他的《透明的红萝卜》及解放军艺术学院学员们和徐怀中老师的对话《有追求才有特色》。我当时的第一感觉就是这个作者是我们家乡人，他熟悉家乡的田野，家乡的河流，家乡的风情，字里行间散发着家乡乡土的气息。他小说中抑郁的忧伤，凄美的氛围，越轨的笔致，超然的想象，空灵神奇的感觉，深深地打动我。其实，莫言就住在我们中学门口正对着北边的胡同里，住在胡同北头东侧靠胶河最近的低矮古旧的老房子里。当时他只是个在外当兵的不引人注意的青年人。"

的大门。大门在周围都是四合院的古建筑中很显眼，门口处有一个站岗的军人。显然，这里是军人的住处。过大门向里，是一个写着毛体字"为人民服务"的照壁墙。墙后就是一幢红砖建成的朴素的五层楼，莫言就住在此楼。正欲敲门，里面的门早已打开了，全家人正等着我俩的到来。

听说是高密要成立莫言研究会，莫言婉言谢绝。在大哥和毛维杰的一再坚持下，加上说是家乡父老的想法，莫言才在一张打印纸上写下了给研究会的寄语。上面写道："得知故乡成立莫言研究会，心中惶恐。我只是一个普通的小说作者，所写小说，多是依据故乡素材，所用语言也以高密人日常语言为基础。"莫言又写："我成为作家，纯属偶然。故乡人中，才华横溢者比比皆是。他们如果执笔，成就都应在我之上。"这当然是自谦之词。毛维杰记得，闲谈中莫言从书房抱出一摞书法作品放在躺椅上，一张张让大哥提意见。在他的印象中，莫言在护仓胡同的家很简陋，客厅西面墙上挂着莫言的字幅，靠东窗是一张方桌，北侧是条椅，莫言夫妇坐在上面陪客。晚饭是在胡同口的京味饭馆吃的。管谟贤、毛维杰、莫言及妻女五人在大厅就餐。当时饭店人很多，很嘈杂。吃完饭，莫言说什么也不让他们结账。莫言的赠书，那个大旅行包根本放不下：

> 莫言妻子又找了一个浅蓝色的包。书很沉，我说打的回去吧，莫言不同意，下了楼。他和妻子从车棚里每人推出一辆旧自行车，将装了书的包放在车的后座上，推着出了大门。我们先沿着小巷迂回地向东走了一段，后又向南上了大街。我接过莫言的自行车跟在莫言妻子的后面，莫言跟大哥边走边谈。在数不清的汽车灯光的交织穿梭中，我们步行在地安门西大街上。望着莫言的背影，我反复思忖，这就是在中国当代文坛上跃马驰骋的莫言吗？朴素的衣着，简单的话语，纯真的乡情。

见外姓人为管家事如此辛苦，过意不去的管谟贤补叙道：装有莫言近百册赠书的"这两大包书可把毛维杰同志累苦了，下火车只好扛在肩上，提在手里。书又重，一会儿就大汗淋漓了"[1]。他的这篇题为《莫言文学馆创建回想》的文章，也是对毛维杰与莫言因事交逸事的补充。他说，第二次赴北京是2007年秋。位于高密一中校园的莫言文学

---

[1] 管谟贤：《莫言研究馆创建回想》，载《莫言研究——莫言文学馆专辑》，2009(5)。这一期也是《莫言研究》总第五期。作者在本文中披露，当初家人对建馆并不热心。80多岁的老父亲知道后并不同意，说："人家大江健三郎世界上什么大奖都拿了，还到咱这穷地方过年，这么谦虚。"他让谟贤告诉谟业（莫言）"千万要谦虚谨慎"。文中还说，陕西和浙江为贾平凹、余秋雨建文学馆，网上都有人反对，"我们何必招惹是非"。谈到修旧居时，父亲也说过不要修。可知，这个家庭一向有谨慎的家风。

馆已经动工，"研究会派我和维杰同志进京征求莫言和李希贵同志的意见，同时向莫言征集展品和商量找人题写馆名的问题。我们又一次来到莫言家里，莫言已经将几百册书籍、手稿及获奖证书若干件准备好。恰好中国现代文学馆的人也来征集此类物品，莫言只好说：'对不起，我大哥和家乡人来了。这次不能给你们了。'""当希贵同志听说莫言把许多珍贵的物品献了出来时，一再叮嘱毛维杰同志，回去要买保险箱，把这些珍贵物品保管好。""第三次去是 2008 年 11 月。这次去主要是到莫言家拉书。莫言在家里整理了好几天，堆了上千册书刊。车到后，莫言夫妇帮我们装车，装得满满的。""回来却不顺利，因为走济南方向，一上京沪高速就堵车。我们早上很早离开北京，12 点才到天津静海。到达济南时，天已经黑透了，人也极疲劳，只好住下。"第四次去北京，莫言把香港公开大学发给他的博士服和大量光碟、音像资料及各种证书都捐了出来，装了满满一车。"回来时，我和维杰只好坐火车。"

与张世家相比，毛维杰与莫言是工作上的关系，并非相熟相知。但是他和管谟贤的记述，侧面反映了莫言对家乡及亲友的感情。这份难得的材料是人们了解莫言与高密的千百个故事的缩影。

三、 莫言与当地文学爱好者

直到 1997 年，莫言才与妻女团圆，使她们落户北京。也就是说，从 1979 年 7 月 10 日与杜芹兰结婚到 1995 年，夫妻俩一直分居北京和高密两地。在保定、延庆和军艺时期，莫言都是暑假、寒假往返家乡探亲，看望父母；到中国人民解放军原总参谋部及至后来很多年，他会在春节回乡。这就使他与当地众多文学爱好者结缘，还与有些人成为朋友。许多人都著文回忆拜访和与莫言交往的情形。

张毅说他最早听说莫言是 1982 年。作家当时还是籍籍无名的军人，春节回乡探亲时常住在高密军人接待站，由此与在军人接待站工作的诗人柳建明相识并交好。张毅见到莫言本人，已是 1986 年秋天：

> 当时高密县政府举办了一个《红高粱》小说讲座，地点是一家由旧澡堂改成的招待所。那座只有二层楼的招待所破旧不堪。那时的莫言还很青涩，脸庞圆圆的、皮肤白白的，很像某个农村生产队的会计。莫言当年在讲座上讲的话大都记不清了，但有一句话我永生难忘。他说：如果你想写一块石头，你就要把这块石头写尽、写死，让别人再也不敢写石头了。

第二年秋，张艺谋执导的电影《红高粱》热映后，张毅印象很深的是：

　　高密这个相对封闭的小县城突然热闹了起来，大街上经常驶过一些外地牌照的汽车，车屁股后面歪歪扭扭写一行字：九九青杀口。当时这个名字挺吓人的，因为距离 1983 年治理社会秩序的那场"严打"运动刚过没几年。我的同学和朋友都面带疑色地向我说起这个饱含杀气的名字。那天高密下了一场大雨，我在位于人民大街的高密招待所门口，终于发现了一辆写有"九九青杀口"的面包车。汽车"吱啦"一声在离我不远处停下了，车上下来一群"土匪"样子的人：他们一律剃着光头，提着当年流行的"半头砖"录音机，喇叭里飘出邓丽君软绵绵的歌声。他们旁若无人地在大街上晃来晃去。路过的人不由得停下脚步，远远看着这群"土匪"模样的人。①

　　1986 年在沈阳当兵、后转业到高密环保局的小说作者李大伟，对本地文学界朋友与莫言来往的故事了如指掌。② 他回忆说，1991 年春节刚过的正月十五，听说亲戚要请莫言家宴，便主动要求去接莫言：

---

　　① 张毅：《小时的放牛娃成就了属于中国人的诺奖》，载《青岛早报》，2012-10-26。张毅是高密人，青岛诗人，1982 年与朋友发起成立"圈圈"诗社。通过张毅的记述，我们可知当时全国成立文学社团和诗社的风气也蔓延到了高密这座小城。因这个缘故，家乡朋友把当时写小说的莫言也当作文友，于是才有柳建明热情接待回乡探亲的莫言的逸事。在文学史上，作家成名前与人交往的故事也许比成名后的价值更高，因为我们从中可知作家真实的性情，可知作家以平实坦然的态度与同乡友人交际的心理活动。这对进一步研究作家完整的现实世界和文学世界来说是有意义的参照。

　　② 李大伟《莫言先生为我三荐稿》一文对莫言与高密文学圈关系的记述十分详细。"据我所知，20 世纪八九十年代，趁莫言先生回乡省亲和创作之际，前往他大栏老家和南关新家拜访或求得指导看稿的文学同仁若干，比老师年龄大年龄小的都有。政府官员及礼节性拜访求见的不说，莫言先生入伍前的文朋好友张世家、王玉清等也不必赘言，单说文学老中青年就比比皆是。计有 80 年代初就刊发《山东文学》头题的王一恒老师；上过《小说月报》稿的明连君老师；过世的南关村的王先生；时在宣传部任职的尚希魁（尚可），他同先生相处较多，发表的评说《红高粱》的文章可谓研究莫言先生的富矿。还有魏修良先生，莫言老师曾为其新著《杂花生树》题名。诗人李丹平多次上门求教，莫言先生曾题下'桐花万里丹山路'鼓励之。诗人柳建明当时在军人接待站工作，1982 年莫言先生回乡探家，就是建明接待的。寂寂冬夜，二人谈家乡谈文学，十分投机。建明感觉出此人极其了得，比当时他们小诗社圈子中人高出一大截，便告知了后来小有名气的诗圈中人邵春生、张毅、高健等。不过，那时候大家只知道有个姓管的军人，文学功底十分厉害。后来，他们都拜访过先生。官天强更是踏破了南关管家门槛。他自持自己的姓少了一个'竹'字头，便想攀上本家，连习作的题材、情节、语气、句式都一律模仿莫言先生《红高粱》的文风气势，虽东施效颦，也几可乱真。最可以的是，天强跟踪莫言老师的文章书讯行踪，一旦新发小说便千方百计求得，先睹为快，胜于餐寝。有些章句，竟至背诵。年轻些的，牧文、孙英杰、丁元忠都是胶河农场干部子弟，算是东北乡人，更是频频拜访先生，寻求文学成功良方。"和所有拜访过莫言的作者一样，李大伟也对管家那条凶猛的大狗尤感恐惧。他还写道："所有去过的人都感受过先生渊博的学识、平易近人的作风、孜孜以求的创作态度和为人为文朴素的风气。如果换上老棉袄，先生和东北乡的农家汉子并无二致。"这篇文章见于《莫言研究》2008 年总第四期。

那天下午我穿着制服，记得十分庄重地给莫言先生敬了个礼。他笑笑，看了看我的服装标识说，不用敬礼，咱俩一样的军衔嘛。一句话，解除了我的拘束心理……

是夜，我们在亲戚家吃饭。那些年，不兴在外边。喝酒用的是小盅。酒是高度酒，菜是家常菜。亲戚当时是高密有名的"四小名劝"，先生就喝了六七两的样子。落座的有崇尚文学的官员。先生开始言语甚少，渐渐喝多，说国内外形势大好，海湾战争美帝国主义打赢了，还说等有机会要乘一下高速歼击机。

胃口奇好，眯着眼嚼咕，不怎么看人。说是比八六年在军艺时胖了三十斤。那时是拼命写，写死拉倒的劲头。

夜阑酒散，送先生回家，嘱我多写短篇，挥手告别。①

李大伟有记日记的习惯，这篇文章提到的日记详细记述了他从 1991 年到 1994 年频繁拜访莫言的情形。他向人讲莫言为他的小说"三荐稿"的逸事："此后，我期待小说变

---

① 李大伟：《与莫言先生二三事》，载《莫言研究》，2007(3)。这一期是总第三期。这本地方性的杂志原本每年出一期，但 2007 年出版了两期，分别为"2007 年第一期（总第二期）"和"2007 年第二期（总第三期）"。或许是由于稿源丰富，安排不下，因此增加了一期。也或许是由于其他原因，我们不得而知。文中所记述的莫言的家，是他在县城南关买的四合院。作者对这个小院内部的情形记叙得颇为详细："当时莫言先生的家在南关天坛路北首。四间正房，东西两厢，配一小院。门开东南面，厕设西南角，院前有甬道，房后有后园。庭中小树三四株，春韭一两畦，压水井一眼……居家过日子的基本设施一应俱全，庭院拾掇得靠拢靠棱。不过，上述物件我当时无法看清细数，倒不是见'大腕'级的作家激动得心跳，而是被蹿出的一条大狗吓慌了神。关于这条狗，多年以后，我在若干篇文章中都看到过。恐怕在高密访过莫言的人，大都领教过它的厉害。也正因为它是莫言家的一条狗，才得以在死了若干年后，还不断被人提起。狗也有幸。在南关的数年中，它度过了辉煌的岁月，忠实的狗眼见证了许许多多如我一样惊慌失措的文学青年、新闻工作者、政府官员以及碧眼金发的外国人。之所以许多人在文章中都毫无例外地提到它，是因这条有性格的狗给我们留下了共同的印象，可供我们对它进行集体回忆。这似乎陷入了一个较为滑稽的怪圈。只要在高密南关拜访莫言先生，你就绕不过这条狗。我混到能和莫言女儿笑笑一样逗这只摇尾巴不咬人，是一年以后的事了。"这个"人与狗"的故事，也出现在莫言的文章中，不妨抄下来以供欣赏："五年前（笔者按：1987 年前后），我妻子和女儿进县城居住。为了安全，也是为了添点动静热闹，我从朋友家要了一条刚出生不久的小狗。它的妈妈是条种狼犬，仅存一点狼的形象而已，绝不是与狼交配而生的。我把这小东西抱回来时，它可爱极了，一身茸茸毛，走路还跌跌撞撞的。它脑门子很高，看起来很有智慧。我女儿喜欢得不得了，竟然省出奶粉来喂它。我回了北京后，女儿来信说小狗渐渐长大，越来越不可爱了。它性情凶猛且口味高贵，把我妻子饲养的小油鸡吃掉不少。为了小鸡们的安全，只好在它脖子上拴上了铁链，从此它就失去了自由。"又说："所有来过我家的人，都惊叹这条瘦狗的凶恶，都说从来没见过这般歇斯底里的狗。""所有来我家的人都贴着墙根、胆战心惊地溜走。我每次都大声吆呼着迎送客人，生怕它挣脱了锁链。"但是，"据女儿说，有好几次狗挣开了，她和爷爷躲在屋子里不敢出来，一直等到她妈妈回来。说也怪，这条狗几乎对谁都龇牙，唯有对我妻子，确实异常地顺驯，一见她就摇尾俯身"。有一次，狗咬伤了县委宣传部一个给莫言送稿子的小伙子，从此"恶名"远扬，以至于和笑笑一起做作业和看书的同学的家长不敢再让孩子们去莫言家了。后来，这只狗被莫言妻子厂里的同事带走打死了，因为连莫言也被它咬伤了，为此还到县防疫站打过疫苗。

成铅字，荣登军刊。然而一晃一年过去了，没有音讯。1992年春，就在我以为此事黄了的时候，莫言老师来信，大意是说：'够发表水平不假，得排队等着，编辑已经答应给上。'这给我吃了一颗定心丸。1993年第六期，《老马轶事》终于上了《解放军文艺》。""第三篇先生给推荐的是《天路》，也就是先生给《老人与枪》作序言，使用的文章标题《天路行者》中的'天路'。说的是一个农家子弟曲曲折折由新兵入伍到飞上蓝天，成为一名优秀飞行员的故事。这一篇，先生较肯定，1992年夏天推荐给了《昆仑》杂志。"①

由于较频繁接触莫言，李大伟得以近距离地观察他。1994年春节前夕，莫言为奔母丧逗留高密。年后李大伟去南关拜访作家，只见"家中静悄悄的有些清冷，先生正在东屋看书。互相问了，说些过年的话。他见我木讷着，就问我，高密有没有基督教会，活动场所在哪里"。李大伟一一告知。于是，他和莫言约好下个星期天去教堂。他记得：

> 那是雪后的一个星期天，太阳朗朗地照，天气嘎嘎地冷。当时我也还没有转业，两人都穿了便装。我说要个车，先生不同意。他骑的是一辆"大金鹿"自行车，在雪地上行走很泼实、稳当。那车，确实如先生所嘉褒，"除了铃铛不响，浑身都响"。一路呵气如霜，人冻得很精神地来到教堂。我预先打了招呼，听说国家级的大作家要来看看，我母亲和执事们早在门口候着，飘着白胡子的牧师也热情洋溢地迎接。见教堂太小，很多信徒都在院子中，莫言就跟大家一起在外面听道。那天气温较低，莫言先生穿了件半大皮衣，扎一粗花呢格子围巾。稀疏头发盖不住顶的头上——他的硕大额头是众所周知的——没戴帽子，硬是坐在马扎上，直到布道完毕。先生神态肃穆，态度很认真。

一年后，得知莫言带有宗教意味的长篇小说《丰乳肥臀》发表，李大伟猜想与这次教堂之行颇有关系。②

一夫记得1990年夏日一个午后去见莫言的情形："先生很和蔼，丝毫没有我想象中的大家的架子。淡淡的话语像五月的清风拂面，让人感到亲切。先生没有聊高深的话题，只是边翻我的文稿，边问我一些生活和工作情况。""又过了几天，到先生处。先生拿出我的文稿，鼓励了一番。临走前嘱咐，回去改一改，誊出来，再给我，我找个刊物给推荐推荐。"③尚可说，他是1986年秋在全县小说作者讲座上见到莫言的。日子久了，

---

① 节选自李大伟的《莫言先生为我三荐稿》。李大伟还补充道，初次见面时，莫言没有架子，态度"温文敦厚平易近人"。

② 参见李大伟：《无神论者做弥撒》，载《莫言研究》，2006(1)。

③ 一夫：《温暖》，载《莫言研究》，2008(4)。这一期也是总第四期。

他感觉"莫言回到高密，似乎不是一位作家，而是一位活动家。党政负责人、工厂企业家、同事同学、亲朋好友，都企望与之同席共饮"。但他又发现，回乡写作的作家的生活是另一番情景。一次，尚可去大栏供销社莫言借来写作的房子看他，从他的神态中意识到他还没从作品中走出来。"屋里摆设简单，一张桌子上铺着一大叠稿纸，端庄秀丽的字迹还没写满最后那张纸。莫言的写作没有底稿，一稿落成就发。""在一张木床上有一卷简单的铺盖和一些杂乱的书籍，床底下放有钙奶饼干、罐头、水果之类的吃食。""'你在这里写，也在这里睡，这里吃?'我问。'有时候写到深夜，有时候是通宵，就糊弄着吃点，睡点。'"①这让尚可颇为感动。

莫言与家乡文学圈交往数十年的故事，估计远不止《莫言研究》发表的这些文章所记述的。他与社会各界各类人物的交往想必更丰富更复杂，可惜这座文献的富矿需要开发许多年后才能露出地平线。对经典作家历史文献的整理、分类和学术研究就是这样。这篇文章的价值也许不在论断，而在材料事实的搜集、充实和补正。它的重要性在于，莫言与著名作家批评家"北京文学圈"的交往史很容易通过公开杂志加以整理，但这属于地上文献库。在我看来，家乡这个地下文献库是对地上文献库最好的、最有价值的补充扩容。因为一个人身份再显赫，回乡探亲时，也得在故乡村子外三十里下马，谨小慎微，遵守家乡长幼有序的习俗礼制。"故乡朋友圈"正是照见作家莫言真实性情的一面镜子。于他这个人，于他的小说，这面镜子不啻是一个"人文互证"的理想的角度。

2015.3.9草于亚运村

（原载《南方文坛》2016年第3期）

---

① 尚可：《他要冲出高粱地——与莫言交往侧记》，载《莫言研究》，2008(4)。

莫言小说"类书场"的建构与异变

张相宽

莫言从来不讳言自己的创作曾经受到西方文学的影响，但是在众声喧哗、乱花迷眼的新时期，莫言拥有强大的自我，很快认清并调整了自己的创作方向。他以当代说书人的姿态宣布向传统回归，向古典致敬。他说："我把说书人当成我的祖师爷。我继承着的是说书人的传统。"①"我就是一个说书人，一个跟那些在过去的集市上，手拿竹板或鸳鸯板'耍贫嘴'混饭吃的人，没有本质的区别。"②当然，这种回归，不是一成不变地回到传统说书的老路，而是在借鉴西方创作经验的前提下汲取中国传统的叙事智慧。在他的小说中，我们既能够看到"类书场"的重建，也能够看到"类书场"的异变。正是这种"异变"使莫言的创作充满十足的现代性，但也因此使得一些读者甚至评论家疑窦丛生，认为莫言的创作与传统说书相距太远。笔者希望通过本文的论述拨开重重迷雾，将莫言小说中的说书特点比较清晰地展示出来。

一、 叙述分层和叙述者说书身份的建立

莫言的小说大都含有多个叙述层次。叙述者层次的存在以及叙述者层次的情景化、具体化和闲谈风格遮蔽了叙述者所叙故事层次的说书特征。

叙述分层较早是由热奈特提出的。他说："我们给层次区别下的定义是：叙事讲述的任何事件都处于一个故事层，下面紧接着产生该叙事的叙述行为所处的故事层。"又

---

① 莫言：《用耳朵阅读》，144 页，北京，作家出版社，2012。
② 莫言：《作为老百姓写作：访谈对话集》，364 页，深圳，海天出版社，2007。

说："从定义上来讲，第一叙事的叙事主体是故事外主体，而第二叙事（元故事）则为故事主体。"①这个所谓"定义"只是指出了叙述分层的事实，并没有为如何分层提供明确的依据。其"故事外主体"和"故事主体"的说法倒是很清晰，也比较容易理解，对于我们理解叙述层次有很大的帮助。但是在莫言的小说中，"故事外主体"也有自己的故事，这时我们就不方便使用这种层次分类了。凯南提出："一个人物的行动是叙述的对象，可是这个人物也可以反过来叙述另一个故事。在他讲的故事里，当然还可以有另一个人物叙述另外一个故事，如此类推，以致无限。这些故事中的故事就形成了层次，按照这些层次，每个内部的叙述故事都从属于使它得以存在的那个外围的叙述故事。"②按照他的说法，如果故事中的人物再讲述故事，则"故事"与"故事中的故事"会形成不同的叙述层。这就提出了叙述层的高低以及区分不同叙述层次的根据，即"叙述者"。但凯南认为，不同层次的包容与被包容的关系在分析某些具体作品时不太合适。有时不同叙述层既有联系，也可能有较强的独立性，每个叙述层都有自己独立的叙述者和故事。其实，任何小说中的人物都有可能讲故事，最为关键的是人物和人物所讲的故事是否有结构上的意义，并且这种结构是否形成该小说的重要特点。不然，这样的叙述分层就缺乏分析的意义。

略萨关于"叙述者占据的空间与叙事空间之间的关系"③的空间视角理论给了笔者更大的启发。笔者打算将莫言的小说主要划分为叙述者层次和叙述者所叙故事层次。尽管这样看起来有失简洁。之所以不用故事层次取代叙述者所叙故事层次，是因为莫言的叙述者也有自己的故事，和传统说书中千篇一律的模式化的叙述者有根本区别。之所以不用框架理论和所谓"大故事套小故事"的理论，是因为用这种大小关系的包围结构来分析两个既相互分离又联系密切的层次关系不太理想。当然，叙述者所叙故事中可能还有新的叙述者叙述故事，从而产生更小的叙述层。我们先将莫言的小说分为两层来分析，这样做可以揭示出莫言说书的秘密和最大的特点，更小的叙述层次亦不辩自明。

我们可以用叙述者层次和叙述者所叙故事层次来分析莫言比较复杂的长篇小说《酒国》。《酒国》是莫言比较得意和充满探索精神的作品。这部现代性十足的作品说书特色亦无比明显。从叙述分层上看，《酒国》比《生死疲劳》复杂，比《十三步》简单。这部小说的叙述者层是"莫言"（小说中的莫言）和文学爱好者李一斗的书信往来，最终二人在酒国市猿酒节上会面。叙述者所叙故事层分别是"莫言"正在创作的小说《酒国》和李一斗随信寄送的九篇小说。在叙述者层，文学爱好者李一斗仰慕作家"莫言"的大名，希望能拜在

---

① ［法］热拉尔·热奈特：《叙事话语 新叙事话语》，159 页，北京，中国社会科学出版社，1990。
② ［以色列］里蒙-凯南：《虚构叙事作品》，164 页，北京，生活·读书·新知三联书店，1989。
③ ［秘鲁］马里奥·巴尔加斯·略萨：《给青年小说家的信》，49 页，上海，上海译文出版社，2004。

"莫言"门下从事小说写作。他给"莫言"写了九封信，每封信都附带了一篇小说。李一斗在信中表达了自己对"莫言"的敬仰之情，大赞"莫言"的创作成就，同时诉说自己对文学的热爱，对小说写作的体会，并希望"莫言"推荐发表自己的小说。"莫言"在回信中分析评价李一斗的小说创作，将李一斗的小说推荐到《国民文学》杂志，可惜一篇也未能发表。最后，"莫言"采纳李一斗的建议，为余一尺撰写自传，并应邀到酒国市参加猿酒节。

我们重点分析叙述者所叙故事层次，尤其是李一斗所写的九篇小说。这九篇小说的叙述者是李一斗。我们的观点是，叙述者李一斗的叙述姿态是传统说书人的叙述姿态，其身份可谓传统说书人。理由是李一斗在小说中的说书口吻、说书的程式化套语的运用、说书结构的仿拟、叙述者在叙述时如说书人般跳进跳出、传统说书人的指点干预和评论干预，对传统说书中"有诗为证"的化用等。以《驴街》的开头为例：

> 亲爱的朋友们，不久前你们曾读过我的《酒精》、《肉孩》、《神童》，现在，请允许我把新作《驴街》献给你们，请多多原谅，请多多关照。以上这些夹七杂八的话，按照文学批评家的看法，绝对不允许它们进入小说去破坏小说的统一和完美，但因为我是一个研究酒的博士，天天看酒、闻酒、喝酒，与酒拥抱与酒接吻与酒摩肩擦背，连呼吸的空气都饱含着乙醇。我具有了酒的品格酒的性情。什么叫熏陶？这就是。酒把我熏得神魂颠倒，无法循规蹈矩。酒的品格是放浪不羁；酒的性情是信口开河。①

这段话正如传统说书的"入话"。说书场上的说书行为是面向听众的表演，一句"亲爱的朋友们"开始了说书人与"听众"的交流，而下面的议论交代正如说书的开场白，为"正话"奠定了风格基础，其语言也呈传统说书的"如丸走板，如水建瓴"②的滔滔之势。

同样是《驴街》中的一段话：

> 读者看官，你们也许要骂：你这人好生啰嗦，不领我们去酒店喝酒，却让我们在驴街转磨。你们骂得好骂得妙骂得一针见血，咱快马加鞭，大步流星，恕我就不一一对大家介绍驴街两侧的字号，固然每个字号都有掌故，固然每家店铺都有故事，固然每家店铺都有自己的绝招，我也只好忍痛不讲了。现在让我们把驴街两侧那些定眼望着我们的驴子们抛在一旁，直奔我们的目标。目标有大有小，我们的大

---

① 莫言：《酒国》，142～143页，北京，作家出版社，2012。

② （元）夏庭芝：《青楼集笺注》，孙崇涛、徐宏图笺注，151页，北京，中国戏剧出版社，1990。

目标是奔向"各尽所能，按需分配"的共产主义社会，我们的小目标是奔向坐落在驴街尽头、门口有一株碗口粗老石榴的"一尺酒店"。为什么叫做"一尺酒店"呢？请听我慢慢道来。①

在小说的行文中，"正话"部分一直都保持着叙述者的说书口吻，说书人与听众的沟通一如开始，语言恣肆不羁，无拘无束，并随时以说书人的身份打断故事的进程跳出来议论，这些正是传统说书的重要特征。

传统说书的另外一个特征是有说有唱，韵散结合。孙楷第认为，说书即"以故事敷衍说唱"②。说书的这种特点渊源于唐时盛行于庙宇内的俗讲变文。僧侣在讲经（或者经外故事）时，往往"唱经之后继以解说，解说之后继以吟词，吟词之后又为唱经。如是回环往复，以迄终卷"③。而唐时俗讲又影响了宋元说话艺术，当时的说话伎艺是讲唱结合的，清时出现了分化，有的说唱结合，有的以散说为主。现在我们所听到的评书即以说讲为主。即便如此，传统说书里的诗赞词赋在现代说书描写景物、刻画人物或者渲染打斗场面、抒发感情时也是必不可少的。这种说唱形式的变体在《酒国》里也得到了体现，比如对美酒"云雨大曲"的赞美。"有诗曰"：

　　娘娘庙里久藏春，井水留香化为云。到底美人颜色好，造成佳酿迷煞人。
　　水为衣裳云做容，一丝不挂醉刘伶。饮罢云雨何须梦，胜过巫山一段情。
　　一杯云雨穿喉过，万般风景现世来。此酒只应天上有，人间哪得几次尝？④

这里的"有诗曰"正是传统说书在评论事件、人物或描写景物时"有诗为证"的用法。莫言的其他小说对俗谚、民谣和戏曲的频繁使用也体现出他对传统说书中诗赞词赋用法的汲取，只是方法更为多样。

我们已简要分析了《酒国》的叙述者层和叙述者所叙故事层，现在再来看两个叙述层之间的关系：交错进展，巧妙评论。虽然名为叙述者层，但叙述者亦有自己的故事，有自己的进展线索，和传统说书中模式化的不讲自己故事的说书人截然不同。在整部小说的结构上，我们看到两个叙述层是交错前行的。整部小说共十章，前九章每一章四节，分别是叙述者的信件来往和两者的小说创作，只是顺序有时稍有出入。在小说的最后一

① 莫言：《酒国》，147 页，北京，作家出版社，2012。
② 孙楷第：《沧州集》，67 页，北京，中华书局，2009。
③ 孙楷第：《沧州集》，6 页，北京，中华书局，2009。
④ 莫言：《酒国》，323～324 页，北京，作家出版社，2012。

章，这两层貌似混合了，讲故事的人和故事中的人物握手言欢，但其实不然，我们应该单纯视之为叙述者层次的故事。《酒国》的叙述层的交错较为分明，整部小说的结构基本比较明朗。与《酒国》相比，《十三步》的叙述层的交错极度频繁，毫无规律。因此，这部小说鲜有人能够读懂。值得注意的是，除却最后一章，莫言小说中的叙述层交错和平时我们所说的叙述跨层有着本质上的不同。叙述层交错只是不同叙述层交替进行，叙述层并没有混融到一起；叙述跨层是两个不同的叙述层面有融合的地方，其中一个层面的人物进入另一个叙述层，比如《红楼梦》中的空空道人进入宝玉故事层。

"叙述分层经常能使上叙述层次变成一种评论手段。这样的评论，比一般的叙述评论自然得多。"①《酒国》中"莫言"和李一斗在书信中对文坛现状、创作方法，特别是酒国市炮制婴儿宴的腐败残暴等进行了精彩透辟的评论。而这样尖锐的批判如果不采用精妙的叙事结构，只能带来哗众取宠之感。莫言正是采用这种叙事分层，让小说中的人物去评论人物所讲述的腐败现象，拉大了作者和故事的距离。这既达到了社会批判的效果，同时又让读者体会到小说无穷的艺术魅力。

通过以上分析，我们看到莫言小说的说书技巧集中到叙述者所叙故事层面上，而且说书特点极为明显。当然，我们不能说叙述者层与说书特点无关，只是和叙述者所叙故事层相比暗淡多了。莫言小说中叙事分层这一障眼法会让我们在平时阅读小说时由于关注叙述者层，或者被叙述者层分了心，无形中忽略叙述者所叙故事的说书特征，而两个层面的交错进展也进一步减弱了这一特征。这正是莫言的创新之处。他借鉴传统而突破传统，创作出了新型的叙述结构。

对莫言的其他小说，我们也可以用叙述分层的方法来分析。例如，《四十一炮》的叙述者层是罗小通在五通神庙对大和尚讲述故事及当时的所见所闻，叙述者所叙故事层是罗小通给大和尚讲述的故事。《生死疲劳》的叙述者层是大头儿蓝千岁和蓝解放的庭院闲谈，叙述者所叙故事层是他们各自讲述的故事（小说的最后一部分加入了新的叙述者"莫言"及其讲述的故事）。《十三步》的叙述者层是笼中人和"我们"的交流，叙述者所叙故事层主要是笼中人所讲述的故事。《蛙》的叙述者层是剧作家蝌蚪和杉谷义人的通信，叙述者所叙故事层是蝌蚪在信件附件中讲述的故事。《食草家族》中的《玫瑰玫瑰香气扑鼻》的叙事者层是小老舅舅和大外甥在晒太阳时的交流，叙述者所叙故事层是小老舅舅给大外甥讲述的故事。《藏宝图》的叙述者层是几个人在饺子馆吃饭时的情景，叙述者所叙故事层是这些人讲述的故事。《扫帚星》的叙述者层是采访情景，叙述者所叙故事层是采访对象讲述的故事。莫言的其他作品在叙事分层方面大都可以做如此分析。在这些作品中，

---

① 赵毅衡：《当说者被说的时候：比较叙述学导论》，77 页，北京，中国人民大学出版社，1998。

我们能够看到叙述者以说书人的身份和口吻讲述故事，能够看到他们随时跳出故事评论分析、褒贬人物，能够看到叙述者在叙述故事时的指点干预等具有说书者鲜明特点的叙述动作。可以说，莫言的小说无论在叙述口吻还是在叙事肌理上，都具有鲜明的说书特点。

莫言也有一些不采用叙事分层的"直接"说书的小说，这重点表现在一些中短篇小说上，如《红耳朵》《我们的七叔》《三十年前的一次长跑比赛》《良医》《茂腔与戏迷》《天花乱坠》等。这些小说的共同特点是叙述者"我"直接以说书人的身份讲述故事。它们往往结构简洁，也更能体现出说书特点，此处不再赘述。

二、 "同故事"个性化的叙述者/ 说书人

莫言小说中的叙述者以说书人的身份讲述故事，但是与传统说书人有着根本不同。这体现在说书人和所讲述故事的关系以及说书人的个性化上。

传统说书人是位于故事之外、凌驾于故事之上的叙述者。我们习惯上认为古典白话小说里的说书人是用第三人称，以全知口吻讲述一个与己无关的故事的，也就是"异故事"。其实，这里的第三人称的说法有待商榷。我们可以从郑振铎貌似矛盾的说法中看出这一问题。郑振铎有时认为说书人"讲的时候用第一身称或第二身称，以对话或讲演方式讲"(《几部词集》)，有时又认为说书是"第三身称的讲话"[《中国小说八讲(提纲)》]。笔者认为，产生这种矛盾看法的原因是说书人和故事之间关系的改变，也就是人们常说的"跳进跳出"。当传统说书人跳出故事进行评论，或与周围听众交流，自称"说书的"时，采用的是第一人称；称呼"看官"时，采用的是第二人称；称呼故事中的人物时，采用的是第三人称。由于程式化的存在，我们往往忽略了说书人的自称，而只关注他讲述故事时使用的人称，也就是第三人称。无论如何，传统说书人是站在故事之外讲述故事的。他虽然时时中断故事，发表对故事的评论，但他本人无法介入故事之内，参与故事的进展。所以，我们有时会看到像"若是说话的同年生，并肩长，拦腰抱住，把臂拖回，也不见得受这般灾悔! 却教刘官人死得不如:《五代史》李存孝，《汉书》中彭越"[①]的句子。这些话正说明了说书人只能置身于故事之外。这种传统说书的程式化话语，只能表达说书人对故事中人事的感慨和看法，他本人是不能干扰故事中人物的行为的，也无法替故事中的人物消灾解难。不过，这种跳进跳出、一人多角的表演给说书人的讲述带来了方便。

莫言小说中的说书人讲述的是自己的或与自己有关的故事，是"同故事"。莫言小说

---

① （明)冯梦龙:《醒世恒言》，511 页，天津，天津古籍出版社，2004。

中的说书人本人就是故事中的一个人物，采用的也是第一人称叙述。他既是叙述者层的一个人物，又是自己所叙故事层的一个人物。他有时是主角，有时是配角，有时只是一个旁观者、知情者。在讲述故事时，莫言小说中的说书人既在故事之外，又在故事之中。在故事之外，叙述者可以随意中断故事进行指点干预或者评论干预，这就赋予叙述者和传统说书人同样的控制权力。在故事之内，叙述者讲述的是自己的故事，从而获得了比传统说书人大的天然的叙述权力——没有人比自己更了解自己。所以，当我们看到莫言小说中的叙述者泥沙俱下、煞有介事地讲述着故事时，完全不必大惊小怪。以《四十一炮》中罗小通的讲述为例：

> 为了争取到拜他为师的机会，在他面前，滔滔不绝地讲述我的经历。
>
> 尽管人们叫我"炮孩子"，但那是过去，现在，我对您说的句句都是实话。
>
> 我想要告诉大家，自从春节给老兰拜年之后，我已经成了老兰家的常客，我自己或是带着妹妹，经常地去老兰家玩耍。
>
> 我说得太远了，这是吃肉的孩子想象力太过发达的缘故，好吧，让我们回来，回到吃肉的赛场上，看看我的对手们的吃相吧。不是我要丑化他们，我是个从小就倡导实事求是的孩子，你们自己看吗，先看我左边的刘胜利。
>
> 都听说了我要和那三个大青年比赛吃肉的事，下班的晚走，上班的早来，聚集了一百多人，围在伙房前，等着看热闹。话说到这里，我又忍不住要分岔，用过去那些说书人的说法就是"花开两朵，各表一枝"。
>
> 有人要问了：你不是说这些肉狗都傻乎乎的吗？怎么一个个都像山林里的狼一样机警呢？是的，刚刚关进来时它们的确傻乎乎的，但关押进栏之后，我们一个星期都想不起喂它们一次，饥饿使它们野性恢复，恢复了野性的同时它们的智慧也得到了恢复。

罗小通信心十足、言之凿凿，但像"炮孩子"似的以信口开河的风格讲述自己的故事。由于罗小通讲述的是自己的故事，这使得他跳进跳出的叙述干预比传统说书更为自然。值得注意的是，在引文中，我们看到叙述者对叙述接受者的称谓偶尔出现了变化。本来罗小通面对大和尚一个人讲述故事，所以我们看到了他对大和尚的称谓为"您"或者"你"，但是有的时候"你"变成了"大家"或者"你们"，第一人称的"我"则变成了"我们"。理论上讲，小说中听故事的人和人数并没有变，那么，对叙述接受者的称谓也不应该有所改变。这是莫言无意的"疏忽"还是有意的"设计"？笔者认为，不管怎么说，这都体现出莫言小说中叙述者的说书惯性。虽然罗小通面对的只是一个听众，但他却在不知不觉中流露出传统说书人面对一大群听众时的说书口吻。

莫言的小说通过叙述者讲述自己的故事，更有可能使读者产生真实性和亲切感，更易于产生共鸣。传统说书既可以靠语言声腔叙事抒情，又可以通过动作表情打动听众，而莫言小说的说书人通过第一人称讲述自己的故事，同样能够自然地达到传统说书人运用诸种表演手段达到的效果。

并不是所有第一人称小说都具有说书特征。我们要将莫言的小说和其他第一人称小说区分开来。白之认为，五四小说与古典白话小说的不同在于叙述者和作者的合一。"一九一七年至一九一九年文学革命之后几年发表的小说最惊人的特点倒不是西式句法，也不是忧郁情调，而是作者化身（authorial persona）的出现。说书人姿态消失了，叙述者与隐含作者合一，而且经常与作者本人合一，这种最佳例是郁达夫：《沉沦》明显是自我剖露，几乎是一个浪漫叛逆者的裸露癖（exhibitionism）式的暴露。"①五四小说，或者说具有现代性的小说与传统小说的主要区别就是叙述者的隐现程度不同。传统说书人在故事中跳进跳出属于半隐半现型的，现代小说则主张并强调叙述者退出小说，保持完全隐身，即现代第三人称小说。当然，我们知道这只是一个理想，因为作者无论怎样保持客观，读者总能在故事中感觉到叙述者声音的存在。现代小说中还出现了另外一种情形，就是叙述者完全现身的第一人称小说，即叙述者和隐含作者合一的小说。并不是说中国古典小说没有第一人称小说，但主要是文言小说，白话小说直至晚清才出现了极为个别的第一人称小说。五四时期的第一人称小说，特别是以郁达夫的小说为代表的所谓"自我抒情小说"，曾经风行一时，堪与文学研究会"为人生"的小说相颉颃。郁达夫的小说与莫言的小说有着根本不同。莫言的第一人称小说具有说书特点，郁达夫的小说则不是。关键不是人称，而是叙述者和故事之间的关系。莫言的小说叙述者既在故事之外，又在故事之内，并且叙述者是以说书人身份讲述自己的故事的。郁达夫小说中的"我"一直在故事之中，只是将自己及自己的故事"展示"出来，叙述者并没有以说书人身份站在故事之外讲述故事。我们在他的小说里也看不到说书口吻。郁达夫的小说是用一台录像机将一个人的生活流程完完全全地录下来并展示出来。这个录像中没有一个置身事外的讲故事的人。莫言的小说是将讲故事的人讲的情景和所讲的故事都录下来，然后原原本本地展示出来。

传统说书人不仅是"异故事"的讲述者，而且本身也是叙述模式下缺乏个性的叙述者、公共道德的代言人。赵毅衡认为："中国白话长篇小说，无一不有程式化的拟书场格局作为超叙述。由于这格局无所不在每篇皆有，我们甚至感觉不到这是个有意安置的超叙述结构，以提供一个人物——说书的——作为叙述者。"②传统说书的超叙述层次是

---

① ［美］西利尔·白之：《白之比较文学论文集》，155 页，长沙，湖南文艺出版社，1987。

② 赵毅衡：《苦恼的叙述者——中国小说的叙述形式与中国文化》，118 页，北京，北京十月文艺出版社，1994。

程式化的，以至于人们熟视无睹。同时，这个叙述层次中的说书人也是程式化的，是无个性的道具性的叙述者。虽然他时时现身以显示自身存在，但常因没有自己的故事和性格而被读者忽略。王德威认为："'说话人'并不是在'一'个作品中占据存在地位的一个独立的人格，而是先于作品而存在，且经常被中国古典小说家所召唤使用的一种叙事成规。"①在话本、拟话本或章回小说中，传统说书人例行公事般地叙述故事，本身并没有独立的个性展示，所持的也是公共认可的、主流所准许的道德观念。莫言的小说则不同。在莫言的小说中，它们的叙述者由于是故事中的人物，如罗小通、蓝解放、蓝千岁、李一斗、蝌蚪等人，所以都有自己独特的人生经历、价值观念，都是个性十足、特色鲜明的叙述者。这使得莫言小说中的说书人与传统的说书人有了很大区别。他们不仅承担着讲述故事的重任，也承担着塑造自身的重任。

传统说书人作为社会公共道德的代言人，是一个与隐含作者道德观一致的可靠的叙述者。但是莫言小说中的叙述者，由于个性十足，由于年龄、人生背景、性格、智力水平上的差异，有时很难让读者信任。比如罗小通，他虽然已是成人，但身上挥之不去的孩子气、"炮孩子"的心态使他的叙述很难获得读者的认可。智力低下的赵小甲的"傻话"更没有说服力。就连在阎王殿义正词严、喊冤抱屈的西门闹的话，也让人感到疑窦重重。正是这些不可靠的说书人使莫言的作品比传统说书体小说变化多端、意蕴深厚。

此外，传统说书体小说中只有一个说书人，莫言的小说中则不同。莫言的小说有的也只有一个叙述者，如《我们的七叔》《天花乱坠》《四十一炮》等，主要由"我"来讲述故事；有的小说，如《生死疲劳》《檀香刑》《藏宝图》等，有多个叙述者。这种拥有多个叙述者的文体外观，也为莫言小说的说书特点罩上了一层纱幕。

三、 "说—听"模式的重建与突破

传统说书是说书人在集市街头、勾栏瓦舍里对听众的说唱表演，由此形成了说书人"说"和广大听众"听"的"说—听"叙事模式。如果莫言的小说只是拥有说书姿态的叙述者，缺少对这种"说—听"模式的重建，那么其说书特征就不能够深入说书的叙事肌理。经过了现代创作观念洗礼的莫言，对这一经典叙述模式做了匠心独运的改变。

先从"说"字说起。莫言的小说充满了"说"字句，比如"我爷爷说""大爷爷说""三爷说""许老头说""父亲说""我岳母说"，更有甚者为"传说里说"这种夸诞的大说特说。莫言小说里的故事都是由这些讲故事的人"说"出来的，但这并不是强调莫言小说故事的来

---

① 王德威：《想像中国的方法：历史·小说·叙事》，82页，北京，生活·读书·新知三联书店，1998。

源,而是在小说文本中直接凸显了"说"这一叙述行为。这种"说"字句的突出正体现了莫言说书意识的自觉和说书姿态的建立,也体现了莫言向民间口述传统汲取创作经验和开发创作资源的写作立场。他的小说经常由"说""话说""却说""听咱家对你慢慢道来"引起下文,以"有话即慢,无话即快,简短截说""闲话少说""一夜晚景不提""这是后话,暂时不提""花开两朵,各表一枝""无巧不成书""书归正传"等程式用语指示干预,有时也煞有介事地用"猛然看见""但见那""只听到"来引出令人惊奇的场景。传统说书用"正是"加诗句来议论的程式在莫言的小说里时有体现,只是形式上更灵活多样。例如:"正是:打开两扇顶门骨,一桶茅台浇下来""可见是'大风刮不了多日,亲人恼不了多时'""这就叫无事胆不能大,有事胆不能小""这就像俗语说的那样:'老虎虽死,威风犹在'",等等。在叙述描写时,莫言的小说从不避讳传统说书中常用的词句,如"自从盘古开天地,三皇五帝到如今""面若傅粉,唇若涂脂""眉如秋黛,目若朗星""急急如丧家之狗,忙忙如漏网之鱼""只恨爷娘少生了两条腿""说时迟,那时快"。"风一程,火一程,不觉来到蛤蟆坑。""钱广二步并作两步走,两步并作一步行,站在窗外,舌头舔破窗户纸,单眼往里这么一瞅,啊咦俺的亲天老爷来!里站着一个奇俊怪俊的大闺女。""老天爷,这一下子可不得了了!只听到……""那真是:冷来好似在冰上卧,热来好似在蒸笼里坐,颤来颤得牙关错,痛来痛得天灵破,好似寒去暑来死去活来真难过。"这种说书程式用语和如水之流的风格在一般小说里是犯忌讳的,但由于莫言的小说无论从精神还是从形式上都是对说书传统的承继和创新,在整体上形成了一个大的"说书场"和说书氛围,这样的语言形式和风格反倒显得水到渠成,自然而然。这也充分体现了莫言小说的说书特征。

莫言小说中不仅有讲故事的人的"说",更有听故事的人的"听",从而与传统说书的"说—听"模式接续起来。莫言的小说都为讲故事的人搭配了听故事的人,而且这些听故事的人和传统说书中听故事的人有所不同。在传统说书中,不仅讲故事的人是一个程式化的说书人,就连听故事的"看官"也是拟想听众,是模式化、工具性的。莫言小说中的叙述者是具体的、形象化的人物——上文已做了论述,听故事的人也是具体的人物,有的甚至形象突出,个性鲜明。由于讲故事的人和听故事的人都是具体的、形象化的人物,这就使得莫言小说中的"说—听"模式和传统说书中的"说—听"模式有了根本区别,由此带来了小说叙事一系列的变化。

由于"说—听"双方都是具体的人物,这就使得说书形式从传统的独白型转变为莫言小说中的对话型,从单向灌输走向双向交流。传统说书中听故事的人(如"列位听众""读者诸君")和讲故事的人(如"说书的""在下"等无名叙述者)一样,是模式化、无个性的代言人。在说书活动中,"说书的"和听众之间的交流是程式化的套路,是由说书的向听众进行单方面的道德训诫。尽管说书人有时会以设问的形式向假想听众提出问题然后自己回答,但听众并未真正参与到故事的讲述中来。所谓"交流",其实是说书人唱的独角戏。莫言小说则不同。莫言的很多小说中的听故事的人都是具体的人物，他们处在共同的叙述者层上，一起推动故事的发展，共同致力于故事的完成。讲故事的人讲述故事，听故事的人在听的过程中随时插话、打岔，或者提出各种问题，或者针对故事和人物发表自己的见解。听故事的人的插话甚至会左右故事的方向和进展，更有甚者，讲故事的人和听故事的人会轮流讲故事，位置互换，互为讲故事的人和听故事的人。有时仅仅是叙事者层的情景展现就很已打动人心，叙述者层本身的故事也和民间风光的描绘、民间朴素感情的渲染结合在一起，使得这一层成为整个故事的一条重要的线索。

莫言小说中"类书场"的说书场合及参与人数也和传统说书有着极大不同。传统说书的场合是广场型，主要是在街头空地或勾栏瓦舍，而莫言小说中的说书场合更具多样性，既有广场型的，也有非广场型的。有的是在一些生产劳动场合，比如田间地头或者富有地域色彩的建筑物里；有的是在日常生活场所，如庭院或者饭馆之类的休闲场所，甚至还有私密如通信的说书场的变体。场合的多样性决定了讲故事和听故事人数，场合和参与人数又决定了叙述者的干预形式以及说书口吻的强弱。这些场合和人们的生活紧密联系，在这里讲故事更让人感到亲切，同时叙述风格也具有了闲谈性。

传统说书是一个说书人面对许多听众讲唱故事，是一对多的单向灌输。莫言小说中的说书人和听书人有一对多的关系，如《麻风的儿子》《檀香刑》等。它们是一个人说，多个人听。但莫言小说中的说书更典型的是一对一的关系，是一个人说，一个人听，如《生死疲劳》《四十一炮》等。张志忠在《关于〈蛙〉的多重缠绕——莫言作品导读》中对比了《蛙》与《生死疲劳》《檀香刑》，提出一个非常有意义的问题："这种讲给一个人的故事和说书人那样讲给大众的故事之间有没有差异？比如说《生死疲劳》就是一种章回体的小说，是一个说书人讲的故事，《檀香刑》是一种戏剧体的故事。戏剧也好，说书人也好，预设的听众或者观众都是一大群人。但是《蛙》是写给一个人看的小说，讲给一个人听的故事，这之间是不是有一些差异，会比较深入地倾诉个人心灵的尴尬和忏悔？这个我没有想好，但是讲给一个人听的故事事实上最后还是用讲给一个人听的方式讲给大家听，这之间会是一种什么样的关系？"[1]一对一的讲述可能"会比较深入地倾诉个人心灵的尴尬和忏悔"的看法无疑是切中肯綮的，因为一对一的讲述，特别是《蛙》的书信体形式，容易形成具有私密性和亲和性的情境。这种氛围无疑有利于抒发叙述者的感情。

要更好地理解莫言小说中一对一或者一对多的叙述特点和传统说书中一对多的叙述

---

[1] 张志忠：《关于〈蛙〉的多重缠绕——莫言作品导读》，载《百家评论》，2013(1)。

特点，我们最好将其和人物的具体化的特点联系起来。在莫言的小说中，无论是一对一讲述的形式还是一对多讲述的形式，都和传统说书的"一对多"讲述的形式不同。由于"说—听"人物的具体化，他们的交流会更加直接自然。莫言的小说会直接由听故事的人提出问题，随时插话打岔。"这是不是真的呢？小老舅舅，外婆生前没明告你，你爹，果真是一个吃青草的男人吗？""马驹为什么要过沼泽？沼泽南边难道没有好草让它吃吗？"讲故事的人对此直接应答，而不像传统说书人那样假定听众提出问题——"有的听众可能会问啦……"，然后回答说"原来如何如何"。同时，由于这是真正的双向交流，双方可以互相探讨一些问题，而不是像传统说书那样由说书人单方面提供答案。传统说书表面上会做出探讨的姿态，但其实还是说书人在自说自话。莫言的"说—听"对象是平等的。莫言小说中说书场的特殊性和闲谈风格有利于人物之间推心置腹，从而有利于读者进入人物的内心世界。而传统说书人是权威，是代言人，没给听众留出交流探讨的余地。在莫言的小说中，即使是一对多的关系，多个听故事的人也可以同时发表对故事的看法。所以莫言的说书无论是一对一的形式还是一对多的形式，都会形成一种众声喧哗、平等交流的局面。同时，这种"说—听"人物的具体化、闲谈风，使指点干预和评论干预变得更自然，更感情化，避免读者在阅读时产生道德训诫的感觉。如赵毅衡所言："叙述干预在五四已经被认为过于强加于人，但由一个人物变成的叙述者做的干预就不至于过于聒噪。"[1]叙述者和叙述接受者的人物化让莫言小说的评论功能得到了自然的淋漓尽致的发挥。

正是对说书传统的汲取使莫言的创作底蕴深厚，气势磅礴。也可以说，正是莫言的创作使说书传统焕发了新的生命，使一个在当代被轻视甚至被遗忘的传统重放光芒。莫言站在大地之上，将民间作为自己的立身之本，无视写作的成规戒律，感觉敏锐，精力充沛，爆发力强，能在较短的时间内完成鸿篇巨制，这些都和传统说书"说收拾寻常有百万套，谈话头动辄是数千回"[2]的风格相契合。莫言的这种创作追求也曾受到严厉的质疑，他总结称"比较集中的意见是说我的小说漫无节制，感觉泛滥"，并坦言"对这些批评和忠告"做了认真的思考，"决心改弦更张"，"有意识地缩小宣泄的闸门、有意识地降低歌唱的调门"，将"猛虎关进笼子"。[3] 我们对莫言的这些话当然不能全信，因为他说这些话的时候是在 20 世纪 90 年代初，而他后来的《四十一炮》《檀香刑》《生死疲劳》等依然汪洋恣肆，泥沙俱下。我们可以认为莫言说的是反话，因为莫言有强大的自我来坚持己

---

① 赵毅衡：《苦恼的叙述者——中国小说的叙述形式与中国文化》，132 页，北京，北京十月文艺出版社，1994。

② （宋）罗烨：《醉翁谈录》，3 页，上海，古典文学出版社，1957。

③ 莫言：《北京秋天下午的我》，366～367 页，深圳，海天出版社，2007。

见。《蛙》的创作好像使人们看到了"改弦更张"的迹象。这种变化有成功的一面，也有不乏缺憾的一面。成功表现在被人们所赞扬的由汪洋恣肆走向了朴素简约，由浑浊粗鄙走向了清澈明净。但是，我们不得不承认这些改变压抑了莫言的想象力，束缚了莫言生死不惧、荤腥不忌的狂欢精神，致使这部作品厚重不足，长度不够。如果顺着《蛙》的路子，莫言也许要向笔记体小说靠拢了，要向汪曾祺致敬了。莫言也说过："汪先生是大才子，我是说书人。说书人要滔滔不绝，每天都要讲的，必须不断讲下去，然后才有饭碗。说书人的传统就是必须要有一种滔滔不绝的气势和叙事的能量，要卖力气。而大才子是风流倜傥，饮酒赋诗，兴趣所至，勾画几笔，即成杰构。"①《蛙》的叙述方式虽然保留了说书的特征，但与莫言以前的作品相比还是"收敛"了不少。莫言的语言曾经受到很多批评，现在的改变也得到了充分肯定，作品的整体成就却又难以达到人们的期望值。看起来，好像莫言怎么样都不对，但曾经也不对的莫言不是照样创作出了令人叹服的《丰乳肥臀》和《生死疲劳》吗？

（原载《中国现代文学研究丛刊》2016 年第 6 期）

---

① 莫言：《莫言对话新录》，224 页，北京，文化艺术出版社，2010。

大地诗学中心灵磁场的核心故事
——莫言小说的生殖叙事

季红真

莫言质朴瑰丽的大地诗学如一个引力强大的心灵磁场，把神话、历史、现实与人生、人性、生死等所有文学的母题，都吸纳进自己丰沛的想象世界中。其中，生殖的叙事是这个心灵磁场的核心故事。从挖出高密东北乡的第一锹土开始，到登上瑞典文学院的授奖台，莫言笔下的传奇几乎都是以生殖为中心辐射出意义的疆域。它有时是显豁的，有时是隐蔽的，并常常处于故事的开端或结尾，一如这个主题是他全部创作的开始与最辉煌的巅峰，而且修辞范围最广，象征意义最复杂丰富。生殖成为莫言创作的一个母题，使广大的意义空间形成立体的宇宙图式，围绕着大地诗学心灵磁场的核心旋转。正是这个母题的反复变奏，使莫言的文学一开始就进入了人类学的意义空间，并因此衔接起人类世世代代的记忆与遗忘、光荣与梦想，以中国的神话方式为人类祈福。

一

莫言是迄今为止，全世界对于生殖主题涉及最多的作家。他目前已出版的著作中，直接涉及生殖的叙事达三十多起。如果加上隐蔽的生殖带来的身世之谜，以及和其他物种互喻性的生殖叙事，以及人兽交合的神话传说，则半百以上。它们和食、性、生、死、爱纠结缠绕，展现人类最基本的人性本能，也描画出农耕民族的种群在现代性劫掠中挣扎、衰败与最后离散的历史图景。

莫言虚构的文学帝国高密东北乡，一开始就以生殖为中心展现原始蛮荒的风景。最先出现这个文学地理标志的作品是短篇小说《秋水》。这篇不足八千字的作品，从"高密东北乡最早的开拓者""我爷爷"八十八岁时的仙逝开始，倒叙转述听来的往事。爷爷带着奶奶因情杀逃亡到当年荒无人烟的大涝洼，开荒捕鱼，后陆续有一些匪种寇族迁来。"自成一方世界"的传说把叙述者的思绪带到家族创世神话的起点，也是一方文化创世的起点。隔开一行，叙述者迅速转回到童年的记忆。爷爷当年最早落脚的"那座莫名其妙的小土山"已经被十八乡的贫下中农搬走了，自然地理也只剩了升高了的洼地、雨水极少的干旱气候与密布的村庄。"十八乡"以数码化的方式取代"东北乡"自然方位的地理指涉，意味着被纳入规划与管理体制，这是社会学范畴的一般问题；匪种寇族与贫下中农的分类则是新的权力结构中基本等级制度的重新划分，这是政治学范畴的问题。这两个范畴涉及中国现代性的基本问题，特别是乡村社会结构的改造与重组。干旱、荒无人烟与村庄密布，是自然与文明的两项对立，也是人口与资源的两项对立，是生态的问题，也是自然史的问题，更是现代性带来的最严重的全球性的环境问题。这些都使这则以"秋水"命名的生殖故事带有神话的指涉意义。

爷爷和奶奶非婚结合的生殖故事与父亲的出生是文明之始，标题的语义文化关联域则使遍及人类的洪水灾难故事被置换到中国文化的语义系统中。创世记的故事以老庄的哲学与美学理念为文化思想的源头。这个命名是莫言对文化史原点的回望，也是他美学理想的开端。他此后所有以高密东北乡承载的生命故事，都是在这个最基本的神话框架中演绎出人意料的传奇，在丰饶自然与质朴人生的原始文化镜像中反衬出现代人的退化、堕落与萎缩，而生殖及其方式一开始就设置出基本的情境与症结。

《秋水》实在是一个大动机包，莫言所有的叙事主题义素都已经包含在这则以生殖为核心故事的创世神话中。最富于莫言风格的电影蒙太奇式闪回与跳跃性联想修辞，以"我爷爷我奶奶……"开始的一整套叙事策略，由民间记忆转述的演述方式，血缘心理的时间形式等，也都由此生成。这篇小说也是一个富于暗示性的开端，"高密东北乡"的所有生命故事都必然要在这一巨大的文化镜像的反衬下，演绎自身多层次的独特伦理意义。作为核心故事的生殖叙事四通八达地勾连起所有故事的义素，发散出莫言表义系统层次丰富的思想光谱。

在爷爷的讲述中，高密东北乡的自然地理状况和村人口口相传的蛮荒景象相呼应。"方圆数十里，一片大涝洼，荒草没膝，水洼子相连，棕兔子红狐狸，斑鸭子白鹭鸶……"作者也突出了原始丰饶的自然生态环境中个体生存的特点："大洼里无官无兵，天高皇帝远……成群的蚊虫、湿草中像水一样流动的幽幽绿光和长大后马蹄大的螃蟹……令人神往神壮，悔不早生六十年。"这篇小说写于1985年，拟真实的叙事人"懂人事的时候"应该是六七岁。从莫言写作的三十岁上溯到记忆的起点，其童年应该是20世纪60年代初。那是一个饥荒的年代。从他出生的20世纪50年代中期，再上溯六十年，则是 1895 年左右，也就是义和团运动之前，现代性还没有侵入的原始农耕文明的时代。① 六十年也是中国农历纪年的一个周期，所谓一个甲子，也就是一次历史的循环。莫言高密东北乡的文学帝国到《生死疲劳》《蛙》的时候，基本已经瓦解。乡村城市化的进程导致了耕地流失，《丰乳肥臀》中上官鲁氏的丧礼是她唯一的儿子上官金童勉强找足帮手后草草完成的。从《秋水》到《蛙》，在社会史的层面上，是这个王国由开疆破土到收缩坍塌的过程。最终的消解是环境的破坏。《红蝗》以飞机喷洒灭蝗农药为高密东北乡的"恶时辰"，一如那位知识渊博的"魔魔道道的青年女专家"所咏叹的"可怜大地鱼虾尽"。自然生态的恶性变异给乡土人生带来毁灭性的灾难。从家族史的角度看，这一过程是由离散到回归再离散的反复重演。最终的离散是家园不复存在，后人流离失所，以各种方式漂泊在新兴的城市里；最终的聚合则是以死亡为终点，永恒地回归大地。自然降生的、大头的世纪婴儿，最终被确认为蓝家的血脉，回归家园；难产而死的母亲庞凤凰也被埋进了蓝家的坟地。一个甲子的循环结构，以家族聚合离散、反复循环的生殖故事，容纳了一个文化种群由勃兴到覆灭的漫长历史过程。莫言的历史叙事一开始就设定了基本的循环模式，动机已经播种在《秋水》的叙述方式中，而且是以现代生态学与遗传学为基础的知识谱系。

爷爷种地，奶奶捕鱼。在即将获得最初的收获——粮食与孩子——的时候，洪水如黄色的马头一样"从四面扑过来"，奶奶的难产则是生命面临的又一重灾难。归根结底，这也是自然的灾害。两性交媾的生殖方式把人牢牢固定在大地上，和其他哺乳类动物的生命延续方式没有差别。作为一个物种，人类的难产也是自然灾害的一部分。从《秋水》开始，灾难与难产成为莫言生殖故事中的基本情境，只是灾难的性质不断发生着变化。这以《丰乳肥臀》最为典型。战争带来的灾难和分娩的困厄是《丰乳肥臀》基本的主题。开篇第一卷，外族入侵的警报和上官鲁氏难产交替演进，这是历史的两个开端。《天堂蒜薹之歌》中的高马因被卷入社会事件而入狱，怀孕的妻子不堪打击上吊自杀，腹中孩子也随之死去。这是社会灾难导致的生殖悲剧，比难产还要恐怖。在《食草家族》之《二姑随后就到》中，二姑的母亲看见她手掌上的蹼膜后晕厥而死，被抛弃与被虐待都是原罪处境的必然，而返祖现象隐喻着的家族"恶时辰"是一个种群的集体宿命。《三十年前的一次长跑比赛》中的著名演员蒋桂英，在被错划右派下放的年月里生了两个血缘不清的孩子。《筑路》中的一对婴儿降生时，父亲被罚劳役，并为生计盗窃。饥饿的母亲近于乞丐，分娩出一对婴儿之后只能自己截断脐带；极端贫困的父亲扔掉女婴，随后陷入疯狂。《红树林》中的卢面团是在讲出身的年代出生的，残疾母亲因出身问题去世。林岚在

---

① 莫言在《丰乳肥臀》中，借助母亲上官鲁氏讲述的高密东北乡的开发史，明确将时间指认为咸丰年间，可见是晚清洋务运动开始之初。参见莫言：《丰乳肥臀》，96 页，北京，作家出版社，2012。

丈夫自杀、自己生下与人私通所怀的儿子不久后，抱着婴儿参加公公的追悼会，很快又被打入监狱。《扫帚星》中的主人公因为在彗星闪过时出生，母亲难产死亡，所以被指认为扫帚星投胎，被家人扔到冰雪中。这是原始信仰的灾难。《蛙》中的中俄混血儿陈鼻则在父亲被划为地主押解回乡之后来世，也是难产。管小跑的妻子王仁美、陈鼻的妻子王胆都是在因为计划外的怀孕被引产时意外身亡的，难产在这个时代演变成引产的困厄。对于重视子嗣的乡土中国来说，这也是社会文化性的灾难。

这一基本的情境使莫言的生殖叙事一开始就和他的历史叙事共生，由此派生出一系列的义素。《丰乳肥臀》亦是典型。上官鲁氏的女儿们几乎都是灾难的产儿。她们源于母亲为给夫家延续香火而借种受孕，意味着被夫家断子绝孙的巨大恐惧笼罩着的母亲的灾难，本身就是屈辱的化身。她们的身体又和各党派的人结合，成为血亲之间的野蛮杀戮的牺牲品，一如司马库所言，"所谓亲戚，其实都是建立在和女人睡觉的基础上"①，也就是建立在生殖开始的伦理秩序中。残酷的党派政治给血缘伦理秩序带来了毁灭性的冲击。把莫言作品中的生殖故事按照历史本事发生的年代顺序排列，就是一部地方特色明显的中国近代史，伦理悲情中遍布身世之谜与人生沉浮、人命危浅的历史涡旋。这使他的历史叙事呈现为高度混乱的粘连与惨烈，混杂如野生树林的参差与蓬勃，最集中地践行着他的文学理想，也从始至终带有着庄子"齐物"的世界观背景，以及哀祭文的功能特征。

二

《秋水》中的祖父因为洪水的天灾与祖母的难产而陷入绝境。"一个彪悍的男子汉"束手无策，只能"眯起鹰隼样的黑眼"，用手支撑着下巴，弯曲着身体，"端的一个穷途英雄"。敢杀人的精壮男人面对自然的灾难与难产的困厄，特别是对深爱的女人分娩苦难的无助，使鲜血和激情显得苍白与虚飘。这是男权文明主体最基本的无奈处境，他们只能困守土山，盲目等待。奇迹出现了，"不知是人是鬼"的被洪水冲过来的紫衣女人居然是医生，而且能以新法助产。祖父自然"以为女人是仙女下凡"，偶然性也因此成为莫言灾难生殖故事的重要情节。几乎所有灾难中的难产都有意外的转机，这些转机又无不和近代中国的文化震动与助产方式的改革相互扭结，成为文化史新旧杂陈、接续更替的典型细节。《丰乳肥臀》中的上官鲁氏的生产过程可谓一波三折。先是婆婆为了省钱请兽医代劳，后又央求仇家孙大姑助产。刚刚接出龙凤胎，还来不及激活他们生命的新状态，

① 莫言：《丰乳肥臀》，52页，北京，作家出版社，2012。以下关于该书的引文皆出自该版本。

侵略者的暴力就迅疾扑来。孙大姑在反抗中惨死，日军医生完成了助产的最后步骤，而照片又被用作宣传王道乐土的资料。文化史和政治史重叠错杂，是非难分泾渭。铁血暴力与文化革新首先在助产方式上夹缠不清，大历史的混乱与斑驳比党派政治的血缘纠葛更复杂。

从《秋水》中的紫衣女人开始，莫言的生殖叙事逐渐形成一个新式助产医生的人物序列。孙大姑是有见识的传奇女性，响马出身，犯事后为逃避官府刑罚而下嫁到高密东北乡的小炉匠家。她有着临危不惧、放弃前嫌、不顾个人安危、挺身而出并且最终舍生取义的侠女性格。她的助产方式和西方的不同。原理或潜在相通，药物却是根据本土物产顺乎天然的物理性加工而成的。这几乎是一个过渡性的人物。从孙大姑到《凌乱战争印象》中的女军医，《司令的女人》中公社卫生院妇产科的王医生，一直到《蛙》中上海医学院毕业、因右派身份被发配来的黄秋雅，她们都是乡村的外来者，也是西式助产方式的文化载体。小说中的乡村妇科医生则几乎是中西医结合的产物。这些医生大都出身乡土，受过新式培训，从《扫帚星》中妓女出身的接生员二曼到《蛙》中的姑姑，都属于这一类型。她们在助产方式上显然做出了除旧布新的特殊贡献，都面临与旧式接生婆的竞争与冲突。相对于拥有西学背景的黄秋雅们，她们的知识构成与乡土文化的信仰相通，要承受更多的精神压力。新式接生员二曼和老式产婆祖母的观念一样，认为先生手的孩子是祸害。在把婴儿拖着胳膊拽出来之后，她赶紧逃走了。根正苗红的姑姑年轻未婚，受训回来以后，接生的第一个孩子居然是地主家中俄混血的婴儿陈鼻，而且是在愤怒殴打驱赶愚昧野蛮的旧式产婆之后开始自己的工作的。这则生殖故事的隐喻义素包括超阶级、超种族、划时代的意味，因此具有中国生育制度史的文化标记性质。从紫衣女人、孙大姑到姑姑，她们都镇静从容而又理智温柔，接近中国古代侠骨柔肠的女英雄理想。这些采用新法接生的妇产医生都没有生育，反倒是以传统药理接生、下嫁给小炉匠的孙大姑生了三个儿子，但都是哑巴。这是否隐喻着她因早年响马生涯中的杀生而受天道惩罚？《白狗秋千架》中的暖，在嫁哑巴后生了三个哑巴孩子，是遗传的原因，孙大姑的孩子之所以是哑巴，显然不是因为遗传。中国古代的侠女们通常都没有关于生育的记载，连著名的四大美人都没有孩子，这或许也隐含着红颜薄命的语义。

莫言写了好几个旧式产婆，而且和主人公都有血缘关系，"祖母"是对她们共同的称谓。婆媳冲突的激烈爆发集中在对异状新生儿文化意蕴的阐释上，天然的母性使她们本能地勇敢对抗愚昧长辈的杀子阴谋。《祖母的门牙》中的祖母要扼杀出生即生着门牙的孙子，认为他是投胎复仇的前世冤家。一向逆来顺受的母亲以母性的本能冲破家族制度的尊卑观念，打了祖母，保住了一条幼小的生命。《扫帚星》中的祖母能通灵野兽，亦医亦巫，几乎是山林文化中集大全的职业妇女。她接生，说媒，主持婚丧仪式。祖母接生的孩子死去过半，简直是职业杀手，但她基本做的是"积德行善的事情"。"死去的孩子都是讨债鬼"的解释则是潜藏在愚昧杀子行为中的原始巫术信仰。就是在开化很早的中原乡村，包办早婚、频繁生产与婴儿的高死亡率也是普遍的现象，正如陕北情歌《十三上定亲十四上迎》所唱："十三上定亲十四上迎，十五上守寡到如今。"①婴儿死亡率之高，主要是因为营养不良与缺医少药等。据对山西某县某村几个时段的调查，婴儿死亡率最低也是 31.2%，最高则达 70.0%。②因为彗星闪过、母亲难产，祖母把出生时先生手的孙子认定是"狗都不吃"的妖孽，并把他扔到了冰雪中。是一只母狼喂养温暖了他，使他免于一死。满族血统的祖父，蒙古族血统、身份近于萨满、精通所有山林文化知识的祖母，是这一则杀子故事最基本的意识形态承担者，也是主使者。愚昧无知的杀子是伴随着旧式助产方式的普遍现象。《蛙》中的姑姑在乡人眼中由"活菩萨"与"送子娘娘"变为"妖魔"，被以天道的名义责问与诅咒："你们造孽啊！""你们不怕遭天谴吗？"在救人危难的现代助产侠女和愚昧杀子的旧式产婆之间，出现了一个迫不得已的中间项——当代乡村妇科医生。她们既是生命创造的帮手，又是生命的扼杀者，正如《司令的女人》中的王医生所言："这辈子好事全让我干了，坏事也全让我干了。"民族集体意识的诅咒成为她们命运的一部分。姑姑在"文化大革命"中被迫害的遭遇、晚年被恐吓、祸及家人、被追杀殴打，都是由于她的职业身份。她在承担着民族集体无奈的同时，也承受着女性身体的空虚、心理的畸变。这使姑姑决绝的性格超越政治的信仰与职业的需要。叙事者蝌蚪说："姑姑对她所从事的事业的忠诚，已经到达疯狂的程度。"③母亲亦说："女人不生孩子，心就变硬了。"这都是职业带来的命运悲剧。相对于完全具有现代大都市知识背景的黄秋雅们，乡土文化生殖信仰的精神诅咒姑姑前意识中的罪恶感时时涌现：一个无所畏惧的女英雄居然害怕生殖图腾——青蛙，并且因此精神崩溃，最终需要通过帮助丈夫做泥人来进行救赎。艺术创作成为生殖的替代形式。

《扫帚星》以生殖为中心展开的曲折复杂的因果链，又与土匪出身、娶日本贵族孤女为妻的外祖父一家在"文化大革命"中的悲惨遭遇形成互文——怀着孩子的外婆被打死，而且带人行凶的是养子。父母无爱、政治残酷、社会险恶、人命危浅，这个狼都不吃的孩子历经磨难与曲折，最终做了变性手术。生殖的主题，由此纠缠着政治历史的深层窠臼、种族仇恨的心灵症结、意识形态的激烈沿革、文化溃败中释放出来的性欲望与贫瘠人性中的暴力施虐本能。多种力的角逐与对抗，绞缠在一个生命艰难的诞生与成长中。叙事的背景还涉及复杂的国际政治场域与中国党派政治舞台的显赫片影，是近代中国沉

---

① 歌词引自李发源编著的《陕北情歌（珍本）》。

② 参见王亚莉、岳谦厚：《陕甘宁边区的妇女生育与妇婴保健问题》，载《福建论坛（人文社会科学版）》，2016(1)。

③ 莫言：《蛙》，167 页，北京，作家出版社，2012。以下关于该书的引文皆出自该版本。

入民间的历史碎片形成的多种族混溶拼接与最终粉碎的漫长过程。杀子与弑父（母）交替演进是现代中国历史场景中文化失范、生命伦理瓦解的历史剧目的核心情节，都以生殖及其相关信仰的知识谱系为逻辑。历时性的时间形式成功地置换出生命出生前后的传奇，共时性的时间形式成为叙述历史沉积物的黏着剂。生殖由此成为所有叙事的神经中枢，一个畸形的生命以血缘的方式、以遭遇不同助产方式的信仰背景，连缀堆积起文化的断层。线性、平面、静止的零散生命故事，由此立体化地、富于动感地旋转起来。对宿命感中偶然与必然的辩证，对当下思想界的深度道德质疑，对人生与人性的悲悯，都从这个基本的神经中枢中传导出来，完成了对非理性生命苦难的悲悼。

由于这样的叙事策略，莫言的历史叙事中的政治史、民族史、文化史与心灵史高度胶着，难分轩轾，模糊而粘连。在这种血腥、斑驳而污浊的背景中，只有生命的价值明亮闪烁。变性意味着主动放弃生殖，和被动的阉割一样，是终极的衰败与灭绝。这和《红高粱》中余占鳌在外来暴力种族灭绝一样的屠戮中，看到儿子被疯狗咬伤男根的绝望异曲同工，也延续着《丰乳肥臀》中上官金童无后的象征语义，都是在对"种的忧虑"中，寄托对民族命运的巨大忧患，而且是父权制文化的主体性恐惧与焦虑。莫言的生殖叙事与历史、种族、文化与民族精神高度整合，是写实，也是象征；是叙事的策略，也是汇合了所有主题的终极追问："生殖繁衍，多么庄严又多么世俗，多么严肃又多么荒唐。"

三

在《秋水》的核心故事中，生殖叙事被套在血亲仇杀的外围故事中，伴随着艰难新生的是惨烈的凶杀。祖父在洪水中最早打捞起的是一具垂老的尸体，七个手指的身体特征成为父亲诞生以后惊险故事的谜底。坐着彩釉大瓮飘来的白衣盲女弹着三弦琴，唱着富于隐喻性的歌。她和拥有医生身份的紫衣女人一样，几乎是高密东北乡文明之始的象征。到了《丰乳肥臀》中，她已经是司马库家族的母系始祖。因为"说出话来谁也听不懂……解不开她话里的意思"，她被母亲指认为"狐狸精"或"神经病"。她不在场，却影响着这个家族后人的性情，引导着他们对于文化艺术的特殊偏爱。从电焊切冰、用嘎斯灯、发电、跳伞、演文明戏到请美国飞行员放电影，他们成为现代西方物质文明最早的自觉传播者。"本司令要为地方造福，引进西方文明。"在强梁火并的险恶环境中，眼盲的她夷然生存下来，繁衍子孙。祖父祖母熬过了自然的灾难，白衣盲女则度过了人世的灾难。这是一个对文的结构，原始的生命力与超越暴力的文化艺术精神战胜了自然与人世的灾难。白衣盲女唱的歌谣色彩斑斓，包括对生物圈食物链弱肉强食的唯美演述，也包括反自然的以弱胜强的传奇特征，但最终的大限是无论强弱都无法逃避的——大化归一的死亡。这使庄子的"齐物"思想以形象生动、旋律单纯的歌乐形式得到复述。这个眼盲之人倒是看清了天道的生死轮回，简直就是一个置生死恩怨情仇于度外的智者，超度了所有伴随着生殖而来的死亡，使人类最永恒的生与死的意义都消解在无始无终的自然之道中。莫言生与死的主题亦由于和生殖的直接联系而独树一帜。在她"童音犹存，天真动人"的歌声中，"洪水开始退了"。她简直是一个通天地鬼神、超度亡灵的女祭司。莫言借助她的歌声，借助生生为大德的天道，表达了消弭仇恨、放弃暴力的拯救理想。

这个外围故事的谜底最后被揭示出来：神秘的紫衣人杀死了黑衣人，原因是后者杀了她的父亲——七个手指的顶尖豪强七爷，而黑衣人称白衣盲女为"干女儿"，称紫衣女人为"侄女"，且有"你跟你娘像一个模子脱的"这番临终遗言。这个复仇的故事似乎还隐藏着一个连环套似的血亲情杀故事。黑衣人与鲁迅《铸剑》中的黑衣人又有精神血脉的联系——由于为弱者行侠而牺牲。语义的含混之处在于"干女儿"的暧昧称谓。白衣盲女究竟是他的被保护者，还是情人？或者两者兼有？莫言重视遗传基因对性格与命运的决定性影响。白衣盲女的后裔、"司马家的男人，都是一些疯疯癫癫的家伙儿"。一如《食草家族》之《二姑随后就到》中的兄弟天与地。尽管同样残忍，但天与地的相貌却差别极大：一个高大漂亮、蓝眼黄毛，着装与武器皆为欧式；一个矮小猥琐，着装与武器接近中式。黑衣人对白衣盲女的关爱似乎又透露着两者之间隐秘的关系。在这个扑朔迷离的语义场中，爷爷和奶奶公开的生殖故事之外似乎还隐藏着一个隐秘的生殖故事。在《生死疲劳》中，身体健壮、四肢发达、胆量很大、靠渔猎为生后来又领导了最早的武装抗德的司马大牙，把坐着盲女的大瓮拖上了岸。盲女在生下一个男孩儿后就死去了，司马大牙用鱼汤把孩子喂大。这个叫司马瓮的孩子与他另外两个儿子都风流成性，似乎未有司马大牙的遗传基因。

这样的叙事迷宫造就了莫言不少传奇故事中的身世之谜。例如，《酒国》中酿造学教授妻女的相貌与智力差异，《红树林》中秦虎血缘世系的混乱，《食草家族》之《玫瑰玫瑰香气扑鼻》中小老舅自叙母亲被嫉妒的父亲杀死并最终揭开叙事者"我"（金豆）的身世之谜——革命之子（有支队长的血缘），等等。革命造就了大量的隐秘生殖，也遗留下大量无父的孤儿，使杀子与弑父的演进由此断裂。这一代人的悲哀是现代人的悲哀，父亲的缺失是文化失范最好的隐喻，皮团长代表的革命文化对子一代的精神阉割则是生殖主题的转喻，与变性的隐喻修辞方式相同。一直到《生死疲劳》中的世纪婴儿蓝千岁，隐秘的血缘都隐藏在无父的孤儿身份中。应该说，莫言小说最早的叙事动机萌芽于《秋水》所隐蔽的血亲情杀的生殖故事。始于情杀的生殖叙事使一显一隐的两个故事形成对文的关系，生殖也因此才能够成为莫言心灵磁场的核心故事。

四

血亲仇杀是这些外围故事最显赫的特征，复仇是基本的动机。这个主题在《丰乳肥臀》中表现得最直接，而且和生殖的核心故事重叠交错。司马库与上官鲁氏二女儿的一对未成年的双生女儿被上官鲁氏五女儿的丈夫鲁立人宣判死刑，并最终死于身份不明的骑手枪下。党派政治的恶斗直接以血亲仇杀的方式，演绎着《秋水》中外围故事的主题，而且将以弱胜强的英雄故事反转为屠杀无辜的弱小者的卑劣丑剧。这是违背生生之大德的造孽。这正是莫言在《食草家族》中对返祖的蹼膜心生恐惧的一部分原因。蹼膜是由乱伦引起的衰败宿命的表征之一。其中一部分情杀则是对核心故事中情杀式生殖的重复。莫言在《食草家族》的开卷语中，明确写作动机之一是表达"我对性爱与暴力的看法"①。《秋水》中的核心故事当为最初的呈现。

这和《红高粱家族》的叙事动机一脉相承。违背生命规律的、对垂死者无爱的性占有，是他"种的忧虑"的重要内容，蕴含着作者愤怒的情绪。这种愤怒类似于对外来暴力导致的种族灭绝的愤怒。生育规划时代生育权力之不平等，也是其中的一部分。《蛙》里的小扁头说："有钱的罚着生，没钱的偷着生。"规划只能约束依赖体质生存的人。现代科技与商业大潮共同推动的代孕现象，更是类似于莫泊桑在《人妖之母》中提示的人间丑闻。以性别估价的商业制度，是比难产还要令人发指的母性灾难。其他如跨国婚姻，混血生子，几乎都是应对计划生育政策的生殖变通。连他对携巨款出逃的女贪官的诅咒，都是"让她到北极圈去给爱斯基摩人生孩子去"（《藏宝图》）。《秋水》中爷爷和奶奶由爱而患难与共的生殖故事已经成为一个壮美的镜像，反衬出所有现代中国离奇生殖的荒诞，爱与性的分离、爱与生殖的分离、母亲与孩子的分离成为其基本的语义。

在莫言的生殖叙事中，性爱是生殖的起点，生殖是性爱的目的。没有生殖的性爱在他的文本中几乎与"淫毒"同义通假。这不仅包括婚外的乱交（如《与大师约会》），还包括婚姻制度认可的合法性行为（如《野郎中》），没有结果的爱情甚至也都是病。《蛙》中的王肝迷恋小狮子十几年，在与蝌蚪结婚以后才如梦方醒，成了一个诗人，而且是能够阐释日月精华、宇宙之道的抒情诗人。莫言写了大量无爱生殖的故事，极端如《金发婴儿》中的无爱婚姻。一方面，男性的生殖欲望与爱情分离。例如，《变》中的何志武娶俄罗斯姑娘的目的是多生，他坦言："男人，如果不能与自己爱的女人结婚，那就要找个最能给自己带来好处的女人结婚。"另一方面，女性强烈的生殖冲动有时高于爱情的欲望，如

---

① 莫言：《食草家族》，2 页，北京，作家出版社，2012。以下关于该书的引文都出自该版本。

《球状闪电》中的茧儿对蛐蛐的求爱动机之一是眼馋同龄姐妹们都抱上了孩子。蛐蛐在女儿出生后才对茧儿生出爱情，重复着"先结婚后恋爱"的古老婚恋模式。变化在于性别偏见的消失。比起古代溺杀女婴的野蛮风俗，这毕竟是一个长足的进步。《蛙》中小狮子出于被压抑的母爱，在育龄终结之后，不择手段地获取了一个属于自己的孩子。

在女人的生殖欲望中，男人几乎成了被动、单纯的种，由此带来的是血缘世系的混乱。例如，朋辈陈鼻以舅舅的身份闯金娃的满月宴。当然，也有正面的叙事。《石磨》中的乡村青年"我"和珠子自由恋爱，成功地逃离了父母之命，以经营磨坊成家立业，最终通过可爱女儿的出生结束了叙事。《秋水》中的爷爷在灾难中，有对奶奶"你能给我生个儿子吗"的问询。《革命浪漫主义》中的老革命在战争中"失去了传宗接代的家伙儿"，亦生自嘲。《地道》中外号"耗子"的方山毁家纾难般悲壮地超生，认为："管它耗子还是人，只要是公的就行。"这也演变为《蛙》中李手对蝌蚪的开导："人生最大的快乐，莫过于看到一个携带着自己基因的生命诞生，他的诞生，是你生命的延续。"尽管仍然重视生殖，但是生殖的意义已经从家族制度延续香火的文化需要，转变为个体生命延续的心灵需要。孩子因此成了特殊基因的载体。蝌蚪的母亲所持的女人就是为了生孩子来世的性别文化观念，被母性的伟大与庄严取而代之，进而使白衣盲女之孙司马库的临终喟叹（"女人是好东西啊"）被"但归根结底女人不是件东西呀"的反驳颠覆。莫言两性和合的性别理想是由生殖出发，借助对母性的崇敬而建立起来的，现代科技则为年老的小狮子催生出旺盛的奶水。这是绝望中的希望之泉，是文明主体处于善恶两难的伦理悖论中的福音。

从《秋水》开始，激情结合、两性和合、创造生命就是莫言生殖叙事的伦理理想。奶奶在阵痛中呼天抢地，洪水却一直不退。她绝望地对爷爷说"咱活不出去了"，爷爷却以同生死共患难的朴实言辞安慰鼓励之："你是怎么啦？咱人也杀了，火也放了，还有什么好怕的？当初就说，能在一起过一天，死了也情愿，咱一起过了多少个一天啦？"生死相许的性爱激情是激发男性责任感的催化剂。奶奶在难产的阵痛中生不如死，乞求爷爷行行好杀死她："我生不下你的孩子啦！"爷爷好言安慰，在为她做饭喂食补充体能的同时，也以决绝的愠怒激发她的意志："好吧！要死大家一起死！你死，孩子死，我也死！"奶奶由此振作起来，夺过饭碗流着泪进食。莫言的生殖故事最集中地体现了两性和合的理想，"共命运"也包括共同承受创造生命的职责。因此，生殖叙事才得以成为莫言大地诗学中心灵磁场的核心故事。堂奥所在是关乎人类存续的健康生命的延续，生殖是希望的象征。

《秋水》中艰难的生殖场面是像联合国教科文组织大厅里悬挂的伏羲女娲像一样庄严的场面，由此沟通了全人类克服危机的梦想。莫言的现代生殖叙事总是影影绰绰地闪动着这个场面的光谱。《天堂蒜薹之歌》中被卷入蒜薹事件的高羊，在监狱里为灾难中出生的儿子取名守法。《红树林》中的林岚让真心关爱她的马叔为自己戴上手铐，马叔也以辞职等待的约定，坚定她忘掉过去、重新开始的信念，并且表明心曲："其实，我一直爱着你。"《生死疲劳》中自然降生的世纪婴儿，几乎就是人类的希望所在：尽管先天有缺陷，但是他终于能够承担起叙述历史的重任，疗治家族乃至人类的遗忘。

五

莫言的生殖叙事中还有一大类带有寓言性质，和《秋水》文化寓言的文体形式相同。《食草家族》中蹼膜的身体标志源于祖先的乱伦，再次生出带有蹼膜的孩子意味着家族"恶时辰"的开始："带蹼婴儿的每次降生都标志着家族史上一个惨痛时代的开始。"这是文化封闭、与世隔绝的社会文化语义借助近亲繁殖的生物学知识谱系的故事隐喻，而家族中人驴交合的丑闻和所有男盗女娼的家族往事一样，都体现出僵死的文化制度导致人性的堕落与衰朽。惩罚导致带蹼婴儿降生的乱伦行为的家族火刑、由皮团长领导的革命阉割，是恐惧中以恶惩恶的无奈之举，一如生蹼的前人犯下的罪过导致的遗传后果带给二姑的苦难，成为她血缘混乱的儿子们复仇的理由。非理性的屠杀是以暴易暴的历史隐喻，杀子与弑父的演进是充斥着血腥暴力的循环历史之基本结构。由此，"二姑随后就到"成了带来屠杀与灾难的咒语："一个充满刺激和恐怖，最大限度地发挥着人类恶的幻想能力的时代就要开始，或者说，已经拉开了序幕。"缺席的二姑成了高悬的"达摩克利斯之剑"，将被斩尽杀绝的恐惧笼罩着这个家族，一如在皮团长庄严隆重的丧礼上，"革命在天空中飘扬"。

在《秋水》巨大神话镜像的反衬下，乱伦与刑罚都是违背天道的，和大地上一片衰败与污浊的末世景象互为表里。"家族历史有时几乎就是王朝历史的缩影。"食草家族以乱伦开始的衰败宿命，显然是历史的缩影。"一个王朝或一个家族临近衰落时，都是淫风炽烈、扒灰盗嫂、父子聚麀、兄弟阋墙、妇姑勃谿——表面上却是仁义道德、亲爱友善、严明方正、无欲无念。"对蹼膜的恐惧就是对泛滥的人欲的恐惧，包括性的欲望与屠戮的欲望，美国艺术史家琳达·诺克林在《女性、艺术与权力》一书中认为，强奸与屠杀是男人的游戏。红色沼泽实在是欲望的载体，蝗灾则是人欲的象征："蝗灾每每伴随兵乱，兵乱蝗灾导致饥馑，饥馑伴随瘟疫使人类残酷无情。"这一点题之语，使莫言的历史反思、文化批判与人性质疑直抵现代性的中心问题——人与自然关系的逆转，解构着文艺复兴以来西方思想的核心观念，即莎士比亚所说的"人是宇宙的中心，自然的主宰，万物的灵长"。莫言认为："人跟狗跟猫跟粪缸里的蛆虫跟墙缝里的臭虫并没有本质的区别，人类区别于动物界的最根本的标志就是：人类虚伪。"[①]由此，莫言的生殖叙事以乱

---

① 莫言：《食草家族》，79页，北京，作家出版社，2012。

伦的变异情节转喻人类堕落的宿命主题，重新建立起一个符合规律的文化理念，把社会、历史、文化置于宇宙自然的大系统中，粉碎了人类中心的集体谵妄和个体自我的膨胀，希望借助中国古代的原始思想重建对自然的敬畏。生殖作为莫言心灵磁场的核心故事，也由此从个人与民族集体的焦虑，扩散为全球性的集体焦虑，并且以东方的智慧进入 21 世纪人类精神的核心地带。莫言的核心故事具有关乎人类前途的核心命题，具有普适性。

在莫言的生殖叙事中，对《秋水》的结构性调整的最大变异是人类生殖与动物生殖的互喻性修辞与对文式故事布局，而且具有特殊的表意功能。《丰乳肥臀》第一卷在战争与生殖两个主题交替演进的叙事中，派生出一个新主题，就是头胎生育的驴的难产。这个对文性的结构主要表达旧时的生育制度的反人道性。驴因为是头生而受到近于母爱的悉心呵护，上官鲁氏因为已生过七胎而无人关爱，还要承担对于新生儿性别文化功能的焦虑，只能祈祷中外各路神仙鬼怪，让自己生一个男孩，改变自己在家庭中的地位。为了节省请接生婆的花费，她的婆婆让兽医代劳，可见父权制社会中女性在人类神圣生殖活动中卑微的处境。人类创造生命的庄严感也消解在对家族香火的盲目迷信中。这个主题义素并不是莫言的创见，萧红等现代作家早已经有所表述。《蛙》中姑姑为难产的母牛接生，则是莫言的首创。万物平等的原始自然观中的生命伦理是这则生殖故事的思想谱系，这也是母亲所说的"菩萨普度众生，拯救万物，牛虽畜类，也是性命，你能见死不救吗?!"尽管最后还是逃脱不出母牛比女孩儿金贵的观念，但是姑姑对父亲的奚落已经代表了时代文化的更新。姑姑在接生的时候不但超越了根深蒂固的阶级论政治观念（"她将婴儿从产道中拖出来那一刻会忘记阶级和阶级斗争，她体会到的喜悦是一种纯洁、纯粹的人的感情"），而且超越了物种的范畴。"那母牛一见姑姑，两条前腿一曲，跪下了。姑姑见母牛下跪，眼泪哗地流了下来。"原始的母性改写了现代作家的生殖叙事互文见义的表义结构。人与动物的情感交流是大生命伦理的自然观形成的依据，也是莫言的生殖叙事通往世界动物伦理与生态哲学的情感端口。

莫言生殖叙事的知识背景是古今中外复合的，不限于现代遗传学，也浓缩着中国古代的医学伦理。当然，它也包括农耕民族对于牛的特殊感情，有神话层面的心理原型。这与《生死疲劳》以人与畜的投胎转世完成历史叙事的策略殊途同归，都体现出泛神论的原始自然观中众生平等的生命伦理。《野骡子》里的屠户黄彪，跪在母牛前大哭，因为在奶牛悲哀的表情中发现了母亲的愁容。他深信奶牛是死去母亲的投胎转世，把它养了起来，从此改行屠狗。这是集体无意识中原始自然观的倏忽涌现，是既冲垮了金钱至上的商业法则又超越了物种的母性启发的觉悟。上官鲁氏在为被捕的二女婿司马库临刑送饭时，质问五女婿鲁立人："他五姐夫，你们这样折腾过来折腾过去，啥时算个头呢?"但是和域外现代的动物伦理观念相比，莫言笔下的这些故事还是有着自身特殊的文化价值观。当然，这也是莫言无奈的幽默。虽然同是动物，牛和狗这两个物种原始的文化象征意义，在两个完全不同的文化种群中承载着完全不同的价值语义。前者是农耕民族的圣物，后者是游牧渔猎民族的圣物。《蛙》中对陈鼻的诅咒，几乎一开始就设定了他的命运与归宿。姑姑急忙骑车冲过石桥去接生的时候，吓得一条狗惊慌失措地掉到河里。狗在汉民族的语言文化象征系统中多为贬义，莫言小说中的狗在多数情况下都是危害生育的障碍。惊慌失措的落水狗几乎是陈鼻一生的象征，就像在他出生时死去的斑点狗对他施下了诅咒。在游牧渔猎民族中，狗则是人类最好的朋友。他们对自然的敬畏与感恩是一样的，生产和生活中的彼此依存使人与动物的关系最直观地显现着人与自然的和谐关系。极端的表意则出现在《人与兽》中。北海道的山林女人生出了毛孩儿，其中的相悖是莫言式的无奈的幽默。作为逃亡的劳工，爷爷余占鳌险些成为这则生殖之谜的谜底。即便是在孤绝处境中，莫言对英雄的性爱叙事也是有伦理底线的。因为看到了那个女人和九儿相似的内裤，余占鳌的强暴欲念瞬间消失了。人性战胜了兽性。在性爱与暴力的关系中，爱是超越于性的心灵源泉，这是人与兽的根本区别。这和现代绿色运动中兴起的动物伦理与环境保护的理论意念相通，显然，莫言以中国/东方思想回应丰富着全球人类的心灵呼唤。

莫言的生殖叙事中还有两则人畜交合的生殖故事。这是文化寓言，区别于《食草家族》中人驴交合的家族衰败的隐喻，带有忏悔录与启示录的性质。在《十三步》人猿相遇于荒岛交合生子的故事中，是男子在遇到离开荒岛的机会后背弃了动物——立即抱着孩子跑上小船。母猿追来，紧紧抓着船尾。男子在孩子"Ma—Ma—"的叫声中，毅然斩断母猴的巨爪，回到人世。他在母猿的眼神中读出了怨怼，听到了动物对人间末世的质问："我问你人间又有什么好/使你狠心将奴来弃抛/你不见寺无僧狐狸弄瓦/你不见官无能乌鼠当街/森林大火冲天起/江湖污染无鱼虾……"这是和食草家族/农耕文明的"恶时辰"相呼应的危机警示。男子因愧疚不娶，教养聪颖过人的儿子弱冠而金榜题名，高中状元。儿子向父亲追问母亲，男子被逼无奈，只好拿出盛有母猿巨爪的锦盒告知实情。状元渡海寻到山洞，见断爪枯骨，大哭祭奠，头撞石壁而死。这个置身于两难处境中的男子简直是罪恶深重而又良知未泯的人类化身，也是人类在自然界中尴尬位置的写照。莫言在对"南山大玃，盗我媚妾"神话的改写中，颠倒了性别的文化秩序，也颠倒了文明与自然的等级秩序。儿子以死献祭是对动物、对自然界表达人类像对母亲一样无法救赎的原罪感。这也是一种杀子的方式，和血亲仇杀、弃婴、引流、代孕一样，都是危机时代生命伦理瓦解的寓言。

《食草家族》中的最后一梦《马驹横穿沼泽》就是对人类原罪的忏悔，也是回归自然的渴望借助更久远的神话传说，寄托救赎的梦想。这个故事就是一篇祈祷文，呼应着第一梦《红蝗》中的《祭蜡文》，也是现代人渴望恢复与自然和谐关系的启示录。一代一代的爷爷重复着先人口口相传的家族起源故事——红色沼泽中仅剩一匹红色的母马驹和一个少年，他们在孤独绝望中相依相助。在少年陷进泥潭的时候，红马驹用尾巴把他拖出来。当小哥哥同意合婚的时候，红马驹要求他承诺结成夫妻之后永远都不提马字。得到爽快应诺之后，红马驹立即变成了美丽的姑娘春草。他们在神鸟苍狼的光明照耀下获得了精神力量，受尽千辛万苦走出沼泽，成为食草家族的始祖，生了两对双胞胎，"搭起了草棚，开荒种地，打猎逮鱼"。这也是对《秋水》基本结构的变异性重复——灾难中的生殖。自然的灾难转变为红色沼泽所象征的人欲灾难，难产的自然灾难转变成丧失生殖力的终极灾难——春草误食了彩球鱼的卵块。少年变成了壮汉，春草变成了憔悴的农妇。一心扑在土地上的父亲发现了儿女们偷偷干欢爱之事，一怒之下枪杀了其中的一对。另一对躲在了母亲身后。春草流着眼泪哀求，但父亲在盛怒之中违背誓约，骂一双儿女是母马养的畜生。在随之而来的巨大响声中，春草重新变成了红马驹，被红色烟雾卷走了，只留给他仇恨的目光。两个孩子搂抱着喊"Ma"。后悔了的壮汉在一天之内变成了又黑又瘦的活死尸。

这则神话传说无疑复合了中外多个创世神话。兄妹交合是两代人命运的重复。父母是人与动物，他们的子女是血缘兄妹，语义却处于价值体系的正负两极。父母一代的结合象征着人与其他物种患难与共的和谐相处，兄妹则是听凭本能的无知乱伦。葫芦兄妹的故事在中国流传甚广，灾难之后别无选择的乱伦婚配是对天意的试探。食草家族的始祖兄妹是两个不同物种在绝境中别无选择的相依为命，幻化为女人的马是万物有灵泛神信仰中大量存在的原型性故事结构。从白蛇化身为白素贞，到梁山伯与祝英台死后化蝶，都是生命轮回转世的信仰，体现着人与其他生命的平等。而且，人为导致的后人蹼膜的遗传灾难责任在父亲，是他对妻儿们的不关爱、不教育导致了无知的乱伦，这有别于俄狄浦斯王的无意乱伦。这是对《创世记》所代表的性别文化的颠倒。父亲的蒙昧造成了血亲的伦理惨剧、家族的衰败，而不是由于女人被蛇引诱偷食智慧果而被上帝逐出伊甸园。母权文化的罪责转变为父权文化的罪责，有意识地偷吃变成了误食，智慧果变成了彩球鱼的卵。同是自然物，它们一个稀缺，一个寻常。临近红色欲望沼泽的人类，很难不被未知的食物毒害。不少民族中都存在因人与兽的结合而形成种族的创世神话，如檀君与熊女的故事。马是食草的物种，正契合莫言"渴望食草净化灵魂的强烈愿望"。"马不骈母"，与人的伦理观念相近。"马"又与"妈"同音，在莫言的文本中几乎具有通假的语义。红马驹与春草的来回转身，正体现这一语义的通假。最后也是最初的灾难来临，是由于父亲背弃了对母亲的承诺，也就是背弃了对动物/自然的承诺。他因此受到自然的惩罚。一切循环往复的血亲仇杀几乎都源自背弃者所导致的最初宿命。

人与自然关系的破坏在莫言的生殖叙事中承担着对现代文明最激愤的批判，对父权文化的诘问则是这一批判意向最富于杀伤力的情感矢量。人猿交合故事中父亲的两难处境转变成了母亲春草的两难处境，但都以杀子为中心情节。这两则神话把《秋水》中生命创造的神圣感改写成创造生命者的原罪与无法克服的文化悖论。抛弃妻子则子死，杀子则失去妻子，文化不可克服的怪圈是这些人兽交合神话的重要喻义。母性自身的缺陷也是悲剧产生的原因。母猿对书生的监控占有，春草误食绝育异物，人与兽的共同困境寄寓了自然与人类共同的灾难。汉语中"马"与"妈"的同音异调，是最大的无意巧合，还是文化史的因缘际会？汉族历来有关于马的神话传说，著名的如不同版本的蚕马故事。它们都以人的失信与杀马为基本情节。农桑是形成于黄帝时代的生产方式，当时马已经是重要的畜力。驾驶轩辕的必然是马，而且彼时已有文字，可见马与农耕民族的生产生活休戚与共，是人与自然依存关系最直观的象征。借"马"以注声，加"女"会意，形声结构的字体是对口语称谓的标记，而文言通常以母为指涉。这也是一次对神话的改写，变故同样源于人失信于动物。但是，结合有强行与自愿之分别。古代神话强调的是人对动物的忽视造成的无意过失，包括对动物的屠戮导致的惩罚，这则家族神话则是人与马平等热恋，自愿结合，而且马幻化为人身，为人类生育儿女。在蚕马的故事中，灾难具有转型的功能，被马皮包住的女孩生出了能够造福人类的奇异昆虫——蚕；红马驹的离去则导致了毫无拯救希望的子孙退化、堕落与萎缩。

　　少年和春草领受了龙香木上金色巨鸟苍狼的光明，由此获得神奇的力量，走出了绝境。这则创世神话中的神灵显然是作者幻想出来的神鸟。金色巨鸟飞行有火光，却取兽名为号——苍狼，叫声亦如狗吠。苍狼与狗都是与北方游牧民族相生相伴的物种。苍狼还有图腾的意义。东部殷人祖先以玄鸟为图腾，苍与玄色系接近，而且有"天上"的语义，苍狼也可以被解释成天上的狼。关于玄鸟，有另一种解释。《山海经》记载了一种四翅鸟，羽毛呈淡黄色，性暴戾，喜食鹰肉，居平顶山。它和莫言笔下的苍狼形体、颜色等较为接近。民间称玄鸟为燕子。顺应季节生产的农耕民族视其为体现着信期的物种。契之母食其卵而孕，这也使玄鸟成为殷人祖先神话生殖叙事的核心意象。几乎灭绝了的四翅鸟在古生物化石中尚有遗骨留存，呈现出中侏罗世生物在由水生到陆生再向天空发展的演化过程中，由兽到鸟的过渡形态，特点是体大。近鸟龙就是有幸留存尸骨的生物。[①] 神话其实是被掩埋和遗忘的上古自然史。《易经·乾卦》第五爻爻辞取象"飞龙在天"，就是对这些巨型鸟类最初的称名。在汉字中"龙"是"虫"的音转，所有长体巨型的动物皆称龙，民间所谓"马长八尺为龙"是这个命名方式的语义折射。

　　莫言取《诗经·商颂》"天命玄鸟，降而生商"的殷人祖先神话、《山海经》所描述的玄鸟的形状样貌、北方游牧民族的图腾名称、游牧渔猎民族的共同圣物狗的叫声，复合出

---

① 参见孙革等：《30亿年来的辽宁古生物》，51页，上海，上海科技教育出版社，2011。

巨鸟苍狼这个神灵。种族起源、祖先崇拜、自然崇拜、天行健的励志爻辞，被糅合在人类朦胧的远古记忆中，成为超越所有文化的、使人"神往神壮"的新图腾。苍狼筑巢其上的巨大龙香树是唯有在亚热带以南才能存活的物种。龙香类似于蚌病成珠，可以被解读为是苦难升华的芬芳，如《食草家族》之《玫瑰玫瑰香气扑鼻》中美丽又饱经苦难的母亲的名字。她和马一起出现与消失，语义多有交集。龙香树分布的地域性和用温带以北的物种命名的神鸟苍狼组接，共成为覆盖南北的人类祖先之图腾。

六

寓言中的黑色男人唱道："苍狼啊苍狼，下蛋四方——声音如狗叫飞行有火光——衔来灵芝啊筑巢于龙香——此鸟非凡鸟啊此鸟乃神鸟——得见此鸟啊万寿无疆——"这简直就是祈福的歌词。出入于坟墓的黑色男人就是最早背弃红马驹/春草的少年/壮汉，是食草家族第一代祖先，是灾难中的开拓者，也是背弃动物、施暴自然、种下罪愆的人；生着蹼膜的"小杂种"是第二代乱伦者的后裔，代表了所有承受着祖先原罪的食草家族的后人/现代人类。他与黑色男人相遇，就是和祖先的灵魂交往、对话。黑色男人唱词中"兄妹交媾啊人口不昌……再亡再兴仰仗苍狼"几乎是家族命运的谶语，启示着退化了的后人重建对自然、对祖先的崇拜。成为食草家族图腾崇拜的红马驹在一代一代爷爷的讲述中激励着家族后人的梦想与勇气："世世代代的男子汉们……总是在感情的高峰上，情不自禁地呼唤着 ma！ma！ma！这几乎成了一个伟大的暗号。"兼含情人与母亲的"ma"，既是血缘之母，也是自然之母。对于母性的呼唤是力量的源泉。这则主要以男性为主体的启示录，将男性集体无意识中的恋母情结与人类对大自然的永恒依恋，借助语义双关的声音符号糅合浮现出来，将文明主体"无意乱伦"的宿命原罪升华为祈福的崇拜，超度了所有无家可归、在红色沼泽中挣扎的现代灵魂。这和《秋水》中的爷爷看见紫衣女人"素白如练"的身体时，"一片虔诚、如睹图腾"的庄严语义相聚合。爷爷"仰头祝拜明月"的虔诚之心和"下蛋四方"的苍狼之歌，都是对自然的敬畏与感恩，都在祝福质朴的生命创作，都在为种族也为人类祈福。生殖叙事由此承担起莫言大地诗学中神话思维的基本艺术方式，返璞归真是其主要的意向。

自《秋水》开始，莫言就"神话般谈论着"大洼的创世故事。设定了这个东北乡神话的主体是农民。开篇祖父的体面仙逝，村人以为"生前积下善功"的评价带给全家人的荣耀，都是对这一则神话体现的乡土人生价值观念中农耕民族意识形态特征的强调。后文关于父亲的评价（"出生时很有些气象，长成后却是个善良敦厚的农民"）则强化着这一神话的主体。这里的农民不是社会学意义上的农民，没有阶级身份认定的政治学色彩，而是在乡村被数码化之前、没有按照阶级论被分划出贵贱的时代的农民，也是生态文明意义上的农民。这是莫言的大地诗学得以创立的文化史依据，而以生殖叙事的核心故事勾连起来的历史叙事演绎出一个以农耕为主的民族以各种变异的形态，将"种的忧虑"内化于现代性劫掠导致的遗传变异与环境破坏的"恶时辰"标注出来。

莫言坚信，最终的拯救只能依靠这个依存于土地的文化种群，这个和神话一样质朴的古老文化种群，而且农民是"最重要的职业"[①]。父亲的出生如孔孟、释迦牟尼、耶稣，如所有宗教历史的叙事起点，祖父则具有鲁迅《理水》中大禹的原始形貌，具有在滔天洪水里成为中流砥柱的文化坚守功能。《生死疲劳》中坚持单干的蓝脸的原型之一就是莫言的祖父。他偷偷去开小荒，拒绝参加生产队里的劳动。一如美国生态哲学家小约翰·柯布所言："世界的命运就掌握在你们（农民出身的学人）手里。"他希望："中国以务农为生的村落能够起到带头作用……带领全世界进入生态文明。"新一轮的创世已经开始，在五次投胎为动物之后，西门闹的灵魂转世为保守农民蓝家的孩子。地主和长工的阶级身份被血缘弥合，莫言回到了《秋水》的起点——在现代性的滔天洪水中，讲述一个文化种群的衰败历史的起点。父死母亡的孤儿处境则超越了文化种群，象征着疏离了大地母亲的人类共同的命运。大头的世纪婴儿虽然先天有缺陷，但是祖辈的造血机能成为拯救的秘方，同样"如睹图腾"。苍狼之歌主语重复的祈祷句式与《诗经》式四言的叙事节奏，是心灵返璞归真的呼喊，远古的生殖图腾"蛙"是"金娃"的守护神。莫言由"我爷爷我奶奶"开始的一整套叙述方式，不仅仅是叙事策略的问题，还包括适应对祖先的追慕与对自然的膜拜。所有的忏悔与启示都是借助对上古文化精神的深度认同，以生殖叙事为核心故事完成的神圣祭祀。

梦想还在延续，但是植根在祖先灾难中的生殖、创世的质朴光荣中。

（原载《文艺争鸣》2016 年第 6 期）

---

① ［美］小约翰·柯布：《和中国农民朋友说点心里话》，刘敏译，载《学术评论》，2015(6)。

评莫言

陈众议

莫言的这个诺贝尔文学奖，几可谓国人盼星星盼月亮盼来的。这期盼中既有"走向世界"、争取了解和被了解的急切，也有不甘寂寞、底气不足、价值标准阙如等诸多原因与复杂情感。然而，当金灿灿的奖牌伴随着西方文人与媒体的嘈杂声果真"哐啷"一下落在莫言身上时，人们的复杂情感却比之前更复杂了。作为业内学人，我以为自己有责任尽可能客观、公允地谈谈莫言及他的创作，当然尤其是他的创作。

我第一次见到莫言应该是在 20 世纪 80 年代。近三十年过去了，弹指一挥间。我已淡忘初次见面的情景，唯有他敦实的模样和淳朴的笑容仍在眼前，而且一仍其旧，仿佛莫言从来就没有陌生过和年轻过。我想，所有了解他、熟识他的人大抵会有一个共识，除了在亲友面前更加憨态可掬，他给人的印象始终可以被浓缩为：长得不那么帅，可不失为堂堂的山东汉子；穿得不算讲究，却称得上干净利落；话并不多，但总是大方得体；反应虽快，然内敛得有点大智若讷。至于他的创作，远非三言两语可以涵括。

最简便的方法也许是从瑞典学院的授奖理由说起。2012 年 10 月 11 日，诺贝尔文学奖评委会常任秘书彼得·恩隆德先后用瑞典语和英语宣布莫言获奖，并认为他"with hallucinatory realism merges folk tales, history and the contem-porary"。虽然"hallucinatory realism"并非严格意义上的"magic realism"，但我们的媒体还是不由分说地将它译成了"魔幻现实主义"，谓莫言"将魔幻现实主义与民间故事、历史与当下融为一体"。当然，瑞典学院也特别提到了莫言与加西亚·马尔克斯的关系。那么，我就由此入手，说说莫言及他与魔幻现实主义乃至世界文学的关系。鉴于话题太大，我这里着实只能点到为止。

一

众所周知，魔幻现实主义是 20 世纪 80 年代进入我国读者视阈的。随着加西亚·马尔克斯在坊间的流传，我们逐渐对其有了属于自己的解读和变体。"寻根文学"无疑是最具代表性的一支。"寻根"这个词，最早可以追溯到 20 世纪二三十年代，适值"宇宙主义"和"土著主义"在拉美文坛斗得你死我活。宇宙主义者认为拉丁美洲的特点是多元。这种多元性决定了它来者不拒的宇宙主义精神。反之，土著主义者批评宇宙主义是掩盖阶级矛盾的神话，认为宇宙主义充其量只能是有关人口构成的一种说法，并不能解释拉丁美洲错综复杂的社会现实及由此衍生的诸多问题。在土著主义者看来，宇宙主义理论包含很大的欺骗性，盖它拥抱的无非是占统治地位的西方文化，而拉丁美洲的根恰恰是被西方文化阉割、遮蔽的印第安文明。这颇能使人联想起同时期中国文坛的某些争鸣。世界主义者恨不得直接照搬西方文化，极端者甚至梦想扫除国学，抛弃汉字；而国学派，尤其是其中的极端者食古不化，抱"体"不放。从某种意义上说，两者的胶着状态至今未见分晓。前卫作家始终把走向世界、与世界接轨的希望寄托在赶潮与借鉴上，乡土作家却认为最土的就是最民族的，最民族的就是最世界的。"寻根"这个概念在 20 世纪二三十年代由拉美土著主义者率先提出。它经现代主义(形形色色的先锋思潮)、印第安文化(大部分重要文献自 20 世纪 30 年代开始陆续浮出水面)及黑人文化的洗礼，终于催生了魔幻现实主义。然而，翻检中国介绍这个流派的文字，跃入眼帘的大多是"幻想加现实"之类的说法，或者"拉丁美洲现实本身即魔幻"云云。诸如此类不着边际的说法没法令丈二和尚摸着头脑。哪有不是幻想加现实的文学？谁说拉丁美洲现实本身即魔幻(或神奇)？加西亚·马尔克斯倒是说过"拉丁美洲的神奇能使最不轻信的人叹为观止"，故而他坚信自己是现实主义作家，而不是所谓"魔幻现实主义"的代表。问题是：作家的话能全信吗？

我兜了这么一个圈子，无非是想从根本上说明莫言是如何理解《百年孤独》和魔幻现实主义的。一句话：他在《百年孤独》和拉美魔幻现实主义作品中看到了"集体无意识"。它沉积于民族无意识中，回荡着原始的声音。用阿斯图里亚斯的话说，它是我们的"第三现实"或现实的"第三范畴"。"简而言之，魔幻现实是这样的：一个印第安人或混血儿，居住在偏僻的山村，叙述他如何窥见一朵云彩或一块巨石变成一个人或一个巨人……所有这些都不外乎村人常有的幻觉，外人谁听了都会觉得荒唐可笑、不能相信。但是，一旦生活在他们中间，你就会感觉到这些故事的分量……它们会转化成现实，成为现实的组成部分。"阿斯图里亚斯如是说。卡彭铁尔从另一个角度肯定了这一点，即加勒比人的"神奇现实"，亦谓"不是堂吉诃德就无法进入魔法师的世界"。他们所说的"第三现实"或"神奇现实"，恰恰就是布留尔、荣格和列维-施特劳斯不遗余力阐发的"集体无意识"或"原始经验遗迹"。① 原型批评理论家的高明之处在于发现这些"集体无意识"或"原始经验遗迹"不仅存在于原始人之中，而且普遍存在或复归于文学当中。拉美魔幻现实主义和莫言的伟大则在于揭示了各自生活的奥秘，即"集体无意识"或"原始经验遗迹"在现实生活中的奇异表征，以及这些表征所依着的社会历史文化环境或语境。正是在相似且又不同的生活和语阈之中，莫言与加西亚·马尔克斯实现了美丽的神交。

在我的印象当中，莫言从来没有明确地提到过这一点（"集体无意识"）。但他悟到了，而且神出鬼没、持之以恒地将它"占为己有"，甚至踵事增华，最终令人高山仰止地缔造了魔幻的或者幻觉般的"高密东北乡"。当然，他并未一蹴而就。在《红高粱家族》中，他所表现的还只是生活的野性。祖辈的秘方也透着恶作剧般的巧合或艺术夸张。但是，"集体无意识"在莫言的艺术世界中慢慢孕育，直至生长并发散为《丰乳肥臀》中的浮土："上官吕氏把簸箕里的尘土倒在揭了席、卷了草的土坑上，忧心忡忡地扫了一眼手扶着炕沿儿低声呻吟的儿媳上官鲁氏。她伸出双手，把尘土摊平，轻声对儿媳说：'上去吧。'"②就这样，上官鲁氏开始独自生她的第八个孩子，因为婆婆要去照顾家里的驴。"它是初生头养，我得去照应着。"之后，女人的痛苦可想而知。在其后的作品中，莫言一发而不可收。譬如，《生死疲劳》用了佛教六道轮回的意象，《蛙》则明显指向了农耕文明根深蒂固的信仰："先生，我们那地方，曾有一个古老的风气，生下孩子，好以身体部位和人体器官命名。譬如陈鼻、赵眼、吴大肠、孙肩。"类似风俗大抵不同程度地存在于中华大地，譬如叫男孩狗呀猫啊，或者草啊木的，用莫言的话说："大约是那种以为'贱名者长生'的心理使然。"③

从另一个角度看，中华文明本质上是农业文明。几千年的小农经济使中华民族历来崇尚"男耕女织""自力更生"。相对稳定的"桃花源"式自足自给被绝大多数人当作理想境界。正因如此，世界上没有第二个民族像中华民族似的这么依恋故乡和土地（柏杨语）。依恋乡土者必定追求安定，不尚冒险，由此形成安稳、和平的性格。这种性格使中华民族大大有别于游牧民族和域外商人。反观我们的文学，最撩人心弦、动人心魄的莫过于思乡之作。"昔我往矣，杨柳依依。今我来思，雨雪霏霏。"（《诗经·采薇》）"露从今夜白，月是故乡明。"（杜甫《月夜忆舍弟》）"举头望明月，低头思故乡。"（李白《静夜思》）"春风又绿江南岸，明月何时照我还？"（王安石《泊船瓜洲》）如是，从《诗经》开始，乡思乡愁连绵数千年而不绝，精美程度无与伦比。当然，我们的传统不限于此，经史子集和儒释

---

① 参见［瑞士］荣格：《探索心灵奥秘的现代人》，138～165 页，北京，中国社科文献出版社，1987。
② 莫言：《丰乳肥臀》，5 页，北京，作家出版社，2012。
③ 莫言：《蛙》，5 页，北京，作家出版社，2012。

道，仁义礼智信和温良恭俭让，都是中华传统文化的组成部分。这里既有六经注我，也有我注六经；既有入乎其内，也有出乎其外，三言两语断不能涵括。然而，从最基本的社会基础看，小农经济促使人们明哲保身，对左邻右舍也渐渐地淡却了族裔意识。这样的人民，唯有在群体性造反或革命的名义下才能产生革命或盲动，是谓"团沙效应"。盲动的结果就是焚书坑儒，就是文字狱，就是改朝换代，就是重建庙宇、再塑金身[当然，只要条件允许，其他国家（如德意志）也会产生盲动，也会疯狂]。这是莫言之所以表面洋洒，实则沉痛（甚至冷酷和深刻）的原因所在：现实基础。

马孔多的加西亚·马尔克斯和约克纳帕塔法的福克纳在此殊途同归。① 我认为，莫言与魔幻现实主义的关系不是简单的模仿和被模仿，而是一种美丽的神交，一种艺术层面的心领神会。它无须言表，甚至难以言表，盖它是不理智的冲动、潜意识的接受，一如加西亚·马尔克斯与阿斯图里亚斯或鲁尔福等师长前辈的关系（否则他就不会一再否认自己与魔幻现实主义的关系，也不会一而再再而三地声称神奇即拉丁美洲现实的基本特性）。他们无须从理性或学理层面上言说"集体无意识"，我们更没有理由要求他们成为理论家。

二

然而，必须强调的是，全世界少有作家像莫言这一拨中国作家似的谦逊好学。他们宛如饕餮进食般的阅读量足以让多数专业外国文学研究者汗颜。这是后发的幸运，也是后发的无奈。正所谓取精用宏，披沙拣金，莫言们并非没有自己的取舍和好恶。简而言之，概而言之，莫言是中国优秀作家的代表之一。从世界文学的角度看，他有无数可圈可点的闪光之处。谓予不信，姑列一二。

首先，世界文学浩如烟海，没有人可以穷尽它。我只能管窥蠡测，窥其一斑，取其一粟。因此，大处着眼、小处说事、谨慎入手是必须的。从大处看，我以为世界文学的规律之一是由高向低，一路沉降，即形而上形态逐渐被形而下倾向取代。倘以古代文学和当代写作所构成的鲜明反差为极点，神话自不必说，东西方史诗也无不传达出天人合一或神人共存的特点，其显著倾向便是先民对神、天、道的想象和尊崇。然而，随着人类自身的发展，尤其是在人本取代神本之后，人性的解放以不可逆转的速率使文学完成了自上而下、由高向低的垂直降落。如今，世界文学普遍显示出形而下特征，以至于纯物主义和身体写作愈演愈烈。以法国新小说为代表的纯物主义和以当代中国"美女作家"

---

① 参见莫言：《两座灼热的高炉——加西亚·马尔克斯和福克纳》，载《世界文学》，1986(3)。

为代表的下半身指涉无疑是这方面的显证。前者有阿兰·罗布-格里耶的作品。格里耶说："我们必须努力构造一个更坚实、更直观的世界，而不是那个'意义'（心理学的、社会的和功能的）世界。首先让物体和姿态按它们的在场确定自己，让这个在场继续战胜任何试图以一个指意系统——指涉情感的、社会学的、弗洛伊德的或形而上学的意义——把它关闭在其中的解释理论。"①与此相对应，近二十年中国小说的下半身指向一发而不可收。不仅卫慧、棉棉们如此，就连一些曾经的先锋作家也纷纷转向下半身指涉，是谓"下现实主义"。这在20世纪五六十年代的西方"嬉皮士文学"或拉美"波段小说"中便颇见端倪。而今，除了早已熟识的麦田里的塞林格，我们又多了一个"荒野侦探"波拉尼奥。

世界文学的规律之二是由外而内，指文学的叙述范式从外部转向内心。关于这一点，现代主义时期的各种讨论已经说得很多了。众所周知，外部描写几乎是古典文学的一个共性。亚里士多德在《诗学》中明确指出，动作（行为）作为情节的主要载体，是诗的核心所在。亚里士多德认为，从某个角度来看，索福克勒斯是与荷马同类的模仿艺术家，因为他们都模仿高贵者；从另一个角度来看，他又和阿里斯托芬相似，因为两者都模仿行动中的和正在做某件事情的人。亚里士多德又对悲剧和喜剧的价值做出了评判，认为喜剧模仿低劣的人。这些人不是无恶不作的歹徒，滑稽只是丑陋的一种表现。这一定程度上道出了古希腊哲人对于文学崇高性的理解和界定。此外，在亚里士多德看来："作为一个整体，悲剧必须包括如下六个决定其性质的成分，即情节、性格、语言、思想、戏景和唱段。""事件的组合是成分中最重要的，因为悲剧摹仿的不是人，而是行动和生活。"②恩格斯关于批判现实主义的论述，也是以典型环境为基础的。但是，随着文学的内倾，外部描写（包括情节或人物行为等要素）逐渐被内心独白取代，意识流的盛行可谓世界文学由外而内的一个明证。

世界文学的规律之三是由强到弱，即文学人物由崇高到渺小，呈现了从神至巨人至英雄豪杰至凡人乃至宵小的"弱化"或"矮化"过程。神话对于诸神和创世的想象见证了初民对宇宙万物的敬畏。古希腊悲剧就主要是对英雄传说时代的怀想。文艺复兴以降，虽然个人主义开始抬头，但文学并没有立刻放弃载道传统。只是到了20世纪，尤其是在现代主义和后现代主义时期，个人主义和主观主义才开始大行其道。眼下的跨国资本主义分明加剧了这一趋势。于是，宏大叙事变成了自话自说。

世界文学的规律之四是由宽到窄，即文学人物的活动半径由相对宏阔的世界走向相

---

① ［法］阿兰·罗布-格里耶：《小说的未来》，见［英］拉曼·塞尔登：《文学批评理论》，74页，北京，北京大学出版社，2000。

② ［古希腊］亚里士多德：《诗学》，64页，北京，商务印书馆，1996。

对狭隘的空间。如果说古代神话是以宇宙为对象的，那么如今的文学对象可以说基本上是指向个人的，空间愈来愈狭隘。昆德拉就曾指出："堂吉诃德启程前往一个在他面前敞开着的世界……最早的欧洲小说讲的都是一些穿越世界的旅行，而这个世界似乎是无限的。"①但是，"在巴尔扎克那里，遥远的视野消失了……再往下，对爱玛·包法利来说，视野更加狭窄"②。"面对着法庭的K，面对着城堡的K，又能做什么？"③或许正因如此，卡夫卡想到了奥维德及其经典的变形与背反。

世界文学的规律之五是由大到小，即由大我到小我的演变过程。无论是古希腊时期的崇高庄严说或情感教育，还是中国古代的文以载道说，都使文学肩负起了某种集体的、民族的、世界性的道义。荷马史诗和印度史诗从不同的角度宣扬了东西方先民外化的大我。随着人本主义的确立与演化，世界文学逐渐放弃了大我，转而致力于表现小我，致使小我主义愈演愈烈，尤以当今文学为甚（固然，艺贵有"我"，文学也每每从小我出发，但指向和抱负、方法和视野却大相径庭。文学经典之所以比史学更真实、比哲学更深广，恰恰在于其以己度人、以小见大的向度与方式。更为重要的是，一旦置于大我的立场和关怀，小我的自省和完善就有了可能）。

上述五种倾向在文艺复兴运动和之后的自由主义思潮中呈现出加速发展态势。但莫言的小说让我们看到了某种顽强的抵抗，譬如他对传统的关注、对大我的拥抱、对内外两面的重视等。看似"以不变应万变"，但莫言骨子里或潜意识中不乏一种持守，一种既向前又向后的追寻。

从小处说，莫言是"寻根派"中唯一不离不弃、矢志不移的"扎根派"。但这并不是说他在重复自己。恰恰相反，举一反三是"传道士的秘诀"（博尔赫斯语）。每一个作家本质上都在写同一本书。莫言称其为标志性的大书。它或许已经完成（可能是最初的《红高粱家族》，也可能是《天堂蒜薹之歌》《酒国》《丰乳肥臀》《檀香刑》《生死疲劳》《蛙》），或许还有待完成，或许所有已竟和未竟的都是他同一本书的不同侧面。莫言在中国农村这个最大的温床或谓"载体"中，看到了传统和国民性的某些深层内容。他表现这种传统和国民性的方式，颇有几分鲁迅的风范，在某些方面甚至有过之而无不及。尽管他所取法的主要是群体形象——由无数个体组成的大写的农民。

其次，正如马悦然所说，莫言很会讲故事。但我们必须厘清两个问题。第一个问题比较简单，也容易说清，即莫言的故事无论是内容还是形式，都不是传统意义上的，至少不是古典小说、传统演义，甚至与一般意义上的民间传说也相去甚远。说穿了，莫言

---

① ［法］米兰·昆德拉：《小说的艺术》，9页，上海，上海译文出版社，2004。

② ［法］米兰·昆德拉：《小说的艺术》，10页，上海，上海译文出版社，2004。

③ ［法］米兰·昆德拉：《小说的艺术》，11页，上海，上海译文出版社，2004。

的创作并不以人物性格的展示与演变、人们的审美与心智为轴心。第二个问题比较复杂，牵涉前面所说的文学大背景。用最简要的话说，故事或谓"情节"在世界文学史上呈现出由高走低的态势，主题却恰好相反。说到故事（在此姑且把它当作"情节"的同义词），今人最先想到的也许是古典小说，然后是通俗文学，是金庸们的一唱三叹或者琼瑶们的缠绵悱恻，甚至那些廉价地博取观众眼泪的新武侠、新言情、新奇幻、新穿越之类的类型小说或电视连续剧。一度，人们甚至普遍不屑于谈论故事，而是热衷于观念和技巧。一方面，文学在形形色色的观念（有时甚至是赤裸裸的意识形态或反意识形态的意识形态）的驱使下愈来愈理论、愈来愈抽象、愈来愈"哲学"。卡夫卡、贝克特、博尔赫斯也许是这方面的代表人物。另一方面，技巧被提到了至高无上的位置。从乔伊斯的《尤利西斯》到科塔萨尔的《跳房子》，西方小说基本上把可能的技巧都玩了个遍。俄国形式主义、美国新批评、法国叙事学和铺天盖地的符号学与其说是应运而生，毋宁说是推波助澜（高行健的《现代小说技巧初探》一定程度上反映了20世纪上半叶西方小说的形式主义倾向）。热衷于观念的人几乎把小说变成了玄学。借袁可嘉的话说，那便是（现代派）片面的深刻性和深刻的片面性。玩弄技巧的人拼命炫技，几乎把小说变成了江湖艺人的把式场。于是，人们对情节讳莫如深。于是，观念主义和形式主义相辅而行，横扫一切，仿佛小说的关键只不过是观念和形式的"新""奇""怪"。存在主义、社会主义现实主义和"高大全主义"无疑也是观念的产物、主题先行的产物，可以说是随着观念和先行的主题走向了极端，即自觉地使文学与其他上层建筑联姻（至少消解了哲学和文学、政治和文学的界限）。从某种意义上说，20世纪批评的繁荣和各种"后"理论的自说自话进一步推演了这种潮流，尽管是在解构和相对（用绝对的相对主义取代相对的绝对主义）的旗幡下进行的。可贵的是，莫言未被时尚挟持，始终没有放弃故事情节。时尚会速朽。我们既不能无视时尚，又必须有所持守。莫言的处理堪称典范。

最后，莫言的想象力在同代中国乃至世界作家中堪称典范。他的想象来自生活之根。从红高粱家族到丰乳母亲，到酒国同胞，到历史梦魇，到猴子或蛙（娃），活生生的中国历史文化、父老乡亲和粪土泥巴得到了艺术的概括和擢升。没有生活的磨砺和驾驭生活的艺术天分，一个作家是很难对如此神速变迁和纷繁复杂的现实进行如此举重若轻的艺术概括和提炼。且不说莫言的长篇小说，就以《师傅越来越幽默》为例，其中"师傅"从劳模到下岗工人再到个体户的变化，如果没有想象力和揶着尴尬、透着无奈的幽默与辛辣做介质或佐料，必然清汤寡水，流于平庸。

此外，欧洲、美洲、大洋洲及亚洲诸国都曾经历或正在经历奈斯比特、托夫勒等人所说的第二次、第三次浪潮。欧洲的工业化（城市化）过程在流浪汉小说至现代主义作家的笔下慢慢流淌，以至于马尔克斯以极其保守乃至悲观的笔触宣告了人类末日的来临。当然，那是一种极端的表现。但我始终认为，中国需要伟大的作家对我们的农村做史诗般的描摹、概括和美学探究，盖因农村才是中华民族赖以衍生的土壤，盖因我们不久前都还是农民，而且半数以上的同胞至今仍是农民。况且这方养育我们以及我们的伟大文明的土地，正面临不可逆转的城市化、现代化进程的冲击。眨眼之间，我们已经失去了"家书抵万金""逢人说故乡"的情愫，而且可能失去"月是故乡明"的感情归属和"叶落归根"的终极皈依。问题是，西风浩荡，人人都有追求现代化的权利。让印第安人或摩梭人或阿里卡拉人安于现状，是"文明人"站着说话不腰疼。但反过来看，从东到西，"文明人"的"文明地"又何尝不是唏嘘一片、哀鸿遍野。端的是彼何以堪，此何以堪；情何以堪，理何以堪?! 这难道不是人性最大的乖谬、人类最大的悖论?!

莫言对此心知肚明。他的作品几乎都滋生于泥土、扎根于泥土（尽管他并非不了解城市，不书写城市。可以说，正因为他有了城市的视角，有了足够的距离，描写起乡土来才愈来愈入木三分）。"寻根"本是面对世界和本土、现代与传统的一种策略或意识，但丰俭由人，取舍在己。莫言显然代表了诸多重情重义、孜孜求索、奋发雄起的中国作家。就像他在获奖前夕所表达的："看一江春水，鸥翔鹭起；盼千帆竞发，破浪乘风。"

三

莫言获奖，咱高兴归高兴，但话也要说回来：莫言不是唯一优秀的中国作家，诺贝尔文学奖更不是唯一的文学标准。有关莫言获奖的因由（文学的、非文学的），大家已经说得很多了。现在，我们该回到批评本身，平心静气地讨论文学了（尽管单纯讨论文学很难，甚至根本无法与"非文学"截然割裂。两者关系颇似影与身抑或蝴蝶与庄周的关系，剪不断，理还乱）。这对莫言也许已经毫无意义，盖瑞典文学院认可的就是黑格尔美学所说的他"这一个"莫言。当然，以我对他算不得深也算不得浅的了解，莫言会迅速将诺贝尔奖搁置一旁。他还会继续耕作，为我们写出不同甚至更好的作品。无论如何，严肃、优秀的批评一定不是有意立在作家面前的绊脚石。它有时会显得刺眼、碍事，甚至导致凉水浇背、良药苦口的短暂愤慨，但从长远看，它必定是作家偶可用之，甚至不可或缺的另一副眼镜，尤其对未来文学及批评本身的健美与发展不无裨益。指摘挑剔或谓"求全责备"也许难以避免。虽说诺贝尔奖不是文学的唯一标准，但世人的关注使莫言更具有范例的意义和解剖的必要。时间关系及篇幅所限，有关问题这里只能点到为止，且容日后有机会时渐次展开。即便如此，我亦当谨慎入手，以裨抛砖引玉，以免酷评之嫌。老实说，批评既不能总是你好我好大家好，也不能动辄牛二似的寻衅闹事、泼妇似的撕破脸皮。况且，被我指为"软肋"的方面，在别人看来也许是优点。这就是文学的奇妙之所在，更是经典作家的奇妙之所在。

在此，我稍做列举，以供探讨或善意的批评和反批评的生发。

第一根"软肋"是缺乏节制。譬如想象力，其蓬勃程度于莫言可谓"成也萧何，败也萧何"。这当然是极而言之。正所谓"彼亦一是非，此亦一是非"，凡事都有两面性，甚至多面性。显然，想象乃文学之魂，没有想象力的文学犹如鸡肋，甚至比鸡肋还要无趣，还要清寡。但莫言常使其想象力信马由缰，奔腾决堤。《酒国》中的"红烧婴儿"是比较极端的例子。反过来说，缺乏想象力是中国当代文学的顽疾之一（不止于文学），但像莫言这样如喷似涌、一泻千里的想象力喷薄是否恰当、是否矫枉过正，容后细说。

第二根"软肋"是审丑倾向。写丑、写脏、写暴力、写残忍、写不堪，在莫言是常事。当然，我们也可以说现实如此、人性如此。但我们身边并不缺美，美无处不在。莫言不回避美，只不过他的笔更像外科医生的手术刀，锋利得很，而且锋芒似乎永远向着脓疮毒瘤，把审美展示和雕琢的活计留给了别人。于是，残酷得令人毛骨森竦、不敢视听的"檀香刑"被淋淋漓漓地写了出来。此外，他还描绘了诸多刑罚，譬如"阎王闩"：小虫子（《檀香刑》人物之一）"那两只会说话的、能把大闺女小媳妇的魂勾走的眼睛，从'阎王闩'的洞眼里缓缓地鼓凸出来。黑的，白的，还渗出一丝丝红的。越鼓越大，如鸡蛋慢慢地从母鸡腔里往外钻，钻，钻……噗嗤一声，紧接着又是噗嗤一声，小虫子的两个眼珠子，就悬挂在'阎王闩'上了"①。我曾对故友柏杨说起过有心编译中国刑罚或体罚（这与前面说到的民族性不无关系）名释之类的书，他说这是极好的课题，对我们自我反省、自我探究大有裨益。但除了在一些同行学人中不断提到此事，我始终鼓不起勇气切实来做，因为这毕竟是自我揭短，毕竟是自我揭丑。莫言做到了，自然是以他的方式来做的。这足见他的勇气有多大、心魄有多强！反正我只有惊诧、佩服的份。

第三根"软肋"是过于直截。有些读者（甚至著名作家、学者）抱怨曹雪芹太啰唆，说委实受不了他写林黛玉的那种腻腻歪歪、哼哼唧唧，干脆就曰不喜欢《红楼梦》。莫言则不同，他的叙事酣畅淋漓，且直截了当得几乎没有过门儿。无论是写人写事，还是写情写性，那语言、那想象简直就像脱缰的野马，有去无回。用莫言的话说，是"笔飞起来了"②。这一飞不要紧，一些明显带有自然主义色彩的描写也便倾泻而出，甚至不乏粗粝之嫌。但反过来说，这种粗粝也许正是莫言有意保持的，与他所描写的题材或对象相辅相成。譬如《檀香刑》中对檀香刑的细节描写，再譬如《丰乳肥臀》中对生产（无论是女人还是母驴）和"雪公子"的"催奶十八摸"（金庸有著名的"降龙十八掌"）的夸张铺陈，等等。以上几根"软肋"相辅相成，构成了莫言小说的汪洋恣肆，也是莫言小说得以彪炳于世的重要元素。正因为有这些元素，莫言的作品总能给人以极强的心灵震撼和感官刺激。说看了他的作品吃不下饭，这还是轻的。

---

① 莫言：《檀香刑》，47页，北京，作家出版社，2012。
② 舒晋瑜：《莫言："我永远知道自己是从哪里来的"》，载《中华读书报》，2012-10-10。

第四根"软肋"是蝌蚪现象。蝌蚪现象是权宜之谓，盖因评判莫言的作品显然不能用浅尝辄止、虎头蛇尾之类的成语。所谓"蝌蚪"，身大尾小，故用它来比附莫言的创作。蝌蚪现象只是偶发现象，不能涵盖莫言的多数作品。我并不否认莫言作品的深刻性、完整性。例如，《蛙》就是十分深刻、完整的作品，人流师"姑姑"的"恶毒灵魂"最终被她那些充满象征意味的小泥人部分救赎，这甚至让人联想到女娲，尽管是在反讽的意义上。莫言以这种势不可当的想象力深入人性底部，显示出对人，尤其是对广大同胞和父老乡亲的终极关怀。"蛙"与"娃""娲"的谐音串联（至少我是这么联想的），更使小泥人的意象具备了"远古的共鸣"。但是，《蛙》若于三分之二处打住，效果可能会更好。现在，它多少有点像"蝌蚪"，尾巴上还缀着沉重的戏。或许这也是莫言有意为之，否则叙述者怎么叫蝌蚪呢？开个玩笑罢。不过，这使我记起了莫言的一番感慨。他曾谓《百年孤独》的后两章使"老马露出了马脚"。正如前面所说，莫言蓬勃飞翔的想象力和磅礴狂放的叙述波有时也会淹没或遮蔽他作为好学者、思想者的深度以及影影绰绰的人物光辉、性格力量。譬如，《生死疲劳》中六道轮回的意象并没有像我等苛刻读者所苛求的那样，带出信仰（包括宗教，哪怕是理性层面上的宗教）在半个世纪中由于中国政治和不乏狂欢色彩的特殊历史变迁而形成的跌宕沉浮（想想曾经的封建迷信，再回眸某些"革命"，如今且看缭绕的香火），遑论与之匹配的某些"集体无意识"映像或镜像。再譬如西门闹这个人物因为不断轮回投胎，或因其转世为动物太夺人眼球，这一人物的性格难免支离破碎。

第五根"软肋"或谓原始生命力崇拜。关于最后这一点，我在评论加西亚·马尔克斯时也曾多次提及。

如此等等，容当细说。孰是孰非，也有待探讨。

总之，所谓"软肋"，只不过是吹毛求疵，唯愿这种善意的吹毛求疵有助于读者更好地理解莫言，有助于中国文学及其批评的健康发展，有助于人们公允、平常地了解诺贝尔文学奖，有助于伟大的作家作品展示其发散性阅读空间的可能性。这就是说，我们不能不把诺贝尔文学奖当回事，但也不要太把它当回事。"众人皆醉我独醒"，有时恰恰说明了"我"不醒。何况文学之繁复，经典之多维，犹如生活之多彩，人性之复杂，绝对是成岭成峰，见仁见智，只是立场、方法、角度不同而已。

由是，我常拿文学（自然包括批评）做一比：如果人类社会历史是长河，那么文学及周遭人等充其量是弄潮儿。他们可以在河边走马观花，也可以泛舟河上倾听两岸的鸟语猿声，更可以借河为镜去欣赏或挑剔自己的倒影，甚或潜入河底捕鱼捉蟹捞贝壳，再甚劈波斩浪逆水而动，乃至疏浚和改造河道（使之朝着有利于某些理想、意志或利益的方向奔腾）。从大处着眼，莫言属于逆流而动或疏浚河道者，而我本人只不过是被河水冲拥到河边替人修茶壶补碗的。这种活计颇为背时，实实地费力不讨好。年长一点的读者都知道我所说的修茶壶补碗是个啥活计、啥营生。由于样板戏《红灯记》曾经广为传播，包括我在内的几代人对"磨剪子抢菜刀"的吆喝记忆犹新。重要的是，这个营生至今没有绝迹。但是，"修茶壶补碗"已经绝迹，而且绝迹多时矣。别说"80后""90后"，即使是"60后""70后"，怕也很少有人听到这种悠久绵长的吆喝声了。

我是看着这个营生销声匿迹的。我对它的疑惑，大概是和拆卸癖等好奇心结伴而生的。"修茶壶补碗"是我儿时的最大疑惑之一，尽管"没有金刚钻，不揽瓷器活"早被搬进了成语词典，而且人们迄今仍在使用。修茶壶补碗的艺人或匠人挑着货郎担走街串巷，那吆喝声似乎还在我耳边回响。我奶奶或哪位邻家奶奶会打开门窗，请他们停下，然后搬出渗漏的茶壶和破碗片，再然后是锱铢必较的讨价还价。这过程挺严肃，价格确定后，双方又立即笑逐颜开。奶奶甚或左右开弓，像款待客人似的为修补的工匠炒几个小菜、温一壶老酒。工匠开始片刻不停地唧唧噜噜、叮叮当当，修壶补碗。当时，甚至后来每每想起，我总觉得修茶壶尚可理喻，补碗却着实让人费解。一只碗其实贵不过几个钱，何必如此修修补补煞费工夫？工匠先将一块块碎片拼排一番，画上标记，再用钻子唧唧噜噜地在标记处打出针眼似的小孔，最后钉上铜钉，用稀释的缸砂嵌满所有缝隙。这个过程极需眼力和耐心。当然，金刚钻也是必不可少的，否则怎么在碗片上钻孔？总之，在我的记忆中，补一只碗和买一只碗差不了几钱，但奶奶和工匠都十分认真地成为共谋。当时我还不晓得"无用之用"或"鸡肋"之类的说法，但心里确实对此颇多存疑。唯一让我感动的是工匠们的手艺。用不了多久，他们一准儿能将摔成十片的破碗"还原"成满身铜钉的玩意儿。现在倘若得到这样一只老碗，即使它不是明清文物，恐怕也能成为令人叹为观止的艺术品，完全可以被供在书柜上供人瞻仰。如今，儿时的好奇消散了，但疑惑并未完全消弭。奇怪的是，我当时居然没有好好问一问奶奶：为什么要花几可与新碗比肩的价钱去修补那劳什子？也许是因为某种念想，也许传统如是。然而，这也许变成了永远的也许。

回到我的营生，甚至整个儿的文学。在喜新厌旧、热衷于现代化的人眼里，它也许毫无意义。往早里说是"无用之用"（庄子、王国维和鲁迅等前辈大宿都有此类说法），往好里说充其量是一行当：在被摔成十八瓣的人类社会、世道人心这只破碗上卖力钻孔，并努力钉上理想主义的铜钉铁钉，再拿心血当缸砂和黏合剂，在难以弥合的缝隙上无谓地却不能不设身处地、推人及己、由此及彼、由表及里地琢磨着、拼连着、弥合着，直到终老。

（原载《东吴学术》2016年第5期）

乡村书写的政治学与小生产者逻辑
——论莫言乡村题材小说

闫作雷

一、 从逃离到"发现"

莫言一直到 1976 年入伍才离开农村，此时他已经二十岁了。即便从小学五年级因"造反"而被学校开除的十岁算起(莫言五岁上小学)，莫言在农村生产队也已经劳动了整整十年(1973 年通过五叔的关系，"走后门"进入县棉花加工厂当临时工。棉花收购季在厂做工，其他时间仍在村里劳动)。从十岁到二十岁，这正是从孩童成长为青年的时期。莫言后来回忆说，这段时间繁重的劳动、匮乏的生活，让他对农村充满了厌恶和"仇恨"。所以当 1976 年因招兵而离开农村时，莫言有一种获得解放的感觉。

通过当兵"混进了革命队伍"①的莫言是幸运的。进入部队的莫言大可在刚开始从事文学创作时就揭露和展示乡村的"黑暗和苦难"，然而奇怪的是，彼时莫言笔下的乡村是清丽明媚的，与他在 1984 年夏末进入解放军艺术学院之后的乡村书写大为不同。莫言早期的乡村小说带有清新的牧歌情调，乡村中的农民朴实善良，富有美好德性，迥异于其中后期的小说。在莫言后来的一些小说中，乡村是污秽不堪的野蛮之地，农民是粗鄙蛮横的木偶。

仅以几篇小说为例。《放鸭》②篇幅很短，清新自然，有孙犁小说的味道，景美人亦

---

① 莫言:《莫言散文》，14 页，杭州，浙江文艺出版社，2000。
② 莫言:《放鸭》，载《无名文学》，1984(1)。

美。"新时期"农村发生的新变化也在小说不经意的叙述中被呈现了出来。《白鸥前导在春船》①，我们从这一诗意的题目即可想到小说的风格。小说写田成宽与梁全成在"包产到户"后暗暗较劲的劳动竞赛及其子女的爱情故事。与浩然早期小说类似，这篇小说尽管有一定的"主题"（如农村的新气象，传统社会主义时期"男女都一样、妇女能顶半边天"的平等观），但是憨厚质朴且通情达理的乡人、时而朦胧含蓄时而热烈奔放的乡村爱情让读者过目不忘。从小说活泼欢快的气氛中，我们不难看出电影《李双双》《刘三姐》的影子。此时莫言笔下的乡村"风景"令人愉悦，乡村的田野充满希望。乡村中的爱情也是纯真美好的。大宝与梨花情窦初开，小说中那种若即若离、互通款曲的感情描写似乎散发着春天泥土的气息。

《为了孩子》②中的大胖与秋生这对童年玩伴天真无邪，闹了矛盾后旋即和好，他们的父母一旦误会澄清也会既往不咎。互相帮扶的古道热肠超越了眼前的利害得失。民风淳朴，乡人厚道，邻里人情跃然纸上。《民间音乐》③则写音乐的感化力量。小瞎子对艺术纯粹性的坚守显示了他与市井生活的距离，确如孙犁评论的那样："小瞎子的形象，有些飘飘欲仙的空灵之感。"乡村中的奇人异事此时已开始出现，但依旧人情醇厚。1984年之后，莫言的这些早期风格只在《石磨》④、《五个饽饽》⑤等小说中保留了些许痕迹。

莫言逃离了乡村，并在刚开始从事文学写作时将之牧歌化。从这类作品的风格、主题、基调中，我们可以看到现实主义文学及其支流（如善于截取生活片段表现人情人性的孙犁、茹志鹃的作品）的影响。然而，早期乡村"风景"在莫言其后的乡村书写中几乎全都不见了。这是因为它不"真实"，还是因受到社会主义现实主义文学的影响而"不成熟""不深刻"呢？当莫言进入军艺接受了系统的文学创作教育之后，他笔下的乡村渐渐粗鄙化了——20世纪80年代的文学成见和时代精神使然（莫言受到西方现代主义、拉美魔幻现实主义的深刻影响）。不必援引关于"风景的发现"的后现代理论，读者亦能知道，莫言重新"发现"的乡村与其说是更真实的存在空间，毋宁说是他的"发明"与想象力的试验场。

从坚实的大地升腾到想象力的天空，与这华丽飞翔擦肩而过的是乡村的现实变革、农民的真正悲欢，撒落一地的则是炫技的羽毛。从"怨乡与恋乡"的纠结中走出来的莫言，终于可以名正言顺地"认同故乡""超越故乡"了：

① 莫言：《白鸥前导在春船》，载《小说创作》，1984(2)。
② 莫言：《为了孩子》，载《莲池》，1982(5)。
③ 莫言：《民间音乐》，载《莲池》，1983(5)。
④ 莫言：《石磨》，载《小说界》，1985(5)。
⑤ 莫言：《五个饽饽》，载《当代小说》，1985(9)。

到了 1984 年冬天，在一篇题为《白狗秋千架》的小说里，我第一次在小说中写出了"高密东北乡"这五个字，第一次有意识地对故乡认同。①

从此开始了啸聚山林、打家劫舍的文学生涯，"原本想趁火打劫，谁知道弄假成真"。我成了文学的"高密东北乡"的开天辟地的皇帝，发号施令，颐指气使，要谁死谁就死，要谁活谁就活，饱尝了君临天下的乐趣。什么钢琴啦、面包啦、原子弹啦、臭狗屎啦、摩登女郎、地痞流氓、皇亲国戚、假洋鬼子、真传教士……都塞到高粱地里去了。②

西方现代主义文学及中国 20 世纪 80 年代的先锋文学与田园牧歌风格是完全不相容的，那是另一套审美系统。一方面，现代主义文学观念对莫言的创作手法产生了影响；另一方面，这种观念也唤起了莫言关于农村"黑暗和苦难"的童年创伤记忆。③ 进入军艺的莫言，在"文学风气和个人阅读"的驱使下重新走进了自己的"血地"。在童年经验和新的文学理念的观照下，他的文学故乡变得粗鄙污秽、荒唐诡异、冷漠无情。这就是莫言所说的"超越故乡"："这种将故乡梦幻化、将故乡情感化的企图里，便萌动了超越故乡的希望和超越故乡的可能性。"④

《透明的红萝卜》⑤中的乡村是死气沉沉的，生产队长是粗暴专制的，人与人之间是冷漠的。《球状闪电》⑥中有一个与小说情节无关的似人非人、似鸟非鸟的怪物。这个会飞的瘦老头恐怖怪异，穿羽毛，吃蚯蚓，蝼蚁般活着。在《枯河》⑦中，作者直接点出乡村的"人世寒冷"：父母兄弟之间毫无亲情可言，小虎因得罪了村支书而遭父母、哥哥暴打；看到出走冻死的小虎尸体，"他的父母目光呆滞，犹如鱼类的眼睛……百姓们面如荒凉的沙漠"。长篇小说《天堂蒜薹之歌》中的农民更是粗鲁不堪。方四婶、高羊如同阿Q一般被裹挟进"造反"的"群氓"中。高羊这个出身不好的农民浑浑噩噩，小说中多次描写他喝自己的尿的场景，可谓荒唐透顶。监狱中的犯人像一群没有意识的动物。显然，这些小说中的"风景"与莫言早期小说中的乡村已有天壤之别。

---

① 莫言：《我的故乡与我的小说》，载《当代作家评论》，1993(2)。

② 莫言：《莫言散文》，233～234 页，杭州，浙江文艺出版社，2000。

③ "由于我相貌丑、喜欢尿床、嘴馋手懒，在家庭中是最不讨人喜欢的一员，再加上生活贫困、政治压迫使长辈们心情不好，所以我的童年是黑暗的，恐怖、饥饿伴随我成长。"莫言：《莫言散文》，240 页，杭州，浙江文艺出版社，2000。

④ 莫言：《莫言散文》，251 页，杭州，浙江文艺出版社，2000。

⑤ 莫言：《透明的红萝卜》，载《中国作家》，1985(2)。

⑥ 莫言：《球状闪电》，载《收获》，1985(5)。

⑦ 莫言：《枯河》，载《北京文学》，1985(8)。

二、 乡村的礼与法： 启蒙的失效

重新"发现"故乡的莫言书写了乡村的粗鄙蛮荒。这个已经远离乡村的知识分子声称自己并未"吃一片洋面包，便学着放洋屁"。他谦虚地称自己的小说为"地瓜小说"。这些土洋结合的"地瓜小说"正是 20 世纪 80 年代文学的"高大上"。莫言这一时期的乡村题材小说不仅展现了"新时期"之后的乡村仍然存在的传统与现代的冲突，而且呈现了他对故乡及乡村中的礼法冲突的态度。

这些礼法冲突包括农村中的换亲陋习、随着"包产到户"一起出现的各种"封建"复辟（如包办婚姻、迷信盛行）与"现代文明"的冲突，还有个人的"独立自由"与传统价值理念、独生子女政策与传宗接代观念等的冲突。20 世纪 20 年代，以台静农为代表的乡土作家在描写乡村的愚昧落后时有着启蒙的冲动，与他们不同，莫言的乡村小说不仅无意于居高临下的启蒙，而且暗示了启蒙的无效。

《爆炸》[①]中的"我"在刚上小学的时候，就被"订了一个媳妇"，一个大"我"好几岁的"腔盘宽广"、身体壮实的农村姑娘。六年前，这个二十八岁的健壮农妇牵着"我"到公社登记。这六年来，"我"当了兵，提了干，还上了大学，大学住院期间还喜欢上一个"单眼皮大眼睛的女护士"。"我"在大都市上学、工作，偶尔回家，妻子玉兰和四岁的女儿留守农村。"我"这次回来的目的是让意外怀孕的妻子做人流。

"我"与玉兰的婚姻完全是父母一手包办的，谈不上"自由恋爱"，可是作者并没有祭出五四知识分子关于个人独立、婚姻自主的大旗，来为他的移情别恋乃至企图离婚辩解。"现代"意义上的离婚自由有利于强势的"我"，不利于弱势的玉兰。然而，玉兰也有保护自己的方法，她用来对抗"现代""自由"这套观念的武器居然是"传统"与"党"。打麦场上，收音机里播放着凄婉的吕戏，戏中的李二嫂控诉着黑暗家庭，感叹着命运的悲惨。苦情戏让玉兰认识到自己的处境和不平等地位，觉得自己"占理"。在她眼中，"党"的纪律能构成对党员丈夫的约束：

> 妻子把肩上的绳子摔下，怒冲冲地说：我不干啦！我给你们家当牛做马，我受够啦。我说：你想跟李二嫂一样吗？她说：噢，你想撵我改嫁？美得你。我知道你这两年学会了照电影，天天跟那些大嫂在草地上打滚，有了新鞋就想脱旧鞋，你别做梦！我打不着鹿也不让鹿吃草。

---

① 莫言：《爆炸》，载《人民文学》，1985(12)。

她说：你想得好，我孩子都有了，你还想休了我？党是怎么教育你的？①

玉兰像《秋菊打官司》中的秋菊一样，诉诸的并不是"法"，而是一个"说法"，一个"理"，后者曾被传统的礼固定下来。在这里，启蒙话语不仅无效，反而与权力结合在一起形成了新的压迫。与《爆炸》类似，《球状闪电》中的蝈蝈也因移情别恋要与妻子茧儿离婚。如前所述，形式平等的离婚自由无法有效维护弱者的利益，茧儿只能求助于公婆。蝈蝈的父亲本能地搬出传统（离婚会给"祖宗"丢脸）来压制这一现代之"法"。

《天堂蒜薹之歌》中高马与金菊的爱情更是让人唏嘘不已。高马与金菊像《白鸥前导在春船》中的大宝与梨花一样深爱着。可是金菊还有两个找不到媳妇的哥哥，金菊的父母为了给儿子找媳妇，与刘胜利的爷爷、曹文的爹娘"签订了三家条约"："公元一千九百八十五年六月初十日黄道吉日刘家庆长孙刘胜利与方云秋之女方金菊、曹金柱次女曹文玲与方云秋长子方一君、刘家庆次孙女刘兰兰与曹金柱长子曹文订立婚约三家永结秦晋之好河干海枯不得悔约。立约人刘家庆、方云秋、曹金柱。"这就是农村20世纪80年代盛行的换亲。金菊认了命，可是复员军人高马并不认账，他搬出《婚姻法》与这个"三家条约"对抗："金菊，你不要哭，听我给你念念《婚姻法》，第三条：'禁止包办、买卖婚姻和其他干涉婚姻自由的行为。'第四条：'结婚必须男女双方完全自愿，不许任何一方对他方加以强迫或任何第三者加以干涉。'这是国家法律，比这张破纸管用，你根本不要发愁。"可事实如何呢？去乡政府"说理"的高马被赶了回来。

被高马鼓动起来的金菊有了反抗意识，开始拒绝换亲，可是这种反抗在方家根本无济于事。金菊与高马只好私奔，但是凄惶逃跑没多久即被抓回。此时的金菊已经有了身孕，方家无奈，只好将金菊卖给高马："拿一万块钱出来！一手交钱，一手交货！"后来，高马因为"蒜薹事件"被抓，即将生产的金菊上吊自杀。金菊死后，她的大哥方一君以八百元的价格将金菊的尸骨卖给了曹金柱，与曹死去不久的儿子曹文结"阴亲"。

在叙述这个悲剧故事时，莫言出奇地冷静。他无意进行启蒙说教，只是零介入地写出农民的思维逻辑。启蒙失效的原因在于，经过社会主义革命和建设，农民——至少是先进农民（如高马）——的主体性已经确立起来了，但这并不是知识分子启蒙的结果。同时，随着"包产到户"的推行，小农经济及其附着其上的思想意识死灰复燃，而知识分子对分田单干的普遍支持使启蒙话语陷入尴尬境地（对农民"劣根性"的批判必然牵连到小

---

① 这篇小说中离开乡村的知识分子与农村姑娘的婚姻有着作者情感经历的影子。现实中的莫言在当兵后娶了过念两年书的农村姑娘杜勤兰为妻。婚后几年，莫言的妻女一直留在农村生活。尽管这篇小说在情节上与现实稍有重合，但读者切勿根据小说推盘。

农经济）。①

莫言后来提出"作为老百姓的写作"（他称之为"民间写作"）这一说法，与"为老百姓的写作"（他称之为"准庙堂写作"）相对立。在他看来，"作为老百姓的写作"不会去"揭露""鞭挞""提倡""教化"什么，持这一观念的作家只是普通老百姓，并不比读者和作品中的人物高明。进入21世纪，莫言明确拒绝启蒙："从某种意义上说，'为老百姓的写作'也就是知识分子的写作。这是有漫长的传统的。从鲁迅他们开始，虽然写的也是乡土，但使用的是知识分子的视角。鲁迅是启蒙者，之后扮演启蒙者的人越来越多。大家都在争先恐后地谴责落后，揭示国民性中的病态，这是一种典型的居高临下。其实，那些启蒙者身上的黑暗面，一点也不比别人少。所谓民间写作，就要求你丢掉你的知识分子立场，你用老百姓的思维来思维。否则，你写出的民间就是粉刷过的民间，就是伪民间。"②莫言以"本地人"自居，认为知青作家"无法理解农民的思维方式"，"总透露着一种隐隐约约的旁观者态度"③。他进而声称："'知识越多越反动'，从文学的角度上来看，是有几分道理的。"④

那么，这个将"作为老百姓的写作"等同于"写自我的自我写作"的地瓜作家，在拒绝启蒙、拒绝"知识"之后，所写的农村就是未经粉刷的"真民间"吗？如前所述，莫言的乡村其实是他的"发明"。莫言的写作真的如此无功利吗？事实上，莫言的写作从未远离政治。

三、 乡村书写的政治学

莫言说，小说还是应该离政治远些，但有时小说会自己逼近政治。

莫言的乡村书写有着显而易见的政治性，这一点是毋庸置疑的。莫言曾说："我看作家在写作时，有时候真的要装装糊涂。也就是说，你要清醒地认识到，你认为对的，并不一定就是对的，反之，你认为错的，也不一定就是错的。对与错，是时间也是历史的观念决定的。'为老百姓的写作'要做出评判，'作为老百姓的写作'就不一定要做

---

① 除了以上小说，莫言还在《欢乐》（《人民文学》1987年第1期）中讽刺了"人道主义"这一口号的空洞和脱离现实。在《白狗秋千架》（《中国作家》1985年第4期）中，暖以其原始欲望揶揄了知识分子的救赎。很多学者对《白狗秋千架》进行了分析。王德威在《千言万语，何若莫言》（读书1999年第3期）中认为，在这篇小说中，莫言以一个农妇的身体欲望嘲讽了知识分子的纸上谈兵，是对五四以来的启蒙话语的瓦解。程光炜的《创作——莫言家世考证》（《新文学史料》2015年第3期）也持类似观点。张莉的《唯一一个报信人——论莫言书写故乡的方法》（《文学评论》2015年第2期）亦发现，《白狗秋千架》没有启蒙视角。

② 莫言：《文学创作的民间资源——在苏州大学"小说家讲坛"上的讲演》，载《当代作家评论》，2002(1)。

③ 莫言：《莫言散文》，233页，杭州，浙江文艺出版社，2000。

④ 莫言：《文学创作的民间资源——在苏州大学"小说家讲坛"上的讲演》，载《当代作家评论》，2002(1)。

出评判。"①尽管认识到对错应该交给历史来决定，但在书写乡村时，莫言不仅没有"装糊涂"，而且有着明确的政治的、道德的"评判"。

莫言批判"中国社会各阶级的分析"，认为它造成了阶级斗争，但他实际上也继承了阶级分析的方法。莫言乡村小说中的人物有着清晰的阶级属性，只不过莫言在"革命第二天"的形势下，反其道而用之。

值得注意的是莫言乡村小说中的大队书记(或村主任)形象。莫言在建构乡村政治空间时，对大队书记的描写很有现实批判性。《透明的红萝卜》《枯河》《欢乐》《天堂蒜薹之歌》中的大队书记或村主任全是非正面形象。

对于基层干部，莫言有着特殊的"创作手法"，即对现实进行改写。仅举两例。前举莫言十二岁去桥梁工地当小工，因偷了生产队的萝卜受到惩罚。莫言后来回忆说："桥梁工地的负责人在桥墩上挂了一张毛主席的宝像，然后把所有的民工组织起来，在桥墩前站成了一片。负责人对大家讲了我的错误，然后就让我站在毛主席像前向毛主席请罪……桥梁工地的负责人一看我的态度不错，而且毕竟是一个小孩子犯了一个小错误，就把我的鞋子还给我，让我过了关。"②在小说《透明的红萝卜》中，队长不仅打了黑孩，而且把他的"新褂子、新鞋子、大裤头子全剥下来"，让黑孩一丝不挂地回家。在另外一篇文章中，惩罚变成了"跪"在毛主席像前请罪。③ 从"站"到"打"再到"跪"，原先相对温和的惩戒变成了一种暴虐。

还有对姑姑这个妇产科医生关于流产及计划生育的态度的改写。《爆炸》中的姑姑在乡卫生院力劝"我"不要给玉兰做流产手术。"我说：要流产。姑说：生了吧，也许是个男孩呢！我说：我有一个女孩。姑说：女孩到底不行。我说：您也这样说？姑说：只有我才有权力这样说。姑可是闯社会的，女人本事再大也不行。"这里的姑姑尽管重男轻女的传统观念很重，但富有人情味，更贴近"现实"。到了《蛙》中，姑姑显得冷酷无情。姑姑歇斯底里，铁面无私，逼迫"我"的妻子王仁美去做引产手术。最终，王仁美死在了手术台上。

除了改写，莫言还善于将乡村中的道德问题转变为政治问题。莫言将因偷萝卜遭父母哥哥毒打归因于家庭的中农成分，而不是父亲对子女的严苛④以及偷东西对乡村道德的违背。与之类似，他将《枯河》定位为"一篇声讨极'左'路线的檄文"⑤——超出了所有评论家的政治解读。

---

① 莫言：《文学创作的民间资源》，载《当代作家评论》，2002(1)。

② 莫言：《莫言散文》，269～270 页，杭州，浙江文艺出版社，2000。

③ 参见莫言：《莫言散文》，235～236 页，杭州，浙江文艺出版社，2000。

④ 莫言的大哥管谟贤在回忆对子女异常严厉的父亲时说："我们小时，稍有差错，非打即骂，有时到了蛮横不讲理的地步。"管谟贤：《莫言小说中的人和事》，载《莫言研究》，2006(1)。

⑤ 莫言：《莫言散文》，242 页，杭州，浙江文艺出版社，2000。

在将贫下中农描写成流氓无产者的同时，莫言也会为地主鸣不平。他认为有些地主勤劳致富，是农村中的先进生产力，其与长工的关系甚至不乏温情。这一政治倾向集中体现在《生死疲劳》中的地主西门闹身上。小说中的西门闹"热爱劳动，勤俭持家，修桥补路，乐善好施"，"靠勤劳致富，用智慧发家"。在莫言眼中，地主"就跟现在的种粮大户一样的，先富起来的人，他第一勤劳，第二有头脑"①。显然，政治经济学视野的丧失，必然使莫言得出逸出主流的结论。②

此外，莫言的乡村书写体现了某种对立思维和"新阶级"观念。

莫言对大队书记的描写以自己的生活经验为基础。农村基层干部尤其是公社、县一级的干部与普通农民在社会待遇、生活水平等方面有差别。因为切肤之痛，出身农村的莫言对这些"不平等"有着天然反感——这是可以理解的。以"蒜薹事件"为核心的《天堂蒜薹之歌》是一个值得分析的文本。故事发生在 20 世纪 80 年代中后期。因为上一年蒜农卖蒜薹发了家，所以县政府号召全县农民下一年广种大蒜。希望农民致富的愿望当然是好的，可是，由于市场饱和，蒜薹价格暴跌（三分钱一斤都没人要），再加上农民负担过重，蒜农普遍破产。最终，愤怒的蒜农集结了起来。

在这次事件中，复员军人高马喊出了"打倒贪官污吏！打倒官僚主义！"的口号。被抓后，高马还与警察辩论"社会主义"：

> 我恨你们，我不恨社会主义。你以为社会主义是个招牌？警察说，社会主义是一种社会形态，这种形态不是抽象的，而是具体的。它体现在生产资料的公有制上，体现在分配制度上。还体现在你们这些贪官污吏身上，对吗？高马愤怒地说……我恨你们这些打着共产党旗号糟蹋共产党声誉的贪官污吏！我恨你们！

高马的感情是朴素的，另一位青年军官则将他的"恨"上升为理论。这位青年军官的父亲也参与了这次事件，他在法庭上为父亲辩护：

> 一个政党，一个政府，如果不为人民群众谋利益，人民就有权推翻他；一个党的负责干部，一个政府的官员，如果由人民的公仆变成了人民的主人，变成了骑在人民头上的官老爷，人民就有权利打倒他！

---

① 张旭东、莫言：《我们时代的写作——对话〈酒国〉〈生死疲劳〉》，154 页，上海，上海文艺出版社，2013。

② 参见张旭东、莫言：《我们时代的写作——对话〈酒国〉〈生死疲劳〉》，151 页，上海，上海文艺出版社，2013。

显然，青年军官的演说是作者的声音。但悖论的是，它与莫言一直否定的"文化大革命"在理念上有相通之处：官僚主义者乃至所有官僚已经成为一个"新阶级"，因此"造反有理"（依小说的理路，天堂县蒜农的抗议行为有合理性）。

小说中，青年军官将打砸县政府的原因归结为"天堂县昏聩的政治"，所有政府工作人员都被农民称为"政府"（或"男政府""女政府"）。

可见，作者认为，蒜农的破产是"政府"或"贪官污吏"造成的。但实际上，20世纪80年代中后期，农村改革基本结束，以商品经济为核心的城市改革已经开启（1984年）。此时，农民因"包产到户"释放的积极性以及国家提高粮价带来的政策红利消失殆尽，化肥等农用工业品价格高扬，加之通货膨胀，农民的收入缩水，开始陷入新的困顿，"三农问题"随之而来。

具体到天堂县的"蒜薹事件"，蒜农破产的根本原因在于遭遇了甫临的市场。单个小农在不确定的市场中，深感风险莫测。但市场这只手是无形的，农民能看到的只有有形的权力之手，这是以上对立思维的基础。

在长篇小说《生死疲劳》《蛙》中，莫言塑造了两个"彻底的唯物主义者"：洪泰岳和姑姑。这两部小说试图写出集体化及计划生育的内在逻辑，让这两个"坚定的共产党员"发出自己的声音。

四、 自我矛盾的小生产书写者

20世纪80年代初期的农村题材小说和报告文学，很多涉及"包产到户"后的"先富"农民。在这些小说和报道中，先富农民没有一个是依靠小块土地发家致富的。[①] 莫言的早期小说虽然无意描写先富农民，但也在不经意间提及了他们的致富方式：《球状闪电》中的蝈蝈是靠奶牛养殖、《养猫专业户》中的大响是靠养猫、《天堂蒜薹之歌》中的高直楞是靠养鹦鹉……显然，莫言不是要称颂这些先富农民。在他心中，最值得尊敬的还是分田单干后的"古典农民"。

《生死疲劳》中的蓝脸是全国唯一一个单干户。[②] 蓝脸以前是西门闹的长工兼养子，土改后获得了自己的土地和生产工具，从此就不愿再向前走了。从这个意义上说，他确

---

① 比如高晓声的"陈奂生系列"。陈奂生包产后，分得六亩三分地，生活虽有改善，但始终没有富裕起来。不仅没有富裕起来，他在20世纪80年代中后期反而陷入新的困顿。陈家村那些富裕起来的农民，或者依靠乡镇企业，亦工亦农，或者从事养殖、经商等。土地成为很多农民的拖累。

② 《生死疲劳》中的蓝脸是有原型的。在一次对话中，莫言说原型是他太太村中一位姓兰的农民。参见张旭东、莫言：《我们时代的写作——对话〈酒国〉〈生死疲劳〉》，158页，上海，上海文艺出版社，2013。在另外一场对话中，莫言说原型是他的爷爷。参见莫言、王尧：《莫言王尧对话录》，20页，苏州，苏州大学出版社，2003。

实是土改的受益者。他不愿加入合作社—人民公社的原因，用蓝脸父子的话说就是："我们单干，完全是出自一种信念，一种保持独立性的信念。""就是想图个清静，想自己做自己的主，不愿意被别人管着。"这种农民有了自己的土地，然后通过在这小块土地上辛勤劳动就有了"自主性"的想法，同样基于莫言本人的认识："土地只有归了农民所有，农民才能真正自己做主人。"①

小农经济能否让农民真正具有"独立性"进而富起来呢？事实上，希望依靠小块土地"发家"的小生产者的迷梦到1984年就破灭了（就像《天堂蒜薹之歌》所反映的那样）。先富农民绝不是蓝脸这样的"古典农民"。当年的贫下中农在"包产到户"后也分得了自己的土地，但他们及其子女随后就遇到了"三农问题"。莫言其实也注意到了这个问题。他在和张旭东的对谈里说："很荒诞，到了八十年代改革开放，先富裕起来的还是这部分人（指此前的地主、富农及其子女）。""地主富农家庭它有传统啊，各方面的继承，很快就富起来了。"不过，这些人的致富靠的是土地之外的工商业收入。贫雇农之所以依然贫穷，不是因为他们"懒惰"、没有"经济头脑"，而是因为他们如蓝脸般死守小块土地。

在《生死疲劳》中，蓝脸之子蓝解放说："从本质上讲，我是一个守旧的人。我迷恋土地，喜闻牛粪气息，乐于过农家田园生活，对我父亲这样以土地为生命的古典农民深怀敬意，但当今之世，这样的人，已经跟不上潮流了。"莫言也说自己是一个保守主义者，说蓝脸是一个守旧的倒退的人物。既然如此，莫言为什么还要顽固坚持小生产者的梦想，向"古典农民"致敬呢？正如有的学者观察到的那样，莫言的观念不仅与社会主义公有制相悖，而且与市场经济、虚拟经济相去甚远。②

这或许不仅仅是文人的"情怀"问题。对莫言来说，"古典农民"、小生产者虽然已经跟不上时代潮流了，但却是对抗现代消费主义的力量。科技无止境的发展、商品飞速的更新换代不仅加快了人们的生活节奏，而且破坏了生态环境。小说中的蓝脸，"不用化肥，不用农药，不用良种，不跟公家犯事。他是一个古老的农民标本。用现代的观点看他生产的粮食才是真正的绿色粮食"。对于这个人物，莫言说："我实际上是用蓝脸这个人物和现代疯狂发展的科技唱一个对台戏……所以我认为农业文明、自然经济的状态是一种可以长期、持续发展的状态，使我们的生活节奏慢下来，使生活变得悠闲，人变得优雅，有更多的时间来创造艺术，欣赏艺术。"③尽管近于痴人说梦，尽管有人会提醒莫

---

① 张旭东、莫言：《我们时代的写作——对话〈酒国〉〈生死疲劳〉》，141页，上海，上海文艺出版社，2013。

② 参见张旭东、莫言：《我们时代的写作——对话〈酒国〉〈生死疲劳〉》，180～181页，上海，上海文艺出版社，2013。

③ 张旭东、莫言：《我们时代的写作——对话〈酒国〉〈生死疲劳〉》，182～183页，上海，上海文艺出版社，2013。

言农业劳动的艰辛和残酷，莫言还是希望反英雄主义、反消费主义的小生产者身上蕴藏着生活和艺术相统一的可能性。

这里其实涉及中国当代乡土作家如何处理传统、革命与市场三者关系的问题。如甘阳所说，当下中国并存以下三种传统：中国文化传统（以儒家文化为核心）、社会主义传统（毛泽东时代的相对平等和正义）以及改革开放三十多年所形成的传统（以市场为核心，强调自由和权利等）。① 如何处理这三者的关系，也是关注历史政治、书写乡土变革的中国当代作家首先要面对并处理的问题。"新时期"初期的农村题材小说大多采取断裂的姿态谴责此前的农业集体化的无效率以及对农民的"剥夺"，同时普遍支持以"包产到户"为核心的农村改革。当时只有极个别作家，如王润滋，看到了这种断裂的严重性。王润滋的《鲁班的子孙》②呈现了农村改革导致的社会后果，如改革对传统道德的瓦解、对社会主义集体公益事业的冲击等。《鲁班的子孙》试图梳理清传统道德、革命成果与甫临的市场三者之间的关系，希望农村改革不以牺牲前二者为代价，同时寄希望于共和国前三十年与后三十年两个时代的历史统一，共同走向明天。但是，这一在今天看来颇为清通的立场在当时却被认为"政治不正确"，有否定改革的嫌疑。③

"三农问题"出现后，许多当年支持分田单干的作家失去了对现实发言的能力。面对农村的衰败和农民的贫困，这些作家没有对土地细碎化、农村卷入市场后的地区差异和贫富分化进行反思，反而让传统乡绅在作品中大显其圣。直到21世纪，"底层文学"才开始触及并反省农村改革的社会后果，社会主义时代的集体精神此时也被谨慎提及。可见，不同的乡村书写其实是对乡村不同发展道路的选择。但是，这些作家或者受困于20世纪80年代，或者囿于知识结构，未能在农村题材小说中厘清传统、革命与市场三者的关系。

这也是中国当代作家普遍存在的问题，莫言在这方面是一个典型。莫言既批判农业集体化，又不认同农村的商业开发和过度市场化。在对二者的拒绝中，他在小生产者身上看到了一种安稳和超克的能量。以历史的眼光看去，对资本主义的批判来自激进的社会主义与保守的封建贵族及各类小生产者两个方向。社会主义正是对资本主义现代性的"超克"，这是左翼革命的目标和动力，然而莫言对资本主义现代性后果的批判不是向前看的，而是向后看的。这种既否定农业集体化时代的英雄主义，又质疑改革时代的消费

---

① 用甘阳的话说，就是："我们今天需要重新认识中国改革成功与毛泽东时代的联系和连续性，重新认识整个传统中国的历史文明对现代中国的奠基性"，接续、打通"孔夫子的传统""毛泽东的传统""邓小平的传统"。这也是他所谓的"通三统"。参见甘阳：《通三统》，3～49页，北京，生活·读书·新知三联书店，2014。

② 王润滋：《鲁班的子孙》，载《文汇月刊》，1983(8)。

③ 典型评论如曾镇南的《也谈〈鲁班的子孙〉》(《文艺报》1983年第11期)、雷达的《〈鲁班的子孙〉的沉思》(《当代文坛》1984年第4期)。

主义的立场也使莫言陷入自我矛盾之中。

莫言躲避了崇高，也警醒着市场消费主义。他躲到小生产者的安乐窝里做起了恬淡安稳之梦。莫言曾谈到自己当作家的动机。在农村生活时，邻居是一位下放回农村的右派大学生。大学生告诉他，当了作家就可以赚成千上万的稿费，可以一天吃三次肥肉馅的饺子。"从那时起，我就下定了决心，长大后一定要当一个作家。""我开始创作时，的确没有那么崇高的理想，动机也很低俗。我可不敢像许多中国作家那样把自己想象成'人类灵魂工程师'，更没有想到用小说来改造社会。"[①]当了作家的莫言，认为作家与民间工匠一样都是小生产者，小说亦不过是"技术活"："'作为老百姓的写作'者，无论他是小说家、诗人还是剧作家，他的工作与社会上的民间工匠没有本质的区别。一个编织筐篮的高手，一个手段高明的泥瓦匠，一个技艺精湛的雕花木匠，他们的职业一点也不比作家们的工作低贱。"[②]

个人奋斗无可厚非，成名成家亦不丢人。在这个意义上，莫言成功了。他的小说"好看"，技术上也不错。不过，既然莫言是获得诺贝尔文学奖的大作家，读者就有理由对他有更高的期待：期待他跨出小生产者的门槛，重新打开政治经济学视野，睁开眼睛看世界，不再仅仅重复那些显而易见的困厄，而是看到那些隐而不彰的苦难与不公。读者期待已经吃腻了肥肉馅饺子的莫言有大胸怀。

五、结　语

莫言的乡村题材小说呈现出乡村书写方式的变化。这些小说中的乡村"风景"经历了从清丽明媚到污秽蛮荒的转变。因此，莫言重新"发现"的故乡与其说是一个更真实的存在，毋宁说是他的"发明"与想象力的试验场。在这新构建的文学王国中，莫言一方面试图"超越故乡"，另一方面暗示了启蒙的失效。他自觉地以"本地人"和普通老百姓的身份书写乡村的内在逻辑，然而这也显示出他的矛盾：他超越的只是故乡对他想象力的束缚，而对故乡的文化传统、生活方式乃至习俗信仰，他更多的是认可而非超越。在传统与现代、礼与法的冲突面前，莫言不是简单地站在城市或乡村的立场上，而是在揭露农村落后一面的同时展现农民的传统意识。似乎，这种传统意识暗含某种抵抗现代性负面后果的可能性。

这些乡村题材小说并未如莫言希望的那样"远离政治"，而是有着明确的政治的、道德的评判。莫言实际上继承了阶级分析的方法。他的乡村题材小说中的人物有着清晰的

---

① 莫言：《莫言散文》，279 页，杭州，浙江文艺出版社，2000。

② 莫言：《文学创作的民间资源——在苏州大学"小说家讲坛"上的讲演》，载《当代作家评论》，2002(1)。

阶级属性，只不过在"革命第二天"的形势下反其道而用之。莫言又是一个自我矛盾的小生产书写者。如同大多数中国当代乡土作家无法厘清传统、革命与市场三者的关系那样，莫言在面对现实乡村时也陷入了混乱和矛盾。莫言既批判农业集体化，又不认同农村的商业开发和过度市场化。在对二者的拒绝中，他在小生产者身上看到了一种安稳和超克的能量。这一向小生产者"致敬"的立场，与莫言的作家定位和创作动机也是一致的。然而正是这种小生产者逻辑的狭隘，让读者认识到重新打开政治经济学视野的重要性。

（原载《中国现代文学研究丛刊》2016 年第 10 期）

莫言之狂及其文化意味

樊　星

莫言是具有鲜明文学个性的作家。那么，在百花齐放、众声喧哗的当代文坛，他最突出的特色在哪里？

一、狂、雄、邪的追求

1985 年，莫言出道之初，曾经以管谟业的本名发表过一篇题为《天马行空》的创作谈。文中写道："文学应该百无禁忌。""创作者要有天马行空的狂气和雄风。无论在创作思想上，还是在艺术风格上，都必须有点邪劲儿。"①一个"狂"字，一个"雄"字，一个"邪"字，准确地表达了莫言的追求与个性。

在思想解放的年代，中国人的狂放之气如期归来。中国文化虽然素以"温良恭俭让""中庸之道"闻名，其实也是有"狂狷"传统的。所谓"王侯将相宁有种乎""冲冠一怒为红颜""我本楚狂人，凤歌笑孔丘""我有迷魂招不得，雄鸡一唱天下白""生当作人杰，死亦为鬼雄"等，都是中国人率真、狂放情感的历史记录，十分生动。历史上多少思想家力图用"温良恭俭让""温柔敦厚"等理念改良民风、改造社会，结果如何？那么多的暴力革命、那么多的宫廷内乱、那么多的宗族械斗、那么多的土匪祸害，都使人必须直面历史的追问：我们的民族为什么那么习惯于以任性到狂放的姿态去解决种种纠纷？后来，"问苍茫大地，谁主沉浮？数风流人物，还看今朝""要扫除一切害人虫，全无敌"的革命浪漫主义豪情影响了不止一代人。"50 后"一代人经历过那个革命年代，自然接受了革命

---

① 管谟业：《天马行空》，载《解放军文艺》，1985(2)。

豪情的洗礼。革命的浪潮消退以后，思想解放、个性解放的浪潮取而代之，这才使得 20 世纪 80 年代的思想界、文学界英雄辈出。他们或"为民请命"，或为改革呐喊，或为五四招魂，或标新立异，都激扬文字，叱咤风云。各种主张百家争鸣，众多名篇百花齐放，一代狂人茁壮成长。莫言虽然来自贫困的乡村，却也在走上文学之路伊始就发出了"天马行空"的雄强之声，堪称那个意气风发的时代的缩影，也可见那股狂气在民间的根深蒂固。

于是，对莫言其人及其文学作品的研究也就具有了文化研究的标本意义：他狂出了怎样的境界？他的狂又体现出了怎样的民族性格？

二、 文学品格： 在狂中多变

狂，使莫言的文风变幻莫测、不拘一格。

莫言的早期作品透出别致的诗意：《民间音乐》如怨如诉，又于袅袅回荡的清新、神秘旋律中透出超凡脱俗的奇气。女主人公花茉莉就因"泼辣漂亮决不肯依附别人"，身为副科长的丈夫却"像皇帝爱妃子一样爱着她"而离婚，自食其力。她拒绝了身边几个男人的求爱，显得超凡脱俗，后在一个长相奇特的流浪盲艺人的箫声中感受到"一个少妇深沉而轻软的叹息"，"竟有穿云裂石之声……拨动着最纤细最柔和的人心之弦，使人们沉浸在一种迷离恍惚的感觉之中"。她身不由己地对他一见钟情，不想那盲人比她更不食人间烟火，居然不辞而别。人间多奇人。莫言以饱蘸诗情的笔触写出了乡村奇人的特立独行，以及奇人与奇人虽有精神共鸣却仍难成眷属的人生之谜。这样的诗意沛然之作不同于孙犁、汪曾祺、刘绍棠、贾平凹的清新、空灵。孙犁的《荷花淀》、汪曾祺的《受戒》、刘绍棠的《蒲柳人家》、贾平凹的《商州初录》都是当代"诗化小说"的名篇，也都早于莫言的《民间音乐》。尽管如此，莫言还是写出了风格特异的《民间音乐》——清新与神秘浑融一体，超凡脱俗中更有不食人间烟火的奇气。成名后，莫言多次谈到他从事文学创作的初衷是一天能吃上三顿饺子。那坦诚与《民间音乐》的超凡脱俗形成了多么鲜明的对照！

莫言的成名作是《透明的红萝卜》。该作通常被推举为当代"新潮小说"的代表作。小说意象鲜明，笔触迷离，主题朦胧，充满象征意味。莫言对此另有论说："生活中是五光十色的，包含着许多虚幻的、难以捉摸的东西。生活中也充满了浪漫情调，不论多么严酷的生活，都包含着浪漫情调。生活本身就具有神秘美、哲理美和含蓄美。""生活中原本就有的模糊、含蓄，决定了文艺作品的朦胧美。我觉得朦胧美在我们中国是有传统的，像李商隐的诗，这种朦胧美是不是中国的蓬松潇洒的哲学在文艺作品中的表现呢？

文艺作品能写得像水中月镜中花一样，是一个很高的美学境界。"①虽然故事的背景是"文化大革命"，小说的氛围也相当压抑，但是小说主人公黑孩那些奇特美丽的感觉、那个透明而虚幻的梦却被作家写得朦胧可爱，惹人神往。如此说来，这部奇特之作是作家有意继承朦胧诗意的成功尝试。

到了《红高粱》，那诗意一下子变得不那么含蓄而是汪洋恣肆起来：

八月深秋，无边无际的高粱红成洸洋的血海。高粱高密辉煌，高粱凄婉可人，高粱爱情激荡。秋风苍凉，阳光很旺，瓦蓝的天上游荡着一朵朵丰满的白云，高粱上滑动着一朵朵丰满的白云的紫红色影子。一队队暗红色的人在高粱棵子里穿梭拉网，几十年如一日。他们杀人越货，精忠报国，他们演出过一幕幕英勇悲壮的舞剧，使我们这些活着的不肖子孙相形见绌，在进步的同时，我真切感到种的退化。

对爷爷奶奶率性而活的无限神往、对普通农民（也是土匪）奋起抗日壮举的讴歌，加上"谨以此文召唤那些游荡在我的故乡无边无际的通红的高粱地里的英魂和冤魂。我是你们的不肖子孙，我愿扒出我的被酱油腌透了的心，切碎，放在三个碗里，摆在高粱地里。伏惟尚飨！尚飨！"的嘶喊，这些都烘托出作家的精气神：热烈、狂放、不拘一格、百感交集又豪情万丈！

从朦胧中透出神秘到热烈升华为狂放，昭示了莫言的独特个性：时而忧郁、感伤，时而雄奇、高亢。那忧郁、感伤、雄奇、高亢来自何处？来自他所吸收的外国文学养分的驳杂。莫言曾经自道："我读外国的作品太杂了。我喜欢的作家是因着年代和我个人心绪的变化而异的。开始我喜欢苏联的，后来是拉美是马尔克斯，再后来是英国的劳伦斯，再后来又喜欢起法国的小说来。我看了他们喜欢了他们，又否定他们否定了喜欢过他们的我自己。你看我钦佩福克纳又为他把自己固定在一个地域一个语言系统中而遗憾。我讨厌千篇一律，希望在每一篇作品中都有不同层次的变化。要想变化就得反叛，不断地反叛家长权威、过去的规范连同你自己。"②博览群书，博采众长，这是许多作家都有的胸怀，但莫言的与众不同在于："看了他们喜欢了他们，又否定他们否定了喜欢过他们的我自己。"③这就与那些一旦找到自己喜欢的作家，就一味推崇、亦步亦趋的人区别开来。能够发现那些名家的不足，能够在不断的亲近与反叛中走向无限广阔的文学天地，的确是需要一股子狂气的。

---

① 莫言：《有追求才有特色》，载《中国作家》，1985(2)。
② 转引自赵玫：《淹没在水中的红高粱》，载《北京文学》，1986(8)。
③ 转引自赵玫：《淹没在水中的红高粱》，载《北京文学》，1986(8)。

莫言对待外国文学名家如此，对待中国文学经典也不例外。前面他谈到了自己对李商隐的推崇。后来，他又特别谈到童年读过的书，其中既有《封神演义》《三国演义》《水浒传》《儒林外史》那样的古典名著，也有《青春之歌》《破晓记》《三家巷》那样的革命文学作品。① 他还自道："《聊斋志异》是我的经典……魏晋传奇也非常喜欢，也是我重要的艺术源头。"这样一份书单，也显示了莫言读书的不拘一格。在李商隐那里，他学到了"朦胧美"；在《聊斋志异》那里，他学到了谈鬼说怪的才情；在《三家巷》《钢铁是怎样炼成的》等书中，他深深感动于那些缠绵感伤的爱情故事。莫言显然是早熟的人，有一颗憧憬美好爱情的心灵。在成长的岁月里，革命文学成为他接受爱情启蒙的读物。

求新求变之心，人皆有之。敢于以"要想变化就得反叛"作为创作的旗帜，并不断谱写出聚讼纷纭之作，正是莫言最突出的个性所在。

在《红高粱》中，他写土匪抗日，讴歌高粱地里的"野合"，渲染日寇剥人皮的残忍。这些都透出一股子叛逆的狠劲，也引起了非议。后来写《红蝗》，其中关于大便的大段文字虽然意在对比"高密东北乡人大便时一般都能体验到磨砺粘膜的幸福感"与"城市里男男女女都肛门淤塞，像年久失修的下水管道"，但无疑散发出粗鄙的、令人不适的气息。此后写《天堂蒜薹之歌》，他敢于写"土皇帝"的胡作非为，燃烧着"为民请命"的激情。到了《丰乳肥臀》，单是书名就激起一片惊呼，更因书中对残酷的政治动荡中一些过激行为的聚焦激起愤怒的声讨。《檀香刑》对酷刑的渲染、《酒国》对"红烧婴儿"案件的描写，也都相当惊世骇俗。这些"大尺度、重口味"的描写使莫言的小说常常充满了对高雅趣味的冒犯。尽管经常有评论家对此提出批评，但莫言依然我行我素。他也因此成为当代聚讼纷纭的作家之一。他的敢写、敢言表现了性格中的狂放不羁。他的作品得到的好评明显多于批判，也足以表明大部分读者还是喜欢他的狂放文风的。大家欣赏他那些既狂放又燃烧着美感的文字。

狂，当然就意味着无视禁忌，独往独来。

三、 刻画众多的狂人形象

莫言对狂人形象的刻画情有独钟。

《红高粱》里的余占鳌，何其狂也！想爱，就在高粱地里"野合"；恨起来了，就不顾一切地手刃仇人。《丰乳肥臀》中写"司马家的男人，都是一些疯疯癫癫的家伙"，从闹义和拳的司马大牙到狂得率性的司马库，无不具侠肝义胆。《檀香刑》写"高密东北乡人深

---

① 参见莫言：《什么气味最美好》，22～27 页，海口，南海出版公司，2002。

藏的血性迸发出来，人人义愤填膺，忘掉了身家性命，齐声发着喊"奋起抗德。这些都写出了故乡人的抗争历史源远流长。《生死疲劳》中的蓝脸敢于一直与合作化的浪潮较劲儿，敢于说"他们凭什么强逼我"。他甚至真的为此去省城上访。这样的逆潮流而动也体现出莫言的祖辈记忆。他曾经说过："我爷爷是个很保守的人……他发誓不到社里去干活。干部上门来动员，软硬兼施，他软硬不吃，有点顽固不化的意思。"谁说中国的农民安分守己、麻木不仁？敢于抗争、不怕牺牲也是他们的传统活法！

特别值得注意的，是莫言对女性狂放性格的不断描绘。

《民间音乐》里面的花茉莉拒绝粗俗男性的引诱，主动追求超凡脱俗的流浪艺人。《红高粱》中的戴凤莲敢于拿起剪刀反抗包办婚姻。《金发婴儿》中的紫荆敢于挣脱守活寡的苦闷，追求越轨的爱情。《白狗秋千架》中的暖为了"要个会说话的孩子"，主动要求荣归故里的童年玩伴与自己"野合"。长篇小说《丰乳肥臀》中的上官鲁氏婚后饱受婆婆和丈夫的欺凌，愤然走上了叛逆之路，向不同的男人"借种"，生下八女一男。她的女儿们也继承了她刚烈、强悍的性格，"一旦萌发了对男人的感情，套上八匹马也难拉回转"。她们有的嫁给土匪，有的甚至为娼。上官鲁氏的婆婆上官吕氏也是"铁女人"，是"真正的家长"。她甚至可以挥鞭抽打偷懒的老公父子。上官鲁氏的大姑姑也以"刚毅的性格、利索的手把"在"全高密东北乡都有名"。

《檀香刑》中"高密东北乡最美丽的姑娘"孙眉娘，"从小跟着戏班子野，舞枪弄棒翻筋斗，根本没有受三从四德的教育，基本上是个野孩子"。她虽已嫁为人妇，却无可救药地爱上了县令钱丁。且看她的那一番内心独白："俺爱的是你的容貌，是你的学问，不是你的心。俺不知道你的心。俺何必去知道你的心？……俺知道你爱俺如馋猫爱着一条黄花鱼；俺爱你似小鸟爱着一棵树。俺爱你爱得没脸没皮，为了你俺不顾廉耻；俺没有志气，没有出息；俺管不住自己的腿，更管不住自己的心……俺自轻自贱，颠倒了阴阳；不学那崔莺莺待月西厢，却如那张君瑞深夜跳墙。君瑞跳墙会莺莺，眉娘跳墙探情郎。"这堪称一个民间女子的爱情绝唱。她因为"家里有一个忠厚老实能挡风能遮雨的丈夫，外边有一个既有权又有势、既多情又多趣的相好；想酒就喝酒，想肉就吃肉；敢哭敢笑敢浪敢闹，谁也不能把俺怎么着"，感到十分满足，认为"这就是福"。这样的描写也写出了相当一部分中国女性的世俗生命意志、狂放不羁的性格。作家有意通过这样惊世骇俗的描写凸显出女性生命力的泼辣、性格的强悍。她们强悍到敢于突破礼教的约束、"常言"的羁绊，从心所欲，回归"本我"。那股子敢作敢当的泼辣劲头与武则天、穆桂英、孙二娘颇有几分相似。

《蛙》中的乡村医生万心，体现出了莫言对革命女性狂放性格的深刻反思：她风风火火、泼辣强悍、胆大包天，经过革命教育后更加疾恶如仇，勇于斗争，出手凶狠。她既能"与人民公社那帮杂种拼酒"，"千杯不醉"，抽起烟来也吞云吐雾，动作夸张；与同事吵起架来竟然能发疯般的"以更加猛烈的动作"去打斗。为了证明自己的清白，她割腕，写血书，可谓偏激、决绝之至。"文化大革命"之初，"她十分狂热"，逼死了老领导。后来她自己也被揪斗，却能在残酷的折磨中昂首不屈。到了改革开放的年代，她不惧流言蜚语，不怕暴力恫吓，坚决贯彻计划生育政策。作家写她"对她从事的事业的忠诚，已经到达疯狂的程度"，也由此写出了那个年代里许多"铁姑娘""假小子"和女干部的共同命运。她们为革命献出了全部的青春热情，也始料未及地付出了惨重的代价。

这样的反思与浩叹无疑寄寓了作家的深刻反思：泼辣的民风阴差阳错间催生出层出不穷的悲剧，狂热的"革命"也有可能使人身不由己地"异化"。到了时代巨变的晚年，万心意识到"那时所有的人都疯了，想想真如一场噩梦"，进而幡然醒悟，忏悔不已。她"认为自己有罪，不但有罪，而且罪大恶极，不可救赎"！除了她，还有她的徒弟"小狮子"。"小狮子"在革命年代被"锤炼出了一副英雄加流氓的性格，被逼急了，什么事都能干出来"。死于非命的王仁美，性格也"咋咋呼呼，动不动就要寻死觅活的"。王仁美的母亲诅咒起仇人来也是无比刻毒。无论是计划生育的支持者还是反对者，在性情暴烈、言行泼辣方面，他们可谓如出一辙。作家就这样写出了故乡女性的泼辣、强悍，以及对这一民风的喟然长叹。耐人寻味之处在于：作家对戴凤莲、上官鲁氏、孙眉娘等人的泼辣充满了欣赏，而对万心的泼辣做派颇多痛心之感。为什么？可能是因为戴凤莲、上官鲁氏、孙眉娘等人追求的是率真的爱情，虽然不合传统礼教却狂放得率真、可爱；万心追求的是政治表现积极、为此不惜伤害乡亲的异化人生。

狂放可能可爱，也可能让人讨厌。再看《酒国》中的女司机。她满口粗话，举止粗鄙不堪。这个"女汉子"既可以通过色相将素不相识的侦察员拉下水，又是酒国腐败的帮凶，还是酒店侏儒总经理的"第九号情妇"。她无疑是当代社会中一类精明女性的代表：既泼辣，又阴险，也无耻，还活得滋润。小说描写她勾引侦察员时"动作凶狠野蛮，没有半点儿女性温柔"，明显有讽刺之旨。由此我们可见莫言对于泼辣、强悍并非止于一味欣赏。他可以接受泼辣，甚至可以接受放荡，却对阴险、别有用心嗤之以鼻。

如此说来，莫言对于狂放民风的表现也是五味俱全的：时而讴歌那泼辣，时而反思那热狂。是的，狂也有另一面。暴君、昏官、土匪草菅人命的疯狂，都是兽性大发的可怕证明。莫言在《枯河》《筑路》《草鞋窨子》《酒国》中描写的家庭暴力、变态欲望、腐败官场，都令人想起鲁迅的《阿Q正传》《药》，也想起福克纳在领诺贝尔文学奖时谈到的可怕现实："我们今天的悲剧在于普遍的恐惧感……精神的问题已经不复存在了。剩下的只有一个问题：什么时候我的躯体会被撕得粉碎？"①对福克纳推崇有加的马尔克斯也有"暴

---

① 中国社会科学院文学研究所文艺理论研究室编译小组：《美国作家论文学》，367页，北京，生活·读书·新知三联书店，1984。

力贯穿哥伦比亚的历史"的感慨。

当然，所有人的悲剧不仅是"国民性"的悲剧，也都是人性的证明。

四、 中国现代的狂人传统与莫言的朴野之狂

这里就要写到中国现代思想与文学中的狂人传统了。从鲁迅写《狂人日记》，让狂人从写满"仁义道德"的历史上看出"吃人"二字，表达对黑暗历史的愤怒、绝望之情，到郭沫若在狂飙突进的年代里写下《匪徒颂》，讴歌"一切政治革命的匪徒们""宗教革命的匪徒们""学说革命的匪徒们""文艺革命的匪徒们""教育革命的匪徒们"，五四先驱们的狂放言论可谓叛逆之至！从田汉作词的《义勇军进行曲》中"我们万众一心，冒着敌人的炮火前进"，发出了千千万万不怕牺牲的中国人的狂放怒吼，到王实味敢于写《野百合花》，萧军拒绝收敛自己桀骜不驯的个性（他的《延安日记》就是证明），也都是勇于抗争的"正气歌"。20世纪50年代的一系列政治运动，尤其是"反右"，的确极大地戕害了中国知识分子的元气，但敢于提出独立意见的知识分子并没有因此消失：从"大右派"章乃器的拒不认"错"、从不承认自己是"右派分子"到翻译家傅雷被打成"右派"后拒绝用笔名出书，从经济学家顾准、孙冶方对革命与建设道路的"另类"探索到水利专家黄万里力排众议、反对三门峡工程等，都可谓狂矣！在当时，没有那份以卵击石的狂气，是不可能给后来人留下一份宝贵的精神遗产的。这些告诉人们：在当代，狂者没有销声匿迹。毛泽东本人也以"无法无天""造反有理"的浪漫一生将狂者之气发挥到了淋漓尽致的境界，可谓狂放之至！他的浪漫豪情深深影响了几代人，甚至影响了在开放时代成长起来的"现代派"诗人和艺术家。顾城就说过，他有两个榜样，一是孙悟空，二是毛泽东，因为他们都能够"无不为"。毛泽东是20世纪革命浪漫主义的一面大旗，其影响从中国传播到了美国、法国、日本、古巴等地。他的思想成为中国当代文化影响世界的一个重要标志。毛泽东的狂人气质中也有"反传统反体制""反潮流"的"现代性"因素。正是这些因素使毛泽东的思想在今天的西方也仍然具有不可思议的影响力。

说到莫言，他的狂放更带有老百姓"无法无天"的鲁莽之气。这股鲁莽之气与士大夫"万物皆备于我""安能摧眉折腰事权贵，使我不得开心颜"的凛然、清高之气很不一样。这是"苟富贵，勿相忘"的率真，是"大块吃肉，大碗喝酒"的痛快，是"砍掉脑袋碗大个疤""二十年后又是一条好汉"的无所畏惧。因此，无论是学川端康成，还是学福克纳、马尔克斯，抑或是学李商隐、蒲松龄，莫言都在作品中倾注了充沛的朴野狂气。他用自己的朴野、鲁莽之气融会贯通各家精神，蹚出了一条独特的文学之路。

这是一条燃烧着炽热欲望的道路。莫言因川端康成的《雪国》而产生了写《白狗秋千架》的灵感，并由此开始了对"高密东北乡"的书写。然而，《白狗秋千架》在追忆农村少

年渴望参军的欲望、渴望爱情的欲望时，写得何其灼热！

在演讲《福克纳大叔，你好吗？》中，莫言谈到了自己与福克纳的相似（"从小不认真读书喜欢胡言乱语""喜欢撒谎"等），同时谈到"我编造故事的才能绝不在他之下"，"我的胆子也比他大"。福克纳创造了一个文学家园，莫言则自称开创了一个"文学的共和国"，并说："我就是这个王国的国王……在这片国土上，我可以移山填海，呼风唤雨，我让谁死谁就死，让谁活谁就活。"同样是写故乡，福克纳的"约克纳帕塔法县"阴沉而压抑，莫言的"高密东北乡"则常常狂野而迷乱。《红高粱》中关于祖辈在高粱地里"野合""杀人越货，精忠报国"的讲述就惊世骇俗，别开生面。《红蝗》《金发婴儿》《丰乳肥臀》《檀香刑》中对故乡女性泼辣爱情故事的讲述，也写得如火如荼、如痴如醉。《红高粱》中的抗日壮举、《檀香刑》中的义和拳抗德暴动，《天堂蒜薹之歌》中农民对官僚主义的反抗，都写出了老百姓"冲冠一怒"的遗风。这显然也展示出作家本人对反抗的无限心仪。

莫言的文学就如同燎原的野火一样气势迅猛，也如同泛滥的洪水一样惊心动魄。这样的文学体现出了作家特立独行的性格。

莫言出身农家。他从小饱经饥饿、失学之痛，却也在忧患中产生了敢于直言的脾气。他从小就因为喜欢说话的毛病给家人带来了许多的麻烦，曾经发誓再也不说话，甚至以"莫言"为笔名，"但一到了人前，肚子里的话就像一窝老鼠似的奔突而出"，还因为"改不了喜欢说话的毛病……把文坛上的许多人都得罪了"。[①] 他个性的狂放于此可见一斑。

在许多作家的心中，文学是崇高的事业。莫言却早早就坦言："我的写作动机一点也不高尚。""当初就是想出名，想出人头地，想给父母争气，想证实我的存在并不是一个虚幻。"后来，他多次谈到少年时因为一天三顿吃饺子的梦想而想当作家的契机，谈到"创作的最原始的动力就是对于美食的渴望"。这样的文学观与崇高的文学观相去甚远，也对传统的崇高文学观形成了狂放的冲击力。在20世纪80年代那个启蒙的激情风生水起的气氛里，阿城关于写小说就是"怀一种俗念，即赚些稿费，买烟来吸"[②]的说法，王朔"调侃一切""我是个拜物狂，那种金钱的东西我很难拒绝，我看有钱比什么都强"[③]的直言不讳，都显示了文学世俗化潮流的冲击波。当然，既有伟大的、崇高的、感动了世世代代人的文学，又有世俗的、有趣的而且并不因此显得低俗的文学。

在许多人心中，"农民意识"意味着心胸狭窄、目光短浅、缺乏教养，是贬义词。莫言出身农民，曾在《我的"农民意识"观》中猛烈抨击歧视农民的言论："我认为许多作家

---

① 参见莫言：《什么气味最美好》，205～206页，海口，南海出版公司，2002。

② 阿城：《一些话》，载《中篇小说选刊》，1984(4)。

③ 王朔等：《我是王朔》，17页，北京，国际文化出版公司，1992。

评论家是用小市民的意识来抨击农民意识。"他对农民意识进行了辩证的分析："农民意识中那些正面的，比较可贵的一面，现在变成了我们作家起码变成了我个人赖以生存的重要的精神支柱，这种东西我在《红高粱》里面进行了比较充分的发挥。"说到农民的"狭隘性"，莫言认为："狭隘是一种气质……农民中有狭隘者，也有胸怀坦荡、仗义疏财，拿得起来放得下的英雄豪杰，而多半农民所具有的那种善良、大度、宽容，乐善好施，安于本命又与狭隘恰成反照，而工人阶级中，知识分子中，'贵族'阶层中，狭隘者何其多也。"因此，他提出"要弘扬农民意识中的光明一面"。同时，他也认为："无产阶级意识在中国是变种的，是烙着封建主义痕迹的。"这样的说法，堪称雄辩，自成一家之言。莫言对歧视农民、贬低农民的种种说法的反驳，值得人云亦云者深思！

莫言其实也非常清醒：他的狂放常常只停留在文学创作的层面。在《红高粱》中，他感慨"种的退化"。在《丰乳肥臀》遭到居心叵测的批判后，他并未反驳，事过四年才在美国的一次演讲中自道："你可以不读我所有的书，但不能不读我的《丰乳肥臀》。在这本书里，我写了历史，写了战争，写了政治，写了饥饿，写了宗教，写了爱情，当然也写了性。葛浩文教授在翻译这本书时，大概会要求我允许他删掉一些性描写吧？但是我不会同意的。因为，《丰乳肥臀》里的性描写是我的得意之笔。"这样的自道不就回答了那些神经过敏、吹毛求疵的批判者吗？

一边是思想解放、个性解放的时代浪潮浩浩荡荡，势不可当；另一边是随着这股大潮的起起伏伏，随着政治风云的变幻莫测，各种政治运动也此起彼伏。莫言是聪明人，知道应该如何应对那些非议与处分，在形势不利于自己的时候韬光养晦；在形势有利于自己时发出心声，为自己辩护。刘梦溪先生曾撰《中国文化的狂者精神及其消退》①一文，指出因为科学主义的制约，今天的狂人已不能与古代狂人同日而语，尤其经过 20 世纪50 年代以后政治运动的整肃，"我们已经进入了无狂的时代"。虽言之有理，但毕竟遮蔽不了这样的事实——从尼采、萨特这些具有浪漫主义气质的西方哲人成为青年知识分子的精神导师到呼唤个性解放的文艺浪潮持续高涨，从一批具有批判现实意识和公信力的"公共知识分子"的涌现（虽然他们批判现实的立场显得非常理性，好像与"狂"无关，但他们敢于发表不同意见的勇气仍然非同一般，并因此具有了近乎"狂"的气质）到"新生代"文化人以激进的姿态继续"反传统""反潮流"，当代人的狂放就这样在曲曲折折的时代发展中表现得更加丰富多彩。

［原载《福建论坛（人文社会科学版）》2016 年第 11 期］

---

① 刘梦溪：《中国文化的狂者精神及其消退》，载《读书》，2010(3-5)。

三、 莫言访谈

莫言对话勒·克莱齐奥：文学是最好的教育^①

莫　言　勒·克莱齐奥　徐　岱

徐岱： 尊敬的勒·克莱齐奥先生、莫言先生、许钧先生，欢迎三位来到美丽的西子湖畔。首先，请教勒·克莱齐奥先生一个台下的听众和我本人都有兴趣关心的问题。从最初的文学试笔到最后登上文学荣誉的巅峰，您是怎样走上这条道路的？就是说，最初是什么机缘让您一生与文学相伴？假如时间能够穿越，让您重新做选择，您还会继续当一名作家吗？还是会投入其他什么领域，比如说成为法国的乔布斯或者比尔·盖茨？

勒·克莱齐奥： 我想起多年前在法国有一份调查，是问作家为什么选择当作家。诺贝尔文学奖得主贝克特回答说：我只能做这事。中国作家巴金对此也有思考，他的回答是：美好的人生太短暂了。对我来说，这个问题也非常简单。我之所以当作家，是因为我只能当作家。这也许是因为我有很多的不足，也有很多的缺陷，比如说我不能去当一个很好的士兵，不能去当一个很好的海员，也不能去当一个很好的工匠，同样做不了一个科学家，不会在大庭广众之下讲故事，也不会在意大利或什么地方当一个好的喜剧演员。我只能写作。即使我创造了些什么，我也很难去推销，所以只能好好地写作。

徐岱： 谢谢勒·克莱齐奥先生。关于刚才这个问题，我也替台下的听众请莫言说说。这是一个物质化的时代。假如您并没有获诺贝尔文学奖，并且老天爷给您第二次机会，您是还会选择当一名作家，还是转换一个身份，跟马云较量一下？

莫言： 这个问题让人产生了很多美好的联想，因为我们知道时光不会倒流，也知道关于来世的想法在当今很少见。但可能正是因为我们有关于来世的一种想象，所以就会约束自己当下的行为，需要经常对自己正在做的事情和已经做过的事情进行一些反思。

---

① 2016 年 5 月 24 日，莫言与勒·克莱齐奥在浙江大学对谈"文学与教育"。

我回忆一下。实际上我在上小学的时候，爱好非常广泛。记得第一次了解到地球、太阳、月亮之间的关系，是在校长给我们上的一堂自然课上。我一下子对天文学产生了浓厚的兴趣。老师是下午给我们讲的课，晚上碰到农历十五，一轮明月高挂天空。我站在下面对月亮展开儿童的想象，既想到老爷爷给我们讲过嫦娥、吴刚伐桂、玉兔的故事，又想到几个小时以前校长讲的知识。校长讲得很科学，说月亮上无比荒凉，没有水没有空气；地球是转着的，是圆的。那个时候我不相信校长的话，认为他在胡说。既然地球是转着的，为什么没有转走？既然地球是圆的，为什么人不会滑下去？……正在胡思乱想的时候，我们看到校长从学校办完公回家。我们拉着他不放，把刚才的问题还给他。校长说我跟你们也说不明白，你们长大会明白。实际上我长大了也搞不明白。长大后，我更觉得了解了很多事物的真相还不如不了解，让我保存一个嫦娥奔月、吴刚伐桂这样美丽的故事更加美好。

所以我想，假如有机会再活一次，我也许还是会继续写作，因为我不愿意太多地了解事物的真相，尤其不愿意太多地了解脚下的地球和天上灿烂的星空的真相。一旦了解到地球这样子大，人这样子渺小，我们在地球当中不过是可以被忽略不计的微尘；想到人的生命八十岁、九十岁似乎很长，但一旦被放到宇宙进化过程当中又是那样的短暂；想到人世间这么多的纷扰，这么多的欲望，奋斗的意义就会减少。听说根据地球的条件发现了差不多适合生物生存的星球，我很高兴；但又听说距离我们有 1400 光年，基本上跟我们地球人不会有关系，因为光还要走 1400 年，没有一个人能坚持走到那里。假如有来世，我感觉自己还是会写点小说，在自己了解的科学知识还不太多的时候，用文学的方式想象一下人生和世界。这可能会让我活得更加有激情。

徐岱：我把莫言先生刚才讲的话稍微总结一下。第一是说他希望人活在世上对这个世界保留一点神秘感。第二是说应该在这个神秘感的基础上保留一点神圣感。我个人很认同他这两个观点。

下面有问题要请教勒·克莱齐奥先生。据说您非常欣赏中国作家老舍的作品，因此我有两个问题。第一，您的记忆中有没有什么样的文学作品对您产生过特别的影响？第二，在您漫长的文学之旅中，文学对您本人究竟有怎样的意义？同样的问题也请莫言先生跟我们谈一谈。

勒·克莱齐奥：多年前我阅读过老舍的作品。我喜欢他的文字，也喜欢他描述的那个空间。后来我到了北京，北京是老舍生活过的地方。到了以后，我发现他所描写的世界很多都已经不存在了。那个时候的人也在现实世界中慢慢消失。但是，老舍的文字却把他们留下了。如果说他的作品能够影响我，是因为我的内心对他构建的世界有某种认同。我说的那个世界，或者说老舍的作品里，有一些让我感到满足的描写。因为他怀有一种思乡的情感，同时又隐现着忧愁。这两点对我有很大的触动。

我觉得文学之所以让人感动，就是因为当一个世界不复存在的时候，文学可以帮助我们结识它。在人的想象当中，这个世界能引起共鸣。作家在书写这样一个世界的时候，有的时候有回忆，有的时候是想象，有的时候甚至带有一种绝望。读了老舍的作品，我们就会去寻找那个已经失去的世界。很多作家，包括法国的普鲁斯特，他们讲述的世界也是一个已经消失的世界，是一种已经过去了的生活。刚才莫言先生谈到了小时候的那些想象，恰恰就是这些想象可以让我们看到不复存在的、已经消失的世界。老舍和普鲁斯特为我们演示了不同时代的作家对于消逝的世界的怀念，我们这一代文学家也是如此。

我最早读的书不是文学书。记得那是战争年代，有一本书叫《阅读的快乐》，里面写到了各种各样的快乐，特别是关于鸟的。鸟一飞就是几十公里。对我来说，看到这样一种描写就会产生一种想象，想象鸟能在地球上飞，能在飞的过程当中看到树，看到溪水还有房屋，看到整个地球表面的这些东西。这些书慢慢打开了我们想象的世界，这就是文学的力量。除了这种想象力的培育，通过读书，我慢慢长大了，产生了自我意识。杰克·伦敦有一部书，叫《野性的呼唤》。书里描写了一个猎人，他在冰雪天被狼围困，已经没有搏斗的力量了，整个身子越来越麻木，即将死去。这个时候他不断敲动手指，提醒自己还活着。对我们来说，这种自我意识是非常重要的。读书不仅提示我们自我意识的存在，还可以彰显一种道德的力量，让我们知道什么叫作丑，什么叫作耻辱，什么叫作爱，什么叫作怜悯。所以，我觉得，读书恰恰也有这样一种诠释自我意识的力量。

徐岱：刚才勒·克莱齐奥先生从文学的角度回答了一个很重要的问题，就是人应该具有两个维度。一个维度是你要现实，面前有条河就相信它是河，不能没有现实感；另一个维度是不能彻底成为现实的东西。假如没有一点梦想和超现实的东西，人完全就是现实的人，碰到问题就觉得无路可走。文学在这方面起到了很重要的作用。我们可以通过想象把不真实的东西展现为真实之物。如果你用信念追求它，它也可能会变成现实，有很多的困难就是超越现实的。这是文学很重要的功能。

莫言：我从写小说到现在有三十多年了，也算走过了比较漫长的文学道路。文学对我来讲，第一它是我的爱好，第二它现在是我的工作。一个人的爱好和工作结合在一起是一种最佳的状态。所以从这个意义上讲，我对自己以文学为职业应该是感到满足的。再往深里想，文学到底有什么意义？它是能够满足情感的一种方式。人的情感在不断更新，儿童时代有儿童的情感需求，老了以后有老年人的情感需求，没有一种东西可以满足人全部的精神需求。但是文学勉强可以。当我在现实中无法满足自己的情感的时候，也许可以用写作的方式，在小说里面、诗歌里面得到满足。我也可以通过阅读和欣赏的方式，读别人的书，读别人的诗，看别人的演出，获得强烈的共鸣，满足自己情感的需要。文学作品应该立足现实，跟我们当下的生活、跟我们的历史息息相关。但是伟大的文学作品必定都有未来，都有梦想。一部小说的人物中必定有一个能够站得住的典型人物，他身上有一种与众不同的东西，代表着未来。或者说我们能够通过读文学作品，想象人类社会将会发展成什么样。文学作品实际上可以寄托理想，寄托情感，满足情感需求，满足审美需求。

徐岱： 勒·克莱齐奥先生，您怎样看待自己的小说与读者的关系？我相信一般来讲，没有一个作家不希望自己的作品广为传播。您期待自己的作品有很大的受众群吗？

勒·克莱齐奥： 我个人的经验是，在写作的时候基本不考虑读者。很多硕士、博士做论文研究我的作品，我读的时候觉得很奇怪，觉得他们写的好像不是我。我的写作就像做梦，你做梦的时候不会考虑要为别人做什么梦。对我来说，写作是一种实实在在的行动。这一行动需要脑力，也需要体力，就像是去种树，去搬运很重的东西，让人感觉非常累。在写作的时候，我特别需要拉开一定的距离，就像有一种双重人存在：一个是纯粹写作的人，在用他的笔、他的墨写，现在是用电脑写；一个是脑海中想象的人，或是一个女人，去寻找某种艳遇，或是一个老人，害怕自己死去，或是一个孩子，在寻找自己的路……这种体验很难说清。

徐岱： 同样的问题也请教一下莫言先生。对您的作品的研究现在已经成为中国高等学府很多研究生的学位论文，您养活了我们不少的学生。这里面有硕士论文，当然也包括博士论文。您关心这些研究吗？

莫言： 我知道确实有很多硕士生或者博士生把我的小说作为他们论文的研究对象，但有人当面来请教的时候，我会建议他立刻换题，因为我没什么值得研究的。他们的问题都好深奥，如果不承认显得我很浅薄，如果说实话大家会很失望。其实我在写的时候，并没有想到很多"意义"。作家有的时候感觉这个地方有戏，这一拨人物之间关系很微妙，这些来自生活的细节很习常，能体现人类复杂性的某个侧面，然后就这样写了。作品写好后，一放大，一集中，便会产生新的意义，但作家在写的时候可能并没有想到会产生那么多的解读。没有一个作家会在写作的时候把小说或者诗歌的意义想得特别明白。如果想得特别清楚，表达非常准确，不产生任何歧义，这部作品其实是不成功的。所以一部作品有它丰富的可读性，解读的多元性，是正常的。我想任何一个作家实际上都被放大解读了。好的小说弹性空间特别大。我觉得文学批评家应该持宽容的态度，能够自圆其说，把我的小说当作证明自己理论的材料就好，不必向作家本人求证。因此，我对批评持欢迎态度，当然也建议浙江大学的老师同学不要选我作为你们的研究对象。

徐岱： 今天的话题是文学与教育。在中国，有一段时间，文学的教育作用不言自明，尤其是对20世纪四五十年代出生的人来讲，包括对莫言先生。文学曾经为几代人提供了对世界的认识和人生的智慧。对那些执着的热爱文学的人来讲，文学甚至能替代宗教。大家都知道，中国文化跟西方文化有一个重大的区别，就是我们的宗教文化不是那么繁荣和发达。但是，我们有非常繁荣的文学的传统。文学曾经替代了宗教，为几代中国人提供了信仰的基础。这种情况今天显然已经发生根本性的改变。今天会场很热闹，但我相信一个重大原因是两位的明星效应，并不完全源于你们优秀作家的身份。两位对此可能已经习以为常了。请问两位如何理解这样的追星场景？

勒·克莱齐奥：在欧洲的时候，人们常常问我，说你到中国去，是否经常参观中国的古迹、中国的建筑。我当然去，去过长城。但是我告诉他，中国还有一种"建筑"或者"丰碑"，是无形的，那就是文学。在我看来，文学在中国文化中的地位中显示了一分力量，显示了一种智慧，显示了一股激情。去年，我有机会跟南京大学不同专业的学生一起接触了中国的一些古诗，充分感受到了文学带给人的共鸣，文学带给人的共同的感受。它具有一种超越时代和超越空间的力量。我相信任何一种文学都不应该是民粹主义的文学，而应该为人类的文明提供力量。我知道中国的长城很伟大，但是我相信文学会比长城更加不朽，会比石头和那种物理形态的东西更加不朽。

我想补充一段。前不久在巴黎，我见到了几位中国的建筑学家。他们是武汉人。我和他们谈起了莫言。他们说莫言的作品写的是农村，说现在人们只对城市感兴趣，对农村不怎么感兴趣。我说，你们建筑学家是对农村不感兴趣，但是没有农村没有农民，你吃什么喝什么，那块生养你的土地还在不在。实际上，读莫言的作品，你能感受到跟大地之间的联系，感受到要对为我们提供粮食的农民感恩。文学作品是意识形态的载体，让我们思考人和大地之间的关系。他们听我这么回答，只是斜着眼睛看看我。

莫言：我一直在考虑追星现象。我觉得人生还是需要榜样的，青年也需要偶像。每一个年轻人在青春期都有自己崇拜的对象。有人是戏迷，有人是歌迷，实际上这都是明星崇拜。明星崇拜说穿了还是艺术崇拜。年轻人崇拜的哪怕是流行歌星，他必定也有唱得比别人好的地方，然后才能在艺术舞台上站住脚跟，赢得歌迷。文学可能比表演艺术更加清静一点，没有那么多狂热的东西，原因就在于读者跟作家不会像演员跟观众那样直接。读书是一种相对安静的活动。一个人在书房里静静地阅读，让你感动的是书里的人物，让你心灵愉悦的是书中的语言。这与看歌星在舞台上唱摇滚的感受不一样。作家成为明星的可能性比较小。我认为，一个作家没有必要成为明星。钱锺书说过同样的话：你知道这个蛋好吃，何必要知道下蛋的母鸡。作家和读者之间的关系牢固与否，还是要依靠作品内在质量的高低。你得了一个世界性大奖，我买你的书你看，发现写的还不如自己的好，对你的崇拜感立刻就会被化解掉。对我来讲，明星效应是很短暂的。

今天我之所以能够坐在这个地方，是因为勒·克莱齐奥先生是法国的大作家，又是许钧先生的好朋友，他们希望我来，我就来了。还有南京大学教授、当代著名小说家毕飞宇要来，我就来了。我崇拜毕飞宇。作家也有自己崇拜的作家，这个跟年龄没有关系。我觉得毕飞宇写得比我好，他写得比我"讲究"。我这么说的潜台词就是我自己写得不"讲究"，或者不够"讲究"。这是我很客观的一个讲究。

徐岱： 今天到场的听众当中，有相当一部分人是真正喜欢文学的。很遗憾因为剧场容纳不下太多人，所以很多人没法来到现场。二位能否对这些未来的作家说些什么？能不能推荐一两位你们认为值得阅读的作家的书？

莫言： 作家最怕的就是推荐同行的书。20世纪80年代以来，三十多年间出现了很多优秀作家，也出现了非常杰出的文学作品。读者可以看一下《白鹿原》，看一下这个年代的作家怎样看待中国的近代历史。年轻人会感受到一种跟当下社会完全不一样的社会，体会到人跟人之间的关系已经发生了这么巨大的变化。你会体会到传统道德、传统文化在几十年中发生的变化是令人瞠目结舌的。大家不要排斥当代文学。另外，我推荐我的山东老乡蒲松龄的《聊斋志异》，一部文言小说集。为什么推荐它？因为这里面用的是非常优美简洁富有文学色彩的文言。希望我们能通过阅读蒲松龄用文言写的小说，生出对中国文字、中国语言的敬畏。拿当下的写作语言跟蒲松龄的相比，你会发现里面浪费了多么大的空间。

勒·克莱齐奥： 书就不多推荐了，主要想对未来作家说一点忠告。关于阅读，我虽然不写诗，但是很爱诗，对中国的诗也有一些学习。中国当代有位诗人叫翟永明，她的诗对于女人的生存状况有非常好的揭示，看了让人很感动。其实这些诗不仅是中国的，也是全人类的。说到当作家，你要做好思想准备。如果没有那么幸运，你这辈子会过得很辛苦。所以年轻人若要去当诗人，最好还要谋一份工作，比如搞电影。作家还要面对一个困难，就是调和好批评家和作家之间的关系，时刻能够面对他们的责难和挑剔。对于未来的写作，做好迎接困难的准备是很重要的，同时还要保持那份爱。如果没有爱，一切都会更为困难。

徐岱： 今天被称为新媒体时代、网络时代，那种短小、奇幻的快餐式阅读已经成为大众阅读的普遍模式。因此，有人提出了文学消亡论，对小说的未来有一种悲观的态度。台下的听众也很关心这个问题。换句话说，文学或者小说的未来将会怎样，您二位能否大致向我们描述一下？

勒·克莱齐奥： 我讲过，文学会比长城、城楼更不朽。对于文学，我非常有信心，因为文学会给大家带来力量，会作为一种精神继续存在。作家非常重要的贡献就是对于语言的贡献。没有语言，没有那份新的体验，没有那份新的力量，没有那份细腻，不可能有更为真实的表达。现在都在讲创造，也有太多的日常创造，有些才两天就过时了；但是文学、语言会一直存在下去。我之所以喜欢中国，正是因为这一点。无论是我们的传统还是当下的教育，都认为文学在当今世界中具有重要的力量。我们不仅需要科学，也需要艺术。科学与人文艺术之间的那种平衡是非常重要的，而文学的贡献，它过去的贡献和未来的贡献，就是为人类的这种平衡和谐的发展起到重要的作用。

莫言： 今天讨论的题目就是文学与教育，所以我觉得，第一，文学的方法可能是教育最基本的方法，或者说最基本的教育方法。我们每个人从听爷爷奶奶讲故事起，实际上就在开始接受文学的教育。第二，文学也是重要的教育内容。我们听故事，读书，读诗，接触的都是文学的内容。在教材里，每一篇课文实际上都是很好的文学作品。我认为，文学不会像前几年大家所描述的那样即将死亡。我还是比较乐观的。为什么？文学是语言的艺术，只要人类的语言不消亡，文学就永远存在。我们之所以能够反复读一篇小说，读一首诗，就在于语言本身的美。或者说，语言这种审美的余韵是别的东西不能代替的。

徐岱：最后一个问题。两位都是当代杰出文学家，在你们漫长并快乐的创作生涯中，一定有不少难忘的经历和故事。能否讲述一下你们记忆最深刻的个人经历或者遭遇过的故事，与在场的浙大师生们分享一下？

勒·克莱齐奥：关于我的写作生涯，讲一个简单的小故事。小的时候，我没见过我父亲，后来知道父亲在非洲打仗。我跟母亲坐船去找他。那个时候是战争年代，我六岁多一点。路途很漫长，我们一路颠簸。我开始在船上写东西，没想到写了一部小说，写了一个年轻的非洲人寻找父亲的故事。我不是非洲人，我是以去非洲这么一种经验去想象的。实际上，这是我最早的创作经历。

莫言：文学生涯意味着两个方面：作为一个读者需要不断阅读，作为一个作家需要经常写作。我童年时代的阅读跟大家一样，能数出几百本书，其中一些书所带来的那种强烈的情感冲击会让你难以忘记。当年记忆最深刻、让我放声大哭的书是欧阳山的《三家巷》。读到女主人公被枪杀时，我非常难过。后来我又读了很多书，其中也有非常了不起的伟大的作品，却再也没有体会到那种强烈的感情冲击。

作为一个作家，你肯定会在无数次被退稿之后突然收到编辑部来信，告诉你小说准备采用。这是最高兴的事情。我的处女作发表在河北保定一本叫《莲池》的刊物上。当时接到一封薄薄的编辑部信件，我跑到宿舍悄悄撕开一看："你的稿子我们认为很有基础，请你方便的时候来编辑部一下，讨论一下修改的问题。"这可能是我写作生涯当中最高兴的一件事情。

徐岱：下午时间过得很快，我们的对话就要结束了。如果说在两小时的时间里诸位觉得收获了一些东西，成就属于几位嘉宾；如果说今天下午你们觉得还有一些不满足，责任由我来承担。再次把掌声献给两位嘉宾和许钧教授。

［原载《浙江大学学报(人文社会科学版)》2016 年第 5 期］

与军艺学员对话录[①]

莫言等

莫言：刚才，文学系徐贵祥主任、陈存松政委领着我一起见到了彭院长和正在我们学校访问的比利时国王和玛蒂尔德王后。由于时间非常仓促，今天来到学校，来到文学系的讲台上也没有多少准备，主要是跟大家交流一下。来到文学系肯定要谈文学，我大概了解到，在座的诸位都是文学系高研班的同学，有好几位都已是师职干部。师职干部在我们心目当中都是高级干部了。

记得1984年我读军艺文学系第一期的时候，班上有两个师职干部。一个是原济南军区的李存葆，一个是解放军报社的钱刚。那时我正排级，同学中有好几个正排级。正排职和副师职之间差了很多级。像我们今天在座的高研班学员中有好几位师职干部，师职干部到野战军里面得有多少人向你们敬礼？今天你们坐在这里向文学敬礼。由此可见，文学比军职干部还要高，比大区职干部也要高。托尔斯泰的军衔应该是和俄国总司令的军衔一个级别的。在文学领域，文学家在写作的过程中，尤其是在写作军事文学的时候，应该是没有级别限制的。托尔斯泰在写库图佐夫的时候，我想他站的高度比库图佐夫还高。我当年是认真地读过托尔斯泰的《战争与和平》的。我们当时在军艺的时候，也有一个响亮的口号，叫作"呼唤中国的托尔斯泰"。我们在我们的中国人民解放军中呼唤，但呼唤了多少年也没有把中国的托尔斯泰呼唤出来。我真的认真地读过他的书，尤其反复地读过《战争与和平》。我读到第三遍的时候有种恍然大悟的感觉，后来对照毛主席关于革命战争的一系列的著作，关于中国革命的战略，还有井冈山时期的一系列文章发现，实际上，《战争与和平》这部文学作品已经非常生动地、形象地、全面地论述了游

---

① 2016年6月24日上午，莫言在解放军艺术学院文学系与全军中青年文学创作骨干培训班学员座谈。

击战的战略战术。当年面对拿破仑的雄师，俄国的军队在库图佐夫的率领下，实际上运用的就是游击战的战术——拖的战术、磨的战术、熬的战术，结果把强大的敌人拖垮了，熬瘦了，最后打败了敌人。

文学和军事向来都有着密切的关系，尤其是在世界文学的经典里。伟大的经典多数都跟军事有密切的关系。我们刚才讲了托尔斯泰的《战争与和平》，另外一部伟大的作品《静静的顿河》，也是一部跟军事密切联系的文学作品。我们也可以说它是一部战争文学作品。总之，我想，战争是人类社会当中非常荒谬的现象，但又是不可避免的、必须要出现的、经常要出现的现象，确实是考验人性的巨大熔炉。人的本性和灵魂深处所包含的最善良的、最丑陋的、最勇敢的和最懦弱的东西，会在战争这个特殊的环境中暴露无遗。人的身上最高贵的品质和最卑劣的特性，也都会在战争这种特殊环境中得到展示。对于我们军旅作家来说，写战争和战争时期的人，应该是我们的一个强项，也应该是我们得天独厚、值得自豪的一个方面。因为我们毕竟经过长期或短期的训练，有的作家是直接从野战军战士成长起来的，有的还上过战场。像我们的徐贵祥主任，他就上过战场。在战场上打过枪没打过枪我不知道，但是他背着报话机，类似于《英雄儿女》里的王成——喊"向我开炮"的那个角色。

我们军队的作家有了军旅生活的体验，有的甚至有了战争的体验，写起军事文学、写起有关战争的文学来肯定是得心应手。我觉得军事文学是我们的文学非常重要的一个方面。很多描写和平年代生活的作品无法揭示的一些东西可以在描写战争的文学里得到揭示。它会揭示得更加深刻，它会直接触及人类灵魂深处最隐秘的地方。

我也很惭愧。我在部队当过二十三年兵，在军艺也受过军事文学方面的训练，也读了很多同学的、战友的军事文学作品，却一直没写出一篇像样的军事文学作品来。当然，我在很多小说里描写了战争场面，但那些场面都是非经典场面，都不是正儿八经的、堂堂正正的大兵团作战场面。我觉得，我们这一代作家实际上还是有一种非常强烈的描写经典军事场面的愿望。当时的年轻作家，如朱苏进、乔良、周涛、江奇涛等，都有一种写出中国伟大的军事文学的雄心壮志。大家也经过了长期的努力，但是结果现在看起来还是不尽如人意。所以，我想寄希望于在座的年轻的师弟师妹们。你们现在有对战争更全面的认识，也有更全面的素质训练，将来你们写起来可能比我们更加深刻。

军事的发展跟科技的发展密切相关，现在军队的装备和我当年在部队当兵时的装备已经有了很大很大的区别。我们当年所熟悉的军队训练模式、作战方式在今天已经非常小儿科了。我偶尔也会在中央七套军事和农业合办的频道上看到我们部队的大规模演习，发现现在真是一个高科技的时代。现在士兵的素质跟我们当年当兵的时候不可同日而语。在座的师弟师妹们肯定都是经常下部队的，我通过解放军艺术学院的学报也可以看到你们在全军深入边防部队，去实习、去体验生活的照片，感到你们和当下的军队是息息相关的。你们最全面地了解和掌握着当下我们的战士、我们的年轻干部的所思所想。

归根结底，文学还是要写人的。军事文学不是一种战争场面的汇集，最终还是要落实到对人的灵魂的揭示和刻画上，落实到对人的性格的塑造上，要塑造出典型的人物形象。对于一部作品，人们可能会忘记其中很多细节，但是作品所塑造的比较成功的人物可以让大家久久不能忘记。现在我回忆起 20 世纪 80 年代初期李存葆的《高山下的花环》，很多细节可能是记不起来了，但是它所塑造的靳开来这样一种典型人物形象，在我的脑海里还是栩栩如生。新的时期，军队和国家建设一样在快速地发展。军队是铁打的营盘流水的兵。老兵退役了，新兵入伍了，一代一代的战士、一代一代的干部也在发生着变化。比如说，要写出新时期军人的形象，必须跟新时期的军队密切联系，必须对战士们有非常准确的把握。

当然，军事文学是一个非常宽泛的概念。我们可以写当下军队的生活，也可以把笔触延伸到过去，延伸到抗日战争，延伸到红军时期，甚至延伸到我们古代的战争。但是无论是写历史还是写当下，我们都必须站在当下的立场上。只有站在当代军事文学的立场上，去重新观照三十年前、五十年前、一百年前甚至一千年前的战争，我们才能把古老的题材写出新意来。我希望能够读到在座各位写出的这类作品。

军艺培养出了一批又一批年轻的、朝气蓬勃的、才华横溢的作家。我在报纸上偶尔可以看到这些作家的作品片段。这两年我没有坐下来认真地研究我们军艺学员的文学作品，感到很惭愧，将来有机会要弥补一下，多看一看年轻的新一代作家的视野、艺术感觉，以及他们对文学的理解。谢谢大家！

韩亚辉： 老师您好。我受孙犁故居负责人的委托，首先感谢您的题词。孙犁故居自 2015 年 5 月 4 日开放以来，已经成为当地一景，受到群众的欢迎。前几天，河北省委书记带队到孙犁故居进行了参观指导，准备以此为轴心搞一个文化产业园。总占地不到两亩，已经规划了一个孙犁文化广场。在硬件上，故居还在不断地完善。在软件上，故居五月份搞了一个经典朗诵，朗诵了孙犁先生的、您的还有其他大家的一些作品。他们在积极培养后继新人。他们总体想表达的是，孙犁家乡的人民欢迎您到自己题字的乡土上走一走、看一看。我想提的问题是，当下孙犁老人的作品很少被提及，有点受冷落的感觉。我百思不得其解，想问一下您是怎么看待的。谢谢老师！

莫言： 我昨天晚上还看了最近一期我们军艺的学报，学报上有董夏青青采访徐怀中主任的一个采访。① 采访篇幅很长，徐主任在采访中就谈到了孙犁。他说孙犁的文学是

---

① 参见徐怀中、董夏青青：《我的未来回到文学创作的发地》，载《解放军艺术学院学报》，2015(2)。

军事文学中的一朵奇葩。在我们的战争文学题材里，他那样一种轻柔的写法、唯美的写法，真是一个伟大创造，还形成了一个流派——荷花淀派。20世纪五六十年代，他有很多追随者。很多年轻作家模仿了他的写作，包括后来像贾平凹他们也都受到了孙犁文风的影响。我本人在初学写作的时候也是孙犁的一个大粉丝。他的很多学生都在河北保定的文联工作，在某种意义上，也是他们把我扶持起来的。我也曾去白洋淀，深入一个渔民家里体验过几天生活。我早期的一些作品就是在有意识地模仿孙犁的风格。

我觉得军事文学，或者说整个文学有很多写法。孙犁就是轻轻地说，从来不用力。他的作品跟他的人真是高度地一致。有的作家的作品似乎在大声地喊，声嘶力竭。这样一种风格也有它的长处，但是我想还是有很多读者一直都在喜欢孙犁的。要说孙犁作品被冷落的现象，我觉得也是无可奈何，因为时代在发展，读者也在变化。应该说，每一个时代有每一个时代的作家，每一个时代也都有每一个时代的读者。每一个时代的作家和读者，实际上都是由该时代独特的生活和生活氛围以及整个的文化氛围决定的。但是，我相信，像孙犁这样的经典作家的经典作品会经常被重读。即便现在我们感觉好像没人在读的，但实际上还是有人在读的。现在没有人读的，说不定过不了多久就会重新有人读。起码在大学的课堂上，在学到文学史的时候，孙犁是永远绕不过去的一个巨大的存在。他创造的散文化的小说风格，或者小说化的散文风格，我想永远会有人把它当作学习的模板。孙犁到了晚年所写的一些回忆性的散文，实际上都很像小说。他的很多小说，也很像散文。

总之，至今还是没有一个作家可以替代孙犁的。他对细节的关注，尤其是他对年轻女孩的那种微妙心理的把握，我觉得是我们这一代作家望尘莫及的。

张乡林：莫言老师您好。我的驻地就在泉城。泉城四面荷花三面柳，也是个莲池。我们常常自诩我们编辑出版的《前卫文学》是军中的莲池。我想问的是，对我们这些区域性的军队文学刊物，您有什么寄语吗？

莫言：文学的区域性肯定是存在的。至于说军事文学有没有区域性，我得认真想一想。我认为应该是有的。军事文学作家在写作的时候，首先还是要调动最熟悉的家乡资源、童年记忆。你想，李存葆是军事文学作家，他的《高山下的花环》写的是对越自卫还击作战，离他的故乡山东几千里。但是在这部小说里，李存葆真正的立足点还是他的故乡，还是沂蒙山老区。小说里的人物所张扬、所秉持的基本精神还是老区人民为了支援革命无私奉献的精神。当然，小说也有关于麻栗坡、南方景物的描写，但是我觉得这些都是一些浮在水面上的东西，真正骨子里面的还是他的老家。

所以从这个意义上讲，军事文学应该也是有区域特色的。当然，作为整体的中国军事文学，首先要有中国的特色。它的区域性是由我们每个作家自己所熟悉的区域性汇集起来的，所以没有必要去回避。包括肖洛霍夫的《静静的顿河》，他就是写顿河、写草原、写哥萨克。他把战争、军队跟牧民、草原、当地的风土人情、当地的哥萨克文化密切地结合在了一起。所以从这个意义上讲，我们军事文学要突破区域性的、地方性的局限，这样才能具有更鲜明的特色。

丁旸明：老师您好。我前一段时间看了根据您的小说改编的电视剧《红高粱》。您是怎么看待这部电视剧的？是否满意从小说到影视的这种改编？还有，相比原来的《红高粱》电影，您觉得哪一个更符合小说原著的精神？

莫言：电影呢，做的是减法。因为电影的时间也就九十分钟，而一部长篇小说几十万字，有众多的人物、众多的场景、众多的情节，在一部时间有限的电影里面肯定是用不完的，所以它肯定做减法。当然，我想张艺谋还是比较成功地做了减法。电视剧是在做加法。在座的我们很多同志可能都接触过。如果电视剧只有二十集、三十集，制片人肯定是赔本的。现在演员的价码又很高，导演的价钱也高，所有的制作成本都大幅上升。只有把集数拉长，制片人才有可能赚钱。编剧写了四十集的剧本，最后可能会被剪成六十集。因此，它是在做加法。这样的话就要抻，就要加人物、加故事。《红高粱》小说里没有秦海璐演的嫂子那个角色。电视剧加了这么一个人物，一下子让九儿酒坊里的戏丰富起来了。等于说，这两个女人钩心斗角的戏差不多占了整个电视剧情节的三分之一。这样一种做法也无可厚非。我作为原作者，还是比较宽容的。既然同意制作方改编电视剧，就要考虑到制作方各种各样的利益，另外也要考虑到观众。现在大家看十集、二十集似乎不过瘾，集数越长，才越能让大家有种牵肠挂肚的感觉。

《红高粱》的电视剧我也没看完，只看了二十集，后来去美国访问了。回来后我一直忙着也没接着看，所以很难从整体上评价。总而言之，我想巩俐作为电影版的角儿、周迅作为电视剧版的角儿，都是可圈可点的。前天晚上，我还在国家大剧院看了一个评剧版的九儿。现在还有一个晋剧版的九儿，青岛那边还有一个舞剧版的九儿，我们老家还有一个茂腔版的九儿，大家改得还是挺有意思的。当然，我对他们的改动也有些无可奈何。跟他们谈，他们很难领会我的意思。我自己又没有时间动手修改，也就随他们去吧。总之，现在来看，电影版的《红高粱》确实是比较成功的范例。如果有人想把《红高粱》重拍一遍的话，我觉得张艺谋这一版本是一个很难逾越的标杆。

赵宏杰：我是一名来自 12 集团军的普通军人。我想问的是，我们现在生活的时代，这几十年，相对于我们历史上很多时期，可以说是一个非常伟大的时代：国家和平、社会经济文化不断强大、人民生活相对安居乐业。但不可否认的是，在经济、文化发展转型的过程中，也发生了不少五花八门、稀奇古怪的事。很多是负面的、消极的，甚至是有害的。大家都说您的作品是魔幻现实主义，而现实生活可能并不魔幻。请问文学如何在当下现实生活中担负起引领主流价值的责任，而不是被生活的洪流淹没或随波逐流？

莫言：我觉得第一个，在当下比较复杂的社会环境里，我们作为一个作家，首先要对社会现象有一个正确的、相对清醒的判断。我记得我们小的时候在农村里住着，去池塘里捞鱼，看到水面不断地翻起波浪，以为池塘里有很多的鱼，但实际上未必。有时候在水的表面翻起浪花的都是很小的鱼，真正的大鱼在水下是静静的、无声的。也就是说，一条小溪可能发出嘹亮的声音，一条宽阔的大江反而是深水静流。所以对当下社会，我觉得喧嚣始终是表面现象，就像长江、黄河的表面一样。它可能有很多的泡沫，裹挟着很多树枝、野草甚至死猫烂狗之类的，看起来很热闹，但水下是相对安静的。

我想我们这个社会能够保持基本稳定，几十年来一直保持一种上升状态，说明绝大多数人在脚踏实地、实实在在地工作着。农民在种地，工人在做工，老师在教书，学生在学习，解放军当然在训练、在站岗。这种表面的喧哗，实际上只源自少数人。我们应该有这么一个基本的判断。当然，我们现在在网络上看到的消息很多是负面的，有的甚至是惊心动魄的、令人发指的。不过我们国家是一个有着十四亿人的大国，发生一些事情也是不足为奇的。这样一种现象中国有，外国也有，现在有，过去也有，将来应该还会有。我们对社会应该有一个基本的、冷静的判断。

我们也可能会在日常生活当中碰到很多的坏人坏事。我们在新闻媒体上可以看到很多坏得不可理喻的人。但是，我始终坚信大多数人是善良的。一个社会能够保持基本的稳定，除了法制的力量之外，就是依靠千百万人的善念所凝聚成的道德力量。即便是坏人，有的在要求公道的时候，也会坚持传统的道德。你刚才提到社会主义的核心价值观。这不是从天上掉下来的，也不是说到了 1949 年，我们建立了中华人民共和国以后自己创造的。它实际上是从中华民族的数千年文化中提炼出来的，是对我们几千年优秀文化的一种继承，当然里面也有发展。这样一个影响了我们民族几千年的巨大的文化道德的力量，是不会轻易地被中断的。随着年龄的增长，我越来越坚信这一点。落到写作上，只要我们有这样一个基本的判断、基本的认识，那么我们还是应该在自己的作品里面坚持正确的东西，不要让一些表面的现象动摇我们对国家的、人类的基本认识。我想目前这样一种状况不是多么可怕的事情。公道自在人心，大多数人还是好人。我们每个人都不是完人，都有弱点，但到了一个关键时刻，人的善念还是会迸发出来，变成一种主流的。例如，很多人说农民很软弱，在日常生活中可能贪生怕死，但是回忆一下几十年前日本侵略中国的时候，成千上万善良的百姓揭竿而起，毁家抗日。这也是一个民族当时最基本的倾向。当然也有当汉奸的，但毕竟是少数。

周鸣：很荣幸能够向您请教。我是一名来自东海舰队的业余作家。现在军队处于大变革、大发展时期，尤其是我们海军部队。现实文学的创作是我们部队作家创作的主要方向，我们在部队生活中有些经历，有些积累，也在写作上做过一些尝试，但是写出来的东西总是四平八稳，没有特色。我个人非常喜欢您的《生死疲劳》，觉得您那种天马行空的想象力、特色鲜明的叙述方式非常棒。描写现实的军事文学创作是否可以从中加以借鉴？请您给一点好的建议。谢谢！

莫言：军事文学真的很难写，尤其是涉及专业性比较强的，比如写空军、写海军。军兵种技术和文学之间到底有没有关联，怎么把海军的特色写出来，我觉得这些问题还是挺难的。我没有当过海军。写到海军必然要写到大海，写到军舰。我记得海军一个创作员李亚去年写过一篇关于亚丁湾护航的散文。我早年也读过和海军沾边的《踏平东海万顷浪》《红旗插上大门岛》之类的书。这样的小说写的不是现代意义上的海军，写的是他们怎么用帆船攻下敌人占领的岛屿。这类小说之所以给我留下了深刻印象，是因为它确实写到了大海，写到了船，写到了渔民，写到了海岛上的一些风物。这些东西还是要努力在作品里进行呈现的。但是归根结底还是那句老话，无论写什么题材和内容，最重要的是把人物写好，写出特点。比如在写作海军题材的作品时，就要思考怎么样让人性和海军独特的东西结合起来。

我记得《红旗插上大门岛》里判断一个女人是不是真正的渔民，就看她的脚丫子。渔民常年赤脚站在甲板上。小船不断颠簸，渔民要站在船上不停地撒网收网，脚就需要紧紧地扒住甲板，所以脚趾是张开的，像扇子一样。如果是一个在客厅里长大的小姐，她的脚肯定不是这样的。记得我入伍时，班长问大家有什么特长，一个江苏籍战友说自己会开船，然后就伸出两只大手让我们看。他的手特别大，手臂特别粗，一看就是把过方向盘的。这两个细节给我留下了深刻的印象。他们的身体特征是和他们的渔民生活、开船的生活密切相关的。在现代化的海军、空军和各兵种里面，有没有能展现他所从事的职业跟他的性格、习惯有关联的细节呢？这需要我们深入挖掘，着重塑造。

刘丽群：莫言老师您好！刚才您提到军事文学创作，我们很期待您的高粱不仅种在山东，也种在我们军营，希望有一天全体官兵能够拜读您的军旅新作。我的问题是，有很多的专家、评论家在解读您的作品，您怎么看待他们的解读，是否认为存在解读过度的现象？

莫言：一部作品肯定会有很多的读者，实际上每一个读者都是一个批评家。因为每一个人看完书后都会做出一个判断。不管是好看还是不好看，读者都会形成一个基本的判断。有了判断，实际上就开始批评了。从这个意义上讲，作家的书写出来之后就变成了公共读物，谁来读谁来批评都是应该的。只要能够顺理成章地提出论点并自圆其说，就是应该完全被允许的。我想，传统的批评家首先是一个读者，他试图充当读者和作者之间的桥梁，如现在我们熟悉的毛宗岗评点《三国演义》、张竹坡评点《金瓶梅》等。很多批评家首先是称职的、非常认真的读者。他在充分阅读理解的基础上提出自己的观点，希望读者也能够沿着他的思考方向来阅读。这是一种传统的批评。

现在也有一些比较前卫的批评家，实际上不从解读作品入手，读书的目的就是写评论，就是准备材料。这样的批评家写出的文章有时难免比较牵强。出现这样一种理论式的批评，当然也无可厚非。理论本身也需要建设，批评家如果能够建立起自己的一套完整的理论体系，也是非常了不起的。

马政：莫言老师您好！我想请教一下，在创作之余，您对"80后""90后"的作家关注得多不多？有没有一些作品推荐给我们呢？作为前辈，您觉得新锐作家有没有继承中国传统文化，或者说他们身上有没有中国传统文人身上的特质？

莫言："80后""90后"在我心目中原来都是小孩，现在一想也都不小了，跟当年在军艺时的我们差不多。年轻，自然想法就多，革命精神强，勇于挑战权威，挑战传统。这是完全能够理解的。作为一个过来的作者，我非常欣赏年轻作者这种离经叛道的精神。这种离经叛道常常只是一种姿态，一种对自我的挑战：给自己立一个标杆，想要超越别人写的东西，写出自己的风格来。最终，经是离不掉的，道也是叛不掉的。像你刚才讲的，他们肯定有对中国传统文化的继承。所谓"传统文化继承"，就是一种文化基因。即便是一个在农村长大，从来没进过学堂，不读书、不认字的人，他的身上也有很多中国传统文化的基因。这源于家里人的教育、村里人的言行，他所处的环境是有价值和道德标准的。这样一种潜移默化的影响，就是一种文化基因的传承。因此，不管"80后"还是"90后"，尽管可以说自己没有完整读过"二十四史""四书五经"，但是古籍中很多精华的东西已经通过日常生活被传送给我们了。当下，国学非常热，大家都在读经。当然，读经并不是要我们把经典当作教条来膜拜。孔夫子的理论也要批判地继承，儒家的文化也不是完美无缺的，老庄的学说里也有些消极的、不应该被全盘接受的东西。总之，我想文化就是在传承中、在批判中不断被注入新的元素，然后才得以丰富和发展的。对于"80后""90后"的文学作品，我确实读得比较少，没有发言权。但是我也知道，一些军队的"80后""90后"作家已经写出了跟我们当年在军艺上学时完全不一样的作品。我接下来找时间读一下，再和大家就具体作品谈谈。

蔡星阅：莫言老师，我非常喜欢您的《生死疲劳》和《蛙》这两部作品。我发现这两部书写的都是一个民族、一个国家在大的历史变革中的人性，都能带给读者影响。我的第一问题是：我们也正处于变革时代，是不是当下的人性也会出现某种迸发？第二个问题是：您以前写作的社会环境、文学发行环境等跟现在的都不太一样，当时您在选择作品的题材时是怎么考虑的？

莫言：历史是充满悖论的，历史的发展经常会以牺牲个性作为代价。《生死疲劳》中的土地改革以及《蛙》里的计划生育，实际上有各自的必然性和合理性，但具体到每一个个体身上，它又有不合理的地方。剥夺地主的土地、平均地权是中国社会千百年来基本的心理诉求，每次农民起义打的旗号都是均田，每个封建时代开明的皇帝也往往都是通过这些改革来维护统治的。1949年后的土地改革更加彻底。它并不是一场和平的改革。这样一种大的历史变革，具体到有的个体身上显然是悲剧。地主作为阶级敌人在整体上是进行剥削的，他们占有的财富和付出的劳动是不成比例的，从历史正义和历史理性来讲，剥夺他们的财产是合理的。但是有的地主的财富积累可能是通过自身的勤劳智慧得到的，有的地主的存在对稳定一个乡村的生活秩序也许是有正面意义的。他和农民之间并没有私仇，没有多少人说要杀他，在这样一个特殊的历史变革潮流中，就可能出现一种特殊的政策。从整体上看，历史的理性跟个人的情感、历史的必然性的悖论就体现出来了。所以，我们作家应该关注历史悖论中的人性的扭曲，应该关注在历史悖论中人性善与恶的较量。

《蛙》里谈到的计划生育也出于类似的大变革。那个时候，人们纷纷认识到，人口如果再这么发展下去，可能就没饭吃了；如果不控制人口增长，社会可能要倒退。政府做出实行计划生育政策的决定，肯定也是经过了反复论证。从国家利益上讲，从历史发展的维度上看，这种政策的出台是合理的；但具体到每一个人、每一个生育者，这种一刀切的强制实行的政策显然违背了人性。这也是一个悖论。这两部书都建立在悖论的基础之上。为什么要选择这样一个切入点？我想就是因为这样一种悖论中存在着能够洞见、发现人类灵魂深处奥秘的可能性，从而为塑造一种典型的丰富的人物性格提供了可能。像《蛙》里的姑姑，她本身也代表着一种悖论。她是一个妇科医生，接生了很多的孩子，也深深体会到了作为一名妇科医生的职业光荣。当她把新生婴儿接下来之后，当她看到了产妇脸上欣慰的笑容，听到了产妇的家人对她的千恩万谢，她作为一个女人也感受到了母性带来的巨大欣慰。现在要让她去做和她的职业相悖的事情，我想她内心深处的痛苦是难以言表的。但作为一名共产党员，她感到党的政策是应该被无条件执行的。她的职业、她的人性跟她的党性、社会理性一直在相互对抗。通过矛盾和对抗，一个人的丰富性和多样性就显现出来了。我们都知道人物最忌平面化、表面化、类型化。好的人物典型都是多面的、丰富的，他的很多行为有时候都是难以理解的，但是经过认真思考，我们又会发现那是符合人物当时的心境的。以上是我的看法，仅供参考。

吴刚思汗：您获得了诺贝尔文学奖这样一个巨大的荣誉，这是否会给您的写作带来更大的压力？您是如何克服的？

莫言：距离获奖，一转眼三年了，我确实一直很焦急地想坐到书桌前写作，确实也并不是没有写。但是很多的社会活动瓜分了我不少时间，这是一个客观存在。在写作的过程中完全没有压力、完全没有顾虑，这也是不现实的。我也会考虑这样写出一部作品后读者会有怎样的评价，因为读者毫无疑问是充满期待的。我希望能写出比自己过去的作品更好的作品来。对于一个六十岁的作家来讲，再次超越自己，难度确实也非常大。所以，诸多的原因导致了我还没写出新作。

侯健飞：很荣幸能有机会向您请教问题，我想这对我今后的写作也是一个巨大的鼓舞。我想请教老师：如何在写作中更好地克服孤独的心理和压抑的情绪？谢谢老师！

莫言： 我要是说可以抽烟，那就跟现在的戒烟规定背道而驰了。写作的过程就是一个自己跟自己搏斗的过程。无论是多么有天赋的作家，他在写作中都会遇到各种各样的障碍。有的时候感到自己真是笨，这是作家难以逾越的障碍。这时可以先放一放，看看书、看看演出、听听音乐，不要硬写。写作和我们当年练投手榴弹不一样。投手榴弹硬练可以练出来，写作有时候确实是一个等待灵感的过程。也许跟朋友聊聊天、散散步、听听音乐、看看美术作品，灵感会突然迸发，一下子就把问题解决了。总之，你要相信，没有一个作家在写作中没有碰到过障碍，都碰到过，只要坚持就能克服。

梁瑞哲： 老师您好！您觉得创作者在创作过程中可否虚构出一种人性？这种虚构的人性有什么意义？

莫言： 没有虚构就没有文学，这一点是肯定的。即便是报告文学、纪实文学，也还是有虚构的。即便是司马迁的《史记》，也有很多虚构。我们是把《史记》当信史来看待的，但楚霸王在乌江边上的自言自语谁听见了？没人听到。《史记》中许多人物的心理活动都是司马迁想象出来的。但是我想，任何的虚构都必须建立在作家对生活的丰富体验的积累上，也必须建立在对人性的深刻体察上。在写一个人物的语言、行动时，他的语言、行动得是有根据的。言为心声，他这样说是因为心里有这样那样的想法。他也许是在虚情假意地说，也许是在用好话讽刺别人。总之，一个人的语言里可能带有很丰富的潜台词。《红楼梦》里的很多人物都口是心非，言不由衷。为什么我们读者能够感受到呢？这是因为作家通过对这个人物的性格的刻画让我们感受到了。只有对人性有深刻的把握，作家才能很好地虚构出人物的行为。这样的虚构是建立在生活的基础上的，建立在对人性基础的把握上的。体验生活的方式是多种多样的。我要理解农民，并不一定要下地干活，能去当然最好。通过阅读、观察等各种各样的方式，我们也能体验到。

总而言之，一个好的作家在创作时全部感官都是打开的，艺术感受力是时刻开放的。就是睡觉了，他也还是在做着和文学相关的梦。作家的艺术的脉络应该是时刻保持畅通的，只有这样，才能够捕捉到被别人忽略掉的细节，才能观察到别人认为很普通、很平常的细节并把它们变成自己的文学积累。将来在写作中，这种真实会转化成我们的虚构。这是我的理解。谢谢大家！

（原载《解放军艺术学院学报》2016 年 3 月 5 日）

从我的高密东北乡出发

——莫言先生报告会[①]

莫　言　张清华　张晓琴等

　　主持人张晓琴(以下称主持人)： 今天是一个激动人心的日子。曾经站在瑞典斯德哥尔摩领奖台上的诺贝尔文学奖获奖作家莫言先生，来到了我们西北师范大学的毅然报告厅。放眼中外文学史，我们可以看到，那些风格独特的作家一般都会有一个属于自己的文学共和国，作家本人往往是这个文学共和国的君主。莫言老师在1994年的硕士论文《超越故乡》中也提到过这个问题，如福克纳的约克纳帕塔法、马尔克斯的马孔多、鲁迅先生的鲁镇、沈从文先生的湘西等。这些文学共和国无一不是建在作家真实的故乡基础上的。莫言老师的文学共和国就是高密东北乡。1984年秋天，莫言老师写下了第一篇关于高密东北乡的作品《秋水》。"高密东北乡"这五个大字从此正式出现在了莫言老师的作品世界之中。紧接着，莫言老师就发表了中篇小说《红高粱》。1988年，张艺谋导演根据莫言老师原著改编的电影《红高粱》获得了第38届柏林国际电影节的金熊奖，产生了非常大的国际影响。1993年，著名翻译家葛浩文先生将《红高粱》翻译成英文，在欧美世界产生了极大的反响。同年，外文杂志《当代世界文学》(*World Literature Today*)，把莫言老师的《红高粱》评为1993年全球最佳小说。

　　说到《红高粱》，我突然想到莫言老师在小说里有这样一段话，我觉得非常有必要再回顾一下。他这样写道："我曾经对高密东北乡极端热爱，曾经对高密东北乡极端仇恨，

---

　　① 2016年9月18日上午9点，在西北师范大学毅然报告厅，莫言受邀作了《从我的高密东北乡出发》的演讲。该活动主持人为西北师范大学的张晓琴教授，特邀嘉宾为北京师范大学文学院副院长、国际写作中心执行主任张清华教授。

长大后努力学习马克思主义，我终于悟到：高密东北乡无疑是地球上最美丽最丑陋，最超脱最世俗，最英雄好汉最王八蛋，最能喝酒最能爱的地方。"我想，一个作家只有怀着对故乡的深沉的爱，才能说出这样的话来。今天让我们在座的每一位与莫言老师一起，走进他的文学共和国高密东北乡。首先，欢迎莫言老师。

莫言：非常感谢大家！很高兴来到这个温馨的地方。昨天下了一场雨。尽管我现在生活在北京这样一个大城市里，但是对气候还是非常关心的，因为下雨会对故乡农作物产生至关重要的影响。最近三年来，我的家乡很旱。所以，一看到北京下雨，我立刻就想这雨我的家乡下没下。昨天晚上看到兰州下雨了，我就想如果我的家乡也下雨该有多好。现在刚过白露，正是要播种小麦的季节。如果下一场及时雨，农民就可以省下好多的钱，否则得抽水浇地。重要的是没水可抽了。现在用的都是黄河水，我们的水库干得底朝天，地下水位也大幅度下降，打200米深的井根本抽不出水来。看到兰州下雨，我就期盼我的故乡高密下雨。高密下雨，明年小麦才会丰收；高密下雨，明年高粱才会长得好。否则，既没有小麦也没有高粱。我作为写《红高粱》的人，看到故乡没有高粱，内心是很悲凉的，所以我就希望，昨天晚上高密也下雨。刚才张晓琴老师谈到小说《红高粱》里一段看似矛盾实则统一的话，这实际上是年轻时候的狂言，现在让我写，我肯定不会这样去写。这样的话怎么能写到小说里呢？我们一直说热爱故乡，没有一个人敢公开地仇恨故乡。我这样一个年纪的人，一步一步从那个年代走过来，对故乡的感情确实是矛盾的。我在农村的时候，在故乡的时候，确实对它感到非常厌恶，觉得这个地方太坏了，很贫困。一天到晚把辛勤的汗水撒到土地上，可土地还给我们的太少了。一年劳动三百六十多天，只有春节的时候才放两天假，可土地回报给我们的非常少。我们常年处在饥饿、半没粮的状态中，吃不饱穿不暖，感觉故乡真是没什么好留恋的。

那时候，农村青年要逃离故乡，主要有两条途径。一条途径是当兵。参军入伍，离开故乡，在部队里好好表现，入党提干，等提拔当军官了，就可以离开故乡了。我记得从我们那地方出去当了兵成为军官的人，都会感慨一声："唉，我终于和红薯干离婚了！"——我们老家一年基本上有一百八十天，甚至两百天都是吃红薯干过来的。当军官就可以吃白面、吃馒头、吃大饼，就可以和红薯干离婚了。另一条途径就是上大学。20世纪六七十年代甚至80年代，城市和农村有天壤之别，农业户口和城镇户口的区别也很大。一个农村姑娘要想嫁到城里，一般都是嫁给身体有问题的或者家庭极其不好的——余华先生的《活着》中就有类似的情节。所以，城乡的巨大差别导致农村青年离开故乡的愿望非常强烈。考上大学的农村青年凤毛麟角。"文化大革命"期间大学停招，后来恢复高考也是靠贫下中农推荐，所以一个人即使成绩很好，家庭出身不好也永远跨不进大学的校门。

对于这个问题，我也有很沉痛的记忆。上小学时，我的成绩还不错，三年级时写的作文被小学旁边的中学当作范文阅读，还被抄在了黑板报上。可老师们都不相信那是我写的，怀疑是我哥帮我写的，因为我有一个哥哥在上海华东师范上大学。后来，老师亲自做测验，现场命题，让我在他的办公室写作文。我记得我写了一篇《五一速写》。很多学生都会把这样的作文写成流水账，而我重点描写了篮球场里球队间的竞争，也写到了球队里特别突出的几个运动员的表现。老师说写得很好，还让我写了一篇关于抗旱的文章。后来我又写了一篇用顺口溜押韵的作文。老师说我确实有一点作文的才华。即便这样，因为家庭出身，加之我在学校的表现不是很好，小学还没毕业，我就被赶回家去了。对农村青年来说，上大学这个梦想是不太可能实现的。即便可以推荐，但实际上大学招生的名额很少。公社干部子弟都分配不过来，能补充给农家子弟的就更少了。另外就是招工，但也很难招到农村子弟，所以农村青年仅剩下唯一的一条道路——闯关东。前几年，中央电视台有一部电视剧，叫《闯关东》。其实"文化大革命"时期的闯关东也是不自由的。闯个关东可能会被当地的公安部门收容，把你当作盲流关起来，然后遣返回家。当然也有一部分人跑到深山老林里隐居，我的小说也有描写这样一些故事。

有这样一个背景，当我成为拿起笔写小说的人时，当我的笔触及故乡的时候，我对故乡在童年时期形成的记忆和认识就会强烈地表示出来。当我来到城市，由一个孩童成长为青年，读了很多国外的著作和理论后，我又获得了更强的认知辨析能力。这时，我作为一个生活在城里的人，重新回忆童年记忆中的农村，就不仅仅只有恨了，还有一种深深的眷恋。我也体验到了现代文明冲击下的巨变，感受到了城市人和乡村人的对立情绪，也感觉到了不断扩张的城市对农村自然经济的破坏。尤其是20世纪80年代改革开放初期，农村环境遭到大规模破坏，农村人传统的道德价值观念、传统的自然经济都受到了前所未有的冲击。这时候，我非常怀念少年时尽管贫困但很丰富、尽管简单但非常充实的农村生活。因为我的故乡这时已经是我文学的归宿，是我有待开掘的最丰富的矿藏，所以我就陷入了爱故乡又恨故乡，恋故乡又怨故乡，想离开又想回去，回去了又想离开的非常矛盾的状态。于是，《红高粱》里就出现了很直白、很强烈、很狂妄的表达。现在再让我这么写，我肯定不会了。我肯定就写故乡太可爱了，我永远想念你。

主持人：好，谢谢莫言老师！今天有一位特邀嘉宾，他的身份非常特殊。为什么特殊呢？首先，张清华老师是莫言老师的同乡，山东人。其次，清华老师是北京师范大学的教授、博士生导师，也是北京师范大学国际写作中心的执行主任。张老师曾经写过一篇长文，叫《叙述的极限——论莫言》。这篇文章是文坛上公认的研究莫言老师的经典之作。在这篇文章里，清华老师很早就做出一个判断，认为《丰乳肥臀》是通向伟大的汉语小说。这篇文章在刚写出来的时候也遭到一些质疑，引出了不同的声音。在莫言获奖的十多年前，在课堂上，清华老师有过一个预言："十年之内，中国作家必获诺奖，而莫言是最有希望的。"既然有这样勇敢的先见和判断，我们也非常想听听作为莫言老师的研究专家，张清华老师怎么说。大家欢迎！

张清华： 非常有幸作为莫言老师的"随从"经历这么大的场面。西北师大和北师大是有特殊的渊源的，所以我觉得没必要把自己当外人。刚才，莫言老师回顾了他的童年经历和文学道路。很多作家正是因为走出了故乡，才会对故乡有更深刻的认识，才会拿起笔来书写故乡。

这种感情是很复杂的。我们都读过鲁迅先生的《故乡》，他表达的就是对故乡复杂矛盾的爱。回到故乡，他想见到童年时的玩伴，但当闰土坐到他对面时，两人默默无言，很难再沟通了。而且他感到邻里觊觎他家的财产，连豆腐西施杨二嫂临走时也顺走了几个盘子。他在城里想象的故乡，还有童年记忆中牵挂的人物，一旦真的见到了，就都失去了想象中的美好。所以，临走前，他很感慨，表达得很含蓄又很直白——故乡已然沉沦了。

他很感慨，走的时候说："世上本没有路，走的人多了也就成了路。"他的意思就是说，我从故乡这片沉沦的土地走出来，走出了一条路。这个是鲁迅先生表达的对故乡的复杂感情。这有助于我们对莫言老师的理解。莫言老师家是中农，他虽然学习很好，但并没有上中学。注意他的履历。1976 年他去当兵，被打回来了。之所以他老是当不了兵，就是因为他的家庭成分。所以，莫言老师关于家乡的深切的爱和复杂的感受，是他可以超越普通作家的，可以把故乡诗化，把故乡写得很美的一个原因。很多人没有办法真正深入他的乡村，去关照他的苦难，去关照人性的复杂性。

我们在《红高粱家族》中看到，他其实是在追怀更早先的故乡的影子，探寻土地原始的状态——就是那些生存的诗篇、生存的斗争，那些生老病死、爱恨情仇、缠绵或壮丽的故事。这些复杂的情感使他对故乡的处理变得更深刻、更内在，因此也走得更远。《丰乳肥臀》将早期的高密东北乡扩而大之，将它变成整个世界的同心圆。这就像海德格尔的名言：故乡是一个人的中心，是世界的中心和原点。高密东北乡是莫言作品世界的中心。这个中心和整个的世界又是一个同心圆。

在《丰乳肥臀》里，高密东北乡变成更模糊也更博大更广阔的背景，变成了整个中华民族多灾多难的一个符号、一个象征。所以，他的作品可以走向世界不是偶然的。这里我要说到两个词：世界性的乡愁，世界性的挽歌。这个挽歌是对农业经验的书写。莫言的书写在世界范围内是绝无仅有的，描绘的是马克思和恩格斯谈到的亚细亚生产方式。这种生产方式的典型就是我们中国土地上的古老的农业文明。20 世纪五六十年代及之前出生的人，他的乡村记忆是完整的，是原初的。那时乡村社会还没有受到外来文化和工业文明的侵扰，还没有被颠覆，还保存着原始的系统，就是自然性系统，还有乡村社会的伦理伦俗、生产方式、基本经验。这些孕育了中国古老的民间文化，如神话、传说、野史、鬼神故事。

莫言老师正好书写出了传统民间文化的精彩，而且把它置于波澜壮阔的血与火的进程当中来展现。所以，我们说他的作品就是伟大的挽歌。其实《丰乳肥臀》是 20 世纪中国的挽歌，《红高粱》是整个传统社会乡村经验的挽歌，《檀香刑》是整个近代史的挽歌，《生死疲劳》是中国当代历史的挽歌。他把乡村社会历经革命、历经工业化、历经城市化及现代各种文化因素的迁入之后发生的一系列巨大的变化，把其中的文化历史内涵都解释出来了。这需要我们用广阔的历史眼光去观察。当然，他的细末是灿烂的，他的语言是摧枯拉朽的——不是粗浅粗暴，是粗粝粗犷，是一种具有强大裹挟力、征服力的传达。

莫言老师的作品要讲起来，讲三天三夜也讲不完，要讲一学期。我以后要开莫言老师的作品研究，一个专题的课才能讲清楚，这里先简单讲几句。今天非常荣幸狐假虎威，跟着莫言老师享受到这么大的场面，真的非常感谢。谢谢。

主持人： 谢谢清华老师精彩深刻的讲解。刚才清华老师提到诺贝尔文学奖授奖辞的时候，说到世界性的挽歌。说到这个，我们可以回顾下莫言老师的作品。在高密东北乡，事实上作为故乡来说，有故乡的风景，有故乡的人物，有故乡的记忆，有故乡的传说。可能里面最重要的风景，就是红高粱。刚才我们听到了挽歌，现在可以从《红高粱家族》里看红高粱的形象。我们也通过意象的变化，深刻感受到了莫言老师书写的变化。在《红高粱》中，莫言老师这样写："八月深秋，八月深秋，无边无际的高粱红成洸洋的血海。高粱高密辉煌，高粱凄婉可人，高粱爱情激荡。秋风苍凉，阳光很旺，瓦蓝的天上游荡着一朵朵丰满的白云，高粱上滑动着一朵朵丰满的白云的紫红色影子。"这是一种一开始充满爱的、非常完美的描写，而且，仔细读过这部作品的人会发现，莫言老师用了一个特殊的词语，把它作为一个形容词来形容高粱——高密。"高粱高密辉煌"，莫言老师把家乡的名字化成了一个形容词来形容红高粱。我觉得这个在语言上非常成功。莫言老师后来在《红高粱家族》里说，现在东北乡已经没有纯种的红高粱了，到处生长着杂种高粱，而且颜色也不再是迷人的紫红色了。高密东北乡人的"人种"也在退化。我们已经不再像我爷爷和我奶奶，像余占鳌、戴凤莲似的有旺盛的生命力了。红高粱在莫言老师的高密东北乡里既是一种物质粮食，也是一个生存空间，更代表着一种生命力，同时也代表着一种民族精神。这是刚才提到高密东北乡还有世界性的挽歌的时候，我想到的一个话题。还有很多很多有意思的话题，比如说，我们可以看到采访莫言老师的报道。莫言老师开始的时候为什么特别想成为一个作家呢？他当时因为一些特殊的原因，被迫辍学，在农村干活。干活的时候有一个下放的右派，他就给莫言老师讲，说有一个作家不得了，写了一本书就赚了一万多块钱。据我考证，在十七年时期，写一本书就能赚一万多块的人只有陕西作家柳青。是吧，莫言老师？我们先来考证一下。

莫言： 我这个邻居讲的实际上是另外一个作家，刘绍棠。那时候他有个口号：为三万元奋斗。不知道是不是真的。"文化大革命"之前的年轻作家的稿费有三万——那时候的三万可能是现在的三千万，是巨富了。我右派邻居讲的作家可能是我们山东的一些作家。很多作家写一部长篇，稿费就是一万多块钱，像我的老师徐怀中先生。但他们当初得了稿费以后，第二天就立刻把稿费全交了。我在想是因为军官有国家发的这么多工资，享受很好的待遇，再拿这么多稿费，就觉得自己不能拿。

刚刚晓琴教授大段地背诵《红高粱》的原文，真是很了不起。你一说我就想，《红高粱》这本小说在一些方面确实有一些大胆的尝试，有一些挑战，有一些对传统的遣词造句方法的突破。它也充满了让语言学家、语文教师不忍卒读的错误。比如说把名词当动词用，把动词当名词，然后用一些莫名其妙的形容词来搭配一些事物。比如说用描写人的一些形容词来描写高粱，用描写动物植物的一些词来描写人物。这实际上是受了诗歌的影响。我们的张清华教授不仅仅是小说研究方面的专家，他的另外一个重要的研究方向是当代诗歌。他能大段地背诵莎士比亚的台词，待会儿有时间，让他来给大家背一背《哈姆雷特》。

20世纪80年代是我们现在怀念的一个年代。当时的我们并没有感觉到那是一个多么好的时代，尤其是没有意识到那是一个艺术创新、创造的黄金时代。我们当时感觉很压抑，我们这一批年轻作家的创作，我们的素材，我们的写作方法，实际上为很多当时尊崇明净的老作家所不齿。有很多人提出了强烈的批评，感觉我们在胡闹。现在，我们也成了老作家。面对"90后""80后"的创新，他们的大胆试验，我们也持有怀疑态度，会质疑是不是应该这样写。越是这样，越是在这种时候受到批评，越是会产生一种强烈的逆反心理。这个确实要研究一下。逆反心理在艺术创造过程中的作为。你这样写，我偏不这样写。你们普遍赞扬这种写法，我偏要和你们唱反调。你说人的黑的皮肤是美丽的，我偏不，我要说白色的皮肤是最美丽的。现在重新回想一下《红高粱》，那是年轻人挑战传统文学的一种写法，充满了逆反的恶作剧。小说里有一个往酒缸里撒尿的细节，就出于一种恶作剧的心理。酒缸是很神圣的东西，孩子往里面撒了一泡尿，然后很荒诞地，这缸白酒因为这泡童子尿变成了上等的佳酿。据《本草纲目》记载，童子尿是很好的中药。另外，人的尿里面是含碱的，而酒里面可能是含酸的，那这个尿进了酒里，酸碱一中和，酒就变得纯正、和谐了，就变成好酒了。后来，我们家乡酒厂的厂长很不高兴，说你看，你把我们高密酒的牌子彻底砸了。本来我们的酒卖得还不错，现在总有人来问："你们的酒掺尿了没有？"好了，我说你们反向思维，不要老是辩论，说我们没有掺尿。你们要说我们掺尿了，掺的都是刚出生一个月男童的童子尿。可能这个酒喝了以后对身体有好处，延年益寿，喝了以后会让人变得神清气爽，腿轻脚快。这是由小说产生的一些话题。

还有一个就是在宏观选材上，《红高粱》也带着当时一些反潮流的特征。一般我们写抗战，会写八路军、新四军的抗战，也会写国民党军队在正面战场的抗战，但很少有人写土匪这样一些被社会边缘化的人。无产阶级掌握了政权，资产阶级掌握了政权，或者封建地主阶级掌握了政权，他们对待土匪、恶霸的态度都是一致的：镇压。也就是说，这是所有社会都公认的坏人。但当民族矛盾激烈，外敌入侵，国破家亡，在这样一种危急的关头，他们奋起抗战，毁家纾难，牺牲了自己的生命。从这样的一个角度来反映抗日战争，在当时应该还是有挑战意义的。但也有一些老同志，很不愿意写土匪的抗战。其实只有这样写，才能显示出抗日战争的普遍性，才能够显示出我们中华民族当时所面临的那种深刻的危机。连这些人都认识到了如果不抵抗，他们连土匪都当不了。我想从这样的一个小的角度，最低的角度，一定能够反映出这样一种最高尚的、最崇高的意义。

再一个就是你刚才讲的，红高粱在小说里确实不是被作为一种人或物来描写的，而是作为一种象征，是拟人化、象征化的。很早以前就有人说北方的红高粱是淳朴的健康的向上的，就跟北方农村的年轻人一样，让他产生一种联想。在这个小说里，高粱它不是一株一株的，是一片一片的，是一望无边加一望无际的，像血海一样，那样蓬勃，那样浩荡。我在写的时候，当然能够意识到这样一种写法、这样一种描写，会使高粱这个物象得到一种提升，让它变成一种哲学上的意象，一种文学上的意象。由此而言，作家应该营造出一种特殊的意境。但是对于它究竟能够象征什么，我想作家是没有必要想得太过清楚的。这也是我们在小说创作过程当中经常面临的问题。假如一个作家在描写的时候，给予他小说里出现的某种事物特别明确的象征指向，那么这个小说会变得十分单薄。只有当作家感受到但又没有特别想清楚的时候，这种混沌的描写也许才有可能产生更为广阔的、深厚的象征意义。就像有人当年问海明威："你这个《老人与海》里面的鲨鱼象征着什么？"海明威就说，鲨鱼就是鲨鱼，什么都不像。或者说，你们愿意说它是什么，它就是什么。现在，我们回头想一下我们读过的古今中外的很多名著，书中很多的事物，对植物呀、动物呀这样一种简单的描写，其实远远突破了物象的意义，变成了一种营造文学意境的非常有效、非常美妙的方式。

还有一点，就是《红高粱》语言的大胆试验。这个试验到底是成功还是不成功，现在也很难判断。我记得当时就有人批评我说，《红高粱》里讲，他的爷爷放了一个惊天动地的响屁。这种修辞方法实在令人难以接受。我们说一个惊天动地的响雷，一声惊天动地的怒吼，你却说你爷爷放了一个惊天动地的响屁，而且是带颜色的——放了淡蓝色的臭屁。耳朵可以听到颜色，眼睛可以看到声音，这都是诗歌创作中通感的应用。小说可稍做借鉴。

提到《红高粱》这部作品，有许多值得怀念的东西。如果我现在把《红高粱》再写一遍，肯定没有刚才那些句子了，也就没有《红高粱》了。尽管有缺陷，尽管有毛病，但是那种朝气，那种勇气，那种大胆探索的精神，还是应该尽量保留的。

主持人：说起《红高粱》，就像清华老师说的那样，三天三夜也说不完。莫言老师强烈建议换个话题。高密东北乡的确是莫言老师的家乡，但是我们说任何一个作家，只有经过了思想和哲学的灵光的照耀，获得了自己家乡的特殊性和所有人家乡的普遍性的结合之后，才有可能获得文学上的成就。莫言老师刚才提到了高密东北乡的风景和人物。《红高粱》里有一个害怕战争的人王文义。《红高粱》产生很大影响之后，王文义还去找了莫言老师，说你怎么把我写到小说里了。

莫言：王文义的确是我们家的一个亲戚，我的姑奶奶是王文义的母亲。我在村子里劳动的时候听过王文义的故事。他当年也是被国民党抓壮丁了，然后又被解放军俘虏了。当时他家里有老人和孩子，就老想往家跑。我们小时候一看到母亲包饺子就特别高兴，王文义却不然，因为在军队里一包饺子就意味着要作战了，要打仗了，要攻炮楼了。他一看部队包饺子就会跑掉，跑掉之后就又被抓回去。在战场上跑了会执行纪律，在打仗前跑了就只是教育教育。所以，他始终没有成为一个好战士。本来想写完以后再把他的名字改掉，但是写完之后就改不掉了。王文义已经在小说中取得了独立性，我要改掉他，就不行了。这个符号王文义跟小说里所有的描写，趋近于真实。这个名字已经与人物的行为密切联系到一起了。在拍成电影时，我特意跟张艺谋强调，这个人是我的一个亲戚，要把他改掉。后来，张艺谋的电影就把他改掉了。王文义还跟我父亲说，你儿子在小说里都把我写死了。

主持人：高密东北乡的人物、风景、传说、记忆，所有这些都在莫言老师的心里刻着，但是莫言老师确实又都对这些进行了加工。《丰乳肥臀》中提到了一个传教士。莫言老师的家乡在他小时候真的有一个天主教堂，有一个来自瑞士的传教士在这个小村庄里传教。莫言老师在他的演讲里也提到了想象力。说到想象力，我们立刻能够想到《丰乳肥臀》《生死疲劳》。那么接下来，就请清华老师讲一讲莫言老师宏大的通向伟大的汉语小说。

张清华：刚才晓琴一直在说莫言老师的文学共和国，我也要先从《红高粱》说起。关于《红高粱》，莫言老师已经说了那么多，其实有一个背景各位都很清楚——文学的背景。20世纪80年代，人们试图重新认识传统文化。当时，大家都肯定李泽厚的看法，认为中国传统文化之所以在当代失去了活力，就是因为儒家思想一统天下以后有几个特别致命的东西，即实用理论、乐感、文化等。他采用了一个积淀的概念。儒家的思想在中国文化里积淀已久，太深了，我们要去寻找源头活水。于是，作家都去写野性的、民俗的东西。这个跟儒家正统思想是有距离的。文学中有一些特殊的地域，如贾平凹的商州、沈从文的湘西、李杭育的葛川江。莫言当时则创造了高密东北乡。高密东北乡既是一个地域概念，但我认为他同时把它升华为一个文化概念。这个就是他和别的寻根作家略有不同的地方。他的《红高粱家族》强调了文化中的异质因素，刚才这几个形象的比喻就是。

普通的高粱酒加了一泡童子尿，这是一个戏谑的说法。但其实他要表达的是什么呢？——我们的文化为什么缺乏活力？可能是因为缺少一些野性的东西。所以他在小说里特意追怀了还没有被儒家正统道德思想伦理规化的原始的东西。这篇小说特别重要的一点就是终结了进步论叙述。在很多方面，目前的作家写小说都沿用进步论：现在比过去好，将来比现在好，一定能从胜利走向胜利。但是《红高粱家族》是降幂排列的，用数学里的说法是降幂排列。从爷爷到父亲母亲再到我们，一代不如一代。鲁迅的《风波》里面九斤老太她的那个话，就是"一代不如一代"。所谓"挽歌"，跟这个也有关系，就是刚才的那个话题。1995 年，我是从《大家》杂志上读到《丰乳肥臀》的。当时并没有觉得有多好，只是觉得很震撼，一时还没有想明白。后来，2000 年，我在德国讲当代中国文学中的历史叙事，第二次通读《丰乳肥臀》。我第二遍读的时候突然热泪盈眶，觉得它深深感动了我。我回来以后，2002 年，又读了第三遍。我写了《叙述的极限》那篇文章，坚信《丰乳肥臀》是五四新文学以来最伟大的长篇小说。但是，我当时表达得比较谨慎——通向伟大的汉语小说。

就是说五四新文学诞生八十年以后，到今天刚好是一百年。如果我们要判断新文学走向了成熟，总要有一些标志。那就是出现了一些伟大的主题、伟大的人物，伟大的结构。《丰乳肥臀》讲述的是 20 世纪中国的历史，它把这个历史还原为最根本的命题，就是中国原生的民间社会的毁灭。政治力量，科技力量，城市化、现代性的各种力量，最后形成了一种合力，瓦解了、颠覆了、摧毁了中国原生的民间社会。这个民间社会的基本载体就是上官家族，这个最根本的象征就是母亲。古今中外的许许多多作品都会描绘伟大的人物。《丰乳肥臀》里面的这位母亲，她饱经磨难，含垢忍辱，生下了众多的儿女，最后又和她众多的儿女一起在漫长的人生经历中归于消亡。莫言就写了一个家族，一个以母亲为核心的家族的灭亡。这个灭亡是在受到所有外来力量的侵犯后灭亡的。我只能简单地说她是这样一位伟大的母亲。我把她归结为人类学意义上的母亲。她是一位生殖女神，生了那么多的孩子。她又是人类学意义上的母亲，代表了慈爱、博大，代表了善良，代表了收容一切的宽广的母亲的胸怀。她同时也是政治学或者历史意义上的母亲。她是人民的象征、民间的化身。她集三个母亲或者四个母亲于一身。你如果真的读过这部小说，你一定会为这个母亲深深地感动，为她的经历，为她的爱恨情仇，为她的命运而感动，最后热泪奔涌。

五四新文学以来，中国文学诞生了伟大的主题、伟大的人物。当然，还有伟大的结构。这部小说只有五十几万字，并不是小说史上最长的，但是它的结构一定是最宏大的。母亲是结构的核心，像一颗恒星，她生出的九个孩子是围绕她的行星，九大行星。这九大行星又环绕着各种各样的社会力量。他们各种各样的人生遭际形成了一个放射性的空间。小说叙述的长度是一个世纪，空间却是一个星座。我认为它勾画出了迄今为止人类小说历史上独一无二的构造，即一个巨大的时空体。这个结构和它的主体是完全生长在一起的。如果从专业的角度研究小说，特别是一百年来汉语新文学的小说，你会发现《丰乳肥臀》是其中最伟大的。从主题到人物到结构到整个艺术，它是一个代表，一座高峰，我想也是莫言老师迄今为止创作中的最高峰。这刚好是他四十岁时的作品。《檀香刑》也是一部伟大的小说。但和《丰乳肥臀》比的话，《檀香刑》只能是一部奇书。《丰乳肥臀》则是最伟大的长篇小说。《生死疲劳》也非常厉害。关于《生死疲劳》，我当时还有一些个人意见，认为莫言老师在写这部小说的时候过于挥霍才华，就是一种挥霍式的写法，就是炫耀。我想他这部小说不只是写给一般读者的，某种意义上更是写给同行的。它那华美的笔法、酣畅的叙述、完全天马行空的想象就是炫技的、最牛的写法。但是呢，他某种意义上压抑了那个最惨烈的主题。这是我个人的看法，不一定对。

主持人：我想到一句话：批评家一思考，小说家就发笑。但是我们批评家思考的时候，我看到莫言老师从来没有发笑，一直在很认真地听。刚才清华老师讲《丰乳肥臀》时讲得非常好，很专业也很深刻。他讲的时候呢，我突然想到莫言老师获得茅盾文学奖的《蛙》。《蛙》这个作品产生了极大的社会影响。《蛙》中的女主人公，是"我姑姑"万心。万心一开始的形象是送子娘娘，但是后面搞计划生育的时候，为了不让计划外的孩子出生，她那个行为，我感觉比女土匪还厉害。好！我们请莫言老师再谈两句。

莫言：清华刚才讲了《丰乳肥臀》，他的一些看法我认真听了之后发现全是好话。我觉得，作家和批评家的关系也是一个辩证的关系，谁也离不开谁。如果没有作家，批评家就没饭吃；如果没有批评家，我们作家就不知道自己的作品到底是成功的还是失败的。尽管作家也有直觉，但是讲不太清好在哪里，坏在哪里。尤其是对你潜意识下完成的一些东西，如果不经人家分析，自己可能都感觉不到。所以，创作和批评永远是一个车子的两个轮子，缺一不可。我们还是希望批评家多思索，同时作家在批评家思索的基础上更多地去反思，这样才能使自己在创作上进步。《蛙》是我最后一部长篇。《蛙》之后，我至今再也没有发表什么像样的作品，只是写一些小短篇、小散文。这部作品我自己认为，跟《丰乳肥臀》相比，比较单薄。

它可能更符合西方人的一种阅读习惯。围绕姑姑这么一个中心点，然后把姑姑一生的经历，这种人生的起伏、颠簸，与整个国家的发展，尤其是和计划生育这样一个政策紧密地交织在一起。她个人的命运和国家的命运紧密地交织在一起，受到了大的历史的制约和影响。人的命运在文学作品里面无非两种。一种是不可抗拒的天灾人祸给家庭带来了一些无法抗拒的变化。另一种是人的性格导致了一些悲剧性的后果。例如，你的性格不健全、偏执。又如，你是一个愉快的人，或是一个狂暴的人。姑姑这个人物的命运主要还是受到了外力的影响，当然她自身的性格也决定了她在这样一场大的历史运动中所处的位置。以前身不由己，她坐在家里也有可能突然天降大祸，后来她能主动把命运掌握在自己手中了。这当然是真诚的，是发自内心的。她让自己的一切行为都服从于一个崇高的目标，我认为这个目标是对的。这是神圣的，是庄严的，是符合大的利益的，尽管跟她的职业，跟她的内心深处的想法有矛盾，尽管她要牺牲、压抑自己的个性。这部小说写得尽管丰富，但是我的这种最根本的出发点，最根本的聚焦点，最终还是落在人的命运上，是围绕着姑姑这个人的一生和命运来写的。计划生育是这个产科医生所经历的很长的一个时期，这一时期又影响了这个镇子，并直接影响了她的个人生活。到了晚年，她是处在反思的过程当中的。她对自己的一些行为也有所忏悔。她始终没有否认什么，没有认为计划生育是不对的。但是这里面有一个灵魂内心深处的痛苦，不得安宁，彻夜难眠。当她作为一个产科医生，用自己的劳动，用自己的技术接下一个新的生命的时候，她的职业性、这种母性孕育了一种光芒四射的时刻。这是她一生的荣耀。当她作为一个执行某一政策的人强行施行堕胎的手术时，这跟她的职业道德就是完全相悖的，也与她作为女性的内心深处对生命的热爱相背。她的灵魂一直处于分裂的痛苦中。可以非常坦荡地说，她做任何事情，她的一切行为都指向一个崇高的目标。但作为一个医生，一个女人，她又深深感到自己在夜里难以入睡，有一种来自灵魂深处的痛。我想《蛙》主要是在写这样一些东西。

在很多场合中，我总说希望读者在读《蛙》的时候回归到文学的根本上来，看一看《蛙》里面姑姑这个形象的复杂性。她是一个特殊的人物。外国的作家写出不这样的人物，因为他们没有经历过这样一段历史，他们没有被放逐到这样一种矛盾中去。只有在中国这块土地上，在几十年的社会变革和动荡进步及发展这样一种过程中，我们小说中的主人公才会经历这样一种充满惊涛骇浪的锤炼，才能使人性深处的"善"放出灿烂的光。

主持人：好，谢谢莫言老师！我相信在座的各位和我一样，在看到一个伟大的作家同时也看到了一个谦逊的灵魂。接下来，我把时间交给听众。我知道很多同学也是觉得见到莫言老师非常难得，准备了很多很多的问题。我们看一下有没有同学有问题。好，这一排的男同学。

学生：我是文学院学生丁绪铖，来自江苏泰州。莫言老师，我非常喜欢您，也非常喜欢您的作品。我现在有个困惑。请问您下一部作品是什么？是延续之前的创作风格，还是会有所突破？谢谢您！

莫言：这不是你的困惑，而是我的困惑。昨天晚上，我也在反复地讲同一个问题。不客气地说，像我这样一个功成名就的作家，下一步该怎样去写？该写什么样的作品？最起码的自我要求是：不要重复自己，不要在新作里面出现让读者感觉到和以前哪一部作品特别相似的东西。我希望另起炉灶，写一部全新的、尽量不重复过去的"我"的作品。但是，难度何其大也！因为一个人的积累毕竟是有限的，作家的认知能力也是有限的。在这样的前提下，我对自己下一部作品真的是特别"困惑"。毫无疑问，我会努力创新，挑战自己。如果写一部四平八稳的作品，我可以继续保持我的荣誉，巩固我的读者群。当然，我也可以写一部有挑战性的、冒险的作品。这可能会让很多人认为：这写的什么呀？乱七八糟的！有些人则可能认为这是一次飞跃。我宁愿选择后者，宁愿冒一次险也要挑战自己，因为这样的挑战才是有意义的。

主持人： 我听说现在的扶贫有"精准扶贫"，那作家采风也得"精准采风"。据我所知，莫言老师这次在甘肃停留长达七天的时间，这是不是也是一次"精准采风"呢？希望莫言老师的新作品里会出现我们西部、我们兰州。

学生： 我是中国现当代文学专业研三的学生。非常荣幸我的毕业论文正是对您作品的研究。我想请教您的问题是：您的作品对人性的描写非常全面，我在阅读过程中，发现您对丑与恶的描写融入了一种清醒的狂欢意识，对美与善的描写相对含蓄、节制一些。这其中是否有您对人学与文学的理解？谢谢！

莫言： 美与善是需要节制的。节制的美才是最美的，含蓄的美才是最耐人寻味的。我为什么要对丑和恶进行一种狂欢式的夸张式的描写呢？丑和恶本身就是人性当中很有意思的一部分。实际上，我们能从丑和恶中惊喜地认识到美的可贵。或者说，丑和恶是人性中的一面镜子。它们既能照出自身，又能反衬出对立面。我想我的小说里的很多小人物都是不美的，从外形到他们做的一些事情都不美，但他们灵魂深处依然存在着美的因素。我们曾经有过一个回避丑与恶的文学时代，但是我们这批 20 世纪 80 年代的作家已经认识到，不应该回避对人性的剖析和彰显。我们只有充分写出人性的丑与恶，才可以更容易看清楚人性的美，才能显出美与善的可贵。

主持人： 谢谢莫言老师！这位同学提的问题很专业。我们请这边第一个举手的女同学提问，发扬一下女士优先的风格。

学生： 我是文学院大三学生。我想请教张清华老师一个问题：世纪之初，您曾在课堂上讲过："中国作家十年之内必获诺奖，莫言老师是最有希望的。"莫言老师获奖之后，您也说："他是第一个走向西方世界的作家，他走到这一步绝不是偶然。"我想问，作为北京师范大学国际写作中心的执行主任和莫言的重要研究者，您认为莫言老师获得诺贝尔文学奖的根本原因何在？谢谢！

张清华： 我这是变成自夸了！确实在 21 世纪之初，大概是在 2001、2002 年，我在课堂上讲高兴了，就说了这样的话。这是我个人的文学趣味。首先，我当时表达的是我恨不得中国作家里有得诺贝尔文学奖的！谁最应该得呢？莫言老师。当然，也有其他几位很好的作家。2008 年，我曾经和余华老师一起聊天（这个话按理说不应该公开讲，但是今天提到这个话题了）。我俩在路上走着，我说在六七年的时间里，你和莫言老师必定有一个得诺贝尔文学奖。他当时回了一句："老莫得了我认可，别人不行。"这话不能外传。

主持人：我们是现场直播。

张清华：这都是一些闲话。后来，在北京师范大学的一次学科建设会议上，时间应该是 2011 年冬，我被点名发言。我说我们学校还缺一个要素，就是文学院似乎没有作家。当时中国人民大学已经引进了阎连科、刘震云，北京大学本身就培养作家、诗人，复旦大学把王安忆老师调进去了。后来，毕飞宇去了南京大学。我说，这样下去我们北师大就边缘化了。书记一听急了，瞪着眼问我有什么招。我就说，中国作家在世界上影响最大的前三位都是北师大的校友：莫言、余华和苏童。咱们要是不请来，会后悔的。尤其是莫言老师，我认为他以后是要得诺贝尔文学奖的。书记马上派我去请莫言老师。这不是说我有多好的判断力，而是我有我的文学观。这是我个人的一个愿望，碰巧了。没办法，我走运。莫言老师得奖的那天晚上，我的电话被打爆了，祝贺我的预言实现了。言归正传，为什么莫言老师可以得奖？从客观上说，他是真正靠作品走向世界的。20 世纪 80 年代后期，电影《红高粱》将莫言老师首次带入了西方学者和汉学家、翻译家的视野，他的作品的翻译量可能是最大的。

2000 年，我在德国彼得堡大学讲学。当地最著名的一所中学请我去作讲座，给我出的题目就是莫言老师。我发现每个孩子手里都拿着一本书，是莫言老师最没有名气的作品《天堂蒜薹之歌》。我很惊讶。我不知道他的作品已经传播到了这么一个程度。从作品的角度来说，他的作品的文化载力是最大的。作为一个作家，莫言老师的文学创作最大限度地将中国传统文化、民间文化、地方文化融为一体。从西方人的角度看，他们通过莫言老师的作品，可以看到一个东方人视野中的东方，可以看到一个古老的、别样的中国。所以，选莫言老师绝对是正确的。

学生：我有一个问题想问莫言老师。您的同名小说改编的电影《红高粱》影响很大，评价也很高。这部作品和您获诺贝尔文学奖之间有没有直接的联系呢？

莫言：我还一直沉浸在前面一位同学提出来的关于人性丑恶的思考之中。对人性中的善恶的夸张描写，会产生美学效果和文学意愿。文学被改编成电影，是一种传播方式的变化。小说的传播是依靠文字的传播，文字的传播首先需要翻译。翻译的好坏直接影响着传播的质量、效果。小说一旦被改编成电影，就形象化了，有演员、音乐、场景，已经是立体的、综合的艺术样式了，当然会产生一种接受上的便利。以中文水平看《红高粱》，可以看出七八成的意思来。翻译的工作是很必要的。小说改编成电影，经过演员卓越的表演，导演卓越的再创造，会传播到更广泛的人群中。我想说，小说《红高粱》之所以被翻译成外文，跟张艺谋导演有直接的关系。我也一直非常坦荡地承认，拍成电影的《红高粱》实际上是张艺谋的作品。我这样形容过：小说改编成电影，对于原作者来讲就像女儿出嫁后生了孩子一样。

假如说小说《红高粱》是我的女儿，那么电影《红高粱》就是我的外孙女。一个道理。好导演可以把一部二流的小说改编为一流的影片，我觉得这个说法比较贴切。张艺谋与这部小说是旗鼓相当、势均力敌的。我的小说写得不错，他改编得也不错。我不能直接地回答张艺谋的电影《红高粱》和我获奖到底有没有关系。如果追根溯源，我们这一批作家的小说之所以能走向世界，电影是第一推手。这必须要承认。

主持人：刚才说电影《红高粱》是莫言老师的外孙女，我突然就想到了莫言老师的确有两个特别可爱的外孙女。他对外孙女满怀爱意。我看到过很多莫言老师的题词，但最有爱的是他题给外孙女的。他上幼儿园的外孙女画了个小女孩。莫老给她的画题字："宝宝画的小姑娘，模样好看很健康。一边一个蝴蝶结，裙子波纹很漂亮。"大家说，这是不是最有爱的题词？莫言老师钟爱自己的小说，同样钟爱由他的小说改编的电影。接下来，我想把最后一个提问的机会留给我的同事。这位同事，我一想起他就会紧张。为什么呢？他既是我的同事，也是我的朋友。我们在生活中绝对是朋友，但在工作上，我们两个的观点从来都不一致。我强力赞扬的作家他都极力批判。我总有一种印象，觉得他的剑已经从西北刺向全国了。我特别害怕被他的剑气所伤。今天，我们就把最后一个问题留给我们的酷评家杨光祖老师。

杨光祖：我是莫言老师作品忠实的读者，往大了说也可以算一个评论者。这几年，我发表了五六篇关于莫言老师的评论，最满意的一篇就是今年发表在《南方文坛》上的《母亲上官鲁氏论》，专门讨论莫言老师长篇小说《丰乳肥臀》中母亲的形象。在莫言老师的小说中，这个母亲的形象是有争议的。她和很多男人同居，生了不同的孩子。这些孩子有着不同的爸爸。很多人认为这个母亲是荡妇，但是莫言老师一直说她是伟大的母亲。很多人就不解她伟大在哪里。我认为莫言老师创作的来源或者说资源，更多的是来自中国的民间文化。民间文化那种野蛮的、野生的力量，给了莫言老师很多创作的灵感和力量，这也是他走向世界的强大的文化支持。如果我们把《丰乳肥臀》仔细看完的话，就会发现上官鲁氏是非常伟大的。看了三遍之后，我真的很感动，所以后来写了这篇文章。我的问题就是：在童年和青少年，在家庭或者说村庄里，你有没有直接受到过基督教文化的影响？因为你小说里提到的母亲的伟大，明显受到基督教文化的影响（按照中国儒家传统思想来说，她肯定是不伟大的，因为她不贞洁。小说对此写得很清楚）。瑞典传教士和上官鲁氏生的金童、玉女有很大的生理或心理缺陷。这是不是体现了莫言老师的一种思考，即基督教文化不能进中国，或者说对基督教文化/西方文化的一种拒绝。我现在只是有一种揣测，特向莫言老师请教。

莫言：谢谢杨老师。杨老师也读了三遍，看来读三遍才能理解《丰乳肥臀》。杨老师刚才提到的两个问题非常有意思，也是我非常想回答的。瑞典传教士在《丰乳肥臀》这部小说里确实扮演了一个非常重要的角色，从某种意义上讲，母亲最后的觉悟源于她和传教士的这段恋情。这甚至影响了母亲后半生的处世哲学。她对人的宽容与包容、友爱与亲近，包括她自己忍受苦难的巨大能力，坚强地挣扎着活下去的精神，都体现了某种程度的宗教思想。

这里顺便说一句气话。我看到了最近一期刊物上一位批评家的言论。他说我在《丰乳肥臀》这部小说里设置了一个瑞典籍的传教士，意图是很明显的，因为诺贝尔文学奖是瑞典人颁发的。他质疑说，一个北欧的偏僻小国，怎么可能在中国有传教士？！我觉得很抱歉，这恰好是事实。瑞典的传教士、挪威的传教士恰好到过中国，又恰好到过潍坊，到过胶州，到过高密，到过我的故乡。我们高密一中原来的旧办公室就是当年的教堂，是挪威传教士建的。胶州的一所教堂，还有瑞华中学也是教会学校。更有意思的是，2012年12月我在瑞典领奖的时候，有一个住在斯德哥尔摩几百公里之外的乌普萨拉的老太太非要来见我，说是我的老乡。我说，那就来吧。她确实是一个典型的欧洲人，但她有中文名字，姓任，具体叫什么我忘记了。她在中国青岛出生，在我家乡旁边长大，1947年十六岁的时候才回到瑞典。我的家乡高密东北乡曾经被划分到胶州，是高密、胶州、平度三县交界。我们作为交界处，地理归属经常变化。老太太一开口，我就知道老乡来了，一口地道的青岛方言。我问她："你吃饭了没有？"她说："我吃了，刚吃了两个鸡仔。"什么叫"鸡仔"呢？只有我们那地方把鸡蛋叫"鸡仔"。

我一听这是来了亲人，来了老乡。老太太跟我讲她爷爷当年在我家乡周围传教，她的父亲是当地非常有名的传教士，他们也办学校。她还讲他们最近几年不断重新回到那些地方，为学校捐款，为当地的老教友们举行各种活动。山东实际上是外国宗教势力最早侵入的地区。鲁南发生过多起教案。1900年，德国掌控了青岛，获得了胶济铁路的开采权和建设权。在铁路两边的五十公里之内，他们有开矿权。胶济铁路可以说断送了山东半岛，铁路两边五十公里，意味着一边五十公里，总共是一百公里。外国列强几乎把整个山东半岛变成他们的租界了。

这个时候，山东有德国的传教士，瑞典的传教士，挪威的传教士，还有别的国家的传教士，基本都是北欧的。基督教文化从那个时候就开始侵入中国了，尤其是在山东地区有很大的影响和势力。很多农民是不加入的，但也有一些农民加入了。我爷爷说过很多农村教徒的故事。说有一年来了蝗虫，全村的人都拿着工具、拿着铁锹、拿着柴草，点上火驱赶蝗虫，保护庄稼。只有教徒站在地头说："主啊，保佑我的庄稼啊！"第二天去看，他们的庄稼全被蝗虫吃成光杆了。别人就笑话说，主也不保佑你的庄稼，还是笤帚保护庄稼。当时有不少家庭信仰宗教。

在我的小说里，上官鲁氏在极其痛苦，感觉生命走到了尽头，身体遭受病痛，精神面临崩溃的时候，突然听到了教堂里传来的悠扬钟声。她感觉到了一种召唤。我们村子里最富的一家地主，他们家就信基督。20世纪60年代初，"文化大革命"前期，人们还从一个老地主家搜出一本《圣经》。大家都知道，很多教徒信教以后会变得善良，但也有一些人会借助教堂的势力欺压良民。确实有不少农民信了基督教以后就变得宽容、善良了。这是一种大的历史文化背景，也是要证明瑞典传教士确实在我的家乡传过教，并不是说我为了讨好瑞典诺贝尔文学奖评委会，故意把美国的、意大利的传教士改写成了瑞典的传教士。

我想，母亲的晚年应该是表现出某种宗教意味的。她超阶级地、人性地看待她的后代，给他们平等的、一致的、博大的、无私的爱，可以说是一种上帝之爱。

主持人：好，这个回答也是莫言老师今天最长的一个回答了。非常感谢莫言老师的回答。事实上，我觉得在1949年之前，我们大西北很多偏僻的地方也有传教士和教堂。如果有同学是从延安来的，或者去延安旅游过，会发现延安的大礼堂旧址就是当年西班牙人修的很宏伟的教堂。那个教堂出现在我们陕北的黄土高原上，非常突兀，但是它就是事实。

我回想到2012年我们所有中国人都很激动的时刻，北京时间12月11日凌晨，莫言老师在瑞典皇家音乐厅，从瑞典国王手中接过诺贝尔文学奖的奖章和证书的那一刻。他在晚宴上发表了一个很简短的演讲。他说："我是一个来自中国山东高密的农民的儿子，能在这样一个殿堂中领取这样一个巨大的奖项，很像一个童话，但它毫无疑问是一个事实。"今天，这个童话的主人公来到了我们西北师大，来到了毅然报告厅，与我们学校的师生共话文学。我想，这也是一个童话，而我们在座的每一位都是童话中的主人公。

最后，让我们再次以最热烈的掌声感谢莫言老师，感谢张清华老师，也感谢在座的各位。今天的报告会到此结束。

（本文由管笑笑博士提供）

在会稽山论坛上的答问^①

莫　言

　　主持人：这边是"挥手自兹去，萧萧班马鸣"，那边又是"莫愁前路无知己，天下谁人不识君"。我记得余秋雨曾经说过："真正的游子是不大愿意回乡的。"当然，也有很多人认为唐代的诗人都是真正的游子。唐代很多的文人雅客，其实更多的是在为自己的仕宦奔忙，但往往是"十上空归来"。面对这些落第之人，在远游惜别的时候如何安慰友人，哀而不伤，这绝对考验诗人的智慧。所以唐代的这些送别诗，刚才教授讲到的这些送别诗，我觉得既脱离了窠臼，一洗这种悲酸之态，同时又非常开阔，心情非常平静，而且音调也很爽朗，朗朗上口。我想这也就是唐诗之所以被称为唐诗的原因吧。好，谢谢陈教授。

　　那么，接下来就进入今天的重头戏。它对我来说压力很大，因为接下来参与对话的是莫言先生。今天我们对话的题目是《无题》。这个压力更大。其实在莫言先生的作品当中，我个人，一个小小的鼠辈的感受，就是莫言先生是一位懂得安静的人。质朴中见深情，无华中显功力。在莫言先生的文学艺术作品当中，我们可以感受到他是一位对自己很诚实的人。我觉得人只有对自己以诚相待，方能以诚待人。

　　让我们恭迎莫言先生！您喜欢坐哪一边？好。莫言先生刚才早来了几分钟，大概也听到了陈教授给我们讲唐代的送别诗。我个人也很好奇，您迷恋中国的古典诗词吗？

　　莫言：我应该还是一个诗歌读者，也是一个打油诗的作者。刚才我讲了四句，说在今天会稽山这个会场上，我要做四大傻。第一傻就是"范公面前写大字"。你在范公面前

---

① 2016 年 9 月 24 日，莫言受邀出席在绍兴举办的第二届会稽山论坛。出席该论坛的还有叶嘉莹、范曾等文化名人。

写大字，这比较傻。第二傻就是"叶老面前背唐诗"，这也比较傻。第三傻就是"吕薇面前唱小曲"，你说你傻不傻，她是女高音啊。第四傻就是"湛如面前谈禅思"。

主持人：那您的意思是，今天只有两个字——莫言。

莫言：但是该说也得说，不说的话也对不起在场的朋友这么一片热情。另外也对不起我自己，因为我还是有很多话想说的。

主持人：嗯，您看我们从哪儿开始呢？要不然您先跟我们大家分享一下您最近的行程？我们都很好奇，您每天都很忙，从机场赶到机场。您都去了什么地方？走了哪些路？

莫言：脚下有千万里的路也走不完，路上有千百卷的书也读不完。人生就是在读书中走路，在走路中读书，坐下来就要写点书。我昨天晚上匆匆而来，到了这个会场，想出了四句打油诗，顺口溜。我上过小学五年级，纯属没有文化的一类人。说文盲嘛勉强是，说识字嘛也可以。范曾说他认识五千个字，我认识五百个字。认识五百个字就可以写小说，认识五千字就可以写经典了。

主持人：认识五百个字就能拿诺贝尔文学奖了。

莫言：没有问题。（笑声）刚才叶老来了。我说今天会场有四大傻，其中一傻就是"叶老面前背唐诗"。昨天来了以后，一进会场，我就想了四句打油诗。前两句是"中午宴饮嘉峪关，晚上雅集会稽山"。打油诗，但是很押韵。然后是"古人舟车半年路，如今只要小半天"。这个我觉得表达得也挺好，没有那么多深奥的意义，也没有那么多大家不认识的字，就是大白话，如实地记录了我昨天一天的行程，也有感想。古人从嘉峪关到绍兴，一天走五十里，半年九千里。"古人舟车半年路，如今只要小半天。"

主持人：这属于远游了。

莫言：是。接下来又有四句，就是昨天送别的时候，有一个女士从地下捡了一根枯枝送给我。我写了句"山行枯枝泛新绿"，这不就像上午范曾先生讲的"香稻啄余鹦鹉粒"吗？你看我没有文化，可文盲也会这样的倒装句。"山行枯枝泛新绿"，然后是"此念文盲写诗篇"，意思是我这种半文盲也会写这种顺口的打油诗。再两句就是"送别切莫折杨柳，留与金蝉抱叶眠"。连起来就是："山行枯枝泛新绿，此念文盲写诗篇。送别切莫折杨柳，留与金蝉抱叶眠。"中国的诗歌实在是太多了。我们经常会犯一种错误，以为自己创作了两句新诗，结果古人早都有了。我们的一个作家也犯过这个错误。他半夜得了两个佳句，匆匆爬起来记下来，说"夜半梦中偶得佳句"。但是网友们给他一扒，原来是唐朝诗人某某某的诗篇。所以我这两句"送别切莫折杨柳，留与金蝉抱叶眠"，没准儿哪一个诗人早都有过类似的意思。

主持人：您说"切莫折杨柳"，我们刚讲完送别的时候得折杨柳。

莫言："却折垂杨送归客，心随东棹忆华年。"这是鲁迅先生的诗。大家都来折，不就破坏了自然吗?

主持人：不是说"花开堪折直须折"吗?

莫言：那是因为古代树比较多，人比较少，也没有环保意识。

主持人：所以现在要保护自然。（笑）

莫言：它这个是比喻，比喻美好的青春不要浪费，要及时行乐。就是比喻而已。当然，古人的折柳可能是真折。"灞桥伤别"，折下一段柳枝来，你拿着慢慢往前走。后来我也研究了一下，为什么要折根柳枝拿着呢? 因为古人骑马，骑马时用马鞭子打马也太残忍了，所以拿这个柳枝抽打。再者，西行的路上有很多苍蝇，柳枝也能帮助马。马的尾巴可以抽赶后边的苍蝇，但是马的前边的苍蝇没法弄，所以骑马的人就用柳枝为马驱蝇……

主持人：是一种人性化的表达。

莫言：是。现在我们不骑马了，坐汽车，所以不用折了。

主持人：这事儿算是省了。

莫言：我们就环保一点。长棵树不容易，尤其在西北地区，据说栽一棵树比养活一个孩子还要难。昨天在嘉峪关，他们的领导、他们的群众都对我这么说。这个送别的人捡了一根枯柳枝送给我，也是以示学习古人这个意思吧。

主持人：您谈到西北，我们从中可以看出，其实您对西北是有情感的。从您的作品当中也能解读出很多。好像您说最近重走了丝绸之路，是吗?

莫言：嗯，我二十八年前去过这一线，就是沿着河西走廊，经敦煌、嘉峪关、张掖、酒泉，一直到兰州。这一次是在敦煌召开一个丝绸之路文化论坛，很多人都去了，我也参加了。说到丝绸之路，就会谈到中外文化的交流。从中外的这种贸易，也就谈到了历史，也就谈到了艺术，也就谈到了哲学。一说到敦煌，大家都知道，这是我们中华文明的灿烂的宝库，是我们丝绸之路上的一颗璀璨的明珠。不单画家从敦煌那里学了很多，音乐家也能从敦煌出土的文物里发现很多曲谱；还可以从洞窟的壁画上看到很多乐器，有四十多种。学舞蹈的可以看到当年的人怎么样跳胡旋舞。学文学的可以从敦煌曲子词里面学到当时的老百姓即兴创作的一些口头文学作品。学宗教的更是能发现博大精深的宝库，里面有无数的经典，等等。所以我想，他们把丝绸之路文化论坛设在敦煌，这个选点也是很好的。重新去这个地方，我也是感慨万千。二十八年来，这里确实发生了巨大的变化。当年像敦煌、像嘉峪关这些城市，经济都比较落后，城市规模也比较小。当时我作为一个北京人来到嘉峪关，感觉还是有几分骄傲的。现在我去了以后，真是骄傲不起来了。人家这个城市第一不缺水。大家通常认为，处在茫茫戈壁里的城市怎么会不缺水呢? 这就有赖于祁连山提供了非常丰富的源源不断的雪水。第二它这个地面非常宽阔，所以街道修得很直、很宽，楼房盖得也不太高。再一个就是它人口比较少，所以人们在街上可以很潇洒地、很自由地、很安全地散步。再就是空气非常清新，还有就是阳光非常明媚。所以前天上午在嘉峪关关于纪录片的座谈会上，我发言第一句就说："嘉峪关应该收费，收阳光费。"医生告诉我们，吃多少钙片都不如晒两小时的太阳。我们这个论坛竟然就是在嘉峪关这个瓮城里边，在大太阳下面举行的。三小时下来，晒得我们浑身犯热。我膝盖本来很痛，晒完以后不疼了，所以它这个阳光也有治疗的作用。

当然更多的是一种文化上的收获。在这样的情景里，我喜欢写打油诗。主办方让我题字时，我就写了四句打油诗："万里丝绸路，百国兄弟情。展卷读敦煌，耳边闻驼铃。"这是大白话。丝绸之路差不多一万里，不过万里千里都无所谓，反正也不是准确的数字概念。百国不一定有一百个国家，只不过大概是说丝绸之路沿线有很多的国家。过去的丝绸之路，我想最初是源于贸易，是为了互通有无，后来慢慢就变成了军事、政治、友谊。现在我们就特别强调共赢。大家通过这个丝绸之路的交往，你也有利，我也有利，最终要构建一个和平的安定的文明的世界，让各国的人民像兄弟一样生活。

在当今这个矛盾重重、战乱不断的世界里，中国提出"一带一路"的倡议是非常有意义的。有一些外国朋友在这个论坛上也讲"丝绸之路是人类文明之路"，对我们过去的古丝绸之路和我们最近诚心提及的丝绸之路，评价非常高。

主持人：您刚才讲到"万里丝绸路"，我想"一叹是千年"啊。有路的地方就有人，有了人就会有对这个社会直观的认知和哲学思考。大家都在谈，在"一带一路"背景下我们可以做很多事情。您以为丝绸之路对于现代人，尤其是今天坐在这儿的人，做企业也好，做自己的事业产业也好，有什么样的现实意义呢？

莫言：最直接的现实的意义就是中国把自己生产的产品，通过丝绸之路源源不断地运出去，卖给别的国家。我们不会说白白不要钱地送给他们。同时，我们把人家生产的中国没有的或者中国也需要的产品运回来。这样来来回回地，首先我想它建立在一个经贸的基础之上。这个经贸的目的可能产生很多附加的意义。因为任何的经济活动，它从来不是纯粹的经济活动，必然具有文化的意义，具有政治的意义。商品它从来也不是只有使用这么一个功能，它同时具有审美的功能。我想中国的丝绸，我们从物质的角度来看，它可以穿，可以做衣服，可以做围巾。就是说，它是有用的。丝绸上的花纹，丝绸的颜色，丝绸穿在漂亮的女士身上，那种飘飘欲仙的感觉，这就属于艺术的范畴了。瓷器也是。陶瓷的坛坛罐罐可以盛水、盛酒、吃饭。它本身就有非常美丽的图案，同时也能够闪烁出非常美丽的光泽。像浙江龙泉的青瓷、河南的钧瓷等。所以这样一种物质的交换、物质的输出，本身也是一种文化的输出。随着现在人们这种意识的慢慢提高，大家也都认识到了丝绸之路的价值。我们之所以重新开启丝绸之路，目的并不单纯是赚钱。

当然不赚钱也不会做，就是既赚钱，又能变成一种人跟人的这种文化的交流，艺术的交流，感情的交流。所以丝绸之路是物质之路，是文化之路，最终还是人之路，就是大家共同走在这条道路上。这条具有象征意义的道路使人变得更加完美，情感更加丰富、更加多样、更加具有包容性。在这样一条道路的基础上，丝绸之路最终也是一条通向世界和平之路。

主持人：那您最近一直在行走，一直在路上，是又在酝酿着什么新的感受或者新的作品吗？

莫言：对于作家来说，实际上所有的生活都是在为他的工作做准备的。你看到的，听到的，所有你感受到的，随时有可能触发你创作的灵感、联想的灵感，然后变成一部小说，或者变成一部小说里的某一个细节。昨天中午，嘉峪关市市长跟我在机场聊天。这个人对甘肃南部比较熟悉，讲了一个故事。他就说在甘肃南部的一个县，一个很有名的寺庙里的一尊很珍贵的佛像被偷了。后来庙里的法师就想了个办法，集中起来做法事，念咒语，念了一天又一天，一直念到七七四十九天。最后一天夜里，这个盗去佛像的人悄悄地把佛像还回来了。

主持人：人还活着呢？

莫言：活着。他不但还回了这尊佛像，而且把以前偷的另外一尊佛像也还回来了，结果还回来两尊佛像。他讲的这个故事让我很感兴趣。我就想，这一群和尚敲着锣打着鼓，高声诵念咒语，连念四十九天，什么人也受不了。你说他，第一天很勉强可以支撑，没事，你念你的，我玩我的，我欣赏我的，我看我的佛像。八天、十天一直到四十九天，他实在受不了了，再不还回去可能要崩溃了，所以只好还回去了。那么这里面说明一个什么问题呢？说明即便是偷盗佛像的人看起来毫无道德禁忌，他也不是什么都不怕。即便是一个恶人或者干过坏事的人，他内心深处还是有道德律的，很可能受到佛教文化的影响，知道因果。他的这个灵魂啊，在时时地受着煎熬。我想，完全可以把这个故事写成一篇很有意思的小说。

主持人：这会是您下一部作品的故事核心吗？

莫言：这有可能是一篇短篇小说，也有可能是一部长篇小说，也有可能变成一部长篇小说的一个细节。总而言之，我想这个对我很有触动的故事是不会被浪费掉的。它就是一个文学的素材，已经印在我的头脑里了。

主持人：今天我们有耳福了，提前听到了莫言先生将要出的一本新作当中的一小段故事。等您拿到这本书的时候，你可以特别自信地说，我早知道了。

莫言：当然，在座的爱好写作的人或者作家不要写这个，不要把它写成小说啊，这是我的版权。

主持人：必须给莫言先生留着啊，我们这么多人都是您的证人。

莫言：我是开玩笑。如果大家要写的话，完全可以去写，因为我还有。

主持人：您这个肚子里装了多少的故事啊。

莫言：故事随时都会发生。比如，我们在西部旅行的时候，因为西部的道路宽阔，车辆比较少，所以车速很快。在这个汽车高速行驶的时候，路面上有很多低飞的燕子。它是不是在觅食？是不是因为那个时候地面温度一高，就有很多小飞虫在贴着路面飞？燕子在空中飞行的时候能够急转弯，非常敏捷。但是有一只燕子可能判断方向失误，来不及反应，"嘣——"被车撞死了，被车头撞了。撞上以后，我心里面咯噔一下，感觉真是很难受。这么一个生命就这样一下子终结了。接下来的车辆还在不断碾压它，它肯定是没有活路了。在车上昏昏欲睡的状态当中，我就想是不是也可以把这丰富发展为一篇小说呢？当然可以。我想现在当然不是孵燕子的时候，小燕子孵化、育婴应该是在春天的四五月份。现在小燕子基本都要往南飞了。但是作家实际上是可以灵活运用自己的素材的。尽管这只燕子是在农历的八月份被撞死了，但是我完全可以把事情写成发生在农历的四月份：正是在燕子育雏的时候，有一只燕子被撞死了。那么你由此就联想到这个燕子被撞死了，它的家里边，在这个房檐下边，那个燕窝里边，有五只或者四只正在等待母亲或者父亲来喂食的雏燕。

主持人：一般都是母亲喂食。

莫言：这个我要查一查。有时候作为作家，为了更准确，我要查这个燕子在喂食的时候，是不是母燕和公燕同时在喂。

主持人：爸爸从来不干这事儿。

莫言：那也不一定。很多鸟类是雌鸟生完了以后就不管了，全是雄鸟在喂食。但这个是技术问题，没有关系的。总而言之，在这个四五月份，在燕子孵化小燕的时候，有一只母燕子被撞死了。那我们马上会想到燕窝里那几只小燕子怎样可怜，最后被饿死了。假如我是一个很有爱心的人，或者一个有爱心的儿童，就会发起一个运动，会给当地的市长，给当地的什么人写信，或者找了爷爷奶奶去寻找这窝小燕。"爷爷，你看，这个母燕被撞死了。我们要找到它的一窝小燕，帮助这个死去的大燕子，把它的四只小雏燕喂大，养活它们。"广播电台或者电视台也发布消息了："大家观察一下，回家首先看看房檐下有没有燕子，你们家这个燕窝里的母燕还在不在，观察一下有没有燕子回来喂食。如果没有的话，请立刻告知我们。"结果这条消息一播放，不得了了，有几十条甚至几百条信息，还有几百人来电视台说，我们家的那窝燕子有四个小燕子，因为大燕不见了，快要饿死了。人们由此发起一个救援的运动，接着可以发展成童话，发展成神话，走向魔幻，都是可以的。我们由此可以看到人类对自然的破坏。有的人就在张着网捕捉燕子，捉了以后把它作为一种食物，吃掉它。还有无数的车辆，可能每一辆车每天都会撞死燕子。总而言之，就是说人类施加给动物的这种迫害，是非常非常多的。所以我想这么一个很简单的细节，它实际上可以发展成一部内容很丰富的小说，甚至可以被拍成电影。

主持人：您要是写，我们就给您拍。

莫言：可以拍成童话片、动画片，拍得很有爱心，让我们的孩子看。

主持人：它可以衍生出各种题材。

莫言：对。

主持人：大家看到了吗，今天在现场，这就是一个讲故事的人。刚才您讲到燕子这件事啊，让我们回归到了您作品当中一直在关注和表达的生命、死亡、尊严。您的作品《蛙》当中，就有这样的故事。我就在想，没生下来是一种痛苦和残忍，但从某种意义上理解，生下来、活下来其实也可能是另外一种痛苦的开始。

莫言：人生呢，按照佛教的这种解释，无非是六道轮回当中的一环，六道当中的一道。那肯定是苦海无边，生出来就是受苦受难的。只有脱离了六道，进入无生无死的境界，才算彻底超脱吧。但事实上这也是不太可能的。我想佛教进入中国以后，中国的文学作品实际上是对佛教进行了改造的。我们把人这一道作为最高的、最好的一道。就是一个人，这一辈子行善做好事，然后下一辈子可能诞生在一个富贵之家，或者说你这一辈子做了坏事，然后下一辈子变成一头牛，变成一匹马，为人所役使。

农村流传着很多类似的故事：一个人家里养了一头牛，结果这头牛是他父亲转世托生过来的。这怎么办呢？你是让它干还是不干？这个故事，我听我爷爷讲过。这个人每天要下地劳动。牛都是应该穿鼻绳，用鞭子驱赶的，但这头是不需要的。这个人每天吃完饭以后，就把这个牛套背到自己的身上，然后说："爹，来下地吧。"这个牛"哞——"一声就跟着他下地了。《儒林外史》这部古典小说里面也有这样一个细节。那当然是说和尚不好。说这个庙里的和尚赖农民的牛，说这头牛是他的父亲转世，理由是他跪到这头牛前面，牛就伸出舌头来舔他的光头，然后流眼泪，哗哗地流出泪水。后来别人揭露说，这个和尚在头上抹了盐，而牛一舔盐就要流眼泪。他用这样的方式来赖农民家的牛，结果被县官拉去打了好几十大板。这当然是小说家言，没有任何一个人试验过，是不是牛舔了盐就会流眼泪。但是我想，可见从古到今，有关这种转世的故事，在文学作品里面都是有所表现的，在民间的口头传说里就更加多、更加丰富了。这就是说，我们作为人，应该感到非常之荣幸。

我跟杨振宁先生也有所接触。前两年在中央电视台《中华文明之光》那个节目里，杨先生为我颁过奖。当时我送他一副对联，实际上也是从《兰亭集序》里化来的。"仰观宇宙之大，俯察粒子之微。"杨先生说他家里就挂了这么一副对联，就是我写的。我这真是"杨先生面前写大字"，确实是胆够大的。"杨先生面前谈物理"，这也是一大傻。那么就说在这个茫茫的宇宙当中，地球算什么？一粒微尘。这个佛教里也有。人在地球上又算什么？微尘。从漫漫时空这样一个角度来衡量，一万年算什么？一千年算什么？人活百岁又算什么？非常非常短暂的瞬间而已。从这个意义上来想，活着的意义就不大了。我们争名夺利建功立业有什么意义？所以在地球这个小范围之内，这么一个短暂的过程中，就特别容易产生一种消极的、悲观的情绪。在宇宙学这个意义上，从宇宙的角度来讲，我们实际上都是悲观论者。但是我们站在人的角度上，会发现在如此浩瀚无边的、茫茫的宇宙当中，在这么一颗小小的星球上，竟然诞生了这么一群人，这么一个物种。他们具有智慧，能够抬头看天，低头看地，能够研究无限可分的微粒物质，也能够探测没有边缘的宇宙奥秘。所以我想，我们作为这个物种当中的一分子，作为人海当中的一个人，是多么大的荣幸，多么大的福报。作为人，我们相对于其他的动物，相对于其他的植物，应该是非常幸运的。从这个意义上，我们真是要好好珍惜人生，努力创造，使人的文化更加丰富，使人对自身、对外界、对微观和宏观有更加准确的认识。所以，既然我们生下来了，就要感谢把我们生下来的一切因素。

主持人：尽管我们还要遭受各种折磨和痛苦。

莫言：痛苦是走向成功的必然的道路。当年的痛苦现在已经变成了我们的资本，现在的痛苦也会变成我们未来的资本。没有痛苦的经验，就体会不到幸福的价值。只有经过了痛苦这种锻炼，我们才能够更加珍惜幸福，才能够更加清楚地认识到幸福的意义。

主持人：听您的这一番言论，我们可以特别笃定地认为您是一个绝对的有神论者。

莫言：这个神，就看你怎么样理解。孔夫子也是在这个意义上说，"敬神如神在"。民间有一句话："敬神有神在，不敬是泥胎。""文化大革命"期间，人们破坏了很多神像。北方有很多池塘叫湾，就是三点水再加一个弯曲的弯。当时人们砸庙毁佛，把神像往湾里扔，并且一边砸一边喊口号："有神的上天，无神的下湾。"所以我想民间对鬼神，圣贤们对鬼神，实际上也是持一种态度，就是一种信仰。你相信它有，它自然就有。你不相信它有，它就没有。我这次在甘肃，去民间做了一些这方面的探寻，也有巧遇。就在一个很小的庙宇里面，他们供奉着一块石头。这块石头很像孙悟空。它有一个孙悟空的造型。我们在儿童连环画上经常能看到这个造型，就是手搭遮阳帘，然后金鸡独立，一腿翘着。他们供奉着这个石头，石头当然是被放在一个非常华丽的、重重包裹的几重宝函一样的箱子里面。当时有人还拉开拉链让我看了。其实就是人们从河滩上捡了一块石头，然后给石头写上了"斗战胜佛"的名字。大家都知道，孙悟空是吴承恩虚构的一个人物，"斗战胜佛"也是《西游记》虚构出来的这么一个封号，但是民间已经把他奉若神明，每天上香、摆供，有人来磕头，有人来许愿。这个到底是一种迷信呢，还是一种信仰？

我立刻就想到了蒲松龄的一篇小说。《聊斋志异》里有一篇小说就叫《齐天大圣》，讲的故事跟我刚才跟你讲的一模一样，而且他在这个小说里讲，这个孙悟空非常灵验。有这么一个比较耿直的秀才，不信邪，自恃有知识，说这怎么可能呢。《西游记》是一部小说呀，在科举时代，小说的地位是很低的。闲书嘛，闲书就是作家胡编乱造的嘛，怎么可能孙悟空就成了神了？这个地方有一座孙悟空庙，所有人都去，这个秀才不去。他本来是跟他弟弟、他哥哥一块去赶考的，结果他弟弟死掉了。弟弟死了，有人说："你看你看，你不相信，报应了吧？你赶快去求一求吧。"他还是不相信："我就不去。这就是偶然的，怎么可能呢。"过了没几天，他另一个弟弟也死了。最后全家都死了，只剩下他一个人。这个时候他不得不相信了。他自己也生了很重的病，身上生了很大的一个疮，生命垂危。这个悟空又来给他托梦，他没有办法就屈服了，后来病就好了。《聊斋志异》里蒲松龄的评价，大概的意思就是说，千百万人的、众人的信仰会使平凡的物质物品具有灵性。原话我记不住，是文言文。千百万人的这种善念，可能会形成一种巨大的社会力量。当我们全社会的人的善念，无形中汇集在一起的时候，真的能够移山填海。千百万人的这种信仰，很可能使一块石头变成一个真的具有了灵性的神物。我很信服蒲松龄先生这一段评语，同意他这个观点。

主持人：所以人一定要有正信、正面、正观汇聚在一起，这个力量不可小觑。既然谈到了蒲松龄，我知道莫言先生是极推崇蒲松龄的，而且在莫言先生的部分作品当中，读者的确可以感受到那份蒲松龄式的诡异。您既然非常喜欢他，甚至可以用"崇拜"这个词，我就很好奇，您怎么没向范曾先生求一幅蒲松龄的造像呢？

莫言：我想我从来不开口向画家求画。

主持人：都得人家送。

莫言：我也从来不向书法家求字。就当一个人还没有成名的时候，我向他求，这个时候我是在帮助他。一个画家刚开始画画，我说哎呀，能不能给我画一幅，他会很高兴，很有成就感。像范先生这样的大画家，你向他求画，那还不如说范先生你能不能借给我一百万呀。这就好像在跟人家要钱嘛。当然，我去那边时很想。如果他能画一幅蒲松龄给我，我会悬挂在明堂之上。

主持人：懂了，懂了。

莫言：但是范先生啊，为我父亲造过像。去年五一节的时候，当时文化部副部长，我们中国艺术研究院的王文章院长给我打电话："哎，莫言，范先生在我这儿，他马上就到你家去。"我当时正在山东高密休假呢。我说："别别别，他这么大老远地跑来，我们怎么接待他呀。"他说："没事，有两个跟他一起的。"然后，范曾先生拿过电话跟我说："喂，我给你爸爸画了一幅像，我要亲自送去。"因为我获得了诺贝尔文学奖之后，范先生很关注，所以可能在网络上看到过我父亲。

当时我父亲那边有很多人去采访他，想通过他来了解我，让我父亲谈他对我的看法。也有一些企业家要送给我一套别墅，提包可以入住，价值五千万。我父亲就说："不劳动者不得食啊。我儿子就是一个农民的儿子，要人家的别墅干吗？无功不受禄。"

他有一种很传统、很朴素的想法。范先生可能看到了这些报道，对我父亲很敬仰吧，很敬佩。而且我父亲年龄也很大，今年已经九十四岁了。所以他就给我父亲画了一幅像，然后在刘波和连贯宜两位先生的陪同下，去年五一到我们家里去了。去了以后，他一见我父亲就深深地鞠了一躬，搞得我们真是心里面很感动。这么大的画家，竟然给一个老农民鞠躬，我觉得这真是类似奇迹的行为。范曾先生的狂傲是有名的。你说目中无人，他有时候真是目中无人。能让范曾瞧去的人不太多。然后，他当着我父亲的面，就把这个画展开了。很大的一个画面，用的是非常简洁的这种线条，但是非常传神，寥寥数笔形神兼备。我们得到这个画像以后非常感动。

后来，范先生又给我们兄弟姐妹四个每人做了一个复制品，让我们在家里挂起来。所以我想，有了范先生为我父亲造的像，我完全没有必要再去跟人家要蒲松龄的画像了，也不好意思要。

主持人：我觉得这个重要的信息，在今天的现场，只能特别清晰地请湛如教授收下。刚才谈到蒲松龄先生，谈到莫言先生的作品，我有一个疑问。我看今天阿姨也在，但还是想问一下您。万一不合适，您别怪我。您写了很多女性，其中成功的女性形象大部分都是妈妈、姑姑，从女性的视角来看，怎么就没有一个年轻漂亮的爱人、情人、有情之人，类似这样的形象出现呢？

莫言：也有啊。

主持人：您是说《红高粱》里边的那个奶奶吗？那不算，不完全算。

莫言：《红高粱》里面的奶奶，很年轻啊。她十七八岁的时候，我作为一个后辈⋯⋯

主持人：奶奶呀，那还是奶奶。

莫言：奶奶也有年轻时啊。我是作为一个晚辈，来描写自己长辈年轻的时候的浪漫故事的。所以她是奶奶，当时加引号的"奶奶"。在高粱地里打鬼子的时候，她是很年轻的，也就十八九岁。所以你不要一想到奶奶，就认为是白发苍苍的老人。我们经常会在阅读的时候产生一种错觉。我们读《三国演义》，一直认为诸葛亮比周瑜大多了，诸葛亮是一个老先生，而周瑜是一个年轻的后生。实际上，周瑜要比诸葛亮大。周瑜三十六，诸葛亮二十八。赤壁之战时，诸葛亮三十岁，周瑜是他的老大哥。

主持人：您看，包括影视作品中的人物形象，也都会给人这样的错觉。

莫言：所以这个阅读的错觉是一直存在的，而且有时候还挺美好的。我们读《红楼梦》也有很多错觉。看到贾宝玉和林黛玉的爱情故事，你能想象那是两个十四五岁的少男少女之间的故事吗？我们就是感觉他们很大了，十七八、二十多了。

主持人：相对来说，他们给人的感觉是情感比较成熟。

莫言：古人的情感怎么可能比现在成熟呢？他们那会儿的信息多少？他们看的书跟现在的孩子所接触到的东西不可同日而语。他们看"四书五经"，偶尔偷着看一本《牡丹亭》，还算近的。《牡丹亭》的描写是多么的文雅。所以现在的孩子的情感成长，比古人要丰富、要快、要成熟。

主持人： 那为什么这事搁古代就是凄婉、千古传诵的爱情故事，搁现在就是父母训斥、学校不耻的早恋呢？

莫言： 我想，小说家在古代的地位是很低的，唐朝宋朝也好，包括到了清朝，真正有地位的是诗人。当然，有了科举制度之后，真正有地位的是科举成功者。中了举人，考中进士，得了状元，耀祖光宗，那可不得了。所以这些人在考中进士之前，在完成科举之前，不会把写诗当作最主要的任务。一般都是科举成功，那些东西成了敲门砖了，人们才又恢复艺术创作，写写诗，填填词。我在淄博做过一次演讲，说蒲松龄实际上一直到晚年，让他最痛苦的，一生耿耿于怀的就是科场失利。他做梦都想有朝一日能够考中举人。

主持人： 但是他是到七十二岁才补了个贡生，其实就是个安慰奖。

莫言： 贡生这个东西就是一种安慰了。岁贡生、补贡生、廪生，它在科举年代就是给这种老秀才的一种安慰。也可能是县政府发给他们一点补贴，每年给他们几两银子，这是帮助他们。也就是说，他们只有在科场失意的情况下才会去搞文学创作。所以蒲松龄才会写小说，所以曹雪芹才会写小说。如果没有这样的一种人生的大失意，他不会去写这些作品。他之所以写，是因为个人的愿望没有实现，他在社会上属于被人瞧不起的失败者。而且正是这样，他看透了世态炎凉，尤其是曹雪芹这种贵族子弟。他经历过鲜花着锦，烈火烹油，经历过这种轰轰烈烈的富贵场面，突然变成了破落户。这样一种对比，这么强烈。包括我们的鲁迅先生，当年也是大户人家，爷爷是做官的，但是后来家道中落，没有办法，只能天天跑当铺。"穷在闹市无人问，富在深山有远亲。"这样一种强烈的对比，让他一下子对人有了深刻的认识，所以才能写出好的作品来。

写人写什么？就是写情感，写人的美好的情感，也写人的黑暗的、不好的情感。人的美好的情感里边，最美好的可能就是爱情。所以像蒲松龄先生也好，曹雪芹先生也好，他们都在自己的作品中写了这样一种爱情。为什么我们小时候，在七八岁的时候读《红楼梦》这些书，会被父母批评，甚至会被拉出去暴打一顿？他们担心这书里面描写的很多东西对儿童是不适宜的，有可能让孩子学坏。事实证明，这是一种多余的担忧。一个儿童在他心智不太成熟的时候，接触了这些小说当中的一些情感描写，是否就会变坏呢？我觉得是不会的。这是一种情感教育，也是一种生理教育，只会让这个孩子更丰富、更善良。当然，如果陷入得太深了，也不排除其中一个两个把自己想象成了林黛玉。但大多数的孩子都是能够正确对待的。

主持人： 好，现在我们对《红楼梦》当中的情感部分也有了新的认知。您刚才讲到了小说。我们每个人从小到大都会读很多书，其中小说会占很大的比例。特别想请教您，您觉得什么样的小说是好看的小说?

莫言："好看"这个概念，太宽泛了。每个人都有自己的审美的趣味，每个人都有自己不断发展的这种阅读兴趣的变化。一个七八岁的小男孩，那他觉得好看的就是连环画，打仗的故事。但是到了七八十岁，你再让他读这个，他会感觉太没意思了。好看的小说，我个人认为，实际上是以故事为核心的。当然，有一些小说故事性很弱，散文化的倾向比较重，还有一些意识流小说完全没有故事，只有一些情绪的跳动、片段。但是基本上古典小说也好，现实主义的小说也好，它们都还是以故事作为最基本的核心、内核的。有一个好故事是好小说的一个要素。第二点，小说是语言的艺术。我们儿童时期是要读故事的，一般的读者也在读故事，但是稍微有点艺术修养的读者，他可能要注意到作家的语言。"哎哟，这个句子怎么这么美啊！"我们读唐诗读宋词，其实唐诗宋词也讲故事，只不过这些故事很简单。它们为什么能够激起我们这么大的兴趣，让我们一读再读，一背再背，一讲再讲？每次读每次背每次讲，我们都能感觉到一种愉悦，一种审美的愉悦。这就是语言之美。汉语的语言之美上午范先生也讲了，是骈俪之美。骈俪之美实际上就是节奏之美，就是抑扬顿挫。没有抑扬顿挫，就没有诗词。为什么我说我写的诗是打油诗呢？就是因为不懂平仄。有时候为了押韵，管它什么平仄，我硬是一押到底，所以读起来没有节奏之美。我想，小说其实也是一样的，当然小说的语言是漫长的叙述。一首绝句二十个字，二十八个字，你可以反复锤炼，琢磨是僧"推"月下门还是僧"敲"月下门。"两句三年得，一吟双泪流。"写小说如果"两句三年得，一吟双泪流"，一部小说一百万字，要了命了，非哭瞎不行。小说的语言相对来说没那么精炼，但是也需要风格化。我们会看到大段大段的景物描写，如临其境。一些对话十分巧妙、微妙，能让我们一下子就体会到作家对这种人性的准确的把握。我们看《红楼梦》，看刘姥姥的语言，活灵活现。她和王熙凤的语言，也是活灵活现。一个成功的人物的话语，跟他的性格肯定是完全对应的。也就是说，这个话只有他说得出来，别人说出来就不对。我想这都是我们在阅读文学作品时能够读到的，能够享受到的语言之美。

所以，要有好的故事、好的语言。当然，长篇小说也要讲究一点结构。这个好的故事、好的语言，最终达到的目的就是写人，塑造出栩栩如生的、不同凡响的、别人没有塑造出来的人物。鲁迅很伟大，我们想起他来，都说鲁迅先生是大作家。为什么呢？写过小说的人很多，为什么没他那么伟大？他写了人，他把人物写活了。他写了祥林嫂，写了阿Q，写了孔乙己，也写了闰土这样美好的少年。他塑造了很多仿佛就是我们身边人的朋友，他的小说里有很多人物的心理活动能够让我们产生自我的观照。所以有的时候，我们也感觉到好的小说是在写读者自己，就是我在读小说，感觉这个小说是作家跟我的直接的对话。要达到这样一种境界是很不容易的，但像这样的小说肯定是好的。

主持人：这个印证了您说的话：读书就是读自己。莫言先生在很小的时候，好像说过一些话，认为"学校是监狱，老师是奴隶主"。这是您说的吗？

莫言：我说过。

主持人：对，这也是舍我其谁的气魄。可是最近这几年，我们有机会接触到莫言先生，感受到更多的是莫言先生的这份平和。我想请教您，这份平和是缘于年龄的增长，还是因为您基于对生命、对文字的这种感悟而产生了敬畏心呢？

莫言：这个说来话长。我当年因为这样两句话，付出了沉重的代价。你像在20世纪60年代的时候，当时上学比较早，我是一个六七岁的小学二三年级的学生。那个时候放了一部电影，一部纪录片，叫《农奴》，可能是反映西藏的。我想五十多岁、六十多岁的人都看过，是很有名的一部纪录片。我们从中看到了农奴主对农奴的这种残酷的迫害，而且那个时候学校里有的老师文化素养不太高，经常体罚学生，对调皮的学生施以拳脚，甚至会把你拉出去在阳光下曝晒，我就经常被老师拉出去……

主持人：那不是老师让您补钙吗？

莫言：那个时候没有补钙的意识。补钙都是20世纪80年代中国人吃饱之后才发明的一个事儿。过去什么补钙不补钙啊，没有这些说法。所以现在回想起来，要感谢我们老师。我六十多岁了，腿脚还比较硬朗，就是少年时期被老师抓出去晒太阳，补了钙，补得比较足。我当时的话实际上是童言无忌，也说明了我的联想能力。我看了一部电影，一部纪录片，马上就跟我所生活的现实进行了观照对比。噢，原来我这个学校有点类似于监狱，原来我的老师对学生的这样一种体罚，类似于什么什么东西。这就是一种人类的最基本的思维、联想、对比，然后得出结论，就是这么一种逻辑。现在，我想人会随着年龄的增长而变化。我们老家有一句话叫"虎老了不咬人"。老虎是多么凶猛的动物啊，但是老了以后就会变得和善。我们看到过很多性恶的老虎，但是也有画家画出了非常和善的老虎，所以年龄会改变人的一切。一是年龄增长，二是你经历的事情比较多了，对人的认识会比较全面，对自我的认识也会比较准确。这个时候，我们就容易理解别人。人只有首先理解了自己，认识了自我，才能够理解别人，宽容别人。我想这应该是一种美丽的成长，由这个不宽容到宽容，由暴戾到平和。

主持人：莫言先生的这一番话和我们这两天的学习是一脉相承的。很多时候，不要向外求，而是要内观自我。就像我开篇所讲到的，莫言先生是一个诚实面对自己的人。你只有先诚实地面对自己，才可以以诚待人。您走上写作这条道路应该是在成年之后，我特别想知道在您小的时候，最早是什么样的文学作品震撼了您，或者说打动了您，激发了您。

莫言：我最早读的是连环画吧。我们邻村有一个同学家里有一套绘画本的、线装的《封神演义》。我为了读这本书付出了很沉重的代价，要帮他们家推磨。那个时候农村没有现成的面粉，都用自家的那个小石头磨，把这个粮食磨碎。父母在地里边劳动嘛，所以这个拉磨粉碎粮食的任务一般都是孩子来完成的。我为了读《聊斋志异》，读这个什么《封神演义》，就跟他们达成了这个协议。帮他们推十圈，可以读一页。

主持人：这个代价非常沉重。

莫言：再推十圈，再读一页。正是因为得来不容易，所以印象特深刻，记忆特别深。我从这本书上读到的很多情节、画面，至今仍栩栩如生地留存在脑海里。后来20世纪80年代拉丁美洲的魔幻现实主义传入中国，我才想到我童年时实际上已经读过一些像《封神演义》这样的魔幻小说了。

那个时候作家的想象力真是了不起。吃了两颗杏子，然后身上长出两个翅膀来；眼睛被挖掉，眼眶里长出两只手，一个手心一只眼睛，能上看天下看地；有的人可以在地下来回奔跑，地遁，等等。这样一些细节匪夷所思。那个年代里的这种超级想象，让我们今天自愧弗如。像这样的一些小说，对我后来的写作产生了很大的影响。

包括西方的很多评论家，包括中国的一些批评家，一直认为我是受到了拉丁美洲魔幻现实主义的影响，我从来也不否认拉美的魔幻现实主义对我产生过影响。但是我必须特别声明，中国的像《封神演义》《聊斋志异》这一类作品，包括《山海经》这样一些非常奇怪的书里面的很多描写，都对我产生了非常大的影响。也就是说，我是一个中西合璧的作家，不是一个纯粹学习西方的作家。

主持人：您刚才提到魔幻现实主义。《百年孤独》的作者马尔克斯最反感西方人对他的这个魔幻现实主义的定位，他认为这是站在西方的观点和立场上，对拉美文学的一种扭曲、歪曲。您获得诺贝尔文学奖的作品也被冠以"魔幻"这个词，您是接受呢还是有所保留？

莫言：去年五六月份，我们几个作家跟随李克强总理去拉丁美洲访问。我们就在这个哥伦比亚，就是马尔克斯的故乡，举行了一场"中哥文学论坛"。那场论坛，总理参加了，哥伦比亚的总统桑切斯也参加了。我就坐在桑切斯旁边。当时就讲到了马尔克斯对中国作家的影响，我也说马尔克斯对中国作家确实产生了影响，但是我坚定地相信，马尔克斯肯定也受过东方的影响。今后的拉美作家也很可能受到当代中国作家的影响。我想再过一段时间，也许会有西方的作家说，他受到了中国作家莫言的影响。七八年前我到日本去，日本一个刚刚获得直木奖的青年作家，就特别跟我说，他的小说受到了我的作品的影响。

我想，作家与作家之间的影响实际上是双向的。没有说一个国家、一个民族的作家只从别人那个地方取来，而自己的出不去。虽然隔着千山万水，虽然有不同的语言，不同的习惯，但是就写人这一个点来讲，作家都是一致的。所以去年我们在拉美，在秘鲁、哥伦比亚参加这些论坛期间，一到我们心仪的作家的故乡，感受的确特别不一样。就是到了那里以后，感觉这个地方我很熟悉。虽然远隔万里，但是我当年通过读他们的书，已经对这个地区的一切都了如指掌了，现在仿佛是故地重游。

从这个意义上来讲，作家之间有时候确实不需要见面。我跟马尔克斯有过一次见面的机会，当时我也做了很多的准备，希望能够跟这个我敬仰的作家好好地交流一番。后来没有实现，因为他身体不太好。到了哥伦比亚以后，参观了当地，走了他描写过的街道，看到了他笔下所描写的景物，我心里觉得其实见面不见面都无所谓，阅读就是最好的交流。当然这要通过翻译，是吧？要通过别人把作品翻译成中文。

主持人：是，就是由文字变成立体。其实作家之间的交流常是通过文字去完成的神交。我还很好奇，莫言先生，您会读一些当下很流行的年轻作家的作品吗？从他们的作品中，您有没有触碰或感受到年轻的智慧？

莫言：这个问题确实比较不好回答，因为现在的网络写作、网络作家非常多。过去我们说书多，是汗牛充栋，现在确实不沉了，一个硬盘可能就装着我们一辈子都阅读不完的作品。这些海量的信息我确实没读完，不可能读完。但是我接触过一些网络文学，也读过一些"80后""90后"的年轻作家的作品。

这里，我不好指名道姓。一指名道姓，我觉得不公平。有很多优秀的杰出的"80后""90后"作家，我只读了其中的几个人，就仅说他们而不说别的，我觉得这不公平。我的阅读视野没达到比较有说服力的这么一种数量。就我读过的这些作品，我没有任何理由指责他们，也没有任何理由自傲。"哦，我比你们写得好，你们这帮孩子不行。"因为每一个时代，最熟悉自己的生活的人是他们自己，最能写出他们这个年代的人准确生活的，是他们自己。让我写"80后"，那怎么比得上"80后"自己写？让我写"90后"的年轻人，我又怎么比得上"90后"呢？

我前几天在西北师范大学讲过，现在我们做梦的材料都跟这帮年轻人的不一样了。我的梦是由什么构成的呢？我的梦境是由农村的街道、房屋、牛、马、羊、河流、植物，是由这些构成的。现在，"90后"的梦境是由什么构成的？我问过几个人，他们说："动画片啊，我经常跟这个动画片里的人物生活在一起。""我突然穿越了，变成了一个什么东西。"你看，由于生活环境的改变，科学的发展，时代的进步，物质生活的巨大的变化，知识的更新换代，我们这样的老作家也只能是写写我们所擅长的，我们所了解的，我们那个时代的一些事情。要写当下，也只能写我们面对着这个快速变化的世界的真正的感受。如果要把"80后""90后"的孩子作为我们小说里的人物来塑造，这个困难就很大。只有他们自己写自己，才能够写得最准确。

主持人：这是莫言先生对年轻作家特别中肯的一个评价。既然这一次我们很难得地请到了莫言先生，而且是在我们会稽山的龙华寺，我想有一部作品一定要提，因为它跟佛教有关，就是《生死疲劳》。我们有的读过，有的没读过，您能给我们首先讲讲这个名字吗？这个书名跟佛教有什么样的因缘呢？

莫言：《生死疲劳》这个书名直接来自佛教经典《八大人觉经》。在书里就是"生死疲劳，由贪欲始"。原经文我记不住了，是说一切的痛苦实际上都是因为人有欲望，只要人没有那么多的欲望，痛苦就不存在了。这个生死疲劳实际上也是建立在六道轮回这个理论，这个大的哲学基础之上的。你生生死死，由人变成了动物，由动物变成了恶鬼，假如修行得好，再由恶鬼变成阿修罗，就是这么在六道里上蹿下跳。尽管有境界的高下，但实际上你还是很疲劳，没有到那种佛的境界，没有跳出六道之外，自由自在，永无挂念，解脱一切痛苦。从这个意义上讲，我感觉"生死疲劳"这四个字特别有内涵。

当然了，佛教经典的字、词、话肯定是有内涵的，而且能够描述出人生的某些状态。它不仅仅是对六道轮回的一种状态的描述，也是对人在人的世界里的一种生存状态的描述。我们经常讲，忙忙碌碌都是为了什么？为了名为了利，辛辛苦苦为了孩子，为了儿女，你争我斗，明枪暗箭，阴谋诡计，爱恨情仇。对于这么丰富的人的情感、这么多样的人的行为，那么站在佛的、佛教的角度来看，就仿佛是我们居高临下地看一窝树下的蚂蚁。所以这个书名就意味着比较高的这么一种角度，一个从上往下的观察角度。

主持人：大家如果还没有读过这本书，建议回去细细品味一下。您刚才讲到六道轮回，可能"六道轮回"这几个字恰恰是您写这个故事的一个正确的方法，是它的钥匙。

莫言：这也是偶然所得吧。这个故事我实际上很早就想写了。就是小说的主人公，在现实生活当中有一个模特。现实生活中存在这么一个类似的人物形象。我一直都想把这个人写成一部作品，但一直找不到一个好的角度。有一年，我去了承德的一座庙宇，参观的时候看到了壁画。墙壁上画着六道轮回的示意图。这幅画突然让我脑洞大开，一下子很有灵感："哦，就是应该从这个地方入手来写。"所以后来就有了一连串的故事，也就有了这部小说的基本结构。它就写一个人在几十年的这种剧烈的社会变迁当中不断地转世，转世成牛啊、猪啊、狗啊，转化成各种动物，然后用动物的眼睛来观照这个激烈变迁的人类社会。它有一种很独特的视角。

主持人：谢谢，谢谢莫言先生跟我们讲了这么多故事。虽然对莫言先生的采访七零八碎，但是我想莫言先生始终是一个讲故事的人，也希望这些具象具体的故事能让每个人都有所感悟。每一次聆听大师的开悟和教诲，我们最后总希望大师能给我们留点什么。可以给我们留几个字吗？今天面对我们稽山书院的所有学员，您想送哪几个字呢？

莫言：这个我真是不知道，一时也想不好。我想起前几天在嘉峪关时心里编的四句打油诗——《弄潮儿唱波斯曲》。前不久在G20会议上，习主席引用了宋朝的词人潘阆的《酒泉子》里边的"弄潮儿向涛头立，手把红旗旗不湿"，这使我想到去年去泉州参观海上丝绸之路的起点，看了一部泉州市歌舞团排练的《寻梦海丝》。这次又在西北看到了陆上丝绸之路，我有所感想。海上、陆上形成了这么一个循环。然后我就写了"弄潮儿唱波斯曲，养蚕女跳胡旋舞"。养蚕的妇女跳这个西域来的舞蹈，然后是"沙海漫漫丝绸路，总有悲歌伴笑语"。这纯粹是打油了，叶老师肯定要笑坏了。为什么这样说？实际上这既是对海上、陆上丝绸之路的一种描述，也是对人生状态的一种感慨。因为文化交流，所以我们的弄潮儿能够唱波斯曲；因为文化交流，所以我们的养蚕女能够跳胡旋舞。海上的、陆上的、沙漠的，"沙海茫茫丝绸路，总有悲歌伴笑语"，就是说人生不可能永远在欢笑，也不可能永远处在痛苦当中。悲中有欢，欢中有悲，这也是我们人生的常态。只有认识到这一点，我们才能够直面我们所遇到的一切。也可以改成"漫漫人生路，悲歌伴笑语"。我就把这十个字送给在座的各位——"漫漫人生路，悲歌伴笑语"。

主持人：莫言先生道出了人生的无常，恐怕只有超然物外，方得始终吧。今天，我们会在跟莫言先生的对话当中留一个机会。我们现场有一位来自《中国青年报》的记者，想向莫言先生提一个问题。

记者：莫言先生您好！我是《中国青年报》的记者。首先，作为年轻人，我很荣幸能听到您的讲述，特别开心。其次，我有一个问题想跟您交流。我不知道您还记不记得，最早的时候，就是在您写《红高粱》的时候，《中国青年报》跟您有过通信。就是20世纪80年代。我这个问题也是想结合《红高粱》来提问。当时有不少人评价您早期的这部作品。《红高粱》的文法用词很大胆，有不少的突破甚至体现出叛逆。您发表这部作品的时候，刚三十出头，是位青年作家，我比较好奇您如何看待那个时期作为青年作家的自己，如何看待自己这部相对比较大胆的小说？是不是那个时候身为年轻人的见识和经历使您创作出了这种风格的作品，是不是换个时期就有可能不一样了？

莫言：《红高粱》我是在解放军艺术学院文学系读书的时候写的，第一部大概完成于1985年。1986年3月，《人民文学》第3期发表了这个作品。那个时候正巧和你刚才讲的一样，因为年轻，所以狂妄。因为年轻，所以没有那么多的清规戒律；也是因为年轻没有名气，所以没有任何保守的理由。

像《红高粱》这样一部跟抗日战争有关的小说，它所描写的人物是突破了我们过去几十年的模式的。在1986年以前，我们所描写的抗日战争，肯定是围绕八路军、新四军，以共产党所领导的民兵游击队作为主角、主要人物来写的。但是我这部小说写了一群土匪，他们自发地跟日本人进行了数次的搏斗。小说里的人物当时是一个突破，现在看起来几乎已经不是任何问题了。你现在写什么人抗战都可以，但是在20世纪80年代中期，很多老作家对年轻作家的这种写法是很不以为然的，所以这带一点挑战意义。另外就是这部小说用了一种意识流的结构。我们过去写小说一般都是按部就班，按照时间，从头到尾一步步地叙述。《红高粱》却是碎片式的、跳跃式的，把时空打乱了。可能上一句写的是1938年，下一句一下子就跳到了1948年，再一句可能又回溯到20世纪30年代。时空被切碎了，然后被搅乱了，重新组合。这样一种写法对作家来讲实际上意味着很大的自由。当然，我也完全可以按照时间，一步一步地顺时针地把它写出来，但就是感觉这样一种传统的拘谨的写法不足以表现 80 年代那个时候的一种文学青年内心深处不受拘束的、奔涌的情感。最后就是想到哪一句说哪一句，这一句还没说完，下一句就冒出来了。"头上一句腔上一句。"这是农村人批评小孩子的话，说："你看看你说的是什么？慢慢说，别头上一句腔上一句。"这么说没有顺序感。当"头上一句腔上一句"变成一种小说结构，就带一点创新的意义了。《红高粱》这个结构实际上就是"头上一句腔上一句"。这个怎么说呢，对当时的小说来讲，也是一种具有挑战性的写法。

刚才你也提到了《红高粱》的语言。语言也是这样的。我早期实际上是学习白洋淀派的。早期我非常喜欢孙犁先生的小说，也很喜欢赵树理先生的山药蛋派小说。那个时候我在河北保定当兵，河北保定市《莲池》这个刊物最早发现了我，培养了我，而且有一个老编辑亲自陪着我，到白洋淀去体验生活，住在一个渔民的家里。所以我早期的小说，像《因为孩子》《春夜雨霏霏》《金鲤》，都是非常明显地在模仿白洋淀派。到后来，我对白洋淀派的这种写法不太满足了。白洋淀派的写法是很优美的，大家都在中学课本上读过孙犁先生的《芦苇荡》《荷花淀》，但是我觉得如果我还是这样，按照白洋淀派这种清丽的、婉转的、柔美的写法写，永远只能是孙犁先生门户下边的一个小喽啰。所以那个时候猖狂啊，我想我一定要突破他们，不能跟在人家后边来模仿，应该写出自己的东西。在语言上，首先就要离经叛道。现在我回头来读，读到某些片段的时候，自己也感觉到有些过分。譬如说把动词当名词用，把名词当动词用，用一些莫名其妙的词语来搭配。有一些副词的用法也破坏了汉语的语法。所以《红高粱》这个小说如果让中学语文教师来读的话，他会给我在上面画满叉，他会说不通顺，要改正，用词不当，或者说逻辑错误，等等。但是也正是这样一种写法，使一个作家强烈的情感得到了一种释放。我们也要重视这样一种写法。这种语言上的破坏，也使读者受到了感染。《红高粱》应该是立体的离经叛道的作品。

由此可见，20 世纪 80 年代是文学艺术的创造期。我们现在很多艺术家都在怀念 80 年代，认为那是黄金时代。现在回头一看，那个年代无论是美术界、文学界，还是什么舞蹈、音乐，确实都出现了很优秀的作品，影响了一批年轻人。大家都用自己长期积累的情感和生活，对几十年来没有变化的艺术秩序进行了冲击。我想用一个当时我写的散文来描述这种状态，就是说一群鸟被关在一个笼子里边，大家就得奋力地飞，不断撞击这个笼子，扩大笼子的笼脊。最后大家撞破了笼子，都飞了出去，到蓝天上翱翔。所以，第一，那个时代是创新的时代，大家都在千方百计地突破规范。第二，我们当时正年轻。就像刚才这个记者说的那样，如果现在让我重新写一遍《红高粱》，我肯定写不出那个样子，肯定是按部就班地遵循这种语法规则，会把语言雕琢打磨得很美，会把人物写得很圆满，会把人物身上的很多过分的丑陋的东西进行适当的美化。这就是我目前的状态。我想这是很可怕的。假如我是按照目前这样一种实际状态来写作的话，那我写的小说没有什么太大的意义。所以我也在不断地提醒自己，不断地想回忆起 80 年代的精神状态，想要"放下包袱，开动机器"。"开动机器"就是"开动脑子"，就是忘掉已经写出的作品，抛开已经得到的荣誉，就像年轻人似的重新起步，重新上路。

主持人：其实莫言先生真是多虑了，您想想我们多么期待您接下来这两个题材，一个是小燕子，一个是孙悟空。这两个新故事不知道什么时候能横空出世，我们充满期待。

记者：实在不好意思，还有一个小问题，也是结合刚才那个问题接着问。您刚才也提到了最了解"90 后"的就是"90 后"自己，也只能由他们自己来写自己，包括"80 后"，同样如此。我想知道，这些年轻作家或者说年轻人在创作的过程中有没有一些必须遵循或者坚持的创作原则？您对他们有没有一些成长上的建议？

莫言：我们这个讲座应该是临近尾声了吧？那我还是用一首我前不久给一个朋友写的打油诗来结束这个问题吧，也是结束今天这个讲座。我一个朋友在西安，给我通微信，我就用微信发给他一首打油诗："君居陕西我山东，千里音讯一点通。不跟小人争高下，敢与好汉比雌雄。张牙舞爪坐地虎，呼风唤雨入云龙。当今激评何须道，五百年后理自攻。"大概意思就是，我们实际上生活在社会里，每天都面临着人跟人之间的矛盾争斗，也有很多人因为跟某些人的争斗搞得自己很痛苦，让这些争斗影响了自己的情感，影响了自己的生活。所以，我们得"不跟小人争高下"。小人就是缺乏道德的人，没有道德的人，也是没有艺术感觉的人，没有美感的人。但是我们要敢跟英雄好汉来争雌雄，"敢与好汉比雌雄"。我们要向好人看齐，向高大的人、伟大的人看齐，只有这样才能提高。另外就是很多人张牙舞爪。过去说强龙压不住地头蛇，这个人是坐地虎，在当地横行霸道，所以"张牙舞爪坐地虎"。然后是"呼风唤雨入云龙"，是说我们不要学这个张牙舞爪的坐地虎，在窝里横，在一个很小的圈子里边自以为了不起，应该有很高的境界，像入云龙一样有更高的境界、更广阔的视野，做出更有价值的事情来。传说中的龙能够呼风唤雨，普降甘霖。再看"当今激评何须道"。一个人做一件事情肯定有人评价，有的说好，有的说不好，有的讽刺挖苦，有的不屑一顾，这就是"当今激评何须道"。如果我是从事艺术创作的，如果我认为我的艺术创造是一种创新，是超前的，是不能被现在这个时代所接受的，所以受到了很多讽刺挖苦和批评，那么我只需有自信，不用去管他们，即"五百年后理自攻"。也未必是五百年，主要是说在时间这条长河里边，真正有价值的东西是会得到承认的。最后这两句是不是别人的诗我也记不得了，好像有过类似的话。好，谢谢大家。

主持人：谢谢莫言先生。希望我们能保有莫言先生所讲的这份气概和自信，同时心怀"欲为诸佛龙象，先做众生马牛"的心态。你我皆凡人，明天我们都要去面对人世百态。但是经过这两天心灵的洗涤，我们已经更有力量，更有自信。能跟莫言先生对话，真的非常荣幸。我突然想起小时候特别喜欢看的电影《超人》。平时超人在办公室上班的时候就是一个普通的白领，可是当他一披上斗篷，世界都在他的掌握之中。我觉得莫言先生也是有斗篷的人，文字就是他的斗篷。他可以在斗篷之下把自己掩藏得很好，不会让人察觉到他飞翔的痕迹。在获奖之后的举国喧嚣中尚能保有这份沉静、质朴、淡定，我觉得难能可贵。如果说中国的文学还有希望，那我想希望应该就在于此吧。

再次感谢莫言先生。谢谢您！

（本文由北京师范大学国际写作中心苗昂先生提供）

附　录

文学的踪迹

——2016 年莫言出席活动集锦

3 月 2 日至 3 月 15 日，莫言参加全国两会，提出关于"十年一贯制"义务教育的提案，引起全国舆论的热烈反响。

3 月 22 日至 3 月 24 日，莫言赴海南参加博鳌亚洲论坛 2016 年年会，其间做《我们的亚洲》主题演讲。

4 月 22 日，莫言主持了北京师范大学驻校作家格非的入校仪式，为格非颁发驻校作家聘书。

5 月 19 日至 5 月 22 日，莫言作为推荐委员会委员赴香港参加首届"吕志和奖——世界文明奖"评选会议。

5 月 24 日至 5 月 26 日，莫言在浙江大学参观访问，其间与法国作家勒·克莱齐奥、南京大学许钧教授、浙江大学徐岱教授对谈。

5 月 31 日，莫言出席在智利驻华大使馆举办的"《生死疲劳》话剧改编授权仪式"，与智利驻华大使贺乔治先生以及智利剧作家胡安·卡洛斯先生交流相关事宜。

6 月 22 日至 6 月 26 日，莫言赴陕西西安市、米脂县等地进行调研和采风，为创作积累素材。

7 月 22 日至 8 月 22 日，莫言回到家乡山东高密市进行创作。

9 月 17 日，莫言应邀前往兰州出席了由兰州市委宣传部主办的公益项目活动"金城讲堂"，在兰州音乐厅为广大兰州市民做了题为《讲述中国与对话世界》的演讲。

9 月 18 日，莫言在西北师范大学参观访问，接受了由该校党委书记陈克恭颁发的荣誉教授聘书。随后，他与张清华教授、张晓琴教授一起为在场师生做《从我的高密东北乡出发》专场报告会。

9月20日，莫言出席了首届丝绸之路（敦煌）国际文化博览会开幕式，随后在主题为"坚持互学互鉴，推动丝绸之路沿线国家文化融合发展"的分论坛上发表演讲。

9月22日，莫言出席了第五届中国（嘉峪关）国际短片展开幕式，并做开幕式演讲。在随后举行的"讲好中国故事"纪录片文化跨界高峰论坛上，莫言做了《纪录片与文学》的主题演讲。

9月24日，莫言出席了在绍兴举办的第二届会稽山论坛，与主持人冀星对谈。

10月3日，莫言作为主礼嘉宾出席了在香港举办的"吕志和奖——世界文明奖"首届颁奖典礼。

10月5日，莫言受邀在香港浸会大学进行了题为《文学与乡土》的演讲。

10月13日，莫言参加纪录片《百年巨匠》研讨会，做相关发言。

10月21日，莫言作为嘉宾出席了北京十一学校的颁奖仪式，并与北京十一学校师生进行了座谈。

11月27日至12月4日，莫言参加中国作家协会第九次全国代表大会。

（本文由北京师范大学国际写作中心苗昂先生提供）

2016 年莫言研究资料索引

1 月

1. 张学军. 多重文本与意象叙事——论《酒国》的结构艺术[J]. 东岳论丛，2016 (01)：86-93.

2. 滕光. 莫言与马尔克斯魔幻现实主义文学创作技法比较研究——以《生死疲劳》和《百年孤独》为例[J]. 戏剧之家，2016(01)：228-229.

3. 范春霞. 屹立在东方的安泰——论中国作家莫言及其小说[J]. 高教学刊，2016 (01)：189-190.

4. 周显波. 莫言小说民间奇女形象论[J]. 山东女子学院学报，2016(01)：85-91.

5. 叶珣. 浅析莫言小说《生死疲劳》中女性形象的局限性[J]. 四川文理学院学报，2016(01)：103-107.

6. 夏世龙. 2015 年莫言研究书目之概况[J]. 中国图书评论，2016(01)：51-57.

7. 阮秋贤. 莫言小说在越南的译介与接受[J]. 杭州师范大学学报（社会科学版），2016(01)：78-84.

8. 王启伟，高玉兰. 从《红高粱》的翻译出版看中国文化海外传播策略[J]. 出版发行研究，2016(01)：60-62＋43.

9. 郑婷. 浅析葛浩文的翻译诗学——以《天堂蒜薹之歌》英译本的歌谣为例[J]. 周口师范学院学报，2016(01)：48-51.

10. 李新红. 从莫言、阎连科谈东学西渐[J]. 读与写（教育教学刊），2016(01)：13-14.

11. 赵国华.《透明的红萝卜》中黑孩形象分析[J]. 边疆经济与文化，2016（01）：95-96.

12. 刘贝. 对《蛙》所承载的命运感悟[J]. 边疆经济与文化，2016（01）：97-98.

13. 赵婷. 民俗社会控制力下的女性命运——以莫言的电视剧《红高粱》为例[J]. 桂林师范高等专科学校学报，2016（01）：67-70.

14. 翟倩. 孤独的革命话语——以莫言的《生死疲劳》为例[J]. 铜仁学院学报，2016（01）：156-159.

15. 内森·C. 法里斯，余婉卉. 莫言与民族主义者的寓言[J]. 长江学术，2016（01）：14-19.

16. 罗晓燕.《天堂蒜薹之歌》英译本的译者主体性研究[J]. 韶关学院学报，2016（01）：42-46.

17. 朱寿桐. 莫言的文学存在及其汉语小说文化意义[J]. 小说评论，2016（01）：43-50.

18. 褚云侠. "酒"的诗学——从文化人类学视角谈《酒国》[J]. 小说评论，2016（01）：92-97.

19. 薛红云. 先锋实验与传统叙事的缠绕——评《酒国》[J]. 小说评论，2016（01）：98-103.

20. 李岩. 从电影到电视剧——《红高粱》改编策略研究[J]. 青年记者，2016（02）：79-80.

21. 张艳蕊. 迎合与承当——莫言新历史小说中的大众趣味与精英意识[J]. 黄河科技大学学报，2016（01）：89-93.

22. 吴萍. 葛浩文对中国文化负载词的翻译——以《丰乳肥臀》英译本为例[J]. 英语广场，2016（02）：44-45.

23. 侯令琳. 论《天堂蒜薹之歌》的叙事技巧[J]. 文学教育（下），2016（01）：21.

24. 邢玮.《檀香刑》小说的词语变异修辞[J]. 牡丹江大学学报，2016（01）：53-55.

25. 陶惟，刘彩虹. 论《丰乳肥臀》英译本中译者创造性叛逆[J]. 文化学刊，2016（01）：171-173.

26. 王济洲.《生死疲劳》空间隐喻简析[J]. 泰山学院学报，2016（01）：90-93.

27. 刘为钦，李贺. 从莫言的诺贝尔文学奖颁奖词说起[J]. 外国文学研究，2016（01）：162-166.

28. 张雪飞. 叙事空间之于莫言小说的意义——一个张扬动物性的必然空间[J]. 文艺争鸣，2016（01）：147-152.

29. 张旭. 莫言笔下的城市空间[J]. 文艺争鸣，2016（01）：160-163.

30. 刘法民. 评莫言文学中的人性观念[J]. 美与时代（下），2016（01）：93-97.

31. 张海芬. 莫言小说《檀香刑》的夸张修辞[J]. 齐齐哈尔师范高等专科学校学报，2016（01）：28-30.

32. 黎凡. 电视剧《红高粱》的传播学解读[J]. 西部广播电视，2016（02）：105-107.

33. 黄玉秀. 莫言《生死疲劳》中的生死观及相关词汇翻译[J]. 快乐阅读，2016（02）：126-127.

34. 刘仁丽.《红高粱家族》中的戴凤莲与《飘》中的郝思嘉形象比较研究[J]. 留学生，2016（03）：150.

2 月

35. 王秀雯. 新时代的译者："服务"角色与"和谐"理念——以葛浩文英译《生死疲劳》为例[J]. 枣庄学院学报，2016（01）：106-110.

36. 于昊燕. 莫言《白棉花》结局迷宫隐喻解析[J]. 名作欣赏，2016（06）：5-6.

37. 王松云. 以"莫言热"助推高校图书馆阅读文化建设[J]. 宿州学院学报，2016（02）：86-88.

38. 明亮. 莫言《檀香刑》选段批读[J]. 新作文（高中版），2016（C1）：94-98.

39. 何鹏. 葛浩文译作的翻译方法探究——以《红高粱家族》文本的英译技巧为例[J]. 中国市场，2016（06）：191-192＋200.

40. 顾志娟，陈燕霞，孟令男，高佳斌，岳汀. 文学名著改编电视剧对女性人物形象的消解与建构——以《红高粱》为例[J]. 新闻春秋，2016（01）：66-72.

41. 张慧敏. 批判莫言[J]. 景德镇学院学报，2016（01）：46-52.

42. 王娇娇. 浅谈莫言小说中的摹声辞格变异[J]. 佳木斯大学社会科学学报，2016（01）：137-139.

43. 滕野. 浅析莫言对日本的认知[J]. 边疆经济与文化，2016（02）：124-125.

44. 罗瑜珍. 从词汇层面看《红高粱家族》英译之误[J]. 乐山师范学院学报，2016（02）：47-51.

45. 刘法民. 论莫言文学作品中的人性观念[J]. 南昌师范学院学报，2016（01）：98-104.

46. 王西强. 莫言小说在英语国家的译介与接受研究之我见[J]. 潍坊学院学报，2016（01）：21-23.

47. 樊星. 研究莫言的性格[J]. 潍坊学院学报，2016（01）：12-13.

48. 贺立华. 莫言与阶级学说研究还有新天地[J]. 潍坊学院学报，2016（01）：13-14.

49. 张瑞英. 伟大也要有人懂——莫言研究中的懂与愿意懂[J]. 潍坊学院学报，2016(01)：14-16.

50. 丛新强. 莫言研究的倾向问题及其回应[J]. 潍坊学院学报，2016(01)：16-17.

51. 翟瑞青. 莫言研究到底缺些什么？[J]. 潍坊学院学报，2016(01)：17-18.

52. 王恒升. 莫言文学研究缺什么[J]. 潍坊学院学报，2016(01)：18-19.

53. 亚思明. 莫言文学研究缺中国自信[J]. 潍坊学院学报，2016(01)：19-20.

54. 宁明. 莫言海外研究之得与失[J]. 潍坊学院学报，2016(01)：20-21.

55. 李杰俊. 莫言的文革叙事研究[J]. 潍坊学院学报，2016(01)：23-24.

56. 李晓燕. 缺失、创新与超越——论莫言文学研究新的学术生长点[J]. 潍坊学院学报，2016(01)：26-27.

57. 王万顺. "莫言与新时期文学"学术研讨会会议综述[J]. 潍坊学院学报，2016(01)：28-29.

58. 陈爱菊. 从目的论视角探究《红高粱家族》中的习语英译[J]. 英语广场，2016(03)：23-24.

59. 彭媛. 以葛浩文《蛙》英译本为例看译者文化身份对"中国乡土文学"翻译的影响[J]. 英语广场，2016(03)：27-28.

60. 胡学敏. 建构女性自我存在的空间——以莫言和村上春树小说创作的女性为中心[J]. 当代文坛，2016(02)：85-89.

61. 陈卓，王永兵. 论莫言新历史小说的民间叙事[J]. 当代文坛，2016(02)：47-51.

62. 张宇宁，段迪. 论莫言小说的思想特征[J]. 蚌埠学院学报，2016(01)：44-46.

63. 李荣博. 论莫言的"生命书写"及其文本策略——以《生死疲劳》为例[J]. 商洛学院学报，2016(01)：26-30＋43.

64. 王久辛. 莫言上学[J]. 武汉文史资料，2016(02)：26-29.

65. 王逸竹. 试论莫言《生死疲劳》的空间叙事策略[J]. 延边教育学院学报，2016(01)：4-8.

66. 白光. 基于生态翻译视角的莫言小说英译研究——以葛浩文译本为例[J]. 开封教育学院学报，2016(02)：76-77.

67. 施旸. 莫言文学作品中的方言特点及作用研究[J]. 开封教育学院学报，2016(02)：30-31.

68. 庞博文. 《红高粱家族》中的浪漫主义书写[J]. 开封教育学院学报，2016(02)：34-35.

69. 谭兴. 改写理论视野下的《丰乳肥臀》英译[J]. 语文建设，2016(06)：51-52.

70. 李兰. 英语读者如何看莫言——译迪伦·苏尔(Dylan Suher)《莫言〈四十一炮〉

〈檀香刑〉》及其他[J]. 校园英语，2016(06)：248-249.

71. 靳帆，马越，王慧敏. "中国文学走出去"的译介模式研究——基于"熊猫丛书"和莫言作品的比较[J]. 赤峰学院学报(汉文哲学社会科学版)，2016(02)：193-195.

72. 张艺田.《民间音乐》与《伤心咖啡馆之歌》之比较[J]. 文艺争鸣，2016(02)：140-143.

73. 杨帆帆. 叙述学视域下的小说《红高粱家族》[J]. 河北广播电视大学学报，2016(01)：53-57.

74. 田德蓓，詹宣文. 入乡未能随俗：论葛浩文译《生死疲劳》的乡土气息[J]. 东北农业大学学报(社会科学版)，2016(01)：88-92.

75. 赵月霞. 莫言儿童视角叙事下的历史话语[J]. 山西大同大学学报(社会科学版)，2016(01)：54-58.

76. 李艳丽. 福克纳对莫言文学创作的影响[J]. 湖北函授大学学报，2016(04)：177-178.

77. 方敏惠. 福克纳和莫言作品中的创伤叙事[J]. 淮海工学院学报(人文社会科学版)，2016(02)：40-43.

3 月

78. 王平，王欢. 对魔幻现实主义的借鉴与超越——《透明的红萝卜》解读[J]. 语文建设，2016(07)：52-54.

79. 李俊学. 布尔加科夫与莫言的魔幻叙事之比较[J]. 名作欣赏，2016(08)：105-106.

80. 秦崇文. "丰乳肥臀"女性形象的身体美学意蕴[J]. 名作欣赏，2016(08)：19-20.

81. 秦崇文. "美丑对照"原则下莫言作品中的女性形象探析——以小说《欢乐》和《丰乳肥臀》为例[J]. 名作欣赏，2016(08)：21-22.

82. 付欣晴. 莫言高密世界的色彩与声音[J]. 河南大学学报(社会科学版)，2016(02)：138-143.

83. 查晨婷. 他的故事与他讲的故事——莫言和他的文学创作[J]. 中文自修，2016(05)：47-49.

84. 张弼. 莫言和文学主体性理论[J]. 山东社会科学，2016(03)：31-42.

85. 王洪岳. 论莫言的小说本体观与新散文观及其关联性[J]. 学习与探索，2016(03)：138-142.

86. 王磊，李爱华. 生态的忧患与人性的反思——从《丰乳肥臀》看莫言生态叙事[J]. 石家庄学院学报，2016(02)：106-108＋121.

87. 张伟华. 莫言小说中动词"闪烁"英译的体认机制与心理模型——兼论译者主客观互动体验理据性之二[J]. 外语教学，2016(02)：96-100.

88. 陈定家. 大数据时代"微批评"的文化表征——以"微评莫言"的"网络事实"为中心[J]. 社会科学辑刊，2016(02)：138-144.

89. 李丽. 福克纳和莫言笔下的母亲形象的对比研究——以《喧哗与骚动》和《丰乳肥臀》为例[J]. 佳木斯职业学院学报，2016(03)：86-87.

90. 赵书. 历史意识的颠覆与重构——论莫言的《生死疲劳》[J]. 佳木斯职业学院学报，2016(03)：81.

91. 孙莹. 民间生命强力和自由精神之探寻——莫言创作论[J]. 焦作大学学报，2016(01)：32-35.

92. 王启伟. 浅论《红高粱》的文化叙事[J]. 安徽科技学院学报，2016(02)：114-118.

93. 张清华. 第三只眼看莫言[J]. 教育传媒研究，2016(01)：34-38.

94. 吴正英. 《蛙》与《八月之光》的现代与后现代性解读[J]. 哈尔滨师范大学社会科学学报，2016(02)：122-125.

95. 任一江. "他们"的世界——对莫言小说亚文化因素的研究[J]. 哈尔滨师范大学社会科学学报，2016(02)：118-121.

96. 叶珣，康莲萍. 莫言小说《酒国》在美国接受之原因[J]. 哈尔滨师范大学社会科学学报，2016(02)：163-167.

97. 于珊珊. 在鲁迅与莫言之间的藤井省三[J]. 玉溪师范学院学报，2016(03)：20-23.

98. 张瑞英. 一个"炮孩子"的"世说新语"——论莫言《四十一炮》的荒诞叙事与欲望阐释[J]. 文学评论，2016(02)：195-203.

99. 李梓铭，张学昕. 英语世界里的中国"庙堂之音"——莫言小说《檀香刑》中人物声音的重现[J]. 小说评论，2016(02)：57-65.

100. 温泉. 论莫言《檀香刑》中的生命权力叙事[J]. 小说评论，2016(02)：66-70.

101. 阳海燕. 论多重主题与复调结合的佳作《白狗秋千架》[J]. 安徽广播电视大学学报，2016(01)：97-101.

102. 储阿敏. 自我与理性的抗衡——论莫言小说的疯癫描写[J]. 阜阳师范学院学报(社会科学版)，2016(02)：78-81.

103. 周洪彩. 莫言：表现真实的生命经历[J]. 作文与考试(高中版)，2016(09)：15.

104. 吴梦霞. 阐释学视角下《丰乳肥臀》的意象隐喻英译研究[J]. 英语广场，2016(04)：10-13.

105. 陈莹. 从莫言作品《天堂蒜薹之歌》的英译看翻译的创造性叛逆[J]. 赤峰学院学

报（汉文哲学社会科学版），2016（03）：232-234.

106. 夏雨. 对"看客"的嘲弄和来自佛教的启示——我看《生死疲劳》[J]. 牡丹江大学学报，2016（03）：68-70.

107. 邢玮.《檀香刑》小说的语义变异研究[J]. 牡丹江大学学报，2016（03）：88-90.

108. 刘千秋，李国. 论齐鲁文化视域下的莫言小说创作[J]. 内江师范学院学报，2016（03）：50-53.

109. 王洪岳，杨春蕾. 论插图本《丰乳肥臀》"语—图"互文及审美特征[J]. 文艺理论研究，2016（02）：209-216.

110. 李国. 传统与现代的交融——试论莫言小说创作的艺术张力[J]. 河北科技大学学报（社会科学版），2016（01）：59-64＋75.

111. 庞馨悦. 莫言的"魔幻现实主义"——评《生死疲劳》[J]. 大众文艺，2016（06）：26-27.

112. 游澜. 未完成的超越——《红高粱家族》复仇叙事价值反思[J]. 新文学评论，2016（01）：46-51.

4 月

113. 古远清. 学术相声：莫言的创新及其争议[J]. 名作欣赏，2016（10）：60-63.

114. 张歆，李莹.《酒国》的神话原型解读[J]. 名作欣赏，2016（12）：38-40.

115. 张皓涵. 生命在土地间流转——以《生死疲劳》为例论莫言小说之"乡土意识"[J]. 名作欣赏，2016（12）：104-107.

116. 隋清娥. 论莫言小说《球状闪电》中的魔幻意象[J]. 齐鲁师范学院学报，2016（02）：141-149.

117. 尚一鸥.《红高粱家族》与《发条鸟年代记》的艺术再认识——以罗汉和山本的形象塑造为中心[J]. 社会科学战线，2016（04）：260-263.

118. 夏松平.《蛙》成语误用三例[J]. 语文月刊，2016（04）：93.

119. 黄永新，张黎黎. 从《红高粱》的经典化看中国文学走出去[J]. 电影文学，2016（07）：112-114.

120. 胥岩妍.《红高粱》战争描写的人性视角[J]. 现代语文（学术综合版），2016（04）：57-59.

121. 周卫忠，宋丽娟. 对话狂欢中的本土叙事——莫言小说《蛙》的巴赫金诗学解读[J]. 福建论坛（人文社会科学版），2016（04）：95-101.

122. 常静，秦明超. 从小说到电影改编的美学转换——《白狗秋千架》到《暖》[J]. 今传媒，2016（04）：96-97.

123. 高晓娜. 阐释运作理论视角下《檀香刑》的英译过程[J]. 文教资料，2016（10）：15-16.

124. 范吴喆. 莫言作品《蛙》的魔幻现实主义色彩剖析[J]. 科技创业月刊，2016（07）：49-50.

125. 訾晓红. 莫言作品中的乡土气息及其在翻译中的传递[J]. 语文建设，2016（11）：49-50.

126. 赵宗红，宋学智. 从莫言作品外译看"神似"及其它[J]. 社科纵横，2016（04）：123-127.

127. 张志忠. 莫言研究的新可能性[J]. 中国现代文学研究丛刊，2016（04）：1-14.

128. 陈晓燕. 论莫言小说中的河流叙事[J]. 中国现代文学研究丛刊，2016（04）：15-27.

129. 王达敏.《蛙》的忏悔意识与伦理悖论[J]. 中国现代文学研究丛刊，2016（04）：28-39.

130. 李晓燕.《檀香刑》中孙丙形象创作原型探源[J]. 中国现代文学研究丛刊，2016（04）：40-49.

131. 张羽华. 民间生存镜像中的土地记忆与文学想象——论莫言长篇小说《生死疲劳》[J]. 延安大学学报（社会科学版），2016（02）：65-69.

132. 朱凤梅. 认知视角下福克纳与莫言作品篇名隐喻研究[J]. 江西社会科学，2016（04）：81-85.

133. 刘骥鹏. 诺贝尔文学奖评委会第三次姿态调整——以莫言获奖事件为核心[J]. 商丘师范学院学报，2016（04）：57-62.

134. 刘梓晗. 浅谈莫言、王小波小说刑罚暴力叙述的根源及差异[J]. 黄冈师范学院学报，2016（02）：51-53.

135. 章心怡. 莫言小说《变》英译本的叙事性解读——以葛浩文的英译本为例[J]. 广东石油化工学院学报，2016（02）：43-47.

136. 姚明月，张学军. 论《生死疲劳》的叙事艺术[J]. 百家评论，2016（02）：22-32.

137. 徐学斌. 互文、反讽视域中的莫言小说《酒国》[J]. 梧州学院学报，2016（02）：43-48.

138. 彭岚嘉，杨天豪. 莫言小说的罪感和罪感困境[J]. 学术界，2016（04）：124-132.

139. 周慧梅. 论《檀香刑》摹声词修辞效果的英译得失[J]. 贵州工程应用技术学院学报，2016（02）：20-24.

140. 代秋宇. 我是如何迷上莫言的[J]. 课堂内外（创新作文·初中版），2016

（04）：58.

141. 徐宁，肖祥彪. 莫言中长篇小说的苦难叙事[J]. 文教资料，2016(11)：10-12.

142. 霍文文. 莫言《枯河》中的超常搭配现象浅析[J]. 散文百家（新语文活页），2016（04）：30-31.

143. 叶珣. 试析莫言作品《红高粱家族》的英译魅力[J]. 开封教育学院学报，2016（04）：32-34＋47.

144. 张徽. 莫言作品中色彩词的艺术特色[J]. 济宁学院学报，2016(02)：19-23.

145. 瞿心兰，杨经建. 现代知识分子的"还乡"叙事——鲁迅《故乡》与莫言《白狗秋千架》之比较[J]. 创作与评论，2016(08)：46-52.

146. 魏衍学. 《檀香刑》之伦理价值透视[J]. 哈尔滨学院学报，2016(04)：49-52.

147. 卢扬. 目的论视角下《酒国》中文化承载词的日译研究[J]. 知音励志，2016（07）：228-230.

148. 李书，靳明全. 生存困境的批判式书写——生态批评视域下的《食草家族》解读[J]. 当代文坛，2016(03)：85-88.

149. 张洪杰. 论《檀香刑》中暴力元素的美学转化[J]. 语文教学通讯·D刊（学术刊），2016(04)：68-70.

150. 晁正. 意识形态对葛浩文《红高粱家族》英译的操控[J]. 现代交际，2016(08)：77-78.

151. 王学谦. 魔性叙事及其自由精神——再论莫言与鲁迅的家族性相似[J]. 文艺争鸣，2016(04)：54-61.

152. 张细珍. 莫言笔下艺术家形象的互文性考察[J]. 文艺争鸣，2016(04)：169-175.

153. 潘修浩. 读莫言的《蛙》有感[J]. 西部皮革，2016(08)：160-161.

154. 杜丽华. 想象的民间——论莫言《檀香刑》中的民间叙事[J]. 西安建筑科技大学学报（社会科学版），2016(02)：75-79.

155. 孙琪，王娇娇. 《檀香刑》中比喻变异浅析[J]. 黑河学院学报，2016(02)：99-102.

156. 曾庆利. 完美母亲的困境——莫言的女性形象书写评析[J]. 美与时代（下），2016(04)：91-94.

157. 周玲玲. 从莫言作品的葛氏英译本看译者文化身份的动态性[J]. 淮北师范大学学报（哲学社会科学版），2016(02)：73-75.

158. 黄永新，张黎黎. 基于语料库的莫言小说英译语言特征考察[J]. 河北广播电视大学学报，2016(02)：54-58.

159. 施丽英. 莫言的"教育改革"构想[J]. 语文教学与研究，2016(12)：50-51.

160. 胡王骏雄. 精神血地：高密文化视域下的莫言及其小说创作[J]. 洛阳理工学院学报(社会科学版)，2016(02)：28-32.

161. 李艳云. 莫言小说《生死疲劳》叙述技巧探析[J]. 中北大学学报(社会科学版)，2016(02)：97-101.

162. 杨有福. 丑恶世态：莫言小说《红蝗》的反审美视域[J]. 大众文艺，2016(08)：32.

163. 李泳臻. 价值标准的冲突与超越——论莫言小说《三匹马》[J]. 大众文艺，2016(08)：38.

5月

164. 田迁红，向友谊. 莫言小说中波西米亚精神探析——以《丰乳肥臀》和《红高粱家族》为例[J]. 名作欣赏，2016(15)：82-84.

165. 冯岭. 文学与媒介文化：共谋与重构——莫言小说改编探析[J]. 写作(上旬刊)，2016(05)：48-51.

166. 陈进武. 从"杀千刀"说起——论莫言小说创作中的"恶"[J]. 名作欣赏，2016(13)：86-92.

167. 车瑞. 自我的建构——莫言小说中"儿童形象"研究[J]. 湖湘论坛，2016(03)：148-152.

168. 田丰. 民间歌者、民间现实与民族风格——以《李有才板话》与《天堂蒜薹之歌》为例[J]. 山西师大学报(社会科学版)，2016(03)：21-28.

169. 华静. 莫言文学作品电影改编[J]. 电影文学，2016(09)：109-111.

170. 刘芹良，裴菱璐. 热奈特叙述层理论与元故事叙事理论的文本应用——以《生死疲劳》为例[J]. 现代语文(学术综合)，2016(05)：50-52.

171. 闫石. 张炜与莫言——民间立场选择的比较研究[J]. 运城学院学报，2016(02)：48-51.

172. 汪梅清. 莫言《蛙》和马尔克斯《百年孤独》的互文性研究[J]. 成都理工大学学报(社会科学版)，2016(03)：74-80.

173. 吴婧. 论莫言语文教育观对当代语文教育改革的现实意义[J]. 湖北经济学院学报(人文社会科学版)，2016(05)：177-178.

174. 于红珍. 传说·历史·文学——莫言与柳田国男及其《传说论》[J]. 南方文坛，2016(03)：75-77.

175. 程光炜. 故乡朋友圈——莫言家世考证之八[J]. 南方文坛，2016(03)：14-20.

176. 阮氏明商. 论莫言小说对越南读者的感召[J]. 南方文坛，2016(03)：53-60.

177. 杨光祖. 母亲上官鲁氏论——莫言《丰乳肥臀》研究[J]. 南方文坛，2016(03)：65-69.

178. 宁明. 莫言作品的海外接受——基于作品海外销量和读者评论的视野[J]. 南方文坛，2016(03)：70-74.

179. 翟瑞青. 莫言小说儿童叙述视角和叙事方式的演变[J]. 齐鲁学刊，2016(03)：144-148.

180. 王恒升. 作家的真诚与散文的真实——论莫言的散文创作[J]. 齐鲁学刊，2016(03)：149-155.

181. 江涛. 人格面具的认同、拒认与缺席——莫言《金发婴儿》的再解读[J]. 井冈山大学学报(社会科学版)，2016(03)：96-101.

182. 祝一勇. 体裁·环境·童心——解读莫言《卖白菜》的几个问题[J]. 现代语文(教学研究版)，2016(05)：71-72＋2.

183. 沈秋莹. 在文学阅读教学中如何利用大众影视文化问题的思考——以《红高粱》为例[J]. 现代语文(教学研究版)，2016(05)：126-128.

184. 陈阳阳. 《蛙》中姓名对东北乡社会变迁的隐喻研究[J]. 散文百家(新语文活页)，2016(05)：229.

185. 栗丹. 形塑与分裂：政治理性与人性之间的张力——以《蛙》中"姑姑"的形象为例[J]. 小说评论，2016(03)：81-86.

186. 赵坤. 《酒国》中的精神现象浅析[J]. 小说评论，2016(03)：87-91.

187. 李燕. 论莫言小说中动物人格化的美学意蕴[J]. 哈尔滨学院学报，2016(05)：57-61.

188. 李梓铭. 《红高粱》在英语世界的叙述重构与"再解读"[J]. 辽宁师范大学学报(社会科学版)，2016(03)：81-86.

189. 赵鑫. 追寻失落的家园——《熊》与《红高粱家族》的比较研究[J]. 鸡西大学学报，2016(05)：128-131.

190. 许薇. 莫言《红高粱家族》的生态翻译策略[J]. 语文建设，2016(15)：91-92.

191. 黎丹. 莫言《蛙》中生命的张力分析[J]. 语文建设，2016(15)：43-44.

192. 胡王骏雄. "撤退"与超越试验下的故乡——论莫言小说创作与高密东北乡[J]. 新乡学院学报，2016(05)：38-40.

193. 孙瑾. 论创造性叛逆的机遇与挑战——以葛浩文《红高粱家族》英译为例[J]. 海外英语，2016(04)：111-113.

194. 代柯洋. 分析莫言笔下的女性形象——以戴凤莲、上官鲁氏、孙媚娘为例[J]. 安徽文学（下半月），2016(05)：89-90.

195. 孔令丹. 莫言小说中的生命意识略论[J]. 齐齐哈尔师范高等专科学校学报，2016(03)：41-42.

196. 吴祥超，谭晓平. 莫言小说《蛙》的隐喻性语言研究[J]. 三峡论坛，2016(03)：90-92.

197. 李晓燕. 莫言文学创作自身原型探源[J]. 山东师范大学学报（人文社会科学版），2016(03)：44-62.

198. 史伟麟，包义彭. 关于莫言中小学学制改革提案的思考与启示[J]. 文教资料，2016(15)：132-133.

199. 李金璐. 莫言、陈忠实小说中女性观念及其创作成因的比较研究[J]. 湖北函授大学学报，2016(10)：187-188.

200. 宋俐娟. 莫言作品译介途径研究——中国文学作品"走出去"的新探索[J]. 重庆第二师范学院学报，2016(03)：63-66＋71.

6月

201. 杨守森. 莫言批评之批评[J]. 东岳论丛，2016(06)：51-56.

202. 王洪岳. 视角的新颖多变与话语的膨胀和内爆——以《十三步》等为例论莫言小说的叙述和语言艺术[J]. 东岳论丛，2016(06)：75-84.

203. 李晓燕. 原型·故乡·时代：莫言小说人物创作背景解读[J]. 山东社会科学，2016(06)：182-186.

204. 黎丹. 莫言《蛙》的生命张力[J]. 文教资料，2016(16)：4-5.

205. 唐晓慧. 莫言小说《丰乳肥臀》英译中的翻译补偿类型研究[J]. 新校园（上旬），2016(06)：174-175.

206. 周必正. 莫言小说《蛙》中的拜物教意味初探[J]. 新校园（上旬），2016(06)：183.

207. 王燕. 传承下的突破——莫言小说的语言特色研究[J]. 语文建设，2016(17)：23-24.

208. 高运荣. 浅析《透明的红萝卜》的艺术技巧[J]. 语文建设，2016(17)：31-32.

209. 梁珊. 关于莫言《生死疲劳》的叙事研究[J]. 语文建设，2016(17)：51-52.

210. 姜德成. 重述、重构与反思：福克纳与莫言的历史书写比较[J]. 南京邮电大学学报（社会科学版），2016(02)：98-105.

211. 汤随，黄万武. 图里翻译规范视角下葛浩文英译《蛙》的研究[J]. 湖北工业大学学报，2016(03)：94-96.

212. 王金胜.《红高粱家族》与莫言文学的内质[J]. 中国现代文学研究丛刊，2016(06)：123-135.

213. 张相宽. 莫言小说"类书场"的建构与异变[J]. 中国现代文学研究丛刊，2016(06)：136-148.

214. 杨书云. 个体存在的时代阐述——《伤逝》与《白狗秋千架》的忏悔对比[J]. 伊犁师范学院学报(社会科学版)，2016(02)：71-74.

215. 魏培娜. 莫言小说《檀香刑》的变异修辞艺术[J]. 伊犁师范学院学报(社会科学版)，2016(02)：97-100.

216. 马亚丽. 葛浩文英译本《丰乳肥臀》中的翻译策略研究[J]. 湖北函授大学学报，2016(11)：147-148＋158.

217. 徐宁，肖祥彪. 论莫言小说创作的文化人类学意义[J]. 大众文艺，2016(11)：36-37.

218. 张舸. 人性的扭曲与回归——解析《蛙》中姑姑的传奇人生[J]. 绵阳师范学院学报，2016(06)：106-109.

219. 黄勤，范千千. 葛浩文《红高粱家族》英译本中说唱唱词之翻译分析——基于副文本的视角[J]. 外国语文研究，2016(03)：79-86.

220. 王艳. 莫言长篇小说《蛙》在世界各国的译介传播与评论[J]. 潍坊学院学报，2016(03)：13-15.

221. 苏冬凉. 莫里森和莫言作品后现代主义特征对比研究[J]. 泉州师范学院学报，2016(03)：76-80.

222. 杨新立. 莫言与莫里森的对话："黑孩子"的自我建构[J]. 华北水利水电大学学报(社会科学版)，2016(03)：130-134.

223. 王荣珍，张文东. 莫言的卡里斯马想象[J]. 文艺评论，2016(06)：111-116.

224. 闫石. 老百姓的写作——莫言的民间意识[J]. 吕梁学院学报，2016(03)：7-10.

225. 陈曦. 莫言作品在法国的译介[J]. 山东社会科学，2016(A1)：518-519.

226. 王俊虎，白璐璐. 接受美学视域下的莫言《酒国》研究[J]. 燕山大学学报(哲学社会科学版)，2016(02)：53-57.

227. 张英沛. 新时期长篇小说语言、内容结构和思想性的新突破——评莫言的长篇小说《檀香刑》[J]. 出版广角，2016(08)：57-59.

228. 王磊，李爱华. 中国叙事传统和莫言叙事艺术承继与发展向度[J]. 石家庄学院学报，2016(04)：96-99.

229. 刘海明. 莫言写反腐小说得罪了谁[N]. 中国新闻出版广电报，2016-06-16（003）.

230. 毛亚楠. 检察文学，莫言有请必来[J]. 方圆，2016（12）：28-31.

231. 刘佑生. 与莫言相识的那些年[J]. 方圆，2016（12）：32-38.

232. 张维. 他（她）们眼中的莫言[J]. 方圆，2016（12）：39.

233. 朱晓华. 莫言，我的兄长和老师[J]. 方圆，2016（12）：42-45.

234. 夏世龙. 饥饿记忆与莫言的小说[J]. 关东学刊，2016（06）：137-143.

235. 李智颖. 打破人性视角下的生育困局——对莫言小说《蛙》中小狮子形象的解读[J]. 现代交际，2016（12）：94-95.

236. 季红真. 大地诗学中心灵磁场的核心故事——莫言小说的生殖叙事[J]. 文艺争鸣，2016（06）：134-145.

237. 张松存. 莫言《白狗秋千架》与兰斯顿·休斯《早秋》——那些年错过的人生[J]. 河南理工大学学报（社会科学版），2016（02）：209-213.

238. 莫言的美食[J]. 文学少年（中学），2016（07）：6.

239. 胡丹. 疏离背后的坚守——再论《生死疲劳》的民间立场[J]. 太原学院学报（社会科学版），2016（03）：44-47.

240. 王心洁，谭源星. 论自传译叙中的历史文化语境重构：以莫言自传《变》的英译为例[J]. 湖北民族学院学报（哲学社会科学版），2016（03）：157-162.

241. 王开志. 莫言话剧《我们的荆轲》：行吟在今天和历史之间[J]. 四川戏剧，2016（06）：130-132.

242. 纪燕. 认知语言学视角的色彩词语与文学作品赏析——以莫言的文学作品为例[J]. 中北大学学报（社会科学版），2016（03）：80-83.

243. 张佩佩. 探析莫言小说中月亮意象的隐喻[J]. 闽南师范大学学报（哲学社会科学版），2016（02）：63-67.

244. 程光炜. 与大哥——莫言家世考证之七[J]. 励耘学刊（文学卷），2016（01）：118-132.

245. 张志忠. 莫言：与新时期文学一起成长[J]. 励耘学刊（文学卷），2016（01）：133-146.

246. 邵璐. 认知叙事学视域下的莫言《生死疲劳》葛浩文英译本研究[J]. 亚太跨学科翻译研究，2016（01）：132-142.

247. 刘迪. 从顺应理论角度分析《天堂蒜薹之歌》英译本中的改写现象[D]. 中央民族大学，2016.

248. 王星. 目的论视角下《酒国》英译本中归化与异化翻译策略研究[D]. 宁夏大

学，2016.

249. 张园园. 莫言作品在韩国的译介研究[D]. 山东大学，2016.

250. 杨群珍. 图里翻译规范理论视域下《天堂蒜薹之歌》葛浩文英译本研究[D]. 湖南师范大学，2016.

7 月

251. 丁超. 现代化与野蛮化并驾齐驱的病态现实——莫言小说《酒国》寓言性的一种解读[J]. 名作欣赏，2016(20)：96-97＋121.

252. 苏喜庆. 姑姑的倒错人生——关于莫言《蛙》的社会场域分析[J]. 名作欣赏，2016(21)：91-93.

253. 吴倩. 文学翻译中意识形态的操纵——以《天堂蒜薹之歌》的英译本为例[J]. 金华职业技术学院学报，2016(04)：80-83.

254. 盛晴. 简析莫言小说中的审丑现象[J]. 写作(上旬刊)，2016(07)：26-29.

255. 朱耀云. 莫言与马尔克斯中篇小说的价值聚点解析[J]. 外语学刊，2016(04)：163-167.

256. 聂榆倚. 认知识解理论视角下莫言《蛙》英译本翻译策略研究[J]. 海外英语，2016(10)：93-95＋103.

257. 刘权. 论莫言小说的孤独意识[J]. 盐城师范学院学报(人文社会科学版)，2016(04)：74-77.

258. 蒋甜雨，赵宏. 汉英小说翻译中流动类运动事件再词汇化模式探究——以莫言《丰乳肥臀》及葛浩文英译本为例[J]. 浙江外国语学院学报，2016(04)：74-81＋105.

259. 赵月霞. 叙述中的"静默"与"狂言"——莫言儿童叙事的话语分析[J]. 中国现代文学研究丛刊，2016(07)：149-160.

260. 王学谦. 摩罗二重唱——莫言的《铸剑》阅读及其与鲁迅的家族性相似[J]. 求是学刊，2016(04)：100-107＋173.

261. 郝伟栋. 从童年题材散文看莫言与鲁迅的同构异质性[J]. 湖北文理学院学报，2016(07)：59-63＋77.

262. 孙正军. 一部关于现代生育伦理问题的深思之作——论莫言长篇小说《蛙》[J]. 湖北经济学院学报(人文社会科学版)，2016(07)：115-116.

263. 刘玉宝，王琨. 《丰乳肥臀》俄译本翻译策略初探[J]. 中国俄语教学，2016(03)：33-39.

264. 李宗刚，吴霞. 作家梦与文学创新——以莫言的文学创作为例[J]. 江苏师范大学学报(哲学社会科学版)，2016(04)：92-97.

265. 詹宣文. 从葛浩文译《生死疲劳》看中国小说被调适现象[J]. 陇东学院学报，2016(04)：63-67.

266. 陈小叶. 超越传统：福克纳和莫言作品的多元叙事视角诠释[J]. 陇东学院学报，2016(04)：56-59.

267. 任一江. 脱逸：莫言亚文化创作的主体特征[J]. 哈尔滨师范大学社会科学学报，2016(04)：150-153.

268. 何英. 乡土小说的三种面目——以莫言、贾平凹、阎连科为例[J]. 长江文艺评论，2016(02)：50-54.

269. 张立群.《石榴树上结樱桃》与《蛙》比较论析[J]. 小说评论，2016(04)：164-168.

270. 杨明巍. 从《生死疲劳》看莫言小说中的视角与常用结构[J]. 襄阳职业技术学院学报，2016(04)：80-83.

271. 张娟. 从创作主体的角度看《红高粱》跨媒介传播[J]. 福建师大福清分校学报，2016(04)：18-20＋28.

272. 刘佳. 从传播学视角看诺贝尔文学奖得主莫言成功之路[J]. 中国出版，2016(14)：60-63.

273. 朱莎莎. 莫言小说《欢乐》的悲剧性解读[J]. 安徽文学(下半月)，2016(07)：5-6.

274. 王军利. 解读《欢乐》的二元对立叙事艺术[J]. 安徽文学(下半月)，2016(07)：9-10.

275. 杜翠琴. 福克纳与莫言作品中的悲剧女性形象比较研究[J]. 西北师大学报(社会科学版)，2016(05)：49-54.

276. 任红红. 乡村母子关系的文学人类学研究——以莫言小说为例[J]. 甘肃社会科学，2016(04)：96-100.

277. 李春芳. 刍议莫言小说中的魔幻现实主义及本土化表达方式[J]. 海外英语，2016(11)：178-179.

278. 安芳. 论莫言小说英译研究中的误读与误释[J]. 当代外语研究，2016(04)：78-87＋94.

279. 彭雷. 莫言《红高粱》的语言艺术特色[J]. 湖北函授大学学报，2016(14)：151-152.

280. 于秀娟. 价值观对接与译介之功——也议莫言获诺贝尔文学奖[J]. 现代职业教育，2016(21)：136-137.

281. 魏泓. 系统哲学观下中国文学"走出去"战略工程建构——以莫言作品为例[J]. 中华文化论坛，2016(07)：55-61.

8 月

282. 田迁红，肖向东. 历史的外套　现实的迷彩——论莫言小说的魔幻写作[J]. 名作欣赏，2016(24)：17-19.

283. 张勐. 小说叙事与电影叙事的吊诡——以莫言小说《白棉花》的电影改编"流产"为考察中心[J]. 当代电影，2016(08)：109-112.

284. 唐超.《檀香刑》中的酒神精神[J]. 淮北职业技术学院学报，2016(04)：67-68.

285. 钟琼. 戴凤莲与卡门人物形象比较[J]. 艺术科技，2016(08)：100＋136.

286. 陈慧敏. 莫言《红高粱家族》的语言艺术特色分析[J]. 延安职业技术学院学报，2016(04)：99-101.

287. 张之羽. 莫言笔下的母性想象[J]. 甘肃广播电视大学学报，2016(04)：20-22.

288. 蒙冬英. 探析莫言小说《红高粱》的叙事传播策略[J]. 四川职业技术学院学报，2016(04)：62-65.

289. 柳琴，叶朝成. 生态翻译学视阈下的中国文学"走出去"译介模式研究——以莫言小说英语译介传播为例[J]. 考试与评价(大学英语教研版)，2016(04)：36-41.

290. 陈亚琼. 从《嗅味族》看莫言笔下的"桃花源"世界[J]. 潍坊学院学报，2016(04)：13-15.

291. 王萍. 语言生态视角下的方言文学——以莫言作品为例[J]. 潍坊学院学报，2016(04)：1-5.

292. 郭佳美. 基于《生死疲劳》浅析译者的主动性与被动性[J]. 海外英语，2016(12)：91-93.

293. 程光炜. 茂腔和说书——莫言家世考证之九[J]. 现代中文学刊，2016(04)：79-84.

294. 刘龙龙. 中外概念隐喻认知翻译分析——以《费城》和《红高粱》为例[J]. 考试周刊，2016(67)：15.

295. 陈亚琼. 浅析莫言中篇小说《欢乐》中的两类人物形象[J]. 鸡西大学学报，2016(08)：112-114.

296. 王嘉胤. 论《蛙》中的生命内涵[J]. 延边教育学院学报，2016(04)：1-4.

297. 吉四梅. 莫言《白棉花》中方碧玉悲剧形象分析[J]. 泰州职业技术学院学报，2016(04)：18-20.

298. 钟颐. 浅析《聊斋志异》对莫言文学创作之影响——以《檀香刑》、《生死疲劳》、《蛙》为例[J]. 语文建设，2016(24)：55-56.

299. 许一明. 译者的视域：莫言《丰乳肥臀》法译本注释的文化解读[J]. 文艺争鸣，2016(08)：181-185.

300. 张智慧. 从模因论角度看《生死疲劳》小说中的诗性隐喻[J]. 黑河学院学报，2016(04)：78-81.

301. 燕晓芳.《蛙》及其英译本的经验功能对比分析[J]. 内蒙古财经大学学报，2016(04)：131-134.

9 月

302. 袁孝林，周春英. 莫言笔下的孤独英雄——论莫言小说《生死疲劳》中的人物形象蓝脸[J]. 名作欣赏，2016(26)：52-53.

303. 何博，周春英. 六道轮回，一切皆有因果——论莫言小说《生死疲劳》的内在结构[J]. 名作欣赏，2016(26)：54-55.

304. 何宇轩，周春英. 关于人的苦难与悲悯——由莫言《生死疲劳》说起[J]. 名作欣赏，2016(26)：56-57.

305. 杨莼莼. 解析莫言《生死疲劳》中的话语策略[J]. 名作欣赏，2016(26)：73-75.

306. 夏雨. 神实之间——关于《蛙》[J]. 名作欣赏，2016(26)：145-147.

307. 任娟.《穆斯林的葬礼》与《丰乳肥臀》的家族想象之比较[J]. 绥化学院学报，2016(09)：68-70.

308. 张灵. 将泪水和愤怒化为生铁之魂——鲁迅《铸剑》与莫言《月光斩》的对比[J]. 中国文化研究，2016(03)：61-67.

309. 刘堃. 从小说到电影：《红高粱》的海外接受[J]. 电影评介，2016(17)：64-66.

310. 刘庚，卢卫中. 汉语熟语的转喻迁移及其英译策略——以《生死疲劳》的葛浩文英译为例[J]. 外语教学，2016(05)：91-95.

311. 杨晓帆. 安置记忆的"历史"——读《生死疲劳》兼谈莫言长篇创作的有效期问题[J]. 南方文坛，2016(05)：19-25.

312. 程光炜. 高密剪纸和泥塑——莫言家世考证之十[J]. 东吴学术，2016(05)：5-10.

313. 陈众议，Peng Qinglong. 评莫言[J]. 东吴学术，2016(05)：41-62.

314. 侯松山，张莹. 莫言小说《红高粱家族》葛浩文英译本指误[J]. 淮阴师范学院学报(自然科学版)，2016(03)：279-282.

315. 郝青. 莫言作品英译文本的译介与翻译模式研究[J]. 武汉冶金管理干部学院学报，2016(03)：81-83.

316. 弓依静. 莫言景观的成因分析[J]. 陕西学前师范学院学报，2016(09)：99-102.

317. 张森，张世瑾. 葛译《生死疲劳》中的误译现象与中国文化译介策略[J]. 河北大学学报(哲学社会科学版)，2016(05)：111-116.

318. 孙正军. "姑姑是我心中的神"——论莫言小说《蛙》中姑姑的形象[J]. 长春理工大学学报(社会科学版)，2016(05)：114-118.

319. 唐佳，陈颖. 《红高粱家族》的词语变异修辞艺术[J]. 桂林师范高等专科学校学报，2016(05)：71-76.

320. 衡学民. 传统与现代的融合：莫言小说对中国叙事传统的继承与创造[J]. 江西社会科学，2016(09)：96-100.

321. 任一江. 《生死疲劳》中"蓝脸"形象的亚文化透视[J]. 河北科技师范学院学报(社会科学版)，2016(03)：64-69.

322. 罗艳娟. 莫言小说中詈骂语的文化蕴涵探析[J]. 河南机电高等专科学校学报，2016(05)：65-68.

323. 邵璐. 蓝色铅笔下的编译——论回顾式编译法在葛浩文英译莫言小说中的运用[J]. 中国外语，2016(05)：106-111.

324. 田玉阶. 双重叙述模式到具像化的转变——浅论《红高粱》文学到影视的改编[J]. 散文百家(新语文活页)，2016(09)：1-2.

325. 肖佳敏. 莫言作品中"我"之视角的心理分析[J]. 鸡西大学学报，2016(09)：107-111.

326. 周蕾. "中国故事"的另一种讲法——从《丰乳肥臀》说起[J]. 小说评论，2016(05)：25-30.

327. 王士强. 历史与人类学的双重悲歌——论《丰乳肥臀》[J]. 小说评论，2016(05)：31-36.

328. 温兆海，王逸竹. 说戏·演戏·看戏——《檀香刑》戏剧空间的三重叙事[J]. 延边大学学报(社会科学版)，2016(05)：96-101.

329. 郭艳秋. 《天堂蒜薹之歌》英译中的创造性叛逆翻译现象初探[J]. 三门峡职业技术学院学报，2016(03)：89-93.

330. 张敦田. 莫言心目中的兰州[N]. 兰州日报，2016-09-20(R03).

331. 王洪岳，杨伟. 论莫言小说的自涉互文性[J]. 天津社会科学，2016(05)：112-120.

332. 张志忠. 大奖纷纷向莫言：经典化的过程及其价值取向[J]. 当代作家评论，

2016(05)：56-70.

333. 吕彤邻，汪宝荣. 超越与局限——莫言中篇小说《红高粱》分析[J]. 当代作家评论，2016(05)：71-81.

334. 张志忠，宁明. 作家词典·莫言[J]. 当代作家评论，2016(05)：82-89＋46.

335. 杨霞飞，钟春华. 浅谈莫言小说《蛙》中女性形象体现的时代感[J]. 赤峰学院学报(汉文哲学社会科学版)，2016(09)：167-170.

336. 任一江. 论莫言作品中的两种文化世界——以《蛙》为例[J]. 赤峰学院学报(汉文哲学社会科学版)，2016(09)：171-173.

337. 陶思瑜. 暴力、死亡、轮回——《丰饶之海》与《生死疲劳》多重主题比较[J]. 湖南师范大学社会科学学报，2016(05)：105-110.

338. 杨福迅. 与莫言的一次酒局[J]. 人民司法(天平)，2016(27)：55-56.

339. 刘思宇，张颖. 小说《蛙》中汉语情态动词的日译技巧[J]. 语文学刊，2016(09)：65-66.

340. 莫言谈文学：最疯的想象，最真的现实[J]. 语文教学与研究，2016(27)：3.

341. 许亚男，毛嘉薇. 《红高粱》英译本方言词汇翻译方法探究[J]. 英语广场，2016(10)：3-4.

342. 刘洪强. 《白狗秋千架》的原型为《犬奸》考释——兼论《长安大道上的骑驴美人》之来源[J]. 蒲松龄研究，2016(03)：213-224.

343. 孙晓星，唐蕾. 《酒国》葛译本译者行为批评——以乡土语言的译介为例[J]. 翻译论坛，2016(03)：73-76.

10 月

344. 张今慧. 《莲池》与莫言[J]. 名作欣赏，2016(28)：45-46.

345. 张心阳. 从肯德基到莫言[J]. 同舟共进，2016(10)：33-34.

346. 王洪岳. 论莫言小说中的齐鲁文化因素及其价值[J]. 齐鲁师范学院学报，2016(05)：55-62.

347. 李川川. 莫言小说狂欢人物的动物性诉说——从《檀香刑》与《蛙》[J]. 才智，2016(28)：203-204.

348. 吴红敏. 葛浩文的"模糊"翻译——以《生死疲劳》为例[J]. 考试周刊，2016(83)：11-12.

349. 闫作雷. 乡村书写的政治学与小生产者逻辑——论莫言乡村题材小说[J]. 中国现代文学研究丛刊，2016(10)：100-112.

350. 彭莹，罗浩波，廖涛.《红高粱家族》的人本主义视角浅析[J]. 黑龙江教育学院学报，2016(10)：97-99.

351. 杜丽华. 莫言小说中的力比多书写与民族文化反思——以《红高粱》、《丰乳肥臀》为例[J]. 泉州师范学院学报，2016(05)：74-77.

352. 王中慧，王忠聪.《生死疲劳》解读[J]. 语文教学与研究，2016(29)：84-85.

353. 缪丽芳. 酷刑的仪式性和民间革命心理——《檀香刑》的精神解析[J]. 学术界，2016(10)：238-245＋328.

354. 王再兴，吴丹. 莫言小说《蛙》的历史学考释[J]. 潍坊学院学报，2016(05)：14-19.

355. 周领顺. 汉语"乡土语言"翻译研究前瞻——以葛浩文英译莫言为例[J]. 山东外语教学，2016(05)：88-94＋105.

356. 崔玮崶. 葛浩文对"陌生化"的捕捉与再现：以《生死疲劳》译本为例[J]. 东方翻译，2016(05)：18-22.

357. 陈亚琼. 莫言早期中篇小说《红高粱》和《白棉花》的对比研究[J]. 河北北方学院学报(社会科学版)，2016(06)：44-46.

358. 李荣博. 莫言的生命书写及其批判性表达——《酒国》生命异化的叙述[J]. 渭南师范学院学报，2016(20)：79-84.

359. 杨莎莎. 基于语料库的《生死疲劳》中文化负载词英译研究[J]. 重庆理工大学学报(社会科学)，2016(10)：126-130.

360. 蒋甜. 莫言小说语言的陌生化及翻译——以《红高粱家族》为例[J]. 安康学院学报，2016(05)：88-90.

361. 段宇晖. 莫言与刘震云对西方传教士的互文式想象论[J]. 中国比较文学，2016(04)：84-96.

362. 邹志远，王逸竹. 浮出地表的"人"——论析莫言剧作《我们的荆轲》[J]. 延边教育学院学报，2016(05)：10-12.

363. 郭荣荣. 莫言小说集《学习蒲松龄》中生命意识的文学书写[J]. 济宁学院学报，2016(05)：17-23.

364. 张寅德，刘海清. 莫言在法国：翻译、传播与接受[J]. 文艺争鸣，2016(10)：47-55.

365. 林晨. 晚清"文""史"参照下重解《檀香刑》[J]. 文艺争鸣，2016(10)：56-63.

366. 李冰，易立新. 从莫言与爱丽丝·门罗作品看文学与民族文化认同[J]. 贵州民族研究，2016(10)：150-153.

367. 张松存. 论后女性主义视域下的莫言短篇小说[J]. 洛阳理工学院学报(社会科

学版），2016（05）：42-45＋96.

368. 李莉芸. "双重思想光束"映照下的人类性——评莫言长篇小说《蛙》[J]. 惠州学院学报，2016（05）：107-111.

369. 赵月霞. 虚构中的真实——论莫言儿童视角叙事的"真实性"[J]. 沈阳大学学报（社会科学版），2016（05）：600-605.

370. 肖太云. 一场"观看"的盛宴：对莫言获诺奖社会评价的再评价及反思[J]. 长江师范学院学报，2016（05）：85-90.

371. 李琴.《透明的红萝卜》之感官美[J]. 太原城市职业技术学院学报，2016（10）：203-205.

372. 尚艳菊. 中国文学"走出去"译介模式探究——以葛浩文英译莫言《红高粱家族》为例[J]. 合肥学院学报（综合版），2016（05）：78-81.

373. 李晓红. 莫言作品《蛙》的魔幻现实主义色彩剖析[J]. 普洱学院学报，2016（05）：63-64.

11 月

374. 胡密密. 杂合中的第三空间——莫言小说在西方影响力要素研究的另类视角[J]. 宿州学院学报，2016（11）：56-59.

375. 夏楚群. 优秀作家的三重身份——由莫言的一部短篇谈起[J]. 名作欣赏，2016（33）：93-95.

376. 张华，张永辉. 论莫言小说《我们的七叔》的叙事艺术[J]. 名作欣赏，2016（32）：126-128.

377. 刘尧. 学理与法理：中小学学制变革的依据——从作家莫言关于缩短中小学学制的提案说起[J]. 河南教育（基教版），2016（11）：6-9.

378. 许亚男，毛嘉薇. 目的论视角下的习语翻译——以葛译《红高粱家族》为例[J]. 考试周刊，2016（88）：15-16.

379. 樊星. 莫言之狂及其文化意味[J]. 福建论坛（人文社会科学版），2016（11）：153-159.

380. 王万顺. 茂腔版《红高粱》的表演艺术特色——兼论地方戏的现代改编之困[J]. 四川戏剧，2016（10）：154-157.

381. 周兴国. 莫言、教育专家与学制改革[J]. 教育科学研究，2016（11）：22-25.

382. 小宽. 将"人"字书写在天地之间——莫言《大风》赏析[J]. 初中生，2016（32）：33-37.

383. 余小梅. 小议《莫言小说英译风格研究：基于语料库的考察》[J]. 安庆师范学院学报（社会科学版），2016（05）：29-32.

384. 孔凡娟. 莫言笔下的历史和生命——以《丰乳肥臀》为例阐释其文学书写[J]. 江苏师范大学学报（哲学社会科学版），2016（06）：29-34＋46.

385. 梁思琪. 从生态翻译学视角看葛浩文译《丰乳肥臀》之翻译方法和技巧[J]. 吉林广播电视大学学报，2016（11）：110-111.

386. 卢颖. 再造视野融合：从接受美学看莫言《酒国》中的景物描写翻译[J]. 湖北第二师范学院学报，2016（11）：119-121.

387. 李红艳. 莫言小说《蛙》日译本翻译策略研究[J]. 佳木斯职业学院学报，2016（11）：348-349.

388. 刘颂. 海外普通读者对莫言小说的评价[J]. 佳木斯职业学院学报，2016（11）：50-51.

389. 张晔. 莫言小说的虚幻现实主义探析[J]. 佳木斯职业学院学报，2016（11）：63-64.

390. 马亚丽，王亚荣. 从斯坦纳阐释学视角解读《丰乳肥臀》译者主体性[J]. 陕西教育（高教版），2016（11）：11-12.

391. 庄群英，李新庭. 美国汉学家葛浩文与《红高粱家族》的翻译及文化误读[J]. 长春理工大学学报（社会科学版），2016（06）：114-118.

392. 魏家文. 莫言《檀香刑》中刽子手赵甲的精神分析[J]. 烟台大学学报（哲学社会科学版），2016（06）：59-64.

393. 刘颂. "葛浩文"翻译莫言《红高粱》的策略研究[J]. 语文建设，2016（33）：73-74.

394. 刘贵珍. 中译外文本选择的"全球本土化"策略——莫言作品外译的启示[J]. 对外传播，2016（11）：51-53.

395. 张志忠. 莫言与《铸剑》：说不完的情缘[J]. 文艺争鸣，2016（11）：141-150.

396. 李琴.《透明的红萝卜》中萝卜的双重象征含义[J]. 黑河学院学报，2016（07）：154-155.

397. 谢媛媛. 论《丰乳肥臀》中乡土文化翻译之"化"[J]. 牡丹江大学学报，2016（11）：117-118＋141.

398. 唐超. 论莫言小说中的人道主义思想[J]. 内江师范学院学报，2016（11）：58-62.

399. 孙琪. 浅析《红高粱家族》中色彩词的使用特点及功能[J]. 牡丹江大学学报，2016（11）：106-107＋116.

400. 王晴晴，徐凤.《透明的红萝卜》日译本特色词汇评析——基于韦努蒂的异化翻译思想[J]. 重庆第二师范学院学报，2016(06)：56-61＋167.

401. 姬志海. 莫言小说官民对立模式的"病症"研读[J]. 文学研究，2016(02)：179-188.

12 月

402. 平慧峰. 论莫言小说中人物形象之人格变迁[J]. 华中师范大学研究生学报，2014(01)：75-78.

403. 黎婧. 浅析小说《丰乳肥臀》的人物悲剧[J]. 新西部（理论版），2014(18)：106.

404. 柳寒星. 超越魔幻现实主义——莫言笔下的怜悯现实主义[J]. 枣庄学院学报，2016(06)：45-51.

405. 邓维军，景成. 莫言小说葛浩文译本中的文学翻译补偿策略[J]. 湖南科技学院学报，2016(12)：161-163.

406. 闫俊蕾. 论葛式译本《师傅越来越幽默》中陌生化艺术之再现[J]. 海外英语，2016(20)：124-125.

407. 丛新强. 论鲁迅《铸剑》之于莫言的意义[J]. 东岳论丛，2016(12)：69-75.

408. 黄君. 莫言《蛙》中的魔幻现实主义色彩探究[N]. 山西青年报，2016-12-03(007).

409. 李玉杰. 评程光炜先生对莫言《白狗秋千架》的解读[J]. 文学教育，2016(12)：57-59.

410. 刘春青，王玉卿. 不同情境中语言间转换的处理——以井口晃《红高粱家族》日译本为例[J]. 亚太教育，2016(34)：263＋196.

411. 尹秀丽.《红高粱》从小说到电影的嬗变[J]. 电影文学，2016(23)：93-95.

412. 徐诗韵. 以"我"之眼，著"我"色彩——《卖白菜》中叙述视角的意义分析[J]. 语文教学通讯，2016(35)：53-54.

413. 张祖群. 超越乡土的诗学：以莫言作品为例[J]. 临沂大学学报，2016(06)：53-58.

414. 丛新强. 莫言的"自我解读"现象及其延伸[J]. 中国图书评论，2016(12)：105-111.

415. 苏虹蕾. 从小说到电视剧——以莫言《红高粱》为例[J]. 视听，2016(12)：61-62.

416. 杨梦妍. 莫言笔下的红与黑——以《红高粱》为例[J]. 大众文艺，2016(23)：16.

417. 陈彧，曹永波. 意识形态操控下葛浩文翻译策略研究——以《丰乳肥臀》为例[J]. 湖北工业大学学报，2016(06)：77-80.

418. 史新玉. 叙事策略与文化意蕴——论《红高粱家族》《北极村童话》《风景》的儿童视角[J]. 殷都学刊，2016(04)：77-80.

419. 李新东. 比较文学视域下莫言小说独创性探索分析[J]. 黑龙江教育学院学报，2016(12)：85-87.

420. 张斐然.《蛙》的历史叙事与忏悔意识[J]. 湖北经济学院学报（人文社会科学版），2016(12)：137-139.

421. 王楠，褚萌萌. 死之"思"——《蛙》与《时时刻刻》的比较阐释[J]. 上海理工大学学报（社会科学版），2016(04)：349-355.

422. 林少华. 莫言与村上春树：谁更幽默[J]. 文学自由谈，2016(06)：63-69.

423. 周领顺，丁雯. 汉学家乡土语言英译策略对比研究——以葛浩文译《酒国》和蓝诗玲译《鲁迅小说全集》为例[J]. 北京第二外国语学院学报，2016(06)：1-14＋126.

424. 刘星. 莫言《蛙》的叙事视角艺术[J]. 吕梁学院学报，2016(06)：9-12.

425. 曹为. 莫言小说《檀香刑》的文化批判[J]. 南京理工大学学报（社会科学版），2016(06)：61-65.

426. 褚金勇. 新媒体书写与传统作家"立言不朽"观念的转型——以莫言为中心的考察[J]. 新闻爱好者，2016(12)：39-42.

427. 姜智芹. 序跋在莫言作品海外传播中的作用[J]. 外国语文，2016(06)：102-107.

428. 陈安平，王耀. 广泛借鉴与独特创造：世界性话语下的莫言影响研究[J]. 文史博览（理论），2016(12)：36-37.

429. 纪燕. 认知语言学视角下莫言文学作品中的"色彩变异"研究[J]. 中北大学学报（社会科学版），2016(06)：92-95.

430. 彭秀坤. 另一种"自主"：《红高粱家族》的本能个性主义[J]. 新文学评论，2016(04)：53-59.

431. 阎格. 从庄严熔铸的视角看华美颓败的人性——《生死疲劳》的叙述视角[J]. 世界文学评论（高教版），2016(03)：143-146.

432. 庄桂成，胡梦怡. 自然之蛙、图腾之娲和生命之娃——莫言小说《蛙》的意象分析[J]. 人文论谭，2016(00)：114-122.

图书在版编目（CIP）数据

莫言研究年编.2016 / 张清华，赵坤主编. —北京：
北京师范大学出版社，2021.1
ISBN 978-7-303-25444-6

Ⅰ.①莫…　Ⅱ.①张…②赵…　Ⅲ.①莫言－文学研
究－文集－2016　Ⅳ.①I206.7-53

中国版本图书馆 CIP 数据核字（2020）第 020314 号

莫言研究年编.2016

MOYAN YANJIU NIANBIAN. 2016

策划编辑：禹明超　　责任编辑：梁宏宇
美术编辑：王齐云　　装帧设计：王齐云
责任校对：康　悦　　责任印制：陈　涛

出版发行：北京师范大学出版社	开本：787mm×1092mm　1/16	版次：2021 年 1 月第 1 版
印刷：北京玺诚印务有限公司	印张：17.75	印次：2021 年 1 月第 1 次印刷
经销：全国新华书店	字数：380 千字	定价：72.00 元

北京师范大学出版社

http://www.bnup.com
北京市西城区新街口外大街 12-3 号
邮政编码：100088
营销中心电话：010-58805602
主题出版与重大项目策划部：010-58805385